되돌아온 나비

마리포사

신여리 장편소설

Ⅱ

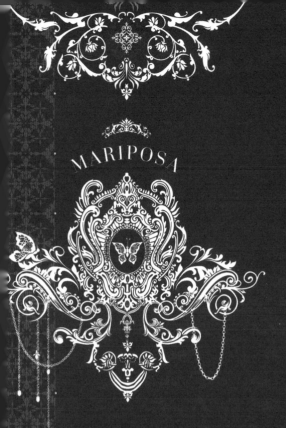

MARIPOSA

되돌아온 나비

마리포사

신어리 장편소설

II

D&C
BOOKS

2부. 되돌아온 나비

1장 | 11

2장 | 63

3장 | 147

4장 | 347

외전. 어린 늑대 | 401

마리포사의 서(序)

이것은 배반당한 이들을 위한 정언(定言)이다. 친구에게 배반당한 자, 부모에게 배반당한 자, 친족에게 배반당한 자, 나라에게 배반당한 자들은 각인하라. 또한 이것은 갈 곳 잃은 너희에게 하사하는 영혼의 금화이며 육신의 침탈이니 견고한 각오, 새길지어다.

「마리포사 기사단 5개 강령」

첫째, 마리포사 기사단은 멸사봉공(滅私奉公)을 기치로 한다.
둘째, 마리포사 기사단은 실력 외의 차별을 두지 않는다.
셋째, 마리포사 기사단은 전우를 자신의 살처럼 사랑한다.
넷째, 마리포사 기사단은 적 앞의 죽음을 두려워하지 않는다.
다섯째, 마리포사 기사단은 영원불변의 주인을 섬겨 충성한다.

-마리포사의 서 5개 강령 및 계문 중 발췌.

2부

되돌아온 나비

1장

1장

모르가나의 마리포사 가문은 이백여 년 전, 나라를 버리고 도망친 라르크의 제일 기사 페이작 돌레한 라르칼리아가 모르가나로 망명한 것으로부터 기원된 가문이다.

근본이 북부의 변절자로부터 시작되었다 하여, 초기 마리포사들은 남부에서도 큰 배척을 받아 왔다. 하지만 이백여 년의 시간이 흐른 지금은 암묵적으로 그들의 존재 가치와 필요성을 인정받은 제국의 들개 무리였다.

마리포사들은 세금을 대신해 무력을 제공했고, 날이 갈수록 모르가나 황실의 의존도는 커졌다. 작금에는 모르가나의 동과 서, 남과 북을 막론한 수많은 분쟁의 진압으로 위세가 크게 드높아졌다.

역사 속에 묻혀도 모자랄 변절자의 후손들이었다. 마리포사들의 이름이 회자되는 일이 빈번해질수록 브류나크 왕조의 치세를 사는 라르크인들의 심기도 불편하기 그지없었다. 라르크인들은 이백여 년의 세월이 흐르는 동안 자연스럽게 마리포사를 적으로 규정했다. 개개인의 감정이 아닌 집단의식에서였다.

못 배운 시골 촌구석의 청년이라도 저런 상식쯤은 알고 있다.

데투아가의 삼 남매 중 가장 모자란 시단이었지만 시단은 에이반과 르옌, 두 사람보다 소문이나 소식에 귀가 밝았다. 에이반은 마을 안의 일에만 관심이 많았고, 르옌은 이미 아는 게 많았으므로 구태여 다른 일에 쓸데없이 신경을 낭비하지 않기 때문이다.

워낙 지루하던 시골 생활인지라, 시단은 말을 돌보고 난 후 짬이 날 때마다 규젠 마을의 명물이라는 자라목 선생에게 가 갖가지 신기한 이야기를 주워 듣거나 마을에 찾아온 보부상, 여행객들과 어울리며 놀았다. 외지인들을 통해 말 팔이의 아들에게는 하등 쓸모없는 이야기를 주워들으며 세상을 배웠다.

에이반은 그런 그에게 헛바람이 들었다며 머리를 헝클곤 했다.

확실히, 시단은 예술에 조예도 없으면서 유명한 예술가들을 찬양하기도 했다. 귀족들의 삶을 예찬하기도 했다. 그리고 전장을 지휘하는 기사들에 대한 존경심도 역시 마찬가지다. 에이반이 전쟁터에 나가 죽기 전까지만 해도, 그는 나라를 위해 목숨을 바치는 군인들과 기사들을 숭상했다.

시단은 시골 마을의 고즈넉한 평화가 준 꿈에 갇혀 일생 허구만 바라 살았던 것이다.

해는 이미 저물었다. 짙게 드리워진 땅거미에 잠겨 제대로 보이는 것이라고는 청량하게 맑은 녹안과 횃불 아래 비치는 노루 문양의 배너뿐이었다.

지금 시단이 마주하고 있는 청년 기사는 체사였다. 왕에게 인정받은 진짜 서품을 가진 기사였다. 시단은 얼마 전까지만 해도 감히 얼굴 마주 볼 엄두도 내지 못할 만큼 높은 자와 마주하게 된 상황에 넋을 놓았다.

별안간 그를 옥사에 처박은 다른 병사들처럼, 체사 역시도 전혀 자신의 말을 귀담지 않았다. 마치 정해진 답을 내어 놓을 때까지 괴롭히기라도 하려는 것처럼 반복했다.

"정말 하나도 모르겠다는 거야? 이거 진짜 심각한 문젠데. 정말로 말이야."

높으신 기사가 뱉는 말은 하나도 이해 가지 않는 것뿐이었다.

모르가나, 간자, 르옌. 저 세 단어는 결코 엮일 수 없는 것들이었다. 어린 시절 동네 친구가 르옌을 마녀라고 매도했을 때보다도 더 불같은 분노가 치밀어 올랐다.

"……아닙니다!"

"네 누나, 모르가나와의 간자 혐의가 있다니까. 지금 당장 뭐라도 변명하지 않으면 너까지 위험할 거라고?"

"다시 말씀드리지만 제 누이는 그런 사람이…… 아닙니다."

몸서리쳐질 만큼 끔찍한 모함이었다.

"제가 잘 압니다. 르옌은 마을 밖으로는 자주 나가지도 않았습니다! 목숨을 걸고 맹세합니다. 제 누이는……!"

"네가 그런 무서운 맹세 안 해도 어차피 지금 네 목숨도 경각이다마는."

쪼그려 턱을 괴고 의미 모를 한숨을 푹푹 내쉬던 자칼린이 툭 뱉었다.

"거짓말인 것 같냐? 네 누이가 지금 최고사령관과 대질 중이다. 문초를 당하고 있을 수도 있지. 현행으로 증인들이 수두룩하니 회피하기는 어려울걸."

겁을 주기 위해 조금 사납게 말하긴 했지만 자칼린의 말엔 거짓이 없었다.

모르가나의 총사령관인 발로이드가 패악질을 부리고 간 것이 바로 조금 전이었다. 파사드의 명령을 받은 키하이프 경, 테레어드에 의해서 급히 함구령이 내려졌지만 이미 목격자만 수십이다.

당연하게도 르옌이 파사드의 거처로 불려가자마자 소문은 더욱 부풀려져 금세 진영 전체로 퍼져 나갔다. 르옌과 발로이드의 말을 제대로 들은 이들끼리 입에서 입으로 옮겨 대는 것들마저 막을 수는 없었다.

르옌을 지척에서 봐 온 이들일수록 충격이 컸다. 혹시 모를 사태를 대비해 시단을 우선 격리했지만 모두의 촉각은 여전히 파사드의 막사로 향해 있었다.

하지만 자칼린은 여전히 의문스러웠다. 그야말로 두 사람을 지근에서 보았다. 르옌이 보인 명백한 분노와 발로이드가 보인 명백한 존중의 태도. 그리고 발로이드가 르옌을 '스완'이라 부르는 걸 들었다. 애칭? 별칭? 뭐든 간에 아무 사이도 아니라고는 결단코 말할 수 없을 터다. 게다가 스완이라니. 왠지 모르게 꺼림직한 호칭이다.

하지만 또 '저거 간자네!' 하고 손뼉을 치기도 그런 것이, 납득 가지 않는 것이 많았다. 마리포사 백작 발로이드를 조우했을 때 르옌이 보인 노여움은 진짜였다. 자칼린은 그 사실에 자신의 배녀도 걸 수 있었다.

시단은 희게 질렸다.

"하, 하지만……."

자칼린은 농담으로라도 아니라고 시단을 위로하지 않았다. 차라리 겁을 먹고 진상을 줄줄이 불어 준다면 그보다 좋을 수 없을 것이다. 하지만 시단은 끝끝내 자칼린을 만족시키지 못했다. 시골 청년의 울음 섞인 부정만 귀 따갑게 들었다.

시단에게 하루에 물 한 주머니도 주지 말라는 명을 마지막으로 자칼린은 임시 옥사 밖으로 건들건들 걸어 나왔다.

'시간만 낭비했네.'

평소보다 소란한 군사들의 움직임이 보였다. 자칼린은 떨떠름한 기분을 떨치지 못하고 턱을 매만지며 지나던 군사를 하나 붙잡아 물었다.

"무슨 일이야? 뭐, 결과가 나왔다던가?"

바쁜 와중 느닷없이 뒷덜미를 채는 손길에 막 신경질을 부리려던 병사가 자칼린의 배너를 발견하고 황급히 예를 취했다.

"아, 체사 경! 칼란독 경께서 규젠 마을의 모든 주민들을 압송 조사하고 서책들을 압류해 올 것을 명하셨습니다."

잠깐 고개를 갸우뚱하던 자칼린이 턱을 어루만졌다.

'아아아.'

규젠 마을. 그 여자가 살던 마을이렸다. 무슨 대화가 오갔는지는 모르겠으나 그 여자, 결국 파사드를 납득시키지 못한 모양이었다.

사실 애초에 기대도 않았다.

❖ ‧ ❖

우기를 품은 먹구름이 막바지 빗줄기를 쏟아 내기 시작했다.

여름의 꼬리와 가을의 머리 사이로 희미한 한기가 존재감을 드러내는 계절 속에서, 라르크 군이 주둔한 모르가나와 접경 이샤스 진영은 부산했다.

병사들은 빗줄기도 개의치 않는 혹독한 훈련으로, 군 수뇌는 곧 다가올 가을과 겨울을 대비한 방한 계획으로. 또, 몇몇 무리 지은 군 사들은 새 주둔지 인근의 지형 조사를 위해 밤낮을 가리지 않고 드 나드느라 발바닥이 닳을 지경이었다.

올조르의 붕괴라는 크나큰 쾌거를 이룩한 지 두 달이 채 되지 않 았으니, 분명 수백 년의 역사를 무너뜨린 감격이 가시기엔 짧은 시 간이었다. 하지만 분위기는 이미 이렇다.

전율과 함께 찾아온 영광은 빗줄기에 씻겨 나갔다. 솔직하게, 인 정하고 싶지 않지만 적진에 새로이 합류해 깃발을 끌어 올린 마리포 사 가문의 등장은 그들을 증오와 경멸과 불안으로 경직시켰다. 안프 절벽 너머에 남겨 둔 망지기의 침묵도 팽팽한 긴장감을 고조시켰다.

오후 무렵, 가늘어진 빗줄기는 한겨울의 싸라기눈처럼 내렸다. 하 늘은 지평선 끝으로부터 검붉은 벨벳의 강렬한 빛으로, 귤빛으로, 금빛으로 구름 바깥 면을 물들였다.

남부 평야 저편으로부터 하얀 늑대 문양 기를 이고 있는 기수 무 리가 모습을 드러냈다. 선두로 달리고 있는 것은 단단한 장골의 노 기사 에반부르와 카바인 경, 올베빈이었다. 보초병이 가장 먼저 그 들을 발견하고 초록 깃발을 게양해 올렸다.

에반부르가 우의를 벗어 그를 뒤따르던 수습 기사에게 건네며 사 령부 막사 앞에 섰다. 그리고 깊이 심호흡한 후 피륙과 짐승 가죽을 덧댄 막사의 휘장을 걷었다.

"오셨습니까."

사령부 막사의 상석은 비어 있었고, 대신 몇몇 눈에 익은 기사들 이 자리하고 있었다. 먼저 앉아 있던 덴작과 타라옛이 몸을 일으켜

예를 갖추었다. 에반부르는 목례로 마주 인사한 후 건너에 앉았다.

"기다리고 있었소이다, 할드로프 경."

올베빈이 무뚝뚝한 기세로 뒤따라 들어왔다. 덴작은 경직된 얼굴로 올베빈과 에반부르의 낯색을 살폈다. 어떤 기미를 찾기 위한 것처럼 샅샅이 훑는 눈빛이었다.

"카바인 경도 수고하셨습니다. 일이 어찌 되었는지는……."

"최고사령관께서 오시면 이야기하지."

에반부르의 간결한 대꾸에 타라옛이 마지못해 고개를 끄덕였다.

얼마 지나지 않아 몇몇 병사들을 이끌고 파사드가 모습을 드러냈다. 그는 막 오후 훈련을 마무리한 듯 가벼운 경갑을 입고 린넨 수건을 목 언저리에 걸치고 있었다. 에반부르를 비롯한 모든 기사들이 일어서서 예를 갖추었다.

파사드가 사령부 탁자의 최상석에 자리 잡고 앉자마자 에반부르는 기다렸다는 듯이 탁자 위에 낯선 서명이 휘갈겨진 젖은 양피지를 내려놓았다.

"마무리되었습니다, 칼란독 경."

"결과는?"

파사드가 거두절미하고 물었다. 탁자 위, 양국 대표의 서명이 낙인처럼 새겨진 양피지 위엔 시선조차 주지 않은 채였다.

에반부르가 직접 설명했다.

"모르가나 측에서 올조르 요새의 생존자 반환의 대가로 배상금을 거론했습니다. 성인은 두 명당 말 한 필로 셈하고, 아이와 노인은 세 명당 버새 한 마리로 셈하여 총 백여 필의 말과 오십여 마리의 버새, 금화 이백 닢을 보내겠다 했습니다."

"그게 전부인가?"

"조건은 올조르의 영토가 여전히 모르가나에 속해 있음을 인정하는 것 하나뿐이었습니다."

에반부르는 말을 하면서도 썩 믿기 어렵다는 표정이었다.

공식적으로 점령전이 벌어진 것이 아니었으므로 영토를 빼앗았다기도 뭣한 상황이었으니 조건이라고 하나 달린 것도 크게 거슬릴 것이 없었다.

올조르 요새가 함락된 지 어언 두 달 가까이 된 시점에서 라르크는 포로 교환에 관한 어떤 긍정적인 이득도 기대하지는 않았다. 전 총사령관 로반티스가 이샤스의 남부 평야로 패주한 후, 올조르의 전후 처리에 관하여 어떤 태도도 취하지 않았던 탓이었다.

슬슬 민간인이라도 전부 죽여야 하는 것이 아닌지, 포로들을 최하층민인 노예로 격하해 수도로 올려 보내는 것은 어떤지, 이런저런 의견이 나올 무렵이었다.

새로 부임한 모르가나의 최고사령관, 발로이드 페이작 마리포사가 라르크의 진영 코앞에 나타난 지 며칠 지나지 않아 포로 협상안이 제시되어 왔다. 그리고 약속의 회동 날짜를 잡기까지 나흘, 회동에서 체결까지는 고작 반나절.

파사드는 의혹의 눈길을 지우지 못하고 양피지로 시선을 옮겼다. 양피지 위에는 낯선 서명이 휘갈겨져 있었다.

"누구의 서명인가?"

"마리포사 기사단의 기사단장이라는 여자였습니다."

"여자?"

먼 과거 라르크는 여자들도 검을 쥐는 것을 인정했다. 실제로 그들의 역사에는 검을 쥐고 정복 전쟁을 벌였던 여왕도 존재했다. 하지만 여왕의 몰락 이후, 새로 들어선 브류나크 왕조에 이르러 여성들의 미덕은 순종과 겸양으로 굳어졌다. 여자 기사란 아주 특출 나거나 특별한 이유가 없고서는 쉬이 인정받지 못했다.

반면 모르가나는 보다 남녀의 역할에 관대한 여지를 주고 있다고 알려져 있다. 하지만 기사단장이 계집이라는 건 여전히 놀랄 일이었다. 에반부르가 의미심장하게 대꾸했다.

"저들은 마리포사가 아닙니까."

마리포사. 제국 내에서도 규탄받는 살인 기사들이다. 저들끼리의 방식으로 살아남는 그들의 생태에 대해서는 이미 라르크인들도 익히 아는 바, 납득하지 못한 이들은 없었다.

"대표로 서명을 남길 정도의 위치라면 범인은 아니겠군. 어떠하던가?"

"야수 같은 계집이었소이다."

내내 탁자 위로 시선을 두고 한참을 침묵하던 덴작이 불편한 어조로 말했다.

"하지만 계집을 내보내다니. 분명 우군을 조롱하려는 의도일 겁니다."

"듀사크 경, 나도 처음에는 그리 생각해 불편했네마는, 그 여기사가 발로이드의 최측근임은 사실인 듯하네."

에반부르는 정오의 회합을 반추하며 떨떠름히 답했다.

그가 협상단의 대표로 올베빈과 함께 약속지에 도착했을 때, 엉성하게 말뚝을 박아 세운 임시 협정 막사 안에서 그들을 기다리던 건 두 명의 마리포사 기사단원이었다. 그중 앉아 있는 건 체구가 작은 기사, 호위처럼 선 건 인상이 험상궂은 건장한 기사였다.

자리에 마주 앉아 상대의 얼굴을 본 에반부르는 자못 당황했다. 상대가 여자였기 때문이다. 에반부르는 자리를 박차고 나가야 한다 생각했다. 그러나 분위기라 해야 할지, 마주친 눈을 쉬이 뗄 수가 없었다.

여자의 왼 뺨에는 입술까지 이어진 진한 흉터가 남아 있었고 눈빛은 차분한 살기로 번뜩였다. 에반부르와 올베빈에게 예의를 차리는 태도 또한 이질적이었다.

"어찌 생긴 여잡니까?"

불쑥 묻는 덴작에게 올베빈이 대신 답했다.

"얼굴에 긴 흉터가 있고 키는 듀사크 경보다 조금 더 작아 보이는 여자였습니다. 에일라 시니스, 이름으로 미루어 평민 출신이거나 천민인 듯합니다."

"계집을 내세운 데다 천민 출신이라니. 모욕도 그런 모욕이 없군요."

"하지만 마리포사들은 반절 이상이 천한 신분이라 들었습니다."

파사드는 이내 교섭 상대에 대한 관심을 거두고 원래의 화제로 되돌아갔다.

"하면 그게 전부인가?"

"몇 마디 갑론을박을 하는 체는 했소이다만…… 그놈들, 포로에는 관심도 없더이다."

기사들의 표정이 의아해졌다. 관심이 없는 이들이 먼저 포로 협상을 요청할 리가 없지 않은가. 내내 조용히 자리를 지키던 올베빈이 나직이 거들었다.

"포로의 수, 상태, 직위, 무엇 하나 먼저 물은 것이 없었습니다."

"그전 로반티스 때의 보고를 알고 있던 모양이겠지요."

"……그럴 가능성도 있으나."

에반부르는 소임을 위한 언쟁을 벌이기도 전에 표정 하나 변하지 않고 '전부 수용합니다.'라고 담담히 말하던 여기사를 다시 떠올렸다.

"무언가 다른 말은 없던가."

파사드의 물음이 있은 후에야, 에반부르가 슬그머니 눈을 내리 깔더니 품 안에 손을 넣었다. 올베빈 또한 처음으로 곤란한 기색을 비쳤다. 에반부르는 밀랍이 거칠게 뜯겨 나간 서찰 한 통을 내밀었다.

"그 여자에게 전하라는 서신이…… 혹 수상쩍은 것은 아닌가 싶어 감히 먼저 열어 보았습니다."

"그 여자?"

"르옌 데투아 양을 말하는 듯합니다."

르옌의 이름이 거론되기 무섭게 분위기가 일시 경직되었다.

서찰을 건네받은 파사드가 가만히 서찰 안의 글귀들을 눈으로 훑었다. 첫 글귀를 눈에 담자마자 그의 입가에 비뚤어진 웃음이 걸렸다. 전부 라르칼리아의 문자였다. 변절자의 가문이 라르크에 보내는 라르칼리아의 서신이라니.

질 로하이. 질 로하이. 탄트 로하이.
귀레 벨. 카르카소 수엘라. 귀레 벨 카라.

파사드는 라르칼리아 문자를 통달한 브류나크였다. 단어 자체의 뜻을 짚어 내는 것은 쉬웠다. 그가 입안으로 간결한 서찰의 문자들을 곱씹었다.

"높새 바람, 벌새, 암컷 공작이라……."

에반부르가 찜찜한 투로 덧붙였다.

"그들이 그 여자의 신병에 관한 확답을 원하는 듯했습니다."

"무어라 답했나."

"당연지사 아니겠습니까. 우리의 소관이라 하였지요."

"모르가나 측에서는 르옌 데투아와 무슨 관계라 하던가?"

"그에 관해서는 아무것도 듣지 못하였습니다."

"일언반구도 없었나."

"예. 일언반구도 없었습니다."

파사드는 곰곰이 생각에 잠겼다. 그녀에게 신경 쓰지 않는 체했지만 보고는 소상히 전해 듣고 있었다.

르옌 데투아는 '그날' 이후, 한마디도 하지 않고 입을 다문 채 마치 죽은 사람처럼 갇혀 있었다. 혹시 모를 모르가나의 간자들과의 접촉을 우려해 빛 한 점 들지 않는 개인 막사에 처박아 둔 지 열흘. 주는 대로 먹고 밤이면 다리를 뻗고 자면서도 그 상황을 벗어나려는 어떤 노력도 하지 않았다. 그건 또 다른 의미로 파사드를 거슬리게 했다.

'도대체.'

파사드는 소리 내어 그의 심기를 드러내는 대신 서면 날미에 찍힌 나비의 인장을 내려다보았다. 과거 여왕의 문장과 몹시 흡사한 모양새다. 여왕의 문장은 마지막 라르칼리아의 피로 물든 유산이었다.

양피지를 움켜쥔 손등 위로 힘줄이 툭 불거졌다. 노여움처럼 보이기도 했고 불쾌감처럼 보이기도 했다.

결국 참다못한 덴작이 파사드를 향해 공손을 빙자해 물었다.

"칼란독 경, 경께서는 아직도 우리에게 그 여자와 어떤 이야기를 나누셨는지 말해 주지 않으셨습니다. 대체 그 여자는 정체가 뭡니까?"

섣불리 여자에게 다가가려 하는 자는 모두 간자로 간주할 것이라는 파사드의 엄명에 기사들은 호기심만 무럭무럭 키우고 있었다. 덴작을 앞세운 모두의 시선이 파사드에게로 쏠렸다.

그날 이후, 파사드는 그녀가 살았다던 마을 주민들을 압송해 본격적으로 조사할 것을 명했다. 하지만 시일이 꽤 흐른 지금까지도 여자와 모르가나 사이의 접점은 드러난 바가 없었다. 조사가 아직 진행 중이라고는 해도 지켜보는 기사들의 입장에서는 같은 자리를 뱅

뱅 도는 기분이었다. 그들은 파사드가 도대체 무슨 생각을 하고 있는 것인지 알 수 없었다.

"주민들에게는 더 나오는 것이 없고, 데투아 가문의 사람은 아직 추적중입니다. 그러나 무엇 때문에 이 중요한 시국에 기사 인력까지 동원하여 서책을……."

"그 문제는 추후에 논하겠다."

단호한 파사드의 대꾸에 덴작은 마지못해 시선을 내려뜨렸다.

파사드가 에반부르에게 물었다.

"발로이드는 르옌 데투아가 라르칼리아 문자를 읽을 수 있을 거라 믿고 있다는 말이겠군. 이건 모로 봐도 암호문에 가깝다. 만일 암호문이라면 규칙이 있을 터."

라르칼리아의 문자는 라르크의 고관 귀족들이나 배우는 고대의 문자였다.

에반부르가 얕은 한숨을 삼키며 살얼음처럼 곤두선 파사드의 눈치를 살폈다. 그는 파사드를 더 화나게 할 한마디를 하지 않을 수 없는 현실에 통탄했다.

"그렇다면 일단 데투아 양에게 묻는 것이 가장 빠르지 않겠습니까. 알아보든 못 알아보든 확인을 해 보는 것이……."

일순간 찬물 끼얹은 듯 모든 숨소리가 사그라졌다. 기사들 모두가 고개를 숙인 채 서로의 눈치를 보았다.

에반부르가 조아렸다.

"……아니, 시정합니다. 제 생각이 짧았습니다."

그러나 파사드는 이미 르옌 데투아를 마지막으로 마주했던, 그날을 되감는 것으로 분망했다.

여자의 눈빛과 음성, 숨소리와 표정 하나하나가 수일이 지난 지금도 어제 일처럼 선명했다. 특별히 그 여자에게 사사로운 감정을 두어서는 아니었다. 구태여 사사로운 감정에 대해 이름을 붙이자면, 호의와 불호 중 불호에 가깝다.

그리고 불길한 예감. 위기를 모면하기 위한 헛소리들을 늘어놓던 여자는, 마치 제 주장을 진실이라 믿고 있는 것처럼 자연스러웠다. 끝끝내 버티는 그녀를 보며 파사드는 그녀에 대한 한 가지 사실을 확신했다. 간자건 아니건, 꺾일지언정 휘어지지 않을 종의 사람이었다.

'당신의 눈에 보이는 것이 전부가 아니다.' 그와 비슷하게 훈계까지 하였다.

파사드는 더없이 높은 공가 브류나크의 주인으로서, 한낱 말 팔이의 딸에게서 저런 추상적인 훈화를 들을 이유가 없었다.

"칼란독 경?"

파사드가 언제 노여워했냐는 듯 표정을 갈무리하며 하명했다.

"우선, 할드로프 경이 가져온 적의 서찰을 해독할 수 있는 자가 있는지 수소문하라. 카바인 경은 곧 재개될 전투에 대비한 군사 사기 통제에 심혈을 기울이고, 파수병의 파견 간격을 좁혀 적들의 동태를 조금 더 세세히 보고하도록. 듀사크 경은 궁병 다섯 개 대대를 일곱으로 재편하고, 안프 절벽 기지에 있는 체사 경에게 일러 후발 편제군을 전방 배치할 수 있도록 조처하라."

"예."

"그럼 이상."

짤막하게 말한 파사드는 그대로 제복 외투를 고쳐 입고 탁자를 둘러 나왔다. 그리곤 막사 출구에 이르러 문득 걸음을 멈추었다. 질리도록 들리던 빗소리가 멎어 있었다. 파사드가 리오낙의 검자루로 휘장을 걷어 올리자 불그스름한 햇살이 밀려들었다.

마지막까지 미련을 놓지 못한 덴작의 음성이 파사드의 발목을 잡아 돌렸다.

"칼란독 경, 정말 마지막으로 여쭙겠습니다. 만약 그 여자를 문초하기를 허락하신다면 제가 직접 입을 열어 보겠습니다."

한 음절 한 음절, 적의가 넘쳤다.

덴작은 한때 르엔의 심사전에 나섰다가 그녀의 재기에 패배했던 쓰디쓴 기억이 있었다. 그러나 자격지심과 패배 의식에 절어 있는 것은 아니었다. 자신뿐 아니라, 체사의 차남인 '그' 자칼린 엔도까지 패배시켰으니까. 다만 그때부터 덴작은 순수한 감상으로 그녀가 무언가 수상하다 생각해 왔었다.

"사령관께서도 아시다시피 다시 접전이 벌어지면 그 계집에게 신경 쓸 여력이 없습니다. 모두가 보는 앞에서 발로이드가 계집을 극진히 하라 하였다 들었습니다. 굳이 시시비비를 가릴 필요도 없지 않습니까. 그렇잖아도 우리는 전력을 다해야 할 텐데."

덴작이 '전력을 다해야 할 텐데.'에 힘을 주어 말하자 에반부르도 아닌 체 고개를 주억거렸다. 확실히 곧 벌어질 상황은 여태까지와는 다를 것이다. 마리포사의 그 '발로이드'가 나타났으므로.

소리 내어 말하지 않았다 뿐이지 노련한 기사들의 긴장도 극에 달한 상태였다.

"물론, 그 여자가 준 도움 또한 들어 압니다만……."

덴작의 말 또한 일리가 있었으므로 파사드는 쉬이 답하지 못했다.

그러나 아무리 상황이 명확하게 그녀를 모르가나 측 사람이라 단정 짓게 한다 해도 아귀가 맞지 않는 것이 태반이었다. 그녀는 올조르를 붕괴하는 데 가장 커다란 도움을 주었다. 모르가나의 사람이라면 그리할 리가 없었다. 섣불리 간자라는 멍에를 씌울 수는 없었다.

파사드는 억울한 모함을 받고 죽어 간 사람들을 많이 알고 있었다. 그들 중에는 뒤늦게 무고함이 밝혀졌으나 이미 그때엔 돌이킬 수 없게 된 이들도 많았다. 확실히 하기 전에는 처형할 수 없었다. 이는 그녀를 위함이 아니라 파사드 자신을 위한 것이었다.

성질 급한 덴작이 다시 한 번 청했다.

"믿고 제게 맡겨 주십시오."

"……체사 경이 진행 중인 조사의 마무리 후에도 드러나는 것이 없거든 그때 맡기겠다. 그리고 뱅센 경과 할드로프 경은 지금부터 군사들을 준비해 나를 따라 남측 저지선으로 간다."

"오늘 바로 말입니까?"

에반부르가 축축하게 젖은 자신의 외투를 가리키며 난처하게 웃어 보였다. 파사드가 비껴 서자 가려져 있던 막사의 출구가 드러나며 시린 빛이 흘러들었다.

"비가 그친다."

파사드의 담담한 목소리에 탁자에 앉아 있던 기사들이 고개를 쭉 빼고 열린 휘장 저편의 하늘을 응시했다.

안개비처럼 가느다랗게 내리던 빗줄기는 어느새 멎었다. 그렇게 새로운 바람과 함께 저편으로부터 밀려오는 것은 노을 업은 하얀 구름 떼였다. 한 달 남짓 시커먼 구름만 줄창 보아 온 그들의 가슴이 묘한 설렘과 긴장으로 뛰기 시작했다.

"개전은 엿새 후로 하겠다."

더 말을 늘이지 않고 밖으로 향하는 파사드를 응시하던 에반부르가 따라 일어섰다. 아무래도 발로이드가 파사드의 심기를 크게 건드린 것이 분명하지 싶어 괜스레 그의 마음도 무거워졌다. 펄럭대며 멀어지는 붉은 멘테 아래로 숨어 있던 늑대의 송곳니가 번뜩이는 것 같았다.

❖•❖

비가 멎었다.

젖은 천장에 대롱대롱 매달려 있던 빗물이 소리 없이 떨어졌다. 감옥처럼 사방에 기둥을 세워 박은 막사에 감금당한 지 수일이다. 음산히 어두웠다. 이제 날수를 헤아리는 것도 잊었다. 아마 열흘 정도가 지났을 것이라 그리 가늠해 볼 뿐이었다.

그만큼 긴 시간 동안 그녀는 격리, 방치되었다. 허락되는 것은 오로지 최소한의 숨을 유지하기 위한 건식 한 끼뿐이었다. 막사를 두껍게 차려 얇은 모포 한 장으로도 충분히 버틸 만큼 춥지 않다는 게 다행이었다.

좁다란 어둠으로 고립된 그곳에서 르옌은 날로 쇠약해져 가고 있었다.

많은 것이 무거웠다. 무엇보다 시단이 어찌 되었는지, 그 후로 모르가나와의 상황이 어떻게 되었는지 알 수 없다는 것이 가장 그녀를 버겁게 했다. 가끔 그녀가 막사 입구의 휘장 너머로 손을 뻗어 사람을 찾아 부르면 보초병들은 초췌한 몰골의 그녀를 향해 간첩질이나 하는 계집이라며 침을 뱉거나 욕지거리를 짓씹었다.

하지만 르옌은 제게 쏟아지는 모욕에 신경 쓸 겨를도 없었다. 그녀는 모르가나의 '그 사내'가 자신을 '스완'이라 불렀던 것이 사실인지, 환청은 아니었는지, 이제 와 확신조차 하지 못하고 있었다.

르옌이 다시 막사 밖을 향해 목소리를 끌어냈다.

"……이보십시오."

잔뜩 마른 음성에 휘장이 발름 걷히며 희미한 빛이 쏟아져 들었다. 보초병의 시선이 아주 잠깐 그녀에게 머물렀다. 르옌은 보초병이 다시 휘장을 덮어 버리기 전에 다급히 물었다.

"이보십시오. 잠시, 어찌 되고 있는지."

"시끄럽게 말 걸지 마. 아무리 지루해도 간자 계집이랑 노닥거릴 만큼은 아니다."

"이것 하나만…… 제 동생은 지금 어찌……."

"입 안 다무나?"

괄괄하게 쏘아붙인 턱수염이 시커먼 보초는 비렁뱅이 꼴을 면치 못한 르옌을 향해 혀를 쯧 찬 후 쐐기를 박았다.

"한마디만 더 하면 똥물을 갖다 부어 줄 테니 그리 알아라."

휘장이 떨어졌다. 내부가 다시 어둑해졌다. 르옌은 긴 한숨을 내쉬며 등을 둥글게 말아 옹송그렸다.

암담했다. 자신이 지금 처한 상황의 곤란함은 버티는 것으로 해결할 수 없는 성질의 것이었다. 브류나크가 그리 둘 리가 없었다.

……그날, 자신이 실수한 것인지도 모른다.

르옌의 불그스름한 눈동자 위로 시린 이채가 스쳤다.

그날 파사드의 막사에서 본 전서의 겉면에 그려진 것은 빛바랜 나비였다. 그것을 보는 순간 산발적으로 부유하던 단상들이 휩쓸린 듯 흩어졌다. 그러나 아무리 숨이 가라앉고, 손이 떨릴 만큼 부정하고, 죽은 것처럼 다리가 멈춘다 한들 벌어진 일이 현실이 아니게 된 것은 아니었다.

"나는…… 저는."

아무리 거듭 고뇌해도 상황을 납득시킬 묘안이 없었다.

사실도 거짓처럼 들릴 터다. 지금 당장 제 정신도 수습지 못하는데 유창한 거짓으로 저 벽 같은 자를 설득할 자신도 없었다.

자신이 여왕이었다고, 아니 여왕의 기억을 가지고 있으며 저를 찾아왔던 그 적장이 페이작 돌레한이라고 말한다? 미친 소리도 그만큼 미친 소리가 없지 않은가. 만일 과거의 자신의 앞에서 누군가 그리 말했다면, 자신은 그 자리에서 머리를 쳐 버렸을 것이다.

"나라를 배반한 자에게 가해질 처벌이 가벼울 거라 생각하나?"

파사드가 내뱉은 일갈은 공교롭게도 그녀의 근간을 난도질하는 모욕이었다.

"감히……!"

그녀가 저도 모르게 받아쳤다. 파사드는 르옌의 갑작스런 격렬한 반응에 자못 놀란 눈빛이었다. 퍼뜩 정신을 차린 르옌이 황급히 말을 바꾸었다.

"아니, 아닙니다. 어찌 보일지 알지만, 저는 결코…… 간자 따위가 아닙니다."

"네가 라르크를 위해 주었던 도움을 고려해, 이유 불문 참해야 하는 것이 도임에도 변명을 듣겠다."

"변명이 아니라 사실입니다. 저는 라르크를 사랑하는 라르크의 백성으로서."

"간자질을 하면서 그럴싸한 변명조차 준비하지 않았나. 제 동생의 목숨 하나를 살리겠다 전장에 난입했다 한 주제에 애국의 기치旗幟를 올린다라……."

르옌의 눈동자가 빛을 잃고 발끝으로 떨어졌다.

파사드가 지적한 모순은, 그녀 스스로도 부끄러워하는 치졸하고 졸렬한 욕심이었다. 과거 수많은 사람들의 시체를 딛고 진격했던 여왕은 그들의 목숨을 대를 위한 희생이라 등한시했었다. 그것만이 당시 제가 택해야 했던 길이라 믿으며.

다시금 르옌이 침묵 속으로 빠져들자, 파사드가 성난 걸음으로 다가와 다짜고짜 그녀의 멱을 잡아 세웠다. 그러고는 막사를 지지하는 단단한 박달나무 기둥으로 사납게 그녀를 밀쳐 세웠다. 쿵. 뒷목이 으스러질 듯 저렸다.

"내가 네게 군 내에서는 여인이라 보아 넘겨 주는 일이 없을 것이라는 말, 기억하겠지."

남자의 음성 탓인지, 뒷머릴 부딪친 충격 탓인지 이명만 귀 안쪽을 맴맴 맴돌았다.

저를 바라보는 새까만 눈동자, 그 속에 담긴 노여움과 불신. 저편 누군가의 책망처럼 느껴졌다. 지레 겁먹은 심장이 쾌들었다. 그리움과 뒤섞인 분노는 쇄골을 짓누르는 통증보다도 강력했다.

그러나 벨바롯트는 그녀에게 단 한 번도 이런 식의 무례를 범한적이 없었으므로, 사실 이것은 파사드가 벨바롯트와 전혀 다른 사람이라는 것을 일깨워 주는 행위였다. 그녀는 오래전의 기억으로 저사내를 겹쳐 보기를 그만두었다.

대신 다른 생각을 했다. 지금 자신이 마주한 막연함이 살갗에 익었던 탓이다. 뮈아드로의 왕성 한복판에 선 왕궁의 담벼락이 그녀를 내려다볼 때 꼭 이런 기분이었다. 무슨 말을 해도 닿지 않고, 어찌해도 변함이 없을 듯한 망망함.

진영에 든 지도 어언 석 달 남짓이 되어 가는 시점이었다. 그녀는 아직 이자를 모른다. 그럴 수밖에 없지 않겠나. 그는 이곳에서 가장 높은 책임자였고 르옌은 변변한 것 하나 없는 말팔이의 딸이었는데.

그러나 지금서 한 가지 알아차린 것이 있다면, 이자는 관대하기 때문에 여태까지 자신을 내버려 둔 것이 아니었다는 사실이다. 관용이 아닌 무시였다. 눈빛이 고집스럽다.

불현듯. 공교로운 불현듯이었다. 먼 기억 속의 국서가 드물게 불평을 내뱉었던 날이 떠올랐다.

✤

그 무렵, 여왕의 몸은 귀자로의 성벽 안에 갇혀 있었다. 전장의 불편한 침상이 아닌 왕궁의 편안한 침실이 낯설어 몇 날 며칠 잠이 오지 않아 고생하고 있었다. 그녀는 부러 누운 채로 시간을 보내는 대신 머릿속을 떠도는 온갖 것들을 거친 필치로 풀어내는 데에 전념했다. 아마도 국서는 그런 그녀가 우려스러웠던 모양이었다.

오죽이나 시간 가는 줄 모르고 집중하고 있었던지 국서가 집무실을 방문했다는 것을 알아차린 건 집무실 입구에서 목소리가 들린 후였다.

—폐하, 페오그란의 열이 조금 떨어졌습니다.

새로운 장을 넘기려던 손이 멈추었다. 여왕은 대수롭지 않게 답했다.

—그래? 그 소식을 전하려 이 시간에 방문한 거냐?

값비싼 금테를 두른 고급 떡갈나무 책상 앞을 떠나지 못하는 여왕을 한참이나 바라보던 국서가 다가와 섰다. 검은 머리칼과 검은 눈동자를 지닌, 늘 속 모를 이다. 국서는 조용히 다가와 책상의 가장자리에 놓인 잔을 치웠다. 안정적인 동작이었다.

—……노곤해 보이십니다. 오늘도 밤을 지새우실 생각이십니까?

그의 목소리는, 그날의 밤만큼이나 깊게 다정했었다. 틀어 올렸던 머리칼이 흐트러졌다는 것을 뒤늦게 깨달은 여왕은 펜을 내려놓았다.

—하루 이틀 지새우는 것도 아닌 것을.

그녀는 머리칼을 손끝으로 올려 고정시키며 답했다.

—하루 이틀이 아니니 우려됩니다. 내일 동이 트면 다시 용무를 보시는 게 어떻겠습니까?

—네가 썩 내 걱정을 하는 체를 하는구나.

—저는 폐하께서 생각하시는 만큼 무정한 이가 아닙니다만.

날카로운 농담을 한두 번 건넨 것도 아니었건만. 그날따라 그의 반응이 의외였다. 표정이 유치하게 삐친 듯도, 조금은 상처받은 듯도 하였다.

—답지 않구나, 벨비. 나는 네가 무정하다 여기지 않는다. 다만 합리적이고 미더운 부군이라 여길 뿐이지. 그게 무엇이 문제이겠느냐?

—한 가지에 몰두하시는 것도 좋지만 주위를 둘러보십시오. 폐하를 걱정하는 이들이 많습니다.

—알아.

—모르십니다.

어딘지 골이 난 듯한 음성이 즉각 되돌아왔다. 여왕은 귀 아래로 구불구불 흘러내린 붉은 머리칼을 잉크가 배인 손끝으로 쓸어 넘기며 느긋하게 되물었다.

—내가 무엇을 모르는지 말해 봐.

—……일단, 오늘은 그쯤 하고 쉬시는 것이 좋겠습니다.

—아니야, 난 정말 궁금하구나. 나의 무지를 일러 주겠다면 기꺼이 귀담아 듣겠다. 말해 봐.

국서는 평소보다 훨씬 까맣고 깊어 보이는 눈동자로 그녀를 바라만 보았다. 턱 끝을 살짝 당기고 우아하게 책상 위에 양 팔꿈치를 대고 앉은 여왕이 포기하지 않을 것을 이해할 때까지.

정제된 적막 속에서 이어지는 것은 고집스러운 여왕과 국서의 눈으로 주고받는 신경전뿐이었다.

한참이나 고목처럼 서 있던 국서가 습관처럼 손끝으로 소매의 은색 커프스 단추를 돌려 만지며 운을 뗐다. 호승심 넘치는 여왕의 고집이 승리를 이루는 순간이었다. 그러나 여왕은 그의 복잡다단한 눈빛을 응시하느라 승자의 기쁨을 만끽하지 못했다.

―폐하.

―응.

―……폐하께서는 본국의 가신들 하나하나가 어떤 내심을 품고 있는지, 어린 백성들이 어떤 눈으로 월계수를 우러르는지, 제가 왜 이런 말을 당신께 드리는지, 지금 당신은 아무것도 모르고 있습니다. 옛적의 당신은 알았을는지 모르나, 지금의 당신은 모르고 있습니다.

―가신들은 제 고방庫房이 동나기 전에 하루 빨리 승전하여 제 잇속들을 채우길 바라고 있을 것이고, 어린 백성들은 추운 겨울을 벗어나 비옥한 옥토를 일구길 바라고 있지. 어찌 내가 그런 것들을 헤아리지 못한다고 믿는 것이냐? 그리고 네가 내게 이런 주제넘는 말을 하는 것도.

―……

―너는 내게 이리 말해도 나의 관대한 용서가 있으리란 것을 알기 때문이지.

여왕의 빈 농담에도 국서는 웃지 않았다.

―폐하, 그들은 하나가 아닙니다. 본국의 가신들이 한 뜻을 가지고 있는 게 아니듯, 어린 백성들 또한 한 뜻이 아닙니다. 승전하길 바라는 이가 있다면 전쟁이 그치기를 바라는 이도 있습니다. 비옥한

옥토를 일구기를 바라는 이가 있지만 지금 가진 것들만으로도 만족하는 이도 있습니다.

—벨비, 우리가 또다시 이런 이야기를 해야 하는 것이냐.

—모두가.

—…….

—모두가 다른 생각을 합니다. 폐하, 한때의 당신은 그것들을 이해하는 분이었습니다.

—지금의 내가 아둔하다, 그리 말하는 건가?

—부디 간언을 곡해하지 마십시오.

진중하게 이어지는 음성을 가만히 곱씹던 여왕은 찌푸렸던 미간을 펴며 바로 앉았다. 옮겨 간 무게중심에 의자 뒷축이 긁히는 소리가 울렸다.

여왕은 편안히 팔걸이에 팔을 얹고 국서를 바라보다가, 가벼운 투로 난데없는 물음을 던졌다.

—벨비, 너는 내가 여왕이 아니라면 어찌했을까?

—…….

—아마 너는 나와 혼인하지도 않았을 터이고.

—…….

—지금도 변경에서 라르크를 지킨다는 이름으로 칩거하고 있었겠구나. 그래, 벨비, 내가 자주 자리를 비워 네게 내치의 짐을 더한 것을 알고 있다. 그렇지만 말이야.

여왕은 그에게 손짓했다. 그림자 속에 반쯤 잠겨 있던 국서가 다가와 지근거리에 섰다.

—이제 에두르지 말고 네가 내게 이런 말을 하는 연유를 말해 봐라. 너 또한 그들과 같지 않은 이유가 있어 내 귀한 시간을 앗아 먹

는 것이겠지. 네가 이리 나를 조르는 시간에 수십 자는 더 써 남길 수 있을 것이고 그리한다면 내 일은 더 금방 마무리가 된다는 말이란다. 어서, 간결히 하자꾸나.

여왕의 손짓에 그는 이끌리듯 고개를 수그렸다. 지근거리에 길쭉이 서 제게로 굽어지는 국서의 어두운 눈동자를 들여다보며 여왕은 '까만 것이 참 서글픈 눈알이지.' 그런 생각을 했다.

─폐하께서는 저를 믿으십니까.

여왕의 대답은 침묵으로 무거웠다.

─폐하께서 저를 믿으신다면 이제, 그만두십시오. 저를 믿는다면 제 간언도 믿어 주십시오. 감히 조언하건대, 충분합니다. 폐하의 자질과 능력을 두려워하지 않는 이는 전 대륙에 존재하지 않습니다. 그리고 저는 이제 폐하께서 당신의 아이를 돌보시는 기쁨을 알았으면 합니다.

그는 조언을 빙자한 경고를 내렸다. 그러나 당연하게도, 여왕은 귀담아 듣지 않았다.

때는 여왕의 몰락이 있기 사 년쯤 전의 일이었다.

까마득하게 오래전의 일이다.

그 시절은 이미 멀어져 주워 담을 수도, 되감을 수도 없는 시간 건너에 존재했다. 제 눈앞의 까만 눈동자를 마주 보며 르옌은 문득 생각에 잠겼다. 만일 그때, 그의 조언을 귀담아 일리를 새겼더라면 어찌 되었을까.

이미 스스로 알고 있었다. 돌이킨다 해도 반복될 과거였다. 당시 그녀가 벨바롯트의 말 속에 숨어 있던 어떠한 내막을 알아차렸다면 귀자로 성벽 안에 또 다른 피바람이 불었을 것이다. 여왕은 그녀의 앞길을 방해하는 이들을 모조리 척결하고 또다시 고고한 깃털 달린 투구를 쓰고 전장으로 달려 나갔을 계집이었다.

벨바롯트는 그를 알고 있으므로, 시간을 되돌린다 한들 결코 여왕에게 이르지 않았을 것이다. 때문에 모든 일은 자연스러운 수순이었다.

그리고 지금 눈앞의 사내를 마주 보며 르옌은 '어째서 이런 상황에 처했나.' 그런 어리석은 자문을 해 보았다. 하필이면 왜 이곳에서 벨바롯트의 이름을 답습한, 벨바롯트를 닮은 또 다른 브류나크를 마주했나.

왜.

"……일곱."

입술을 연 것은 실수였다. 그러나 한 음절, 내뱉은 순간 멈출 수 없었다.

"나는 일곱에 다르다는 것을 알았습니다. 자연스럽게 말을 타는 법을 알았습니다. 아무리 어려운 고문古文이라도 어렵지 않게 읽을 수 있었습니다. 활도, 창도, 한 번도 가 본 적 없는 라르크의 지형도 금세 알 수 있었습니다. 올조르도…… 잊지 못해 알았습니다."

르옌은 살면서 어느 누구에게도 이리 진솔히 드러낸 적이 없었다. 어릴 적 뭣 모르고 떠들었다 크게 혼이 난 이래로 쭉, 그녀는 모든 것을 홀로 품고 살았다. 부모와 형제에게도 마찬가지였다. 스스로를 주체할 수 없을까 두려워 르옌은 최대한 소리를 낮추었다. 멱을 움켜쥐고 밀어붙였던 사내의 손에서 조금 힘이 빠지는 게 느껴졌다.

"무엇 하나 거짓으로 고하지 않았습니다. 나는 그리 났고, 하늘에 한 점 부끄러움 없는 진실함으로 당신에게 말하고 있습니다."

그러나 말을 이을수록 자충수에 빠지는 것처럼 스스로가 처참해지는 것은 어쩔 수 없었다. 목언저리를 틀어쥔 손의 힘이 빠졌다 뿐이지 나아진 것은 없는 셈이다.

여과 없이 의혹을 드러내는 매서운 눈빛이 아팠다. 이 올가미 같은 상황을 빠져나가지 못하면 저자의 하얀 칼날에 목덜미가 찢겨 죽을지도 모른다는 건 기우가 아닌 확신이었다.

"무슨 말을 지껄이나."

"……나는, 저는."

"……너는?"

정말 미쳤나 보다. 제 머리가 어찌 되었나보다. 이성적이고 냉철한 자가 분명한 이자의 면전에서, 몽상가도 믿지 않을 법한 이야기를 늘어놓으려 하고 있다니.

하지만 파사드는 이미 올조르에서도 한 차례 그녀의 말을 들어 주었다. 스스로는 아니라 부정할 테지만 르옌에게는 같은 결과였다. 르옌은 모든 용기를 다 끌어내어 고백했다.

"어느 일곱 해째 되던 날 정신을 차리니, 어떤 여자가 제 머릿속을 차지하고 들앉았습니다."

"어떤 여자?"

"당신이 믿기 어려운, 많은 기억을 품은 어떤 여자입니다."

파사드는 한참을 말이 없었다.

"압니다. 미친 소리로 들리시겠지요. 말도 안 되는 소리처럼 들리는 게 당연합니다. 하지만……."

콧산등을 찡그리던 파사드는 그녀의 멱을 쥐고 있던 손을 확 떨쳤다. 그가 불쾌한 것에 닿기라도 한 사람처럼 손을 매만지며 일갈했다.

"……제정신이 아니라는 것은 일찍이 알았다. 그러나 살기를 바라고 그런 헛소리를 읊어 댈 만큼 어리석지는 않다 여겼는데. 어영부영 사태를 모면하려 한다기에는 변명이 조악하기가 그지없군."

그가 답싹 믿을 거라 여기지도 않았다. 그러나 막상 저리 현실적인 반응이 되돌아오니 팔다리에 힘이 빠졌다.

"발로이드 페이작 마리포사에 대해 해명하라."

"……그에 관하여는 모릅니다."

애써 실망의 기미를 삭인 르옌이 반 박자 느리게 대답했다.

"너를 누이라 부른 그자에게 고함을 지른 것은 너다."

그래, 그 낯선 껍질을 쓴 자가 저를 그리 불렀다. 그리고 그가 그녀를 단박에 알아본 것처럼 그녀 역시 단번에 확신했다. 본능이 일러 주는 익숙함이었다.

그는 페이작 돌레한 라르칼리아, 그녀의 전우이자 동생이자 우인이었던 이백여 년 전의 여왕의 기사였다.

"너는 마을을 떠난 적 없다 보고받았다. 그렇다면 발로이드 페이작이 국경을 넘어온 적이 있었나? 라르크의 공적인 변절자 가문의 사람을 영내 마을에 들이고도 보고하지 않았음은 마을 단위의 내통이라 간주할 수 있음이다. 그들은 남녀노소를 불문하고 모두 반역의 죄로 참해질 것이다."

연좌의 처형을 읊는 잔인한 음성에 번쩍 정신이 든 르옌이 이를 악물었다. 온몸의 피가 얼어붙는 것 같았다.

"발로이드 페이작이 국경을 넘은 것이 정확히 언제인지, 국경을 넘어온 그자가 무엇을 하고 갔는지 또한 낱낱이 고해라."

"그들과는 관계없습니다. 나는 이미 진실을 말했습니다."

"그런 허황된 소리."

"나도 이해를 하지 못하는 진실을 당신께서 이해하라 하지는 않겠습니다. 하지만 무고한 이들까지 끌어들이지 마십시오."

표독스레 답하는 그녀를 조감하듯 내려다보던 파사드의 눈빛이 맹수의 것처럼 서늘히 날을 드러냈다가, 르옌의 이어진 한마디에 타부서져 내린 재처럼 흐트러졌다.

"세상 모든 것이 당신 뜻대로, 당신이 알고 있는 상식대로만 돌아가더이까."

"……네가 네 목숨 아끼지 않는다는 건 올조르에서부터 알았지만 말조심하는 게 좋을 거다. 네 앞에 있는 내가 누구인지 잊은 게 아니라면."

"브류나크. 그 이름을 어찌 모르겠습니까?"

"쓸데없는 사족으로 논지를 피해 가려는 수작질은 그만둬라."

"나는 왕궁이 개축되지 않았다는 전제하에 누구에게도 들키지 않고 노르테 홀의 왕좌에 앉을 수 있습니다. 나를 경계하는 당신의 눈에도 드러나지 않게 은밀하게. 나는 그곳의 구조를 알고 있고, 몇 개의 방이 있고, 알레타르 달테 위로 향하는 계단이 몇 개인지 알고 있습니다. 나는 날 때부터 다 알고 있었습니다. 시험이라도 해 보겠습니까."

끝으로 몸서리쳐지는 정적이 막사 안을 내리눌렀다. 한참 후에야 그가 반문했다.

"……조금 전의 발언이 너 스스로를 더 위험하게 만든다는 것을 모르나?"

"그리고 나는 알레타르 달테의 벽화에 그려진 모든 짐승을 읊을 수 있습니다."

숨 졸린 음성 아래 깔린 그의 침묵은 그녀에겐 외려 독이었다.

"……."

"······."

쓸데없이 뒤엉키는 단상들을 삭인 르옌은 그로부터 어떠한 기미를 찾아내기 위해 눈에 힘을 주었다. 그러나 무엇도 없다. 여태까지 그가 보인 분노는 애당초 그녀의 착각이란 듯이.

한참 후에야 파사드가 입을 열었다.

"병사."

르옌은 그의 단 두 음절만으로도 그 이후에 있을 일을 짐작해 냈다. 해서 반복했다.

"사실입니다."

파사드의 부름에 막사 앞을 서성대던 병사들이 모습을 드러냈다.

"끌고 가라."

"증명할 수 있는 것이 말뿐임이 애석하지만 믿어야 합니다, 당신은······!"

병사들은 그녀를 질질 끌고 가기 시작했다. 위태로운 전시에 간자의 혐의가 얼마나 지독하고 잔인한 것인지 모를 리 없었다. 이대로 끌려가면 전부 참해지거나, 적어도 제 동생과 자신의 목숨은 없어질 것이다.

르옌의 눈에 돌연 탁자 위에 놓여 있던 전서가 들었다. 르옌이 쉰 고함을 내질렀다.

"제1장······!"

그녀를 외면하며 몸을 돌리던 파사드가 그대로 움직임을 멈추었다. 덩달아 그녀를 강제로 끌어내리던 병사들도 멈추었다.

"전쟁의 시작과 끝은 정복이며, 정복은 군인이 아닌 자국민의 평화를 준하여 목적한다······!"

느닷없이 괴상한 소리를 하기 시작하는 르옌을 흡뜬 눈으로 쏘아

본 병사가 그녀의 팔을 확 끌어당겼다. 그녀는 종잇장처럼 휘청거리면서도 파사드에게서 시선을 거두지 않은 채로 머릿속에 떠오르는 일련의 기억을 내질렀다.

"제2장…… 창칼로 혀를 잘라라. 3장, 지휘관은 떨어진 신이다. 4장, 승냥이를 내쳐라. 5장, 진영 내의 간자는 아량으로 포용해라. 6장……!"

파사드가 손을 들어 병사들을 막았다.

"물러서도록."

다시 이야기를 들을 마음이 동한 모양이었다.

숨 돌릴 틈도 없었다. 병사들이 팔에 힘을 풀었다. 짐짓 드는 의문에 파사드는 완전히 그녀를 향해 몸을 돌렸다.

"뭘 하는 거지?"

"내가 한낱, 그저 말 팔이의 딸일 뿐이라면 어떻게 저것들을 다 알고 있겠습니까."

"……."

"처음 군에 들었을 때, 양방의 손실로 끝이 날 뻔한 안프 절벽의 전투는 제가 적장을 쏘아 죽임으로써 라르크의 승리로 정황을 속여 마무리되었습니다. 어떤 간자가 자신이 의탁한 나라의 적장을 죽여 적에게 승리를 안겨 주겠습니까."

"라르크의 환심을 사기 위한 고육계였다면 불가능한 일도 아니겠지."

"모르가나 수성의 상징이라 일컬어지는 올조르의 붕괴까지 이르는 길을 안내한 것이 저입니다. 이제와 그 공적을 내세우는 치졸함을 내보이고 싶지는 않으나, 당신께서 그 증인이 아닙니까. 당신이 모르가나의 잔당이라면 고작 간자 하나를 심기 위해 유구한 역사의 올조르를 내주겠습니까. 설사 그랬다 하면 제 살 깎아 주고 심어 둔 간자를 그들이 먼저 폭로하는 짓 따위를 하겠습니까."

그것은 저놈이 머리가 없더라도 충분히 생각할 수 있을 만한 일일 것이다.

페이작, 아니 발로이드. 그녀의 또 다른 머리 한 켠을 모조리 차지한 모르가나의 적장이 무슨 짓을 했건 간에 그녀가 이곳에서 이뤄 놓은 것은 사라지지 않았다. 르옌은 말보다 행동을 중시했고, 파사드가 그녀와 같은 사람이길 바랐다.

"분명 당신이. 당신께서 보이는 의문은 합당하며 납득할 만한 것입니다. 그러나 저 또한 지금 의문으로 그자를 만나 묻고 싶습니다. 그러지 않고서는 지금 당장은 증명할 도리도, 당신께 확신을 드릴 도리도 없습니다. 저를 믿지 못하겠다면 믿지 마십시오. 저 또한 신뢰를 구걸하지 않습니다. 그러나 오명을 달게 받지는 않겠습니다. 내가 보여 준 행동으로 나를 판단하십시오."

불그스름한 빛을 띤 여자의 눈동자가 한 치의 흔들림도 없이 그를 바라보았다. 기묘한 불쾌감에 파사드의 시선이 탁자 위로 떨어졌다. 낡은 전서가 가지런히 펜과 함께 놓여 있었다.

『전쟁의 실효와 지침 24개 장』
스완 세칼리드 라르칼리아 저

파사드는 전서 위로 시선을 둔 채로 이 이해할 수 없는 상황을 반추했다.

스완 세칼리드 라르칼리아. 멸망한 왕조의 마지막 여왕이 남긴 저 책은 흔한 것이 아니었다. 또한 여왕 스완에 관한 전기와 갖가지 기록들은 말소되었고, 떠도는 것들마저 금서로 지정된 지 이백 년. 르옌이라는 여자가 읊은 것은 순서 하나 틀리지 않은 전서의 글귀들이었다.

지금 당장 저 서책을 펼쳐 확인하지 않아도 안다. 전쟁에 관하여 박식하고 남다른 기치를 세우고 있던 폭군의 역사가 담긴 그 책을 파사드 또한 수차례 읽어 왔으므로.

언젠가 에반부르가 넌지시 이르기를 그녀는 글로 전쟁을 배운 것이 아닌 듯하다 하였다. 연륜 있는 노인이 그리 말했다면 그만한 이유가 있을 터다. 물론 그는 저 미친 여자가 무엇이든, 그들에게 이로운 자라 믿지는 않았다.

"어디에서 배웠나?"

"배우지 않았습니다. 기억하고 있을 뿐입니다."

파사드의 기백이 다소 누그러드는 것을 알아차린 후에야 르옌은 냉정을 찾았다. 물론, 벌렁거리는 심장은 여전히 힘든 줄 모르고 뛰고 있는 채였다. 살얼음 판 위를 걷는 듯 아슬아슬한 분위기 속에서, 병사들만 어쩔 줄 몰라 하며 그들을 번갈아 보았다.

한참 후에야 파사드가 다시 입술을 뗐다.

"제20장, 답할 수 있겠나?"

"단 하나의 약점이 패인이 된다."

별안간 제 앞으로 떨어진 말에도 르옌은 한 치의 당황 없이 답했다. 자신이 쓴 책이며 자신이 품고 있던 이상이었다.

"제21장."

"전투의 끝은 정복이나, 전쟁은 끝나지 않는다."

르옌의 서슴없는 답에 파사드는 한참을 그녀를 바라보기만 했다. 그가 다시 입을 열었을 때, 그것은 청천벽력이었다.

"르옌 데투아는 스스로가 모르가나의 간자임을 실토했으니 옥에 가두고, 시단 데투아를 비롯한 데투아 일가를 모조리 잡아들여라.

규젠 마을을 샅샅이 조사하고 서책들을 몰수하여 엄중한 조사에 들어갈 것이다."

재깍 명을 수행하려는 병사들에게 붙잡힌 르옌이 가까스로 버텼다. 순식간에 내려진 그의 결론이 당황스러웠다.

"그게 무슨 말입니까. 나는 분명히 맞게……!"

파사드가 그녀의 발치로 낡은 서책을 내동댕이치듯 던졌다. 르옌이 병사들의 팔을 비틀어 뿌리친 후 그것을 주워 들었다. 낡은 나비 인장이 해묵은 족적처럼 남은 낯선 전서였다.

"이것은 여왕의 전서 사본이다."

책을 펼친 그녀는 이를 꽉 문 채 책장을 넘겼다. 한 장, 한 장, 그리고 또 한 장. 파사드는 그녀의 달달 떨리는 느린 손을 보채지 않았다.

전서의 마지막 장에 다다른 순간, 그녀의 손끝이 허공을 한 번 헛그렸다. 르옌은 멍하니 마지막 장을 내려다보았다.

제17장.

응당 있어야 할 17장이 없었다. 16장 뒤로 바로 붙은 것은 18장도 아닌 19장이었다. 낡은 페이지를 넘기는 르옌의 손이 떨리기 시작했다. 그리고 21장. 비어 있다. 22장, 23장, 24장도 없었다. 스물네 개의 장으로 엮인 전서의 제목과는 다르게 말미를 장식한 것은 제20장이었다.

파사드의 싸늘한 음성이 귓전을 울렸다.

"원본은 마리포사 가문의 개문 당시 변절자 페이작 돌레한 라르칼리아가 모르가나의 황실에 바쳤으며, 현재 라르크에는 이 말고 사본이 있다는 이야기를 들어 본 기억이 전무하다. 내가 지닌 것이 유일하며 사본마저도 완전하지 않다."

"……."

"그럼에도 네가 모르가나와 아무 관련이 없다 주장하겠나?"

온 몸부림을 담아 말했던 진실한 고백은 염두에도 없었던 것이다. 파사드는 자신이 전서를 읊는 순간 단정했을 것이다.

함정이었다. 아니, 함정이라기보단 당연한 것일는지 모른다.

그래서 지난 열흘, 르옌은 이 눅진 막사에 처박혀 있었다. 무력감과 회의감이 번갈아 찾아왔다. 전장을 자유로이 뛰어다니지는 못하는 신세가 된 것은 그렇다 치더라도, 감금이라니. 어떤 소식도 전해 받지 못하는 고립감 속에서 그녀는 차츰 스스로를 의심하기 시작했다.

'미친 것인가.'

이쯤 되니 정말 자신이 혹 긴 꿈을 꾸고 있는 건 아닐지 의문하지 않을 수 없었다. 무엇부터가 잘못된 것인가. 요새가 무너지고 못다 이룬 업을 마쳤다 믿었다. 그런데 모든 과거에서 벗어났다 여긴 순간, 또 다른 과거가 약속이나 한 듯 나타났다. 이백 년 전의 동생이 모르가나에 적을 두었다는 것은 만취의 정신으로도 못 할 농담이었다.

애석하게도 파사드는 객관적으로 현명했다. 적장이 벌이고 간 그 패악질에도 자신을 우군이라 믿는다면 그녀는 오히려 파사드를 비웃었을 것이다. 스스로의 머리로 이해했기에, 어떤 말로도 당장 그를 납득시킬 자신이 없어 입을 닫았다.

르옌은 문득 일반 병사들과는 다른 발소리를 깨닫고 단상을 멈추었다.

걸음 소리는 점차 커졌다. 이윽고 낯익은 얼굴이 나타났다. 덴작, 라르크의 기사 중 한 명이다. 한때 자신의 심사전에서 제 상대로 나섰다가 망신을 당했던 예기였다.

절벽 기지에서 합을 겨루었던 사내의 등 뒤에는 두 명의 병사가 더 따라붙어 있었다. 덴작은 키가 몹시 커서 그가 지나는 순간, 작고 허름한 막사 입구가 꽉 차는 기분이었다. 살기등등한 얼굴은 아무리 좋게 해석하려 좋은 의도로 보이지 않았다.

덴작이 성마르게 굵은 음성으로 명했다.

"끌고 가."

'이제 죽이기로 마음먹은 모양이지.' 하며 르엔은 자조했다. 정신머리는 죄 날아가고 남은 것은 무력함에 대한 경멸뿐이었다. 그래, 열흘. 열흘이나 살려 뒀으면 긴 인내였다.

그러나 곧장 처형장으로 향할 줄 알았던 그녀는 더 은밀하고 으슥한 곳의 지하 감옥으로 끌려갔다. 덴작은 말없이 뒤따라 들어와 말했다.

"붙잡아라."

그의 명을 따라 곁에 남아 있던 병사 두 명이 그녀를 강제로 일으켜 세웠다. 르엔의 표정이 굳어지는 것을 날카롭게 응시하던 덴작이 선언했다.

"간자의 혐의에 대해 문초를 할 것이다. 지금이라도 이실직고한다면 험히 다루지는 않겠다."

르엔은 딱 한마디의 답을 되돌렸을 뿐이다.

"……바라는 답을 듣긴 어려우실 겁니다."

병사들이 그녀를 돌려 세웠다.

덴작은 허리춤에 매고 있던 투박한 하마 가죽의 채찍을 꺼내어 들었다. 르엔이 이를 악무는 순간, 그의 채찍이 거침없이 그녀의 팔뚝과 등허리로 들러붙어 살갗을 찢었다. 짜악! 별안간의 격렬한 통증에 그녀가 휘청했다. 채찍질은 기다리는 법 없이 다시금 매섭게 쏟아졌다. 채찍 소리가 수십 차례 울려 퍼졌다.

"르옌 데투아, 네가 수상하다는 건 절벽 기지에서부터 짐작했다."

저자가 자신을 마음에 들어 하지 않았다는 것은 알았다. 르옌은 불에 덴 듯 화끈거리는 등가죽에 가까스로 신음을 참아 눌렀다.

"나는 지금 여유가 있으니 너도 마음껏 여유 부려 봐라. 그래 봐야 결국에는 발로이드 페이작 마리포사와 어떤 관계인지, 무슨 간계를 꾸미고 있는지 전부 실토하게 될 것이다."

눈앞이 노랗게 변할 정도의 고통이 반쯤 병사들에게 들려 버티는 그녀의 종아리를, 뒷목을, 가느다란 등을 후려쳤다.

'저 빌어먹을 새끼가.'

독하게 비명을 삼키는 그녀의 반응에 약이 오른 듯 덴작의 채찍질은 더욱 거칠어졌다. 생살과 짐승 가죽이 자석처럼 쩍쩍 휘감겼다 떨어질 때마다 그녀의 남루한 옷은 넝마가 되고, 살갗은 찢긴 듯 갈라져 벌건 핏물이 흘러나왔다.

덴작은 지겨우리만치 반복적으로 질문했다.

"무슨 계략을 꾸미기 위해 라르크의 진영에 잠입한 거지?"

또다시 반복.

"마리포사 가문의 그자와 무슨 관계인가?"

바들바들 떨리는 턱에 힘을 준 그녀가 가까스로 고개를 비틀어 덴작을 노려보았다. 여전히 사나운 맹수 같은 그녀의 눈빛에 채찍을 쥔 덴작의 손에 힘이 들어갔다.

"……정 잡아떼겠다면 기억이 난다 말할 때까지 후려쳐 주지."

안프 절벽 기지.

기지 서쪽 끝머리에서는 일고여덟 명 남짓 되는 기사들이 옹기종기 모여 앉아 우중충한 얼굴로 머리를 맞대고 있었다. 그림자가 엉덩이 아래 깔린 시간. 구름 한 점 없이 쾌청한 하늘이 쏟아 붓는 햇볕은 따가웠다.

무구고 뭐고 다 벗어 재끼고 앉은 자칼린의 입꼬리가 맨땅에 닿을 듯 쳐졌다.

지금 그들이 전선으로 복귀하지 못하고 이리 우스꽝스럽게 모여 있는 것은, 모르가나로부터 도착한 예의 그 암호문 때문이었다. 라르칼리아의 문자를 이해하는 이들은 대부분 지휘급 계관들이었다. 그러므로 이건 정말 유능한 이들을 뒷골방에 쳐박아 두는 것과 다름없는 인력 낭비였다.

'이건 시간 낭비야…… 시간 낭비잖아아…….'

자칼린은 기운 빠진 얼굴로 볼에 바람을 넣으며 질겅거렸다.

"아무리 봐도 말이야."

규젠 마을의 서책과 심문의 보고는 그제부로 마무리되고 예상대로라면 그들은 전선으로 복귀해야 했다.

그러나 결과만 말하자면 규젠 마을의 주민들을 데려다 한 심문도 헛짓이요, 귀한 시간 들여 백여 권이 넘는 책들을 속성으로 조사한 것도 쓸데없이 시간만 버리는 일이었다. 미친 발로이드, 서신을 쓸 거라면 알아먹게 쓸 것이지. 그가 투덜거렸다.

발로이드 페이작이 다녀간 이후 우기의 끝자락에 이를 때까지 그들이 얻어 낸 것이라고는 천재니 수재니 마녀니 하는 얼토당토않은 이야기들뿐이었다. 마을 사람들은 모르는 이가 없었던 터라 그들의 노력으로 얻어 냈다 말하기도 어폐가 있었다.

어찌 되었건 그 바람에 르옌의 정체는 더욱더 오리무중으로 빠졌지만 사실인 것을 어쩌겠나. 애당초 그 쥐방울만 한 마을에서 '라르칼리아 문자'에 관한 고서적을 찾으라는 것이 말이 안 되는 일이었다.

물론 자칼린은 파사드가 어째서 이런 명령을 내렸는지도 충분히 짐작했다. 라르칼리아 문으로 뒤덮여 있었던 올조르의 협곡, 르옌이 보인 장례 의식, 수상할 정도로 해박한 군법 지식. 세세히 따지자면 손에 꼽을 만큼 많았다. 만일 그 고집쟁이가 결백하다면 어떤 형태로든 그녀가 자란 마을 내에 라르칼리아에 대해 알 수 있는 기록이 남아 있을 것이다.

그러나 자칼린은 그녀의 결백을 위해 이리 고생하는 제 신세에 대해 회의적이었다. 르옌이 갇힌 감옥까지 쫓아가 문초하는 게 가장 빠르지 싶었다.

자칼린에게 있어서 지난 여드레는 정말이지, 치 떨리는 시간이었다. 아직까지 기억나는 제목들만 해도 『간단한 화덕 요리』, 『약초학은 이제부터』, 『논과 밭』, 『가축의 중요성―산양 기르기―』 따위의 시답잖은 것들뿐이다.

그나마 『북부의 정신』, 『라르크 신화』 따위의 역사서가 예닐곱 권 정도 있긴 했지만 북부의 정신이야 라르크 지식인들의 필독서에 가까운 책이었고, 라르크 신화는 뭐, 읽는 동안은 재미있었다. 미묘하게 야한 것이.

'그래, 재미있었지.'

실실 쪼개던 자칼린이 타바잔의 시선에 헛기침하며 고개를 돌렸다.

"집중해 주시지요, 체사 경."

자칼린이 바짝 허릴 세우고 몹시 반성하는 듯한 표정을 지어 보인 후에야 타바잔은 다시 임무로 돌아갔다.

기사들은 의견을 나누었다.

"시친 군도의 암호 해독 방식도 맞지 않습니다. 지데라카나 앙레디움 쪽은……."

"라르칼리아 문인데 라르크 내에 존재하는 해독 방식으로 추론하는 게 맞지 않을까요."

"과거 에스란드 일대에 숨어 있었던 밀사들이 짐승을 빗대어 암호문을 만들었다는 기록이 있기는 합니다만……."

수북이 쌓인 책들을 보고 있자니 절로 달갑지 않은 기억이 떠올라 욕지기가 나왔다.

"미친놈."

갑작스런 욕지거리에 기사들이 자칼린을 돌아보았으나 자칼린은 딱히 해명하지 않았다. 발로이드 페이작 마리포사가 미친놈이라는 사실은 굳이 다시 상기시킬 필요가 없는 일이었다.

자칼린은 누구보다 가까이서 발로이드를 목도했다. 적진의 한복판으로 혈혈단신 쳐들어온 사내의 기억이 아직도 선명했다. 빗줄기 사이로 번뜩이던 귀기 어린 벽안이 저와 같은 인간의 눈알이었나 싶을 정도로 괴이했더라.

어찌 되었건 상식적으로 생각해도 르옌은 간자일 수가 없는데, 발로이드의 행동과 맞물린 르옌의 반응 탓에 어떻게 말 한마디 할 수가 없었다. 르옌을 향해 섭정 공이니, 한센의 핏줄이니, 스완이니 하며 지껄이던…….

—누님을 배반한 한센의 핏줄에, 은혜를 원수로 갚은 브류나크의

핏줄에 둘러싸여서.

아닐 테지만 제 가문에 한센이라는 조상이 있다는 것을 감안하면 대수롭잖게 넘기기 어려운 말이었다. 이백 년 전, 시왕 벨바롯트를 도와 역성 혁명을 이룩한 위대한 공신이 공교롭게도 한센 두크 체사다. 예전이야 어땠는지 몰라도 지금은 흔한 이름도 아니다.

거기까지 생각한 자칼린의 표정이 찌푸려졌다.

—체사라면, 섭정 공 브류나크의 우수右手였던 한센 두크 체사의…….

첫 만남의 그녀도 그런 이상한 말을 했었다.

곰곰이 기억을 곱씹고 있자니, 왠지 모를 위화감이 들어 몸서리가 쳐졌다. 한센도, 스완도, 생각해 보면 전부 다 라르칼리아 왕조 시절의 이름이 아닌가. 대체 어찌 돌아가고 있는 꼴인지. 절벽 너머 전선의 소식도 시원스레 들리는 게 없어 몸이 베베 꼬일 지경이었다.

"아, 진짜 좀 쑤셔서……."

"지금 이 상황이 불편한 건 체사 경만이 아닙니다."

참다못한 타바잔이 대꾸했다. 조금만 더 뺀질거리다간 진짜 칼부림이라도 낼 기세라, 자칼린이 재빠르게 암호문으로 시선을 옮겼다.

질 로하이. 질 로하이. 탄트 로하이.

귀레 벨. 카르카소 수엘라. 귀레 벨 카라.

높새바람. 마파람. 벌새. 암컷 공작.

'바람이 뭐, 새들이 뭐. 뭐, 뭐뭐뭐뭐! 뭐 이딴 게 다 있냐.'

왕실 밀사도 쓰지 않을 법한 의미 모를 단어들의 나열이었다.

"높새바람은 농번기 철 부는 바람인데. 시기를 의미하는지도요……."

"탄트 로하이, 마파람이 부는 시기는 곧이지만 질 로하이가 농번기를 이야기하는 거라면 이미 지났습니다. 확실히 시기를 상징하는 것일지도 모르나, 그런 것 같지는 않습니다."

"방향이라면 말이 되지만 그 밖의 별새, 공작새와 아래의 숫자들과의 연관을 찾아 맞춰 봐야 하겠습니다만."

삐딱하게 턱을 괴고 앉은 자칼린이 게슴츠레 시선을 내렸다.

"일단 결국 모르가나식으로 해독해야 하지 않겠습니까? 우리가 알고 있는 무스 부호와 앞 자만 따서 말을 잇는 것, 그리고 특정 서책의……."

"하지만 라르칼리아 문자로 저들이 암호를 만든다는 건 처음 들어 봤습니다. 반달과 기욘에 사는 암호 해독 전문가에게도 서신을 보냈습니다만."

반달과 기욘은 모두 근방의 갈라부아 일대를 지배하는 가문들의 땅이었다. 그들이라고 딱히 묘수가 있을 것같지는 않았다.

"알려지지 않은 암호문이라면 긍정적인 회신은 어렵겠지요."

자칼린이 관자놀이를 긁적였다. 이러고 앉아 탁상공론을 하면 뭐가 나오나. 이 서간을 르옌의 앞에 내던지면 뭔가 답이 나올 것도 같은데 그마저 여의치 않으니 곤란하기만 했다.

해가 등 뒤로 기울어질 무렵, 땅거미가 기어 나오는 것을 발견한 자칼린이 결국 탁 하고 무릎을 때리며 일어섰다.

"어딜 가십니까, 체사 경."

"영 소식이 없으니 잠깐 저쪽 가서 어찌 되고 있는지 좀 보고 오지요. 혹시 압니까, 총사께서 풀었는데 우리가 이리 머리 싸매고 있는 걸지도 모르잖아요? 아니라도 우선 조언도 구해 보고……."

기사들이 미심쩍은 눈길로 그를 올려다보았지만 자칼린은 못 본 체 뒷짐을 지고 설렁설렁 걸음을 옮겼다.

근 열흘 만에 돌아온 본영인 이샤스 주둔지는 휑했다. 병사들의 활기와 땀 냄새는커녕 빈 터에 타오르는 아궁이 불과 횃불 연기만 자욱이 올랐다. 진영에 들어서자마자 바로 사령부 막사로 직행하려다 마음을 바꿔 훈련장을 한 바퀴 돈 자칼린이 상황을 깨닫고 한숨을 내쉬었다. 대부분의 병영 막사가 텅 비어 있는 것이 아무래도…….

막 무기 걸이를 정리하던 병사가 그의 추측에 힘을 실어 주었다.

"총사령관께서는 전선 일대로 나가 교전을 준비하고 계십니다."

우기가 끝났으니 뭔가 움직임이 있을 것이라 예상하긴 했다.

'아무리 그래도 우리만 빼놓고 갔단 말이지…….'

시무룩한 가라앉았던 녹안이 곧 뚱하게 타올랐다.

"그럼 지금 여기는 누가 통솔하고 있고?"

"듀사크 경이십니다."

"아아, 듀사크 경? 베로한 경은 어디 있는지 알아?"

"글쎄요. 최근엔 뵙지 못했습니다만……."

끝내 뒤끝을 떨치지 못한 자칼린이 아쉬운 눈빛으로 남쪽 어느 방향을 돌아보았다.

"그러면 듀사크 경은 사령부 막사에 있나?"

"아, 여단장님께서는 지금 죄인을 심문 중이라 들었습니다."

막 사령부 막사 쪽으로 걸음을 옮기려던 자칼린이 홱 고개를 돌렸다.

파도 소리처럼 희미한 소음이 울렸다.

날벌레의 날갯짓처럼 작던 진동은 점차 뚜렷해져서 이내 이해할 수 있는 언어가 되었다. 르옌은 얼마 지나지 않아 자신이 정신을 잃고 있었다는 걸 깨달았다. 까만 시야. 손에 힘을 주어 보려 했다. 그러나 몸의 감각은 없었다. 간신히 눈꺼풀을 들어 올리니 낯익은 두 인영이 옥신각신하고 있는 것이 보였다.

"너, 당장 저거 풀지 못해! 듀사크 경, 대체 이게 무슨 상황입니까? 아직 무엇 하나 확실하지 않다 들었습니다."

"확실하지 않으니 확실하게 하려고 하는 겁니다."

"아니, 이건 도가 지나친 것 아닙니까. 죽이려고 작정했습니까?"

낯설고 투박한 손길이 창살에 묶인 그녀의 양 팔목을 풀어 주었다. 르옌의 몸이 주르륵 앞으로 미끄러졌다. 그들이 자칼린과 덴작이라는 것을 깨닫기까지는 오래지 않았다.

"칼란독 경이 죽여도 된다 했습니까?"

"사령관께서는 이미 이 여자를 간자라 여기고 있습니다."

"그러니까, 지금 이게 칼란독 경의 명령이라는 겁니까?"

덴작은 자칼린의 사나운 응수에도 아랑곳하지 않았다. 외려 몹시도 못마땅한 얼굴로 온통 피투성이로 쓰러진 작은 여자를 흘겼다. 흙바닥과 뒤엉켜 널브러진 여자의 꼴은 그로서도 보기 좋은 것은 아니었다.

"직접 명령을 하달받지는 못했습니다. 하지만 지금 칼란독 경께서 이곳을 제게 맡기시고 전투에 임하기 위해 떠나셨으니 제 재량입니다."

'내 이럴 줄 알았지.'

자칼린의 눈빛에 싸늘함이 떠올랐다. 그럼에도 파사드가 덴작에게 어느 만큼의 권한을 위임하고 전선으로 나섰는지를 가늠하기가 어려운 건 사실이라, 자칼린은 최대한 침착하게 말을 골랐다.

"아니, 총사께서 지금껏 르옌을 내버려 둔 데에는 그럴 만한 이유가 있을 거란 생각은 안 해 보셨습니까? 저 여자가 없었으면 이번 올조르전도 그리 대응할 수 없었을 겁니다."

"저 또한 들어 압니다. 하지만 그것과는 별개로 모르가나와 공모하였는지 아닌지의 여부가 현 군에는 더 중요한 문제입니다."

"저도 아는데요. 아니, 애초에 심문은 입을 열라 하는 건데 기절해서 입도 벙긋 못 하게 만들면 그게 심문입니까? 그리고 간자였다면 라르크 군에 득 되는 일은 않았겠지요."

"저 여자가 칼란독 경에게 검을 겨누었다는 이야기가 거짓입니까?"

"그건……."

덴작이 내어놓는 근거에 자칼린의 목소리가 끊겼다. 안개 낀 묘지처럼 서늘한 공기가 흘렀다.

"그게 사실이라면 애초에 처형되었어야 하는 저 여자가 지금까지 살아 있는 것이야말로 납득하기 어렵습니다. 그러니 체사 경, 물러서십시오."

그에 관해서는 자칼린도 달리 할 말이 없었다. 이유 불문, 그때 르옌이 한 행위는 즉처감이었다. 그러나 금방이라도 숨 꺼질 듯 가느다랗게 떠는 여자를 내버려 둘 수도 없었다. 자칼린의 직감은 여전히 르옌이 적이 아니라 말했다.

자칼린은 포기하지 않고 강경한 태도를 고수했다.

"아니, 뭐, 그래. 그건 그런데요. 당장 죽일 생각 아니라면 이쯤 멈추는 게 나을 것 같습니다만."

"경이 이리도 이 계집을 감싸는 이유가 뭔지 의심스럽습니다. 그러고 보니 체사 경이 저 여자를 진영으로 들이셨지요."

최대한 성질을 죽이기 위해 말을 고르던 자칼린의 주먹에 힘이 들어갔다. 연한 녹안 가둔 삶 같은 눈매가 느른하게 휘는가 싶더니 여태까지와는 다른 싸늘한 음성이 흘러나왔다.

"아예 저를 변절자로 매도하지 그러십니까? 당장 나가서 저기 저 마리포사 잡놈들이랑 손뼉이라도 짝짝 부딪치고 올까요?"

"명망 높은 체사의 둘째 도련님에게 그런 불명예스러운 발언을 할 생각은 없습니다. 아무리 소문이 좋지 않다 한들 그래도 체사인 것을 잊겠습니까. 당신께서도 스스로가 체사임을 기억하실 테니."

"듀사크 경이야말로 혹시 심사전에서 재한테 된통 깨져서 억하심정이라도 품으신 겁니까? 지금 저건 개인적인 화풀이는 아니고요?"

"……말이 지나치십니다. 한 번 해보자는 겁니까?"

오냐, 해보자. 성질 같아선 그리 말했을 터이나 그만큼 분별없지는 않았다. 회색 사원의 눈보라처럼 매섭게 일어난 덴작의 분노를 읽어 낸 자칼린이 물러섰다.

"실례, 방금 전엔 제가 과했습니다."

뻔뻔한 자칼린과 분노한 덴작의 시선이 허공에서 맞물렸다. 눈싸움이라도 하는 양 팽팽한 신경전 속에서 누구 하나 먼저 고개를 돌릴 생각이 없어 보였다.

때마침, 시기적절하게 찾아든 한 병사의 보고가 두 사람의 신경전을 파해했다.

"보고드립니다. 여단장님, 뮈아드로로부터 기발이 도착했습니다."

덴작이 병사를 향해 고개를 돌리자 자칼린이 이때다 싶은 사람처럼 턱을 치켜들었다.

"지금 이곳의 통솔자는 경이니 가 보셔야 하지 않겠습니까?"

한참을 못마땅한 듯 입술을 우그러뜨리던 덴작이 휙 몸을 돌려 나갔다.

덴작이 옥사 밖으로 완전히 사라지자 자칼린은 어깨의 힘을 풀었다. 그러고는 어쩔 줄 모르고 목석처럼 서 있던 간수에게 명했다.

"여기 문 열어 봐. 그리고 군의관한테 가서 발바닥에 불나도록 달려오라고 해."

끼이이익, 경첩 소리가 요란했다. 굳게 닫혀 있던 옥문이 열리는가 싶더니 족성이 가까워졌다. 고개를 들 힘도 없었다. 르옌은 제 앞에 쪼그려 앉은 자칼린의 흙투성이 군화만 바라보았다.

반쯤 뜨인 그녀의 눈동자를 내려다보는 자칼린의 표정이 소태라도 씹은 양 찡그려져 있었다.

"돌겠네."

뒷통수를 벅벅 긁던 자칼린은 르옌을 곧게 엎드려 눕히며 신경질적으로 중얼거렸다.

"나 참…… 이 독한 계집애. 진짜 신음 소리 한 번 안 내는 거 봐라. 거, 못 죽어서 안달 난 것도 아니고."

간신히 정신만 차린 이 상황은 결코 우습지 않았으나 제 걱정을 하는 것을 보니 때아닌 웃음이 나왔다. 자칼린이 질린다는 듯 중얼거렸다.

"이거 진짜 난 계집이구만. 너 같은 애 처음 본다, 진짜."

"……아프니까…… 웃기지 마십시오."

자칼린은 짧은 탄성 섞인 헛웃음 소리를 냈다.

"아하아아아, 아, 뭐, 그래. 말하는 꼴을 보니 괜히 나섰나 싶다.

듀사크 경도 나쁜 마음으로 그런 건 아니야. 네가 워낙 수상하니까 그런 거지. 근데 난 네가 간자라 생각 안 하거든. 발로이드 미친놈이 했던 말은 더더욱 못 믿겠고. 도와줄 수 있으면 도와줄 테니까 속 시원하게 말 좀 해 봐."

이쯤 편을 들어 줬으면 좀 뭐라도 얘기해 주면 좋으련만, 르옌은 시체마냥 꿈쩍도 않고 한참을 버티다 반문했다.

"전황…… 은, 어찌…… 되었습니까……. 시단은……."

"그 지경이 되서 묻는다는 게 그거야?"

답은커녕 숨소리조차 들리지 않았다. 불길한 예감을 느낀 자칼린이 황급히 고개를 아래로 숙였다. 그는 규칙 없이 널브러진 그녀의 머리칼을 슬쩍 들어 아주 미세하게 울리는 숨소리를 확인한 후에야 안도했다. 그냥 기절이다.

'낯짝 하고는…….'

손톱을 뽑는다거나 가죽을 벗기고 불에 지진다거나 하는 고문 방법보다는 채찍질이 인도적인 방법이긴 하지만 상황이 좋다고는 하기 어려웠다. 상처의 상태로 미루어 보아 지금껏 버틴 것이 용했다.

의혹이 아주 잠깐 들기도 했다.

'고문을 견디는 훈련이라도 받지 않은 이상 이리 독할 수가 없을 텐데.'

이 정도의 고문을 견디고도 입을 열지 않았다면 정말 그런 훈련을 받은 자이거나, 아니면 정말 무고하다는 말이다.

얼마 지나지 않아 군의관이 도착했다.

군의관은 좁은 옥 안으로 들어와 넝마가 된 르옌의 옷을 달군 가위로 잘라 내고, 그녀의 피투성이 상처들을 살폈다.

"계속 이리 지저분한 곳에 두면 십중팔구 곪을 겁니다."

자칼린 또한 예상하고 있었다. 그러나 많은 이들이 그녀를 향한 의혹을 버리지 못하고 있는 상황이니 마음대로 르엔의 거취를 정할 수는 없었다.

"쟤가 하는 꼴은 저래도 여자니까, 어떻게 흉이라도 덜 지게 상처 좀 잘 봐주고 있어. 못쓰게 만드는 건 간자라 확정이 된 후에 해도 늦지 않잖아."

자칼린은 그대로 옥사를 빠져나왔다. 그러다 얼마 떨어지지 않은 병참 앞에 선 덴작을 발견하고 노골적으로 인상을 썼다. 하얀 늑대의 멘테를 휘감은 왕실 기사가 덴작과 함께 있었다. 그리고 덴작의 손에 들린 전장과 어울리지 않는 우아한 서간 통이 하나. 분위기를 살피던 자칼린이 능청스레 덴작에게 걸어갔다.

"듀사크 경, 제가 잠시 칼란독 경께 다녀오려는…… 어? 그 서신은 수도에서 온 겁니까? 폐하의 친찰이라면 함부로 보면 안 될 텐데…… 급한 거면 어쩝니까?"

"……우선은 파발을 띄울 생각입니다."

"그럴 것 없이 겸사겸사 제가 전해 드리지요."

자칼린은 자연스럽게 그의 손에서 서찰을 빼앗아 들었다.

2장

2장

라르크의 수도 뮈아드로.

왕이 기거하는 왕궁의 북쪽에는 갈리아우 산맥이라 불리는 사시사철 하얀 고산들이 솟아 있었다. 그리고 만년설로 뒤덮인 절경을 배경삼은 알레타르 달테라 불리는 회색 사원도 있다.

알레타르 달테, 그곳은 라르크의 영토가 지금처럼 넓어지기 전부터 존재한 곳이다. 건국왕 버반타그의 화장된 잿더미 위에 만들어진 모든 왕들의 무덤이다. 또, 그곳은 북부의 신화를 망라한 역대 왕들의 조각상과 벽화, 왕관의 무덤으로 유서 깊었다.

왕관의 무덤은 지난 왕들의 왕관과 지팡이를 비롯한 값비싼 유품들을 쌓아 두었다 하여 그런 이름이 붙었다. 가장 위대한 업적을 이룬 왕의 왕관은 무덤이 가장 높은 곳에 놓였고, 저열했던 왕의 왕관은 낮은 곳을 지켰다.

그리고 종말에 기약이 없듯이, 북부의 32대 왕 파이투스 2세 또한 죽음을 피하지 못했다. 파이투스 2세의 왕관도 관례대로 왕태자였던 테른도크의 손에 들려 왕관의 무덤 낮은 곳에 바쳐졌다. 이렇다 할 업적을 남기지 못했으므로 당연한 일이었다.

그게 벌써 십수 년 전이다. 당시 테른도크의 나이는 열여덟이었다.

테른도크는 원하는 말 한마디 제대로 하지 못하는 부왕의 왕관을 밑바닥에 내려놓으며 강렬히 염원했다. 강대한 왕권으로 적어도 스스로가 바란 뜻을 펼치는 데에 주저 없는 왕이 되고 싶다. 반트당과 팔란당이라는 이름으로 라르크에 족쇄를 거는 그들로부터 자유로운 왕이 되고 싶다.

하지만 제 아비의 나이와 가까워지는 작금 돌이켜보면, 파이투스 2세가 딱히 독보적인 무능왕은 아니었다.

브류나크 왕조의 개창과 함께 라르크를 반 갈랐던 귀족들로 인해 답습된, 지금은 팔란과 반트라 이름 붙여진 양당 체제 속에서 견딜 만큼 강하지 못했을 뿐이다. 그와 마찬가지로.

젊었던 시절부터 테른도크가 꿈꿔 온 것은 철의 왕좌였다.

철의 왕좌란 초기 북부에 세 왕국을 세웠던 이예로와 비네노 그리고 세니사의 설화에서 비롯된 것이다. 삼 왕좌 신화는 라르크의 수도인 뮈아드로의 북쪽으로 길게 드리워진 갈리아우 산맥의 존재를 신격화하고, 테메르인들의 낙원을 증명하며, 라르크의 정통성을 드높이는데 이바지했다.

신화의 시작은 이와 같다.

북대륙은 겨울 신神 콰트라 갈리아우의 후예로부터 비롯되었다는 전설이 있다. 콰트라 갈리아우는 이렇게 묘사된다.

하늘을 덮을 만큼 긴 검은 날개에, 불처럼 붉은 갈기를 지닌 하얀 몸신의 얼음 괴수이다. 온몸이 얼음으로 뒤덮인 콰트라 갈리아우가 극북의 땅에 자리 잡자, 북부에 끝나지 않을 겨울이 도래했다.

오랜 시간이 흐르고 콰트라 갈리아우는 눈이 녹지 않는 거대한 산맥이 되었다. 그 사실을 알게 된 또 다른 신, 누아드가가 송별의 의미로 콰트라 갈리아우의 곁에 월계수 한 그루를 심었다.

월계수는 꽃을 피우고 세 개의 과실을 맺었다. 동풍과 서풍과 남풍과 북풍이 정성스레 과실을 돌보자, 세 명의 아이가 과실의 껍질을 찢고 이 땅에 탄생했다.

그들의 이름은 차례로 이예로와 비네노 그리고 세니사였다. 보름 만에 유년기를 보내고 구십 일 만에 완전하게 자라난 세 아이는 뿔뿔이 흩어져 나라를 세웠다.

난폭한 이예로는 만백성을 창과 칼로 통제하며 철의 왕좌를 이룩하였고, 내심이 음험했던 비네노는 표리부동의 독의 왕좌를 이루었다. 그리고 가장 불같은 열망을 품고 있던 세니사는 헌신으로 불태운 잿더미 위에 왕좌를 올렸으니, 그것은 후일 재의 왕좌라 불렸다.

오래전의 신화 속의 이야기라 학자들마다 다른 주석을 붙여 명확히 규정된 것은 없으나, 일반적인 인식은 이와 같다.

테른도크가 바란 것은 이예로와 같은 철의 왕좌였다. 그것이야말로 세상에서 가장 차가운 왕좌의 주인이라 일컬어지는 노르테 홀의 왕에게 걸맞는 것이라 믿었고, 믿고 있다.

그러나 쉽지 않은 꿈이었다. 쉽지 않을 뿐만 아니라 더욱더 어려워지기까지 했다. 삼십여 년쯤 벌어졌던 테른도크의 부왕, 파이투스 2세의 치세를 더욱 지옥으로 만든 사건 때문이었다.

라르크의 동쪽 땅을 지배하는 하얀 참수리의 윈로스라는 가문이 있었다. 그리고 보다 작지만 유서 깊은 쪽빛 산양의 볼레트라는 가문이 있다. 윈로스는 한때 파이투스 2세가 견제하던 동부 일대의 귀족들을 규합한 부강한 가문이었는데, 인덕이 높았던 볼레트 가문과 정략혼으로 맺어졌다. 평화로운 우호처럼 보였다.

그러던 어느 날, 동부 영수인 윈로스의 후계자, 데미엔이 그에게 시집온 볼레트의 딸 차하리의 가죽을 산 채로 벗겨 죽였다. 누구도 이유를 알지 못했다. 대귀족의 딸을 명분조차 없이 잔혹히 살해한 데에는 대가가 따르는 법. 게다가 차하리는 당시 브류나크 공작 부인이었던 머렛이 각별히 아끼던 사촌 여동생이었다. 팔란이라는 이름의 같은 당에 소속된 볼레트 가문이 당한 모욕적인 참사에, 대대로 팔란당의 수장을 이어받아 온 공가 브류나크가 나서는 것도 이상한 일은 아니었다.

그 시절, 공가 브류나크를 이끌던 바예투스 나로사 브류나크를 필두로 세운 팔란당 소속의 귀족들은 윈로스의 후계자 데미엔을 재판대에 세워야 한다 주장했다.

당시 테른도크의 모친인 왕비는 동부 출신으로 윈로스와 몹시 각별한 관계를 유지하고 있었다. 왕비는 파이투스 2세에게 윈로스의 중요성을 거듭 속삭였다. 왕비의 입김 탓인지, 아니면 단순히 동부 영수를 재판장으로 끌어오는 위험을 감수하고 싶지 않아서인지는 모를 일이나, 파이투스 2세는 팔란당 귀족들의 요구를 묵살했다. 대신 윈로스의 후계자 데미엔에게 치유 가능한 정신 질환이 있다는 동부의 주장을 참작해 투옥을 명하였을 뿐이다. 휴양이라 해도 좋을 정도의 호사스러운 별장에.

파이투스 2세의 그러한 결정은 반트당의 손을 들어 주고 팔란당을 배신한 것과도 같았다.

그러나 그것으로 사태는 정리되지 않았다. 브류나크 공 바예투스와 당시의 브류나크 공작 부인이었던 머렛은 파이투스 2세의 결단에 승복하지 않았다. 그러자 테른도크의 모친인 왕비는 동부의 원로스를 거들어 공가의 주제넘음을 공개적으로 비난하기 시작했다. 그 후에 공가 브류나크는 기세를 죽일 수밖에 없었다. 공가 브류나크는 결국 왕가를 위한 가문이기 때문이었다.

차츰 시간이 흐르자 가련한 차하리의 죽음은 유야무야 수면 아래로 가라앉았다.

그런데 반년 후, 동부 영수인 원로스의 주인이 타계하였다. 동부의 골수 귀족들은 파이투스 2세의 허락하에 원로스의 후계자였던 데미엔을 다시 데려와 동부 영수의 직위에 추대했다. 그러자 바예투스는 볼레트가 겪었던 치욕스러운 상실을 더는 그냥 넘기지 않겠다며 직접 동부 영수 데미엔을 처단하겠다 선전포고 했다. 라르크는 혼란해졌다.

결국 파이투스 2세는 공가 브류나크와 원로스 사이의 갈등이 고조되는 것을 막기 위해, 동부 영수가 되었던 데미엔을 귀족 사회에서 퇴출시킨 후 영구 추방했다. 고조되었던 전운은 흩어지고 거병을 했던 바예투스는 왕명을 어긴 죄가 지대함을 인정하여 공가를 동생인 칼키스에게 물려주고 죽음으로써 죄를 씻었다.

북부의 비극이었다. 온 북부가 원로스를 비난하던 시태였다. 테른도크의 모왕母王은 끝까지 멍청하여 원로스의 역성을 들고 브류나크를 힐난하는 데에 진력을 다했다. 바예투스를 잃고 브류나크를 따르던 팔란 세력의 귀족들이 잔뜩 날이 섰던 시기에 그녀의 추방은 자연스럽게 이루어졌다. 그리 떠난 그녀는 어느 추운 봄날, 부고로 되돌아왔다.

그런 과정 속에서 테른도크는 왕이란 지위는 속을 채우지 않으면 허울뿐이라는 진실을 체득했다. 왕관이나 지팡이가 그에게 주는 것은 아무것도 없었다. 권력은 왕좌가 주는 것도, 왕관이 주는 것도 아니었다.

─귀족들과 이리 공존하여 살아가며 통치하는 것 또한 왕도 중 하나이다. 너 또한 주위의 조언자들에게 귀를 기울여야 한다.

파이투스 2세는 첫 번째 왕비가 쫓겨난 후 뮈아드로와 거리가 먼, 갈라부아 일대의 윙거 가문에서 새 왕비를 데리고 들어왔다. 갈라부아는 네 개의 가문이 독특하게 얽혀 있어 중앙 정치계의 당파 싸움과 비교적 거리가 먼 곳이었다. 두 번째 왕비는 온화한 여자였으나, 두 해 즈음 지나 고뿔을 앓다 죽었다.

그리고 파이투스 2세는 붕어하기 반 해 전, 마지막 왕비를 들였다. 세 번째 부인은 반트의 입김이 닿은 사람이었다. 새어머니라 부르기에는 몹시 젊었다. 창백할 정도로 하얀 피부와 분홍빛 입술이 도드라지던 여자. 테른도크는 그녀를 처음 보았을 때의 그 강렬하던 진동을 기억했다.

여자의 눈은, 마녀의 것과 같았다. 마녀라 해도 과언이 아닐 만큼 매혹적이었다. 목은 사슴처럼 가늘었다. 저 선량한 여인의 가는 목이 왕관을 부지할 수나 있을까, 그런 생각이 들 만큼.

테른도크는 자못 기이하고 불편한 떨림으로 그녀를 바라보아야 했다. 비셰트 올로랑스 버젠타리아라는 이름의 여자는, 비셰트 올로랑스 브류나크가 되었다.

그리고 비셰트가 세 번째 왕비가 된 지 반 해, 파이투스 2세는 세상을 떠났다. 영문 모를 급사였다. 마땅한 경쟁자가 없었던 테른도크는 순조롭게 왕이 되었다. 그동안 왕권을 조롱하며 왕을 좌지우지

하던 이들을 눈여기고 있었던 테른도크는 왕위에 올라 가장 먼저 그들을 숙청하는 작업에 들어갔다. 그 과정에서는 공가 브류나크의 도움이 지대했다.

마지막으로 승계를 정리하며 테른도크는 미망인이 된 비셰트에게 물었다.

─당신을 어찌해 주길 바라십니까?

─폐하의 뜻대로.

재색의 긴 상복을 차려 입은 젊고 아름다운 왕비는 테른도크의 앞에 고개를 조아렸다. 화장을 덧바르지 않은 발그스름한 눈이 잔상처럼 테른도크의 눈꺼풀에 박혔다.

테른도크는 비셰트를 내쫓거나 음해하는 대신 뮈아드로 동쪽 성곽 안의, 엘더번크의 대저택을 내주었다. 일생을 왕의 미망인이라는 이름으로 살아야 할 여자에 대한 한 조각의 조의였다.

그리고 그녀는…… 얼굴조차 보지 못한 지 수년이지만 이제는 또 다른 의미로 그가 보호하고자 하는 사람이었다.

어찌 되었건 테른도크는 그렇게 라르크의 33대 왕, 라르크의 새로운 기사장, 북부의 새로운 패자, 늑대들의 새로운 왕, 그리고 적법한 브류나크의 후예와 같은 수많은 이름을 얻었다.

대관이 있기 전부터 테른도크가 바란 건 단 하나였다. 철의 왕좌를 이룩하는 것. 이미 고착되어 버린 라르크의 양당 체제를 감안할 때 쉽지 않은 야심이었다.

팔란과 반트. 한때의 그것들은 애국자들의 정신으로 뭉쳤던 어떠한 정신을 일컫는 단어였는지도 모른다. 다만, 지금 그들은 브류나크 왕조를 지탱하는 양안兩岸이었다.

반트는 브류나크 왕조가 열리던 시기, 그 직전까지 라르크를 지배해 왔던 라르칼리아 왕조를 잊지 않은 자들로부터 기인되었다고 한다. 라르칼리아의 몰락은 인정하지만 브류나크의 역성 혁명은 인정하지 못했던 자들이다. 그들은 귀족들의 다양한 의견을 중시해야 한다 믿었고, 그대로 따랐다. 왕에게 발언하는 것에도 거침없는 이들은 스스로를 반트라 불렀다.

팔란은 그 반대로 역성 혁명을 이룩한 브류나크를 전적으로 지지하며 또다시 강력한 군주 국가를 만들려 했던 이들이 그 기원이 되었다 알려졌다.

하지만 이제는 그 의미조차 퇴색되어 득실로 반목하는 치열한 정쟁의 구심점 역할을 하고 있을 뿐이다. 전통에 따라 명맥은 이어지지만, 이젠 그들조차도 스스로가 어째서 존재하는지 모를 것이다.

라르크의 국경 이남, 대륙의 유일 제국이라 불리는 모르가나는 황제가 일인 독제 체제를 유지하며 효율적으로 나라를 이끌어 가고 있다. 테른도크는 그들을 탐냈다. 영토가 아닌, 그들 황족의 강력한 권력을. 그에게는 그의 왕관을 드높이 올려 줄 어떤 것이 필요했다.

그리고 어느 날, 오래도록 야망과 현실의 간극 속에 시달리던 그의 품으로 희보喜報가 날아들었다. 노르테 홀의 차가운 왕좌에 앉은 테른도크가 믿기지 않아 되물었다.

"올조르가 무너진 것이 확실하다……?"

"예. 낮 늑대로부터 전해 듣기로 완전히 무너져 내렸다 합니다. 하여 지금 소식을 전해 들은 영주들은 일시 긴장 상태에 접어들었습니다."

"물러나라."

사실을 전달한 그의 최측근이자 낮 늑대의 수장인 에제트가 공손히 물러갔다. 처음 들어왔을 적처럼 그리 살금살금 소리 없이.

테른도크는 수십 개의 기둥들이 늘어선 적적한 풍경의 노르테 홀을 새파란 눈동자로 훑었다. 굳어져 있던 입가가 떨리기 시작했다. 그는 왕으로서 웃었다. 하하…… 하하하. 뱃속 깊숙한 곳으로부터 끓어 나오는 웃음소리였다. 이윽고 광소가 노르테 홀의 적요하게 차가운 벽을 난타했다.

얼마 전에는 시친과 함께 북서부의 갈카마 민족을 압박하는 데에 성공했다는 전보도 있었다. 직전, 남서부 해안의 윙거 운하의 토목 공사 작업도 마무리되었다. 그리고 올조르의 붕괴. 사실 앞선 두 가지는 올조르의 붕괴 앞에서는 아무것도 아니었다.

하하하하하! 테른도크의 웃음소리는 점점 커졌다. 세상의 모든 것이 마치 그를 온전한 북부의 왕으로 만들기 위해 움직이고 있는 것처럼 보였다. 어두운 메아리가 함께 웃었다.

때는 마리포사가 전선에 나타나기 보름 전의 일이었다.

❖ ⋅ ❖

라르크의 북서쪽, 브류나크 령인 로크란드와 접경한 유목 민족 갈카마를 몰아내는 데 성공한 승전 군대가 뮈아드로의 조약돌 성벽을 넘어왔다. 시친의 삼 제독 중 한 명인 카헤이아 뵈르게트도 함께였다. 최근 시친은 라르크에 우호적인 태도를 보이며 여러 가지를 합작하고 있었다.

"브류나크의 은혜를 입은 체사의 아들 카라제시 란센 체사, 무사 귀환을 알립니다."

갑옷으로 전신을 무장한 장신의 청년이 투구를 내려 벗었다. 잘생긴 호남의 얼굴이 드러났다. 깨끗한 갈색 머리칼과 잘 어울리는 진한 녹빛 눈동자가 공손히 아래로 향했다.

로크란드의 수비 사령관으로 임시 파병을 나갔다가 막 되돌아온 사내는 체사 가문의 장남, 카라제시 란센 체사였다.

"수고가 많았다. 란센 경, 물러가도 좋다."

카라제시는 한 치의 흐트러짐도 없는 예우를 갖추어 물러갔다.

알현실이 아닌 대응접실에 마주 앉은 테른도크는 비로소 낯선 차림의 이국인들에게 관심을 줄 수 있었다.

까무잡잡한 여자와 그녀의 등 뒤에 선 남자 둘은 차림과 생김부터 명백히 외지인이었다. 바다 햇볕에 바짝 탄 구릿빛 피부, 그리고 바짝 깎은 옆머리. 미친 라르크인이 아니라면 저렇게 허연 두피가 드러날 만큼 머리를 자르지 않는다. 추위에 맞서 살아온 그들의 필연적 전통이었다.

때문에 저들의 낯선 양식이 꽤 우스꽝스럽다 생각했지만 테른도크는 내색 않고 환대했다.

"그 대단하다던 여제독이 직접 행차해 주셨군. 심지어 젊고 아름답기까지."

"별말씀을."

치켜세워 주는 치하에도 카헤이아는 표정 하나 변하지 않고 답했다.

테른도크는 삼 제독에 대한 것들을 떠올려 보았다. 몇 년 전까지만 해도 시친의 삼 제독은 울겐 헤이헨, 반체스 드비거트, 그리고 산테라 뵈르게트였다. 그러나 지금은 산테라 뵈르게트를 대신해 카헤이아 뵈르게트가 대신 제독 함대를 지휘하고 있다. 종신직으로 부임하는 제독의 자리가 그 딸에게 이양되었다는 것은 한때 많은 이들의 이야깃거리가 되었었다.

카헤이아 뵈르게트.

얼추 서른 중반쯤 되었을까. 생각보다 많이 젊었다. 저 여자는 세

명의 제독과 한 명의 태수가 공동 통치하는 시친의 실세들 중에서도 가장 호전적인 이였다. 사나운 눈매 안에 갇힌 갈색 눈동자는 그녀의 하나로 묶어 올린 금발과 잘 어울렸다.

테른도크가 손을 뻗자 시종이 술잔을 내밀었다. 잔을 건네받은 테른도크가 다감히 권했다.

"그대도 한잔하겠나?"

"사양 않고."

카헤이아는 시종이 내미는 술잔을 받아 그대로 잔을 비워 냈다.

"이거, 북쪽의 술이 독하다는 이야기는 들어 보지 못했나 보군."

"백 번 듣는 것보다 한 번 겪어 보는 것이 낫다 했습니다."

"하여 감상은?"

"나쁘지 않군요. 다음번엔 델 오스작에 초대해 시친의 술을 맛보게 해 드리지요."

"방문할 기회가 있다면 좋겠군."

시종이 다시 그녀의 잔에 술을 채웠다. 달짝지근한 향을 풍기는 술 덕분에 분위기는 한결 누그러졌다.

"이렇게 내륙까지 방문할 거라고는 생각지 못했네. 제독, 이번에 갈카마 인을 몰아내는 데에 큰 도움을 주었다지. 그렇잖아도 그대들에게 어떤 보상을 해줘야 할까 고민이 되던 차였는데."

카헤이아가 느리게 고개를 숙였다 세웠다.

"주력은 카라제시 란센이었습니다. 치하는 그에게 하시면 됩니다."

언뜻 겸양을 내비치는 듯했으나 표정은 여전히 서늘했다.

술잔을 입술가로 가져가며 가만히 카헤이아를 응시하는 테른도크의 눈빛이 가라앉았다.

제독은 군인이다. 군인 중에서도 가장 높은 망루에 선 군인. 시친의 실권을 일부 장악한 걸로 알려진 그녀의 방문에 어떤 이유가 있을지 아직은 짐작 가는 것이 없었다.

잔을 비운 테른도크는 무심한 체 시종에게 술잔을 건네며 물었다.

"보상을 바라서가 아니라면 어찌 뮈아드로까지 먼 걸음 하셨나?"

"좋은 소식을 들었습니다. 모르가나와의 전투에서 라르크가 승기를 쥐었다고. 모르가나의 저지선이 뚫렸다는 소식은 갈카마의 영토에까지 이르렀더군요."

테른도크의 입가에 절로 웃음이 걸렸다.

"좋은 소식은 늘 빨리 퍼지는 법이지."

"경하드립니다."

"그러나 아직 전쟁 중이니 한치 앞도 점치기 어려운 게 사실. 축하는 아직 이르지 않겠나? 물론 그대의 성의는 잘 받겠다."

다시금 살아나는 희열에 느릿하게 손끝을 비비며 시종에게 턱짓하는데, 예상치 못한 이름이 들렸다.

"최고 사령관이 파사드라 들었습니다."

테른도크는 탁자 위에 올려져 있던 딱딱한 호두 두 개를 한 주먹 안에 쥐고 무의식적으로 따각따각 소리가 나게 비볐다.

시선은 카헤이아를 향한 채였다.

"……파사드?"

"아닙니까?"

"파사드라 불렸나? 나는 작위 공 브류나크가 시친의 제독과 구면이라는 이야기는 전해 듣지 못했는데."

"그다지 친분이 있는 관계는 아닙니다."

테른도크의 눈이 게슴츠레하게 뜨였다.

대개 라르크 귀족 사회에서는 개개인보다 가문을 더 중시하기에 각별한 친분이 없고서야 성이 아닌 이름으로 부르는 일은 드물었다. 테른도크의 의심스런 눈빛이 짙어지자 곧 그의 등 뒤에 서 있던 시종이 조심스레 귓속말했다.

"저들은 가문의 이름과 첫 번째 이름이 지니는 의미가 대륙과는 반대라 들었습니다."

"왜?"

대답은 카헤이아에게서 나왔다.

"가문의 이름으로 부르면 누가 누굴 부르는지 헷갈리니까요. 그런 의미에서 카헤이아라 불러 주시면 저는 더 편할 겁니다."

"아, 실례했군. 들어 본 적이 있는 것 같기도 하고."

테른도크의 푸른 눈동자는 이내 평온을 되찾았다.

"그래…… 간혹 헷갈릴 때가 있지. 생각해 보면 파사드 역시 시친에 장기 체류한 적이 있다 했으니 구면이라도 이상하지는 않겠군. 그대에 대한 이야기를 들어 본 적은 없지만."

"그와 저의 관계에 대해서는 신경 쓰실 일 없습니다. 모르가나를 복속시키실 겁니까?"

너무 난데없는 물음이 말미에 섞여 들었다는 것을 알아차린 테른도크가 반 박자 늦게 웃었다.

"아니, 이제 고작 요새 하나 고꾸라뜨렸을 뿐이다. 아직 모르가나에 복속된 나라는 많고 남부 황제 또한 물러날 기색이 없으니……. 전쟁이 길어지긴 하겠지만 영토 확장은 내게 의미가 없다. 지금도 라르크는 충분히 광활하고 나는 무리하게 땅따먹기를 하겠다 달려들지 않을 만큼은 현명하다고 말해 주고 싶군."

"하면 무엇 때문에 모르가나와 싸우는 건지."

"대륙을 핍박하는 모르가나에게 가르침을 주는 것은 응당 라르크가 행해야 할 정의다."

내내 무표정하던 카헤이아가 살짝 웃음기를 띠었다.

"대륙의 문제라 군도국이 발 디딜 틈이 없다지만, 그래도 한때 우리 역시 대륙의 일부였던 민족. 이번 전쟁에 시친 또한 한 손 제대로 얹어 보고 싶습니다."

예상치 못했다. 허를 찔렸다.

테른도크는 뛰쳐나오려는 당황을 억누르고 의자의 팔걸이를 쥐었다. 그의 손에 쥐여져 있던 호두가 으드득 소리를 냈다.

시친과 이번 갈카마 토벌을 함께한 것은, 갈카마가 시친과 뿌리를 같이 하는 유목 부족 출신이란 이유에서였다. 하지만 지금 진행 중인 라르크와 모르가나의 남북 전쟁은 온전한 대륙의 사정이다.

게다가 황당하기도 하다. 한때 대륙의 유목 민족이었던 시친은 지난 이백 년간 온전히 바닷사람으로 변모했다. 실제로 군도로 넘어가는 과정에서 대륙에서 지도자의 역할을 하던 이들은 몰락하고, 바다에 빠르게 적응한 이들이 득세했다 알려져 있다. 바다를 최우선의 가치로 두는, 육지에서 싸우는 것보다 바다에서 싸우는 것이 더 익숙한 시친인이 이번 대모르가나전에 줄 수 있는 도움과 얻을 수 있는 실질적인 이득은 명백히 한정적이었다.

"……그대를 불쾌하게 하려는 건 아니지만 모르가나와의 전쟁은 육지전이다. 해군은 그다지 도움이 될 것 같지 않은데. 그리고 어째서 전쟁을 부추기는 것처럼 느껴지는지 모르겠군."

"해군만이 전부라 여기셨다면 그야말로 우스운 편견입니다. 파사드 역시 그리 우리를 무시했지요. 조금 전의 불편한 발언은 잊겠습니다. 또한 본인은 갈카마를 몰아내는 것으로 시친의 저력을 증명했다 여겼습니다만."

"여전히 지나친 감이 적잖군."

"사적으로도 공적으로도 시친은 충분히 그럴 만한 명분이 있습니다."

"명분?"

"라르크가 제국을 경멸하는 만큼 시친도 제국을 폄하할 명분."

테른도크는 그녀의 속뜻을 알아차리고 순식간에 납득했다.

이백여 년 전, 라르칼리아의 마지막 여왕이 죽은 후 여왕을 따랐던 시친의 유목 민족들을 해협 건너로 내쫓은 것이 바로 모르가나였다.

"……공적인 명분은?"

"표면적으로 라르크와의 친선을 도모하기 위함이라 여기면 적당하겠지요."

대비하지 못한 제안에 테른도크는 무의식적으로 손에 힘을 주어 딸깍딸깍 소리가 나도록 호두를 비볐다.

카헤이아 뵈르게트의 진의가 무엇인가.

지금 라르크가 승기를 쥐고 있다고는 하지만 여전히 모르가나는 대제국이었다. 땅이 넓어 지켜야 할 변경이 많은 만큼, 전부 끌어모을 수는 없겠지만 농담처럼 모르가나의 귀족들이 지닌 사병들까지 죄 끌어 모으면 라르크 총력의 세 배는 웃돌 것이라는 말도 있다. 가불가를 떠난 가능성만으로도 충분히 몸 사리게 되는 위협이었다.

게다가 테른도크는 이번 전쟁에서 모르가나가 붕괴되길 기대하지 않았다. 누구도 기대하지 않는다. 모르가나를 증오하는 라르크의 맹장들까지도. 다만 이는 설욕전이었다. 라르크는 아직 건재하다는 것을 알려 주기 위한 주변국들을 향한 과시이기도 했다.

삼 제독쯤 되는 여자가 뭘 모르고 저런 제안을 던져 올 리가 없다.

"……굉장히 갑작스러운 제안이군. 그건 삼 제독과 태수 모두의 의견인가?"

"군도 내의 사정은 제 선에서 해결할 문제입니다."

"내 귀에는 조금 전의 제안이 결국 그대의 독단이라는 걸로 들리는데. 자칫 엄한 대륙의 사정에 관여했다가는 그대의 입지 또한 불안정해질 터. 알기로는 그대가 무리하게 제독이 되는 과정에서 성정이 꽤 위험하다는 평을 받고 있다지?"

"그건 중요치 않습니다."

"그러면."

"……."

"이제 장난은 이만하고 표면적이지 않은 공적 명분을 말해 봐라."

테른도크는 다시금 여유를 찾았다.

"물론 아무런 이유 없이 전쟁에 발 벗고 나서 피를 흘리겠다는 의미는 아닙니다."

카헤이아가 손을 들어 보이자 그녀의 등 뒤에 서 있던 군사 중 한 명이 품 안을 뒤적여 낡은 두루마리를 꺼냈다.

테른도크는 호기심어린 눈동자를 옮겼다. 카헤이아의 손에 들린 낡은 양피지 두루마리는 한눈에도 몹시 해진 듯 보였다. 그러나 그녀는 조심스레 대하는 법 없이 그 자리에서 양피지를 시종에게 건넸다.

테른도크의 시종이 먼저 양피지 두루마리를 펼쳐 곳곳에 위험한 것은 없는지, 독이 묻은 것은 아닌지 시험하듯 냄새를 맡고 흔들어 보았다.

"폐하, 여기."

확인을 마친 시종이 테른도크에게 공손히 양피지 두루마리를 건넸다. 테른도크는 두루마리를 펼친 후에도 심드렁했다.

'시친 문자는 여전히 어지…….'

양피지의 말미로 시선을 미끄러뜨리던 테른도크가 그도 모르게 벌떡 일어났다. 카헤이아는 미동도 않은 채로 그를 올려다보며 말했다.

"이것은 이백 년 전, 라르크의 수괴가 우리에게 했던 약속의 문서."

이백여 년 전의 조약.

"델 오스작의 제독 카헤이아 뷔르게트, 시친의 대표로서 이 자리에서 라르크를 이어받은 북부의 왕에게 오래전의 약조를 지켜 주길 요구합니다."

낡은 양피지 두루마리의 말미에는 한때 시친으로부터 충성 맹세를 약속받았던 라르칼리아 왕조 마지막 여왕의 문장과 서명이 남아 있었다.

Swan Sekalride Rareukalria.

카라제시는 수많은 환영 인파를 헤치고 체사의 백작 저로 되돌아갔다. 그의 귀환을 기다리던 수십 명의 기사들이 백작 저의 정원을 피한 한가운데에 장엄하게 사열해 있었다. 그들로부터 짧은 환영사를 받은 후 카라제시는 즉각 아버지 루가크를 찾았다. 그러나 부친은 이미 저택에 없었다. 왕궁으로 걸음 했다는 이야기만 들렸을 뿐이다.

엇갈린 모양이다.

어차피 그 역시 다시 왕궁으로 돌아가 봐야 했다. 어머니에게만 귀환 인사를 올린 카라제시는 몸을 정갈히 한 후 행정 보직을 상징하는 자줏빛 예복을 갖춰 입었다. 기사로서의 임무도 중했지만 그가 더 중히 여기는 것은 행정이었다.

군살 없이 단단한 몸 위로 자로 잰 듯 꼭 맞는 수려한 예복이 걸쳐
졌다. 갑옷보다 훨씬 편안한 착용감에 비로소 귀환이 실감이 났다.
그는 어머니 헬레느가 입이 마르게 칭찬하는 스스로의 자태를 썩 만
족스럽게 내려다보았다. 화룡점정의 마지막은 두껍게 기운 백여우
코트였다.

막 준비가 마무리되었을 때 노크 소리가 울렸다.

"들어와라"

그의 말이 떨어진 즉 기다렸다는 듯 문이 열렸다. 충직한 집사 레
록이었다.

"부인께서 식사를 함께하실 거냐 물으셨습니다, 도련님."

"아니, 어머니께는 곧 돌아와 다시 인사 올린다 전해라."

"나가십니까?"

"그래, 지금은 왕궁에 일이 있어 급히 나가 봐야 하니 물러가도록.
자세한 건 귀가 후에 이야기하기로 하고."

"……예."

어쩐지 답지 않게 문 앞에서 머뭇거리던 깐깐한 집사는 공손히 뒷
걸음으로 물러갔다. 잠깐 갸우뚱하던 카라제시는 지체 없이 밖으로
향했다. 말 한 필과 체사의 기사들이 여럿 대기 중이었다.

카라제시의 마음은 몹시 바빴다. 갈카마에서부터 이곳까지 동고
동락했던 시친의 군인들이 뮈아드로 왕성에 들었기 때문이다.

지난 반년간 함께 동고동락하며 느낀 바로, 시친의 군인들은 몹시
폐쇄적이고 거칠었다.

삼 제독이나 되는 위인의 요청을 거절하지 못해 수도까지 함께 들
어오긴 했지만 구체적인 목적이 뭔지는 그도 잘 몰랐다. 그나마 카
헤이아에 대해 아는 거라고는 그녀가 이번 대모르가나전에 최고사

령관으로 발령받은 파사드와 모종의 인연이 있다는 것뿐이다.

한때 파사드가 시친에서 생활했다는 사실은 유명하다. 그러나 파사드는 워낙 제 이야기를 떠벌리고 다니는 이가 아니었고, 카라제시 역시 친우의 자잘한 생활에 개의하는 편이 아니었던지라 자세히 캐물었던 적이 없었다. 그러나 이쯤 되니 조금 궁금했다.

뮈아드로의 번화한 시가지는 시친의 군인들과 함께 승전보를 가지고 되돌아온 이름 높은 고관 기사의 행렬을 구경하기 위해 몰려든 사람들로 인산인해였다. 슬슬 땅이 얼기 시작하는 계절, 여기저기서 추위를 날려 버린 환호성이 울렸다.

'그나저나……'

사방팔방에서 그들을 환영하는 목소리가 울렸다.

물론 카라제시는 저들의 기쁨이 온전히 그 몫의 환호가 아니라는 것은 잘 알았다. 갈카마 민족이 위협이 되는 건 북서부의 로크란드와 그 아래 경계 지역뿐이다. 수도의 백성들은 체사가의 카라제시가 어디서 무얼 하고 왔는지는 사실 관심조차 없을 터다. 저들의 환호는 파사드의 것이었다.

'올조르의 붕괴라니……'

카라제시는 주위를 둘러보았다. 이리 대단한 열기와 환영을 받는 것은 썩 나쁘지 않았다. 카라제시는 뮈아드로의 백성들을 향해 손을 흔들어 주었다.

백성들이 몰려 있던 시가지를 조금 벗어난 후에야 주위가 잠잠해졌다. 뒤따라오던 체사에 적을 둔 한 기사가 짧게 휘파람을 불며 말을 붙였다.

"정말 요즘 경사가 연이어 있어 수도의 분위기가 몹시 좋습니다."

"그래 보이는군."

"하여 주군께서도 한동안 약주를 금하셨습니다. 올조르가 무너졌다는 이야기를 믿지 못하는 이들이 너무 많아 귀자로 성벽이 허물어졌다는 낭설까지 떠돌았지요."

"아버지께서 약주도 금하셨다고? 이번에 파사드가 대단하긴 했나 보군. 아, 그래. 한번 물으려 했다. 도대체 어떻게 된 일이라던가?"

"소문으로는 인근 주민 중 한 명이 요새의 지리에 박학해 큰 도움을 얻었다고 했습니다. 구체적인 사항까지는 아직 하달받은 정보가 없어…… 다들 경황이 없습니다."

카라제시는 쉽게 수긍했다. 그조차도 북서부의 야인들을 상대하는 와중 들린 소식에 검을 떨어뜨릴 뻔했는데 이곳 사람들이라고 다를까.

더하면 더했지, 덜하지는 않았을 것이다.

'요새의 지리에 박학한 백성이라…….'

철옹의 요새를 무너뜨리는 데에는 요행이 조금쯤은 따랐던 것일지도 모른다. 그러나 그 또한 파사드의 운이었다.

"모쪼록…… 무사히 다녀오셔서 기쁩니다."

"그래, 헤시트 경. 그대도 잘 지낸 것 같군. 내가 없는 동안 별일은 없었나? 시기가 적절하지 않은 것 같긴 하지만 자칼린은 사고 치지 않고 얌전히 지내고 있는지 걱정스러운데. 저택에는 보이지 않더군. 오늘은 또 어딜 나갔나?"

조금 늦은 감이 있었지만 카라제시는 잊고 있던 동생을 떠올렸다. 오랜만에 돌아오는 형의 소식을 모를 리도 없는데 그가 보이지 않던 것이다.

카라제시의 말에 뒤따르던 또 다른 기사가 머뭇대는 투로 되레 물었다.

"주군께 이야기 듣지 못하셨습니까?"

"무슨 이야기를?"

"아, 그게……."

"무슨 일이 있나?"

내심 불길한 징후에도 내색 않고 걷던 카라제시는 왕궁의 문턱에 이르러 말을 멈춰 세웠다.

"……그러고 보니 베로한 경도 안 보이던데."

베로한 경, 스이센은 늘 자칼린의 뒤치다꺼리를 하며 지내던 체사의 기사 중 한 명이었다.

"작은 체사 경께선 체사 경께서 갈카마 토벌을 떠난 지 얼마 지나지 않아 출정을……."

"뭐라고?"

"다섯 달쯤 전에 대모르가나전의 후발 편제군 지휘관으로 발탁되시어 가트령의 기사 천여 기와 병사 칠천여 명을 이끌고 내려가셨습니다."

어처구니가 없다는 듯 미간을 좁히던 카라제시의 입술 사이로 긴 한숨이 새어 나왔다. 서신을 꾸준히 주고받았건만 왜 아버지가 여태까지 아무런 언질도 없었던 건지 모르겠다. 부러 숨기려 함이 틀림없었다.

"아버지의 명이었나?"

"아니요. 작은 체사 경께서 당당하게 폐하께 요청하셔서 출정하신 걸로……."

더 듣지 않아도 훤했다. 얌전히 수도에 처박혀 있으라 신신당부를 했건만, 그새를 못 참고 달랑거리며 달려 나갔다는 말이다.

어차피 남부 전선에는 파사드가 버티고 있어 자칼린도 큰 문제를 일으키지는 않을 테지만 어린 동생의 철딱서니는 어찌할 방도가 막막했다.

분명 자칼린은 뛰어난 기사로 인정받았고 그건 카라제시 역시 순순히 이해한 바였다. 자신이 자칼린의 나이였을 즈음엔 그보다 못했다고 담담히 인정할 수도 있었다. 그러나 문제는 실력을 따라잡지 못하는 제멋대로의 성정이다.

자칼린은 어릴 때부터 사고뭉치였다. 머리는 또 어찌나 영악한지 가릴 데 안 가릴 데 '분별하며' 사고를 치는 통에 어찌 크게 혼낼 수도 없었다. 물론 혼낸다고 들어 먹는 아이도 아니었다.

카라제시는 훨씬 무거워진 걸음으로 왕궁 정원의 입구에 이르러 말에서 내렸다.

왕궁의 정문은 번잡하지는 않았지만 평소와는 다른 분위기로 들떠 있었다. 잰걸음으로 드나드는 이들이 몇몇 보였다. 개중에는 그가 아는 얼굴도 있었다. 대기 중이던 환영 인사들은 카라제시를 발견하자마자 한달음에 다가와 알은 체했다. 내용은 한결같은 공치사였다. 지겹도록 들은 이야기지만 카라제시는 넉살 좋게 겸양을 떨며 한 명 한 명의 인사를 받아 주었다.

야만한 들개 같은 놈들을 완전히 몰아내셨다지요. 시기가 잘 맞아 주었습니다. 언제 한 번 저희 거처에 들러 주시면 융숭하진 못해도 모자람 없이 대접을 해 드리고 싶습니다. 감사합니다. 꼭 한 번 찾아뵙겠습니다. 정말 장한 일을 하셨습니다. 그나저나 시친의 제독이 수도에 방문했다는데 어찌 이리 조용하답니까? 시친의 제독은 어떤 이입니까?

말 하는 이는 한마디지만 듣는 이는 백 마디였다. 결국 이리 붙잡혀 있으면 안 되겠다는 생각에 도망칠 궁리를 하고 있는데 감읍하게도 궁내부에서 배알 허가가 떨어졌다. 테른도크의 시종이 종종걸음으로 다가와 아뢨다.

"체사 경, 폐하께서는 지금 노르테 홀에서 기다리고 계십니다."

먼저 부친을 찾아 가려던 카라제시는 생각보다 빨리 떨어진 배알 허가에 순서를 정정했다.

◈ ◈

왕궁은 마치 다른 세상처럼 고요했다. 저 밖을 떠들썩하게 하는 환호 한 움큼도 닿지 못했다. 올조르가 무너지고 갈카마가 제 땅으로 도망치고 시친 민족이 북부의 귀자로 성벽을 넘어 들어왔는데도 불구하고.

성 밖과 성안의 세계는 이다지도 달랐다. 카라제시는 이런 적막함이 거북스러워질 적이면 자칼린이 그리도 답답해하며 날뛰는 이유를 조금은 공감할 수도 있을 것 같다 생각했다. 물론 입 밖에 내는 것으로 자칼린을 부추기는 짓은 결코 하지 않을 테지만.

삼삼오오 모여 복도를 오가는 왕궁 시녀들을 지나치고, 그를 알아보는 몇몇 귀족들과 세 마디를 넘기지 않는 인사를 주고받고, 근엄하게 복도를 순시하는 근위대의 경례를 받으며 카라제시는 왕궁을 가로질렀다.

모든 것이 순결하고 깨끗한 북쪽의 왕궁.

까마득히 먼 옛날, 위대한 왕이 거대한 하얀 바위들을 모아 반 백년에 걸쳐 지어 올렸다는 이 왕궁에는 고시대의 고즈넉한 기품이 차갑게 녹아 있었다. 아치형의 복도 좌우로 늘어진 열주들과 기울어진 창문을 감싸고 있는 촘촘하고 규칙적인 배열의 음각은 해가 각도를 달리할 때마다 색다르게 보여서, 어릴 적 그는 매양 신기해하곤 했다.

이질적인 것이라고는 차가운 한기를 막기 위해 바닥에 깔아 둔 남빛 카펫뿐이다. 왕궁의 모든 것은 늘 같았다. 수백 년 전과도. 그러나 이 카펫만큼은 매해 바뀌었다.

얼마간 늘어진 열주를 지나 보내고, 계단을 오르고 내려가고, 모퉁이를 네 번쯤 꺾어 걸으니 노르테 홀의 입구가 웅대한 자태를 드러냈다. 문은 차게 닫혀 있었다. 그를 안내한 궁내부원은 공손히 고두한 후 물러갔다.

"그럼, 이만."

"수고했네."

카라제시는 예의상의 대꾸를 한 후 문을 향해 걸어갔다. 그 앞에는 선객이 있었다. 반가운 얼굴이었다.

"이거 이거, 이게 누구신가. 심심했는데 마침 잘 되었네. 드디어 큰 체사 경께서 오셨구만. 왔다는 얘기는 들었네."

"아, 예 계셨습니까?"

낯익은 남자가 그에게 다가왔다. 카라제시와 같은 행정처 소속을 의미하는 자줏빛 예복을 입은 이였다. 카라제시가 공손히 목례했다.

"오랜만에 뵙습니다, 리제예스 총관님."

옐크버드 게르도 리제예스는 카라제시가 보직을 맡던 행정 부처 총관이자 그의 스승 중 한 명이었다. 학구열이 뜨겁고 역사와 문화 지식에 풍부해서, 성정이 그다지 능청스럽지 못함에도 외교적 수완을 인정받기도 했다.

장장 칠 개월가량만의 재회에 카라제시의 마음도 썩 흔흔해졌다.

"한 반년 휴가를 다녀온 소감이 어떤가? 산적 꼴이 되어 돌아올 줄 알았는데 여전히 얄미울 정도로 말쑥하군그래. 곧바로 복귀하려고 그리 차려입고 온 겐가? 일이 많다네."

"감사히 칭찬으로 듣겠습니다. 모자란 능력이나마 도움이 된다면 영광된 일이지요. 다시 제 자리를 만들어 주시면 최대한 빨리 복귀하겠습니다. 한데 총관께서도 폐하께 용무가 있으십니까?"

"내 용무가 아니라 폐하의 용무라네. 올조르 문제도 그렇고, 경도 귀환하였고 이번에 큰일들이 많군."

"바쁘시겠습니다."

"말이라고 하나. 지금 수도에 군도민들까지 들이쳐 행정처는 지금 온갖 잡무로 몸이 열 개라도 모자라게 바쁜 와중인데 말일세. 폐하께서 호출하시어 왔는데 문은 열어 주지 않으시고 대기만 하라고 하시니 이도저도 아닌 신세가 돼 버린 게지."

"이런."

옐크버드가 얼마나 시간 관리에 명확한 자인지 익히 아는 터라 카라제시는 곤란한 웃음만 지을 뿐이었다.

"이야기를 들으니 재상과 자파인 후가 먼저 불려가 있다더군. 시친의 제독도 안에 있다 하네. 그러고 보니 시친의 삼 제독인지 뭔지 하는 계집이랑 함께 오지 않으셨나? 대체 무슨 이야기를 하기에 자파인 후까지 불러들여 한 시간이 넘게 저러고 있는 건지 모르겠군. 아는 게 있다면 말해 보게, 란센."

옐크버드는 카라제시의 어깨에 손을 두르며 넌짓 떠보았다. 카라제시 역시 마땅히 아는 것이 없던 터라 헛헛하게 웃을 뿐이었다.

"글쎄요. 이곳까지 오는 내내 사적으로 이야기 나누어 본 것이 서너 번밖에 안 됩니다. 제게 그리 물으셔도……. 한데 자파인 후께서 뮈아드로에 계셨습니까?"

"승전 소식에 잠깐 들르셨다 들었네. 한데 그대가 아무것도 모른다니 아쉽게 됐군."

자파인 후는 팔란의 대귀족 중 한 명으로, 현재 파사드를 대신할
수 있는 몇 없는 사람 중 한 명이었다. 몇 해 전 은퇴를 선언하고 뮈
아드로를 떠나 후작령 로엠으로 돌아가 은거하고 있다 알려져 있다.

올조르가 무너졌다는 것이 나이 든 호랑이가 달려올 만큼 큰일이
었군 싶어 카라제시는 파사드가 자랑스러웠다.

그때였다. 막 옐크버드에게 무언가 더 말을 하려던 카라제시는 뒷
덜미에 닿는 기묘한 시선을 깨닫고 고개를 돌렸다. 복도의 모퉁이
기둥 뒤에 낯익은 얼굴이 빼꼼 눈을 내밀고 있었다.

연한 호박색의 눈동자가 사슴의 것처럼 올망졸망하게 빛났다. 반
만 묶어 올린 진갈색의 머리칼은 잘 정돈되어 부드럽게 흔들거렸다.
상대의 눈동자를 마주 보던 카라제시가 소리 없이 입술을 뗐다.

'데비?'

엘히엔 데비 라페로바한, 현 재상의 외동딸이었다.

기둥 뒤에 숨어 있던 엘히엔은 카라제시와 눈을 마주치고는 아랫
입술을 살짝 깨물며 눈을 접어 웃었다. 해맑기 그지없는 미소에 카
라제시도 절로 웃음이 났다.

"데비, 거기 숨어서 무얼……."

카라제시가 막 그녀에게 다가가려는 찰나, 거대한 경첩 긁히는 소
리와 함께 노르테 홀의 문이 갈라졌다. 고요히 홀 밖으로 모습을 드
러낸 테른도크의 시종이 고했다.

"두 분께서는 안으로 드십시오."

노르테 홀의 문 너머로부터 불안한 공기가 흘러나오는 듯했다.

노르테 홀 안에는 시종들을 제한 다섯 사람이 먼저 자리해 있었다.

옥좌에 앉은 것은 당연하게도 왕인 테른도크였다. 그리고 그의 왼편에는 체구가 작고 마른 현직 재상 라페로바한, 길로하임이 있었다. 그리고 우측에는 녹색 망토를 두른 중년의 남성이 석상처럼 서 있었다. 흰 머리칼이 희끗희끗한 중년의 남성은 육 척 장신이었다. 두껍게 위로 솟은 눈썹은 호랑이처럼 강렬히 꿈틀댔고 매섭게 쌍꺼풀진 고동빛 눈동자엔 웃음기라고는 찾아볼 수 없었다. 그가 바로 자파인 후였다.

카라제시는 이 년 만에 보는 자파인 후에게 반가운 눈인사를 건넨 후, 비로소 테른도크의 정면에 서 있는 시친의 카헤이아와 그녀의 호위들에게로 시선을 옮겼다.

옐크버드 역시 마찬가지였다. 그는 테른도크에게만 간소히 예를 취한 후, 노골적으로 카헤이아를 머리끝부터 발끝까지 훑었다. 별의별 악 소문을 달고 제독이 되었다는 여자는 나이 겨우 서른 중반 즈음 되었을까 싶은 새파란 애송이였다. 보수적인 옐크버드에게는 꽤나 충격적이었다.

테른도크는 옐크버드와 카라제시를 향해 말했다.

"급히 그대를 부른 것은 이것의 진위 여부를 판단하기 위함이네. 누차 들어 리졔에스 총관은 사학에 능통하여 전 대륙의 역사와 문헌에 대해 박식하다는 것을 알고 있다."

테른도크는 옐크버드가 겸양을 보이기도 전에 들고 있던 낡은 문헌을 들어 올려 보였다. 시종이 종종 걸음으로 다가가 문헌을 건네받은 후 옐크버드에게 전달했다.

"리제예스 총관은 확인하라."

옐크버드와 카라제시는 가장자리가 다 닳아 너덜거리는 낡은 문헌을 바라보았다.

문헌은 아주 오래전에 존재했던 역사의 일편이었다. 단박에 알아보기 어려운 형태의 문양이 섞여 들어간 문자는 기본적으로 라르칼리아 시대의 문자를 따르고 있다. 물론 지금까지 잔존한 라르칼리아의 문자와 조금씩 다른 점이 있고, 어순도 약간씩의 차이는 있었지만 문헌이 명시하는 바는 짐작할 수 있었다.

심각한 분위기 속에서, 옐크버드는 고개를 갸웃하며 문헌을 살폈다. 그러다 시선이 문헌의 말미에 이르러 빛바랜 회색 문장과 서명을 발견하고 화들짝 어깨를 굳혔다.

"이게 무엇입니까?"

자파인 후도 재상 라페로바한도 뭐라 반응해야 할지 모르겠다는 얼굴이었다. 카라제시 역시 영문을 몰라 하며 힐끔 옐크버드의 손에 쥐인 낡은 문헌을 바라보았다.

"흥."

카헤이아의 코웃음이 숨죽인 노르테 홀을 울렸다. 인내가 동나기 직전에 이르러 테른도크가 채근했다.

"이 자리에서 그것의 진위 여부를 가려라."

망창하니 서 있던 옐크버드는 다시금 뾰족한 코가 문헌에 닿지는 않을까 싶을 만큼 깊숙이 고개를 처박았다.

"잠시, 잠시만 기다려 주십시오, 폐하……. 좌우간 어디서 난 것입니까?"

카헤이아가 대신 답했다.

"시친의 켈레티 올다 행정 청사에 오래전부터 보관되어 오던 거다."

"저는 이때껏 수많은 역사학을 공부해 왔지만 이런 문헌이 있다는 이야기는 들어 본 적 없습니다."

"눈보다 귀가 더 미더운가?"

카헤이아의 당당한 대답에 엘크버드의 표정이 일그러졌다. 요모조모 뜯어보아도 거짓이라 판단할 만한 근거가 없었다.

결국 엘크버드는 귀하디귀한 돋보기안경과 고시대에 박학한 이들까지 동원해 문헌을 살폈지만 반증해 내지 못했다. 한참 후에야 엘크버드가 손에 배인 땀을 옷자락에 스윽 문질러 닦으며 말했다.

"……여지없습니다."

재상 라페로바한의 낯빛이 어두워지는 것과 동시에 자파인 후의 나직한 한숨 소리가 울렸다. 카헤이아는 서늘히 웃으며 테른도크를 돌아보았다.

이제 어찌할 텐가, 북부의 왕이여.

표백된 것처럼 표정 하나 없던 여자의 조소에 테른도크의 어금니에 힘이 들어갔다.

과거, 라르칼리아의 마지막 여왕이라 일컬어지는 스완 세칼리드 라르칼리아는 비범한 여자였다. 숲속에 엎드린 뱀처럼 소리 없이 도사리다, 어느 순간 제 형제들을 도려내고 옥좌에 앉았다. 그것만으로도 대단타 여겨지는 업적일진대, 그로 그치지 않고 그녀는 대륙사상 전무후무한 정복 전쟁을 벌였다.

여왕은 무자비했고 동정심조차 없다 묘사되었다. 그녀가 눈길 준 왕국은 제 옥좌를 내어 주지 않고서는 버틸 수 없었고, 그녀가 지나간 왕국은 온통 피바다가 되어 멸망했다. 항복의 서신을 보내고 스스로 속국이 되길 자처해도 마찬가지였다.

어떤 왕이 있었다. 여왕의 공세를 이기지 못할 것을 직감한 왕은 몹시도 절박했다. 왕은 제 나라와 백성을 위해 스스로의 자긍심을 버릴 수 있는 자였다. 하여 낡은 모포를 뒤집어쓰고 누런 침의를 입은 채 여왕의 막사로 자진해 이르렀다.

왕은 빌었다. 자발적으로 북부의 왕을 따를 터이니 그만두어 달라. 그러나 여왕은 왕의 간절한 탄원을 각하하는 것은 물론이거니와 허름히 스스로를 낮춘 왕의 심약함을 비웃으며 내쳤다.

왕은 그날 밤 성곽에서 투신하며 통탄했다.

—대륙은 일어나 라르크의 여왕을 막아라. 그러지 못한다면 피로 멸망하리라.

사실인지 아닌지 확인할 길이야 없지만, 그런 이야기가 떠돌 만큼 여왕은 라르크를 제한 모든 민족과 국가에 잔악했다. 죽음을 겨우 면할 수 있는 것은 아주 어린아이와 몹시 늙은 노인뿐이었다.

그런데 여왕의 칼날 아래를 비껴 나간 한 강건한 민족이 있었다. 그것이 시친이었다. 발치에 무릎 꿇는 왕들조차 등한시했던 여왕은 마땅한 땅조차 없는 유목왕의 충성 맹세만은 받아들였다.

시친만이 여왕으로부터 존속된 이유에 대해서는 전해 내려오는 이야기는 많았다. 누군가는 시친에게 영토랄 것이 없어서라 말하기도 했고, 또 누군가는 시친의 난폭함을 쉽사리 꺾기 어려워서일지 모른다고도 했다. 시친이 무얼 미끼로 던졌는지도 모른다. 진실은 여왕 본인과 당시 살아 있던 그녀의 측근들만이 알리라.

이유야 무엇이건 그들 민족은 직접적으로 전쟁에 참여하는 대신 북부의 전란에서 벗어나 서쪽에 웅크린 채 간혹 지원을 해 주는 것으로 충성을 증명했다.

그리고 수년 후, 전쟁이 끝났다. 라르크 내부로부터 일어난 혁명에 의한 여왕의 패배였다.

라르크와 모르가나는 무조건적인 종전 협정을 맺었고 모르가나는 득세했다. 모르가나는 여왕 스완의 칼날에서 벗어났던 시친을 명백히 남부의 적으로 간주했다. 결국 대륙에서 설 자리를 잃은 시친은 모르가나가 제국으로 공언된 후, 해협 너머로 내쫓겼다. 모두가 아는 이야기였다.

그러나 어째서 여왕이 시친의 유목부족들을 그대로 보아 넘겼는지 아는 이는 아무도 없었다.

그리 믿어져 왔다. 오늘까지는.

카헤이아의 음침하리만치 내리깔린 목소리가 노르테 홀을 잔잔 메아리쳤다.

"라르크는 우리에게 풍요로운 서토를 약속했습니다. 쥬비상트 해협 근처의 서토, 반니아가 그곳입니다. 그 대가는 라르크에 대한 우의를 지키는 것, 시친의 위대한 아들을 내어 주는 것, 아르도니스의 딸을 보호하는 것, 라르크를 위협하는 외부의 적을 차단하는 것. 우리는 지난 이백여 년이 넘는 시간 단 한 번도 북부의 라르크를 배반한 적 없으며, 또 이백여 년 전 본국은 위대한 유목왕 엔호자 죄브의 둘째 아들이라 알려진 바카란 코르트를 라르크에 내어 주었고, 기록으로 남아 있을 뿐이지만 아르도니스의 딸 헤드리는 해협을 건널 때까지 시친의 보호하에 있었습니다. 라르크를 위협하는 적을 함께 처단하는 것으로 이번 대 갈카마의 항복을 받아내는 데 일조했으므로 지키지 못한 약조는 없습니다. 때문에 지금의 라르크는 시친에 대한 소기의 조약을 상속받아 이백여 년이 지난 지금이라도 마땅히 이행할 의무가 있다 주장합니다."

카라제시는 착잡한 얼굴로 노르테 홀에서 물러났다. 홀 안에서는 여전히 치열한 갑론을박이 이어지고 있었지만 테른도크에게 필요한 것은 카라제시의 의견이 아닌, 카라제시의 시친에 대한 소견뿐이었으므로 그가 할 수 있는 건 없었다.

고심에 찬 얼굴로 왕궁 밖으로 향하는 동안 그는 마지막까지 팽팽한 신경전을 벌이던 테른도크와 카헤이아를 떠올렸다.

내일 밤 토벌군의 귀환과 시친의 방문을 환영하는 연회가 있을 거라 했는데, 환영사를 하기도 전에 이미 테른도크와 카헤이아의 관계는 개인 대 개인으로 충분히 파멸에 이른 듯싶었다. 그로서는 명령을 기다릴 수밖에 없겠지만 느낌이 좋지 않았다.

이제 드디어 검을 내려놓고 편안히 행정 청사로 되돌아갈 수 있겠거니 했는데, 시친이 끼어든다면 일이 생각처럼 풀리지 않을는지도 모르겠다. 저도 왕성 밖의 백성들처럼 마음껏 환호할 수 있었다면 얼마나 좋을까.

"체사 백께서는 여전히 왕궁 내에 계신가?"

"반 식경 전쯤 돌아가셨습니다."

"그래."

또다시 엇갈렸다.

미련 없이 왕궁 건물을 빠져나온 카라제시는 대기 중이던 경비병에게 체사의 기사들과 말을 불러오라 명한 후 왕궁 대로를 걸어갔다. 해가 뉘엿뉘엿 기울고 있었다.

얼마 후 정문 앞에 이르자 카라제시는 까맣게 잊고 있던 아가씨를 떠올리게 되었다. 대로 양쪽에 고상하게 드리워진 금빛 정원을 노닐다 말고, 그를 향해 함박웃음을 다는 저 아가씨를 어찌 모른 체할까.

"데비."

표정을 푼 카라제시가 그녀에게 다가갔다. 엘히엔도 가뿐가뿐 그를 향해 걸어왔다. 걸음걸이가 제법 태가 되었다. 벌써 저렇게 자라고고한 체를 할 줄 아는 나이가 되었나 싶었다. 아장아장 걸어 다닐 때부터 보아 온 아이였다. 신분의 문제나 정치적인 입장이 다른 가문에 각기 속해 있어 자주 얼굴 볼 수는 없지만, 카라제시는 엘히엔을 제 여동생처럼 아꼈다. 엘히엔도 자칼린은 벗처럼, 카라제시는 오빠처럼 잘 따랐다.

"어머, 큰 체사 경. 벌써 나오셨어요?"

"그래요. 그나저나 뭐 하고 계셨습니까. 해가 다 저물어 갑니다."

"아버지를 기다리면서 산책 중이었어요."

치맛자락에 묻은 마른 풀잎들을 털어 내는 그녀에게서 수국 냄새가 엷게 풍겼다.

"요즘도 칼란독의 저택에 왕왕 들르시나봅니다."

"어, 어떻게 알았어요? 오늘 수도로 돌아오신 거 아니었나요?"

카라제시는 흔흔히 웃으며 말을 돌렸다.

"다 아는 수가 있지요. 한데 궁에는 어쩐 일이십니까. 아까 왜 그리 기둥 뒤에 숨어서 노려보고 있었던 거고?"

"아버지를 따라 나왔다가 큰 체사 경이 노르테 홀로 가시는 뒷모습을 보고 인사라도 드릴까 하고 따라갔어요. 지금은 아버지를 기다리고 있고요. 그나저나 좋은 소식을 가지고 오셨다고요. 고마워요, 큰 체사 경. 고생이 많으셨어요. 대단해요!"

"파사드는 늘 하는 일인데 제게만 유난히 칭찬입니다?"

파사드의 이름이 나오자 엘히엔이 쑥스러운 듯 웃으며 혀끝을 살짝 내밀었다. 그러고는 한결 작아진 목소리로 다소곳하게 말했다.

"놀리시긴. 어쨌든 무사히 다녀오셔서 다행이에요."

빙글거리던 엘히엔이 나붓하게 카라제시의 주위를 둘러 걸었다. 카라제시는 어딘지 들떠 보이는 엘히엔을 말리지 않았다. 그의 등뒤에 선 엘히엔이 깡충 까치발을 들더니 속닥거리며 물었다.

"저어, 올조르가 무너졌다고도 하고 북서쪽의 갈카마들도 물러났다 하니 라르크에 신의 가호가 있었나 봐요. 생각보다 오래 걸리지 않아 다행이에요. 곧 전쟁이 끝날 거라던데, 얼마나 금방 끝날까요? 혹시 지금 안에서 그 얘기들 나누고 계세요?"

말문이 막힌 카라제시는 짧게 침음했다.

조금 전 노르테 홀에서 있었던 논쟁과 혼란이 일시에 몰아치듯 떠오른 탓이다. 하지만 곧 불안은 엘히엔의 순수하리만치 말간 호박색 눈동자에 사그라졌다.

"혹시 칼란독에게서 그리 서신이 왔습니까?"

머뭇거리던 엘히엔이 간격을 두고 고개를 저었다.

"라르크의 수호를 위해 바쁜 분인걸요. 아시다시피 아버지께서는 저한테 그다지 이야기해 주지 않으시니까. 물어볼 데가 별로 없어요. 전쟁이 끝날 거라는 얘기는 백성들 사이에서도 왕왕 들리는 이야기인걸요. 혹시나 해서 물어본 것뿐이고……."

그럴 줄 알았지. 파사드가 엘히엔에게 서신 한 통 먼저 남길 녀석이었다면 이렇게 걱정도 되지 않았을 것이다.

더듬더듬 파사드를 대신해 변명하는 엘히엔을 향한 안쓰러움이 피어올랐다. 엘히엔이 파사드에게 보이는 것은 짝사랑에 가까운 연정이었다. 아마 평생 온전한 애정으로 돌려받지는 못할 것이다.

그럼에도 파사드는 신사적인 사람이라 혼인을 하게 되면 엘히엔에게 정성을 다할 것을 믿는다. 때문에 그가 지금 당장 해 줄 수 있는 건 위로뿐이었다.

"……더 늦지 않게, 빠르게 끝난다면 그보다 더 좋을 수 없는 일이지요. 그리고 저처럼 그 녀석도 엘히엔을 잊지 않고 있을 겁니다."

양 뺨을 살짝 상기한 엘히엔이 슬며시 시선을 비껴 내리며 답했다.

"……빈말이라도 참 좋네요. 그런데 정말로, 그러면 좋겠어요."

"지금처럼 조금만 더 참고 기다려 보죠. 그나저나 이제 데비도 점점 나이를 먹은 티가 나는데."

"놀리시는 거예요?"

"그럴 리가."

엘히엔이 우아하게 미소 지었다. 엷은 호박빛을 띤 엘히엔의 눈동자는 가을의 노란 단풍처럼 선명했다. 그 나이 대 소녀에게서는 보기 어려운 우수憂愁가 물들어 있는 듯도 했다. 가만 그녀의 눈을 바라보던 카라제시는 다시금 밀려오는 피로를 꾹꾹 눌러 숨기며 말했다.

"……그간 어찌 지냈는지 들어 보고 싶은데. 잠깐 걸을까요?"

"오랜만에 큰 체사 경이 에스코트해 주시는 거라면 기꺼이요."

카라제시의 다정한 음성에 엘히엔이 반색하며 그와 팔짱을 꼈다. 카라제시는 자연스럽게 그녀와 보폭을 맞추었다. 산책을 하는 내내 엘히엔은 한철의 여름을 우는 매미처럼 쉼 없이 조잘거렸다. 카라제시는 간간이 대꾸와 반문만 해 주면 충분한 대화였다.

그래서요…… 요즘에 시내가 떠들썩해서요. 류가 호수로 뱃놀이는 지지난 주에 간 게 마지막이었어요. 곧 호수도 얼 테고 벌써 날이 이렇게 추워져서 말이에요. 남쪽은 조금 더 따뜻하겠죠? ……아, 네. 요즘 할만 할아범을 도와 공저의 일을 돕고 있어요. 파사드 오라버니는 싫어하시지만 그래도 일손이나마 도움이 된다면…… 아, 그리고 자칼린이 말이에요. 이상한 책을 저희 저택에 두고 가 버렸지 뭐예요? 왜, 있잖아요. ……아휴, 말하기도 민망하네요. 음탕한 여자로 오해받을 뻔했어요. 책이라곤 읽지도 않는 애가 꼭 그런 것만 골라 본다니까요. 분명히 저를 골리려고 제 방에 두고 간 걸 거예요. 다음에 꼭 혼내 주세요, 큰 체사 경. 그리고 제가 이번에 자칼린이 출정을 한다고 하길래 파사드 오라버니에게 서신을 써서…… 지난 번에 자칼린은 좀 혼이 나야 한다고 하신 것도…….

엘히엔과의 산책을 마무리할 무렵의 카라제시는 골칫덩이 동생으로 인해 조금 우울해졌다.

알레타르 달테, 회색의 사원은 적막하고 숙연한 침묵에 잠겨 있었다.

시친 제독과의 대담을 파한 후, 테른도크는 가지 없는 고목처럼 굵고 두꺼운 회색 열주들 사이를 가로질러 들어갔다. 열주들 사이 사이에는 라르크를 위해 희생했던 영웅이나 위대한 학자, 귀족 등의 조각상이 실물과 꼭 같은 크기로 서 있었다. 북부인들이 믿는 사후의 낙원, 라르카드단에 이를 때의 모습을 상상하여 조각한 것이라 자세도 표정도 다양했다.

공통점이라고는 둥근 금화를 입술에 물고 있다는 것뿐이다. 저들 중 하나는 그의 부왕인 파이투스 2세의 얼굴을 하고 있을 터였다. 이미 세상에서 잊힌 위인들의 뺨 위로 횃불들이 잔잔히 일렁거렸다.

얼마 지나지 않아 테른도크의 방문을 미리 전해 들은 사원의 무덤지기들이 모습을 드러냈다. 몇몇은 고개를 숙인 채 무릎을 꿇어 그를 향해 예를 표했고, 일부는 기다렸다는 듯 그의 행렬에 합류했다. 이윽고 어마어마한 크기의 문 앞에 이르자 사원의 가장 높은 무덤지기들이 다가왔다.

테른도크가 늑대가 끼고 있던 늑대 문양이 선명한 반지를 내보이며 명했다.

"열어라."

간결하게 예우를 다한 무덤지기가 문의 양옆에 위치한 도르래를 동시에 돌렸다.

그러자 끼기기긱 하는 요란한 경첩 소리와 함께 두꺼운 철문이 열렸다. 천지가 갈라지는 듯 웅장했다. 문 안으로부터 다채로운 빛이 쏟아져 내렸다.

동산처럼 번쩍이는 금빛 날붙이들이 벽화를 후경으로 고고했다.

서슴없이 안으로 들어간 테른도크의 걸음은 어느 한 석상 앞에 멈추었다.

두상은 부서져 분별키 어렵지만, 서른세 개의 석상 중 유일하게 여자의 몸 형상을 한 석상이었다. 조각난 머리와 금이 간 검이 세월에 퇴적되어 먼지에 뒤덮여 있었다. 이는 라르칼리아의 마지막 여왕이자 폭군이었던 스완 세칼리드 라르칼리아의 것이다. 한때는 전 대륙을 두려움에 떨게 했던 여자.

테른도크는 간혹 우연히라도 이 석상에 눈길이 닿을 적이면 라르칼리아의 여왕의 얼굴을 상상해 보곤 했다. 그 옆에 있는 돌로메트 3세의 강인한 얼굴과 닮았을까? 브류나크의 공저의 정원에는 시왕이 남겨 두었던 여왕의 초상화 한 점이 남아 있다고는 하지만 실제 본 적은 없었다.

생전에 조각되어 죽은 후에야 알레타르 달테에 안치되기에 여왕은 조각상마지 검을 쥐고 있다. 오늘은 이 석상을 보고자 걸음 했다. 조금 전 시친이 일깨운 역사의 기억 때문이다. 라르칼리아의 마지막 여왕은 시친에서 무엇을 보아 그들을 믿었던가. 테른도크는 시친이 가져온 문헌에 대한 것에 여전히 결단을 내지 못했다.

그러나 시친이 저들의 득실을 노리고 움직이기 시작한 것처럼, 전쟁이 거듭되고 승리를 거듭할수록 더 많은 소왕국들이 그들에게로 기울어질 것이다. 그렇다면 모르가나의 필패는 자명했다.

오롯이 브류나크의 공이었다.

얼마간 여왕 스완의 석상을 올려다보던 테른도크가 넓은 홀의 전면으로 눈을 돌렸다. 알레타르 달테의 정면과 천장에는 위대한 벽화가 그려져 있었다.

벽화를 응망하는 테른도크의 등 근육이 점차 굳어졌다. 벽화 위로 가득 새겨진 수많은 것들이 그를 들여다보고 있다. 바람 한 점 없는 이곳에 갇힌 채로 수백 년을 버텨 왔을 무수한 상징들은 실로 왕보다 위대한 눈이었다.

벽화의 동북쪽에는 불어오는 북풍의 신이, 남북의 경계에는 서풍과 손을 맞잡은 동풍의 신이 있었다. 지상으로는 헤아릴 수 없을 만큼 많은 생명이 제각각의 형태로 새겨져 있었다. 암컷 공작, 염소, 돼지, 거북, 종달새, 사자, 벌새, 쥐, 사막의 여우, 그리고 늑대. 온갖 짐승들의 양각과 음각이 뒤섞여 각각의 색채를 삼켰다.

죽은 암컷 공작은 오만을 경계하라는 의미요, 뿔을 베인 염소는 음욕에 탐닉하지 말라는 경고요, 비쩍 마른 돼지는 탐식의 말로를 예지하는 것이라 하였다. 배를 보인 거북은 나태한 자의 추함을 표상이라. 사면을 차지한 벽화의 짐승들 중 늠름한 것은 늑대뿐이다. 다만 다른 것들과 달리 색을 잃지 않은 늑대들은 가장 선명하여 짧은 그들의 역사를 되새겨 주었다.

그리고 그 모든 것의 후경으로는 오롯한 거대목, 왕조가 망하고도 지워지지 않은 하얀 월계수가 있었다. 누아드가가 심었다는 속설이 전해지는 전 왕조의 상징이었다. 테른도크는 시선을 더 내렸다.

벽화의 아래에는 무수한 금빛이 윤슬처럼 빛났다. 좁게 난 천장의 창을 통해 절묘하게 떨어지는 빛들이 황홀한 각각의 이채를 점멸했다. 황금빛 언덕은 배열 없이 뒤엉켜 동산을 이룬 수십 개의 왕관들의 합이었다. 창처럼 왕관들 사이사이 기울어진 지팡이들 또한 꼭 그만큼 고귀했다. 기울어 가는 햇빛이 이 무덤을 붉게 물들이는 것 같다.

테른도크는 왕관의 무덤이 놓인 단상의 바로 아래까지 걸어갔다.

이곳은 모든 왕들의 무덤이자 업적의 전당이었다. 왕관의 무덤을 보는 이들은 제각각의 감상으로 값어치를 가늠한다. 누군가는 저 황금의 무게를, 누군가는 저 왕관들의 역사를, 누군가는 저것들의 위치가 점한 업적의 경중을 따졌다.

테른도크는 알았다. 이 무덤은 안주하는 북부의 왕들에게 주는 경고였다.

'무엇도 이룩하지 못한 왕들이여, 경계하라.'

왕관을 이지 않은 자들은 그 경고를 깨닫지 못한다.

그의 고개가 천장을 향해 젖혀졌다. 까마득 높은 천장화가 영롱한 시선으로 그를 내려다보고 있었다. 수백 년 전에 그려진 어느 예술가의 혼 녹은 색채가 그의 벽안 위로 수직으로 떨어져 내렸다. 말을 이으려 했으나 목젖이 죄어 와 신음 같은 침묵만 흘렀다.

얼마간 알레타르 달테의 죽은 왕들처럼 서 있던 테른도크가 기도하듯 중얼거렸다.

"숄 토도 모날카, 잔트리라가."

모든 왕들이여, 영광을 내리소서.

"사트루가 귀레…… 브류나크."

브류나크를 위하여.

❖•❖

각원 도트발 잔트 기릭 899년 일곱째 달 보름.

이샤스 평야의 남부 초원 지대.

어슴푸레한 여명이 광활한 초원의 녹음 새새로 스머들었다. 이슬 맺힌 풀잎 아래 내려앉은 공기 속엔 여전히 누기漏氣가 남아 있었다. 호수 위를 흐르는 미풍 같은 평온도 이른 해 움트기 무섭게 때아닌 소란스러움에 잠겼다.

지대의 북쪽으로 하얀 늑대의 완장과 가슴 가리개를 한 라르크의 만 이천여 군사들이 무기를 들었다. 지난 회전의 대승기를 놓지 않고 몰아붙여 로반티스를 밀어내고 모르가나의 이샤스를 점령한 군사들은 여느 때보다도 침착하게 지휘관들의 명에 따라 움직였다.

그들은 괴물 같은 포효를 하지도, 짐승처럼 이빨을 앞세우지도 않았다. 오늘의 지난 승리를 뒤로하고 적진에서 벌이는 첫 전투인 데다, 현재 적들을 통솔하는 상대가 '변절자의 가문'라 불리는 마리포사의 장수라는 소문이 파다하게 퍼진 지금, 장난으로라도 쉬운 마음으로 임할 수는 없는 것이다.

전선을 정비하는 것만으로도 수십 가지의 수신호와 고함이 오가고 기세가 팽만해졌다.

라르크 군사들이 움직였단 소식을 들은 모르가나 군 또한 조금 늦게 초원 지대의 남쪽으로 자리 잡았다. 일견 어수선해 보이는 모양새였으나 실제로 우왕좌왕거리는 것은 병사들뿐이었다.

반듯한 무장을 갖춘 파사드가 말을 몰아 나타나자 군사들이 일제히 곧게 시립했다. 순은 덧입힌 듯 정결한 그의 갑옷은 동녘에서 뜨는 햇빛을 차갑게 반사했다.

짧은 준비 기간을 두고 회전을 재개하는 사령관을 향한 의문과 불안은 그의 자태 하나로 잿더미가 되었다. 그의 손에 쥐인 새하얀 검날의 번뜩임 탓인가, 축축한 공기 탓인가. 숨 막히는 긴장감이 번져 나갔다.

선봉에 선 파사드는 대오를 갖추기 시작한 적진의 기사들을 하나하나 눈에 담았다. 그들의 투구 위로 검은 사자 문양 기와 더불어 푸른 나비의 깃발이 마른 바람에 흔들거리고 있었다. 어느덧 굳건한 형태를 갖춘 모르가나 군대의 선진, 일정한 간격을 두고 늘어선 푸른 갑옷이 산란한 빛으로 반짝였다.

이윽고 전형은 하얀 늑대 기를 매단 라르크 군과 검은 사자를 품은 모르가나 군이 까마득한 거리를 두고 마주 보는 형태가 되었다.

차봉次鋒에 벵셴 경, 타라옛과 카바인 경, 올베빈이 각자 위치를 잡았다. 최종 보고가 울려 퍼졌다.

"경갑 보병 2연대, 돌파조 1대대, 2대대, 3대대, 4대대! 그리고 창기병 네 개 중대 전부 준비가 마무리되었습니다!"

"거점 수비 및 후방 지원조 이상 없습니다."

"궁병단 일곱 개 중대! 준비 완료되었습니다!"

"직속 기사단 다섯 조, 편대 공격형과 수비형, 각개 명령 하달 후 대기 중입니다."

파사드가 까마득 먼 저편에서 검은 갑옷의 사내를 발견하고 다문 입술에 힘을 주었다. 발로이드는 제 키보다 훨씬 커 보이는 검은 장창을 들고 있었다.

보고된 적군의 수 일만 팔천. 저들의 뒤로는 본격적인 전쟁을 준비하는 이만이 넘는 군대가 버티고 있을 것이다. 그러나 이번 회전은 승리에 의미가 있지 않았다. 발로이드의 역량을 그 눈으로 보아야 했다. 땅이 단단해지길 기다리지 않은 것은 발로이드를 용납할 수 없었기 때문이었다. 이것은 사감私感과는 달랐다. 애국이며 의무였다.

파사드가 느리게 눈을 감았다 떴다. 검은 시선만큼은 여전히 적장에게 붙박인 채였다. 자석처럼 이끌리는 인력이다. 노골적으로 눈에 띄는 검은 갑옷을 입고 있다는 것은 부차적인 것이다.

떠오르는 태양의 열기가 그들 사이를 누비는 습한 바람의 물기를 걷어 갔다. 고조되는 긴장감. 올베빈의 쉰 한 마디가 위태롭던 균형을 깨부쉈다.

"명령을."

파사드가 하얀 검을 들어 올렸다. 순백의 검광이 하얗게 부서졌다.

부우우우―

젖은 초목들이 마르기도 전, 첫 전투의 개시를 알리는 나팔이 울었다. 수천, 수만의 군화 소리가 마치 하나 된 양 땅을 굴렀다.

창끝을 들어 올리고, 검을 쥐고 내달리는 이들의 등을 바라보며 파사드는 한참을 서 있었다. 얼굴을 스치는 바람에 코끝 저린 쇠 냄새가 묻어났다. 그가 더 멀리로 시선을 두었다. 무수한 살인자들이 평야 한복판에서 뒤엉키기 시작했다.

사람은 없고, 검은 사자의 견장이 달린 갑옷과 적진의 푸른 갑옷만이 북부의 하얀 늑대들을 집어삼킬 듯 달려들었다. 하얀 완장을 찬 라르크의 군사들 또한 못지않은 기세로 달려들었다. 붉은 것, 하얀 것, 검은 것, 푸른 것, 온갖 색채가 녹음의 초원 위로 물감처럼 뒤섞인 풍경. 피 먹어 벌건 칼날이 솟구쳤다 내려쳤다.

비명과 고함이 일대를 끊임없이 할퀴었다.

익숙한 풍경. 언제나 그랬듯이, 발판 없는 허공에 서 있는 듯 절박한 심사 속에서 파사드가 주먹을 쥐었다.

전시 초반 궁병과 창병들로 라르크 군의 접근을 견제하던 모르가나의 군대는 접전이 벌어지자 이내 궁병들을 일사불란하게 물리고 기병전을 시작했다. 갈라져 선 궁병들 사이로 줄지어 나오는 모르가나의 경기병輕騎兵. 그들은 얇은 갑옷 위로 달려드는 살수를 피하지 못하고 심심찮게 나동그라졌으나, 기세만큼은 죽음을 불사하겠단 듯 꺾일 줄 몰랐다.

이윽고 계획대로 좌측으로 빠지는 에반부르의 군사들이 적들과 맹렬히 맞부딪치는 것을 확인한 파사드가 후방을 지키는 호위 기사들에게 나직한 명령을 남기고 롯사를 채찍질했다.

"엄호하라."

머리 위로는 창대가 날아다녔다. 눈높이 아래로는 헤아리기 어려운 수의 칼날이 번뜩번뜩 궤도를 바꿔 날아들었다. 중앙을 향해 다가갈수록 규칙 없는 난전이었다. 파사드는 온 신경을 곤두세우고 제게로 향한 살의를 모조리 비껴 피했다. 그를 뒤따르던 기사들 또한 금세 피범벅이 되어 숨을 헐떡였다.

발치로 떨어진 한 병사의 피투성이 머리를 밟고 휘청한 롯사가 이히힝 허리를 들고 울었다. 누군가 그에게 달려들었다. 파사드는 놀라지 않고 허리를 비스듬히 숙여 이름 모를 적병의 목덜미를 베어 올렸다. 그러다 별안간 느껴지는 송연한 감각에 고개를 들었다.

남서쪽으로 백 걸음 남짓의 거리. 두 명의 푸른 갑옷을 입은 기사와 함께 움직이는 검은 갑주가 보였다.

'……발로이드.'

검은 기사는 지옥 기름을 뒤집어쓴 듯 검붉은 피 칠을 하고 있었다. 그의 창에 꿰뚫린 기사들이 피거품을 토하며 널브러졌다.

"이야아아!"

갑옷을 울리는 고함에 파사드가 반사적으로 롯사의 고삐를 끌어 돌렸다. 마갑에 거세게 얻어맞은 병사가 바닥을 나뒹굴었다.

숨 돌릴 틈도 없이 연이어 적의가 날아든다.

파사드는 제게 질주해 오는 창기병의 창대를 피해 몸을 앞으로 숙인 후, 팔꿈치로 내달리는 창기병의 옆구리를 거세게 밀쳤다. 고꾸라진 병사의 뼈가 으스러지는 소리가 났다.

다시 고개를 돌렸을 때 발로이드는 그에게서 등을 돌리고 선 채였다. 하늘을 찌를 듯 치켜든 창끝이 피를 먹고 번뜩였다. 파사드는 당장이라도 대오를 벗어나 그에게 달려가고 싶은 것을 참아 눌렀다.

파사드가 빠르게 전황을 살핀 후 그의 뒤를 따르던 기사에게 명을 내렸다.

"당장 일서스 경에게 가서 카바인 경을 도와 우측으로 모르가나의 군을 몰아갈 수 있도록 지원하라 전하라. 나 또한 물러난다."

"예!"

아비규환의 난전에서 반걸음 물러난 파사드의 시선이 피 먹은 바람에 흔들리는 푸른 나비의 깃발로 향했다. 깃발이 펄럭펄럭 대다가 바람과 함께 멎었다. 그 아래에 무시할 수 없는 존재감으로 선 발로이드가 있었다.

검은 투구 안의 눈동자가 정황을 훑는 듯 고요히 미끄러지는 풍경은, 삶과 죽음 사이에 걸친 이들 속에서 이질적이었다.

'무엇을 보고 있나.'

파사드가 그를 예의 주시했다. 어떤 명령을 내리기 위해 그리 서 있나.

그러나 그는 파사드의 손에 적병 예닐곱 명이 도륙 나는 동안에도 꼼짝도 않고 서 있었을 뿐이었다. 발로이드의 주변을 맴도는 두 기사가 그에게 달려드는 모든 라르크의 병사들을 쳐 죽이는 모양새는 발로이드를 폭풍의 눈처럼 평온히 보이게 했다.

별안간 발로이드가 느리게 말 머리를 틀었다. 그리고 전장의 가장자리를 소요하듯 걷기 시작했다. 그는 제 군사들에게 어떤 명령도 내리지 않았고, 어떤 신호도 보내지 않았다. 파사드는 불쾌한 진실을 깨달았다. 그는 파사드에게도 눈길 한 번 보내지 않았다.

그의 눈이 좇는 것은 다른 것이다. 마치 누군가를 찾는 것처럼. 한참을 그를 주시하던 파사드는 문득 전투의 흐름이 바뀌었다는 것을 직감적으로 알아챘다.

멀리로 시선을 두니, 평야의 경계선을 따라 세 개의 무리로 나뉜 모르가나의 기사들이 반원을 그리며 진을 이루고 있었다. 날개처럼 좌우로 퍼진 두 기사단과, 그들의 중심에 선 기사단은 창병들의 엄호를 받으며 라르크 군의 진열을 흩뜨리고 있었다.

이상했다. 파사드는 적 지휘관들을 살폈다. 저들의 움직임은 괴상하리만치 정연했다. 발로이드는 명령 하나 내리지 않았음인데.

그때, 한창 흐트러진 군사들의 전열을 누비고 다니는 한 기사가 그의 눈에 들었다. 투구 안에 가려진 얼굴은 보이지 않았으나 다른 건장한 사내들보다 월등히 작은 체구의 기사가 고함을 치며 수신호를 보내고 있었다.

'여자……?'

전장에 여자가 널렸을 리가 없었다. 포로 교환의 대표로 나갔던 에반부르가 언급한 여자의 존재를 상기해 낸 파사드가 미간을 찌푸렸다.

파사드가 뒤따르던 기수를 향해 명했다.

"제3기병 중대는 중앙으로 진입해 동쪽으로 전향한다. 나를 기준으로 좌측, 전장을 기준으로 동향이다. 돌격조 보병 연대의 저지선을 충원해라. 만에 하나 저들의 기사단의 돌격에 돌파당할 경우 즉시 방패병들을 투입, 수비 태세로 전향해 적들의 진격을 막도록. 또한 카바인 경과 벵센 경에게 기신호를 보내 중앙 후방에서 날뛰는 여기사의 동태를 주시하라 전해라. 나머지는 짧은 각적이 세 번 울릴 때까지 재량으로 각개 전투에 자유롭게 임해도 좋다."

"존명."

기수가 재빠르게 기신호를 올리며 달려갔다.

파사드는 발로이드를 향해 시선을 고정시켰다. 짐작이 맞다면 지금 이 회전을 주도하는 것은 저 작은 체구의 기사였다. 그렇다면 발로이드는 지금 무얼 하는가, 무얼 찾는가. 어떤 예감이 빗물처럼 머릿속으로 번져 나갔다.

혹 이것이 저자의 술수는 아닌가 하는 의문이 짧게 치고 올라왔지만 그것은 곧 잊혀졌다.

어슬렁거리듯 전장을 소요하던 발로이드가 돌연 파사드를 향해 말 머리를 돌렸다.

본능적으로 느껴진 어떠한 예감. 파사드가 롯사의 고삐를 고쳐 쥐었다.

발로이드와 눈이 마주쳤다. 파사드는 확신했다. 그 순간, 벽안의 괴물이 질주해 오기 시작했다. 라르크의 군사들을 밟아 죽이며, 찔러 죽이며, 베어 죽이며.

발로이드의 기세는 가히 돌풍 같았다. 엄호를 위해 뒤따라오는 기사들이 마구잡이로 라르크 군을 베어 넘기며 달려오는 그의 속도를 따르지 못할 정도였다.

그의 위협적인 창은 길목을 막는 이들을 모조리 걷어 냈다. 땅을 디디고 서 있던 병사들은 수수 꺾인 듯 널브러졌다. 발로이드는 이내 창을 휘두르는 것조차 내키지 않는지 두껍게 깔린 라르크 군의 머리를 훌쩍 뛰어넘었다.

그리 순식간이었다. 파사드의 코끝으로 피비린내 섞인 바람이 훅 일었다.

난입한 적장을 알아차린 라르크의 한 기사가 기함했다.

"감히 여기가 어디라고……!"

발로이드가 스무 걸음 남짓의 거리에서 말고삐를 당겨 속도를 늦춘 후에야 가까스로 발로이드를 따라잡은 마리포사의 한 젊은 기사가 초조함을 감추지 못하고 주위를 둘러보았다. 그들이 지금 라르크의 군사들 한복판에 서 있었던 탓이었다. 젊은 기사가 숨을 헐떡이며 낮게 조언했다.

"주군, 위험합니다."

그러나 발로이드는 귀머거리였다.

"주군."

도처에 깔린 라르크 군사들을 날카롭게 노려보며 우려 섞인 음성을 보내는 기사를 뒤로한 채, 발로이드는 마치 제 눈 밖의 일이라는 듯 침묵했다. 긴장을 늦추지 않고 리오낙을 고쳐 쥔 파사드가 그 시선을 똑바로 받았다.

투구 속 감출 수 없는 귀기 어린 벽안에는 아무것도 없었다. 그를 보는 눈빛은 그 자체로 증오였다. 이윽고 발로이드의 굳게 다물려 있던 입술이 벌어졌다.

"어디 있나."

나른한 미성과는 어울리지 않는, 몹시도 불쾌하단 투.

뒤늦게 모르가나의 기사들 중 일부가 대열을 헤치고 그들을 향해 달려왔다. 발로이드는 그의 사위로 흩뿌려지는 피며 비명이며 고함, 쇠붙이 소리, 그 어떤 것에도 무관심했다. 심지어 파사드, 적의 사령관에게조차도.

지근거리까지 다가온 모르가나의 기사들이 발로이드의 주위를 에워싸고 라르크의 기사들을 견제했다. 누구도 섣불리 검을 휘두르지 못했다.

별안간 벌어진 전장 속의 침묵이었다.

이번 회전 내리 발로이드의 옆을 지키던 푸른 갑옷의 기사가 파사드와 발로이드 사이로 말 머리를 돌리려 했으나 발로이드의 저지에 실패했다.

"끼어들지 마라, 키에스."

파사드는 말 한 마디 없이 리오낙을 치켜들었다. 발로이드의 입술 끝이 미미하게 뒤틀렸다.

"……그 하얀 검, 잘 알지. 빌어먹게 고결한 섭정 공이 어찌나 애지중지했는지……. 아직도 안 잃어버리고 대대손손 물려주고 있었군."

언사는 분명 모욕을 담고 있었다.

'정신 나간 놈.'

파사드는 답지 않은 욕지기를 입안으로 씹어 삼켰다.

"그녀는 어디 있나. 그녀도 출전했겠지?"

어울리지 않게 경애가 배어 있는 물음은 태도의 공손 여부와는 전혀 다른 성질의 것이었다. 파사드가 흉흉한 기세로 발로이드를 향해 롯사를 내달렸다.

눈 깜짝할 새 간격 안으로 들이닥친 파사드의 새하얀 검에 서늘히 눈동자를 치켜 올린 발로이드가 창을 솟구쳐 올렸다. 쩡! 허공에서 맞부딪친 날붙이들의 비명이 일대를 요란하게 울렸다.

리오낙의 검날이 파르르 진동했다. 파사드의 눈매가 날카로움으로 깊어졌다. 기사들이 움직이기 시작했다. 순간 목덜미로 다다른 또 다른 살의가 파사드의 왼쪽 귓가로 달려들었다.

"통성명부터 하겠습니다. 마리포사의 제2기사단 단장, 키에스 릴이라 합니다. 초면부터 폭언을 하게 되어 유감이나 다치기 싫으면 물러나십시오, 라르크의 사령관."

발로이드를 엄호하던 릴 경의 검이 그의 목덜미에 닿아 있었다.

파사드가 느리게 눈동자만 움직여 자신을 키에스라 소개한 기사를 바라보았다. 그리고 그 순간, 파사드를 엄호하던 라르크 기사가 키에스의 목젖에 검을 겨누었다. 서른 중반 남짓 되어 보이는 적의 기사 릴 경은 검을 피해 턱을 슬쩍 들어올렸다. 이런, 혼잣말처럼 중얼거리며.

"라르크의 기사, 키하이프가의 테레어드다. 너야말로 상황 파악을 하시지, 변절자의 끄나풀."

삽시간에 험악해진 분위기가 숨소리 하나만으로 부서질 듯 위태롭게 치달았다.

발로이드의 주위를 둘러싸고 라르크 군을 견제하던 마리포사 기사들이 일제히 공격 태세로 돌변했다. 그들을 저지한 건 발로이드였다. 여전히 그 시퍼런 눈동자는 파사드에 머문 채였다.

"너희는 용건이 끝날 때까지 나서지 마라."

기묘한 대치였다. 긴장감 따위 전혀 없는 음성이 어느 만큼의 파급력을 가진 것인지, 금방이라도 달려들 듯 주춤거리던 라르크의 기사들 또한 동작을 멈추었다. 그건 파사드의 심기를 더욱 불편하게 했다.

검은 창대를 내리 누르고 있던 검에 더욱 힘을 주며 파사드가 입을 열었다.

"목적이 뭐냐."

"그녀."

"그녀?"

"그래, 그녀는 어디에 있나."

"그녀."

"모르는 체하지 마라. 나의 폐하를 배알하러 왔다. 그녀가 어디에 있는지 말해. 나를 만나러 오지 않을 리가 없으니 근방 어딘가에 있겠지."

"……모르가나의 제도에 앉아 있을 너희 황제를 왜 이곳에서 찾나? 그리고 언제부터 모르가나의 황제가 계집이었나?"

발로이드의 눈빛에 찰나의 모멸감이 스쳐 지났다. 파사드는 그것을 놓치지 않았다.

"무슨 놀음을 하는지는 모르겠으나, 네가 출전했느냐 물은 여자가 르엔 데투아라면 너로 인해 간자의 혐의가 씌워졌을진대 무사하리라 여겼나."

리오낙의 검격을 가로막은 발로이드의 창대에 힘이 들어갔다. 캬르릉! 어마어마한 악력이 리오낙의 검날을 긁어 올렸다. 거의 동시에 발로이드가 순식간에 후미로 물러섰다. 파사드의 검이 순식간에 지지대를 잃고 아래로 떨어진 순간, 발로이드의 고쳐 겨냥된 창끝이 그대로 파사드의 미간을 향해 쇄도했다.

파사드가 하얀 검을 반 바퀴 돌려 그대로 창을 올려치지 않았다면 큰 부상을 당했을 것이다. 파사드조차도 크게 놀랄 만큼 모골 송연한 절체절명의 순간이었다.

창을 반 바퀴 돌려 쥔 발로이드가 말을 몰아 파사드의 범위 안으로 다가왔다.

"……다시 말해 봐라."

입술이 일그러졌다.

"그녀가."

발로이드의 기세가 고조되기 시작한 것을 깨달은 파사드가 그에게서 허점을 보고 검을 돌려 쥐었다. 그러나 발로이드가 더 빨랐다.

발로이드의 우악스러운 창이 파사드의 왼 귓가를 스치고 지났다. 기민하게 리오낙을 고쳐 세우지 않았더라면 그대로 그의 옆통수를 가격해 낙마시켰을 어마어마한 힘이었다. 놀란 롯사가 그르렁거리는 숨소리를 내며 앞발을 얕게 들었다 내렸다. 파사드는 가까스로 제 옆머리를 후려치려는 창대를 막아 버렸다. 팔 근육 전체가 진동할 정도의 엄청난 힘이었다.

"간자?"

발로이드는 그대로 파사드를 향해 돌격해 왔다.

아주 짧은 순간 파사드의 코앞으로 들이닥친 발로이드의 반대 손이 어느새 또 다른 검을 쥐고 있었다. 그 검 끝을 피해 허리를 뒤로 젖힌 파사드가 황급히 뒤로 물러났다.

그러나 발로이드는 이번에는 쉬이 그를 놓치지 않았다. 그는 그대로 창을 맨바닥에 내리꽂은 후, 오른손으로 검을 휘둘렀다. 그의 매서운 검이 궤도를 바꾸어 파사드의 목줄기를 향해 쇄도했다. 파사드가 리오낙을 그의 목덜미에 겨눈 것과 거의 동시였다. 막 일격을 가하려던 발로이드의 검도 아슬아슬하게 멈추었다.

"주군……!"

낯선 목소리가 경악으로 떨렸다.

"또다시."

리오낙에 겨눠진 채로도 발로이드는 놀란 기색 하나 없었다.

"내 누님이 최후의 최후까지 라르크를 위해 이뤄 놓은 업적을 이용해 올조르를 무너뜨리고…… 뭐라고?"

"모르가나 황제의 정신이 의심스럽군. 이런 자를 새로운 사령관으로 부임시키다니."

"간자라 지껄였나. 이번에는 그녀를 간자 취급을 한다 지껄였나."

사납게 치 떨리는 음성. 그것은 절망의 소리에 근접했다. 파사드가 으르렁거렸다.

"누님? 누가 네 누님인가. 르옌 데투아는 라르크에서 나고 자란 범배凡輩다."

발로이드가 짧은 침묵을 깼다.

"……너, 그녀가 누구인지 모르나?"

"네가 지금 정신 나간 헛소리를 하고 있다는 건 잘 알겠다."

순식간에 검을 거두고 말 머리를 돌려 거리를 벌린 발로이드가 이내 광소했다. 때 맞지 않은 웃음은 차츰 격노가 되어 폭발적으로 뻗어 나갔다.

"누님의 덕으로 올조르를 무너뜨린 것을 제 공인 양 내세우고, 은혜도 모르고 누님의 옥좌를 찬탈한 죄를 빌지는 못할망정 누님이 누구인지도 모르고 있다고……. 간자라. 브류나크, 감히 네가! 이 빌어먹을 버러지들이……!"

솜털이 곤두설 만큼 진득한 살의가 일렁였다. 하지만 당장이라도 달려들 듯 이를 세우던 발로이드는 노여움을 감추지 않으면서도 섣

불리 행동을 취하지 않았다. 언뜻 초조해 보이기도 했다. 파사드가 막 다시 그와의 합을 예상하고 고삐에 힘을 주는데, 발로이드가 돌연 쩌렁쩌렁하게 소리쳤다.

"······전투 중지!"

사납게 울부짖던 날붙이들의 비명이 일순 멎었다.

"회전은 끝났다!"

난전 속에서 느닷없이 울려 퍼지는 포효 같은 고함에 잠깐 움찔하던 마리포사 기수들이 일제히 퇴각 깃발을 들어 올렸다. 징그러울 정도로 의문 없는 복종이었다.

갑작스런 회전 중지에 놀란 것은 라르크의 군기사들뿐이었다. 얼마 지나지 않아 모르가나의 군사들로부터 퇴각의 징 소리가 울려 퍼지기 시작했다.

지잉, 지잉, 지잉!

막 말을 몰아가려던 발로이드가 파사드를 향해 경고했다.

"브류나크, 기필코 네 놈은 찢어 죽여 버릴 테지만 당장 나는 지금 네게는 관심 없다."

모욕적이었지만 파사드의 눈에도 그리 보였다.

"내 서신이 닿았다면 누님이 내 뜻을 이해하지 못할 리가 없을 터다. 내 누님을 모셔 와라. 이번 생에도 그녀의 목에 칼을 들이댄다면, 기필코 네놈들의 힘줄 하나하나까지 벗겨 귀자로의 성벽에 걸어 줄 테니."

파사드는 조금 이상한 말을 들었다 생각했다.

'······이번 생?'

발로이드의 목소리가 한층 낮게 위협적인 이빨을 드러내며 속삭였다. 파사드에게는 똑똑히 들렸다. 이번에는 똑똑히, 의심할 여지 없이.

"라르크의 겁부들에게 알려라. 페이작 돌레한이 다시 돌아왔다고. 너희는 이백 년 전의 죗값을 치르게 될 것이라고."

발로이드의 후방을 지키며 한 걸음 한 걸음 물러가던 다른 기사들도 이내 마속에 박차를 가해 시야 저편으로 멀어졌다. 갑작스럽게 후퇴하는 모르가나 군의 동태에 라르크의 군사들은 그저 우왕좌왕했다. 일부 군사들은 퇴각하는 적군의 속도를 따르지 못하고 멈춰섰다.

멀리서 한참 고전하고 있던 올베빈이 피투성이 투구를 벗고 파사드를 응시했다. 그러나 파사드는 그들의 시선에 신경 쓸 여력이 없었다. 송연한 무언가가 파사드의 땀에 젖은 등허리로 들러붙었다.

'……지금.'

"다시……."

'돌아와?'

적장의 마지막 말을 곱씹던 파사드의 입술이 서서히 다물렸다. 뇌리에 희붐한 빛처럼 깔려 있던 안개가 걷힐수록 외려 그간의 번뇌들이 무질서하게 뒤섞이는 것만 같았다.

모르가나 군이 푸른 갑옷의 기사들의 후방 호위를 받으며 물러가는 모습은 바닷물이 빠지는 것처럼 침착하고 정연했다. 파사드가 가까스로 스스로의 생각에서 벗어났을 때, 이미 발로이드의 모습은 보이지 않았다.

"칼란독 경, 괜찮으십니까."

저도 모르게 힘을 주고 쥐던 리오낙을 회수한 파사드가 제 손을 내려다보았다. 발로이드와 몇 합을 주고받은 것만으로 손가락 새새에 불편한 잔 경련이 일었다. 문득 리오낙을 향해 있던 굳었던 검은 눈빛이 평정을 잃었다. 갈리아우의 강철을 벼려 만들어 세상에 몇 없는 유서 깊은 명검의 하얀 날에 흠집이 어려 있었다.

말도 안 되는 일이었다.

리오낙은 지난 이백여 년 동안 단 한 번도 상처 입은 적 없는 브류나크의 자랑이었다.

'……설마.'

파사드는 그제서야 깨달았다.

발로이드 페이작이 휘둘렀던 그 창은 이백여 년 전, 변절자 페이작 돌레한 라르칼리아와 함께 사라졌던 창이었다. 영광의 검 리오낙과 한 태에서 잉태되어 태어난 변절자의 무명無名 창.

갑작스레 반전된 상황에 얼빠진 얼굴을 하고 있던 기사들이 슬그머니 눈치를 보며 파사드의 주위를 서성거렸다. 몇 시간도 채 지나지 않아 평야는 이미 시신이 산을 이루고 있었다.

◈┄◈

텅그렁! 임시 진지 막사에 들어선 파사드가 거칠게 투구를 벗어 내동댕이쳤다.

긴 휴전 끝에 재개되었던 전투는 두 시간도 유지되지 못했다. 양측 모두 우세하지도, 수세에 몰리지도 않았다. 국지전도 아닌 정식 회전에서 느닷없이 꽁무니가 빠져라 퇴각한 모르가나 군은 이해하기 어려운 수준이었다.

재게 뒤따라온 올베빈은 자신이 피 칠갑을 한 것도 잊고 물었다.

"무슨 일이었습니까, 칼란독 겸?"

올베빈은 파사드의 심상찮은 침묵에 그도 모르게 숨을 죽였다. 그런데 그때, 막사의 깊숙한 안쪽에서 낯익은 청년의 목소리가 쟁쟁

울렸다.

"아, 일찍 오셨네요. 바깥이 소란스러워지는 것 같아 혹시나 했습니다만."

"자칼린?"

파사드가 무심코 그의 이름을 부르고 인상을 찌푸렸다. 제가 지금 어느 만치 정신이 없는지 새삼스럽게 느껴졌다.

"체사 경, 무슨 일인가?"

전투의 흔적이 남은 피 묻은 갑옷을 물끄러미 응시하던 자칼린의 눈동자가 파사드의 시선과 마주치자 이내 데굴데굴 굴렀다. 그의 시선이 잠깐 검집 밖으로 나와 있는 리오낙으로 향하자 파사드는 피조차 닦아 내지 않은 검을 그대로 검집에 밀어 넣었다. 보이고 싶지 않았다.

파사드가 수건으로 핏물 배인 목덜미를 닦아 내며 물었다.

"무슨 일인데 이곳까지 왔나."

"아…… 그게 말입니다."

"규젠 마을에 관한 조사는 마무리했나?"

"그건 사흘 전에 이샤스 주둔지로 올렸습니다. 아무것도 못 건졌습니다."

"……암호문에 관한 것은?"

"그것도 아직…….."

파사드의 음성이 억눌린 노여움으로 낮게 깔렸다.

"그런데 경이 왜 여기 있나."

자칼린이 바짝 긴장했다.

전투가 시작되었다기에 얼마나 기다려야 하나 걱정하던 차였는데…… 그걸 걱정할 게 아니라 파사드의 기분을 걱정해야 했던 모양이다. 파사드는 전에 없이 불편한 심기로 자칼린을 노려보고 있었다. 자칼린은 슬그머니 제 방문을 정당화할 근거부터 내보였다.

"뮈아드로에서 폐하의 친찰이 내려왔습니다."

파사드가 피 묻은 장갑을 벗고 자칼린으로부터 서간 통을 건네받았다. 그러나 그는 즉시 확인하지 않고 한참을 복잡한 표정으로 내려다보기만 했다.

"그리고…… 르옌 말입니다."

자칼린이 쭈뼛대며 입을 연 순간, 파사드의 서간 통을 쥔 손에 힘이 들어갔다. 가죽으로 둘러 만든 귀한 왕실의 서간 통이 사정없이 일그러졌다.

'르옌.'

그 이름이 들린 이후로 껍질 씌인 듯 무엇도 귀에 들지 않았다.

르옌. 르옌 데투아. 확실한 무언가가 나올 때까지 의식적으로 뇌리에서 치우려 했으나 끝내 머리 한 켠을 차지하고 있던 여자. 처연히 그를 올려다보며 의문하던 작고 비밀스런 여자의 목소리가 귓전을 헤매듯 떠돌았다.

―벨바롯트, 벨비.

파사드는 그녀를 처음 만났던 날을 기억했다. 못 들은 체하였으나 똑똑히 기억했다. 제 이름이 시왕의 것에서 위시한 것이므로 아닌 체해도 그런 것에는 예민하게 귀가 기울 수밖에 없었다. 피가 터진 발로 맨땅을 디디고도 아픈 줄 모르고 멍하니 저를 쫓던 시선이 어째서인지 절절해 잊지 못했다.

파사드가 전에 없이 매서운 눈빛으로 찬바람을 일으키며 막사를 나섰다. 자칼린이 몇 마디 더 잇기도 전이었다.

"일단 의심은 충분히 가지만 걔가 라르크 군에게 가져온 승리도 그렇고…… 사령관님? 어? 칼란독 경? 갑자기 어디를 그리 급히 가십니까?"

때마침 마무리로 인해 조금 늦게 임시 진지로 귀환한 벵센 경, 타라엣이 파사드를 발견하고 물었다.

"소식 들었습니다. 발로이드가 갑자기 회군했다고 말이 많던데, 대체 어찌 된 것인지…… 음? 어디 가십니까?"

"벵센 경, 그대에게 일대를 일임한다. 당장 전투는 없을 테지만 저들의 동태를 수시로 살펴라. 곧 돌아오겠다."

"예?"

타라엣이 얼떨떨한 표정으로 파사드를 응시했다. 롯사를 찾아 말 위에 오른 파사드는 누가 따라올 새도 없이 채찍질해 내달렸다.

어? 어? 어? 하며 그를 뒤쫓아 나온 자칼린이 멀어지는 롯사의 엉덩이를 멍청하니 바라보았다. 달려오는 내리 무슨 말을 해야 하나 고심했고 파사드의 여러 반응도 상상해 보았지만, 이리 어처구니없이 무시당하는 것은 예상에 없었다.

타라엣이 뒤늦게 막사에서 따라 나온 올베빈에게 물었다.

"갑자기 이게 무슨 일입니까? 어찌 된 일이랍니까?"

"제게도 아무 말도 않으셨습니다. 알기로 칼란독 경께서 발로이드와 대질하신 후 발로이드가 그대로 군을 물리고……. 아, 그런데 체사 경께선."

거기까지 들은 자칼린이 엄습하는 어떤 예감에 황급히 막사 근처에 세워 두었던 말에 올랐다. 그러고는 이미 모습조차 보이지 않는 파사드를 쫓아 달렸다.

"나중에 또 뵙겠습니다! 벵센 경, 카바인 경!"

ˋ

❖·❖

　본진으로 돌아온 파사드는 잴 것 없는 걸음으로 르옌 데투아를 가두어 둔 진영의 옥사로 향했다. 기별도 없이 돌아온 파사드를 발견하고 보고를 올리러 달려간 보초병이 덴작과 함께 왔을 때, 그는 이미 르옌이 널브러진 옥사 앞에 서 있었다.

　"오셨습니까."

　깊은 밤처럼 끝 모르고 뻗어나가는 침묵. 가시지 않은 피 냄새가 눅눅한 공기 속을 흘러 엉겼다.

　파사드의 검은 시선이 여자의 가느다란 등 위에 새겨진 수십 갈래의 열상에 머물렀다. 고약한 냄새를 풍기는 뭉갠 약초를 덕지덕지 바른 것으로 겨우 조처된 여자는 송장인가 싶을 정도였다. 간헐적으로 오르내리는 등만이 그녀가 살아 있다는 걸 보여 주는 전부였다.

　뒤늦게 파사드를 쫓아 들어온 자칼린이 개처럼 헥헥 숨을 몰아 내키다 말고 굳은 분위기에 숨소리를 죽였다. 덴작이 사나운 눈초리로 자칼린을 노려보았지만 오히려 자칼린은 제가 아무 말도 하지 않았다 당당하게 소리 높일 수 있었다.

　분위기만 괜찮았다면 필경 그랬을 것이다.

　"칼란독 경."

　파사드의 손에 쥐어진 구겨진 친찰. 말을 타고 돌아오는 내내 고삐와 함께 그 손아귀에 갇혀 구겨졌을 것이 짐작이 되었다.

　덴작은 묵묵히 그의 말을 기다렸다. 그러나 파사드는 한참이나 아무 말도 않았다. 자칼린의 눈에는 문득 그 모양새가 그녀가 죽기를 기다리는 것처럼 보였다. 퀴퀴한 냄새가 만연한 옥 앞에서 콧등 한 번 찡그리지 않고 바위처럼 선 파사드의 뒷모습이 그리도 불안할 수가 없었다.

늑진 공기 속에서 희한하게 혀끝이 졸아붙는 듯하다. 자칼린이 헛기침을 하려는 순간, 노여움을 감추지 않은 나직한 울림이 그들을 바짝 얼어붙게 했다.

"손대지 말고 기다리라 했을 텐데."

쿨럭, 쿨럭. 놀라 사레가 들린 자칼린이 어깨를 들썩이며 입을 막았다.

"누가 명을 어기고 경거망동을 해도 좋다 하던가."

그의 뒤로 서 있던 기사들이 일제히 움찔 고개를 숙였다.

평소라면 '듀사크 경요! 듀사크 경이 그랬어요! 얘가요!' 하고 찔렀을 터다. 그러나 분위기가 자못 심각해서, 자칼린도 동기 된 마음으로 입만 뻐끔거렸다.

짧은 한마디 속에서 가늠하기 어려운 맹렬한 노기를 직감한 덴작이 떨리는 음성으로 나섰다.

"제 스스로의 판단에 따른 문초였습니다."

"듀사크 경."

"마을 조사가 끝나면 제게 이 여자를 맡기시겠다는 의사, 비치셨던 것으로 기억합니다. 규젠 마을의 조사 보고가 올라왔습니다. 달리 밝혀진 것은 없었음을 이 자리에서 보고 올립니다. 칼란독 경께서는 전투로 다망하시니 괜한 수고를 끼쳐 드리고 싶지 않아 재량으로 벌인 행동입니다. 정식 명령 하달 없이 함부로 문초한 것에 불복종의 죄를 물으시겠다면 기꺼이 달게 받겠습니다. 그러나 저는 떳떳합니다."

한 치의 주저도 없는 답에 파사드가 고개를 돌렸다. 저린 주먹에 힘이 들어갔다. 당장 캐묻고 싶은 것이 산더미 같거늘, 상태가 말 한 마디 제대로 할 수 있을 것 같지가 않았다.

덴작의 목소리가 뚜렷이 울렸다.

"저 여자는 이미 총사령관께 검을 댄 시점에서 죽어 마땅했습니다."

"······."

"저 고초를 겪으면서도 말 한마디 하지 않는 걸 보면 필시 믿을 만한 여자는 아닙니다."

파사드는 깊은 숨을 내쉬며 눈을 감았다. 정제되지 않은 분노가 정수리 아래까지 차올라 머릿속을 뒤엎고 있었다. 그러나 아무에게나 화를 낼 만큼 스스로를 통제할 줄 모르는 건 아니었다.

"그래서 무얼 알아냈나?"

"······아무것도 알아내지 못했습니다."

뭉그러진 낯빛을 숨기지 못하고 고갤 숙이는 덴작을 향한 동정심이 피어오른 자칼린이 슬그머니 그의 역성을 들기 위해 입을 열었다.

"저······ 듀사크 경도 뭐 그럴 만한 이유가 있었고 틀린 말도 아니었으니······."

가까스로 모든 것을 참아 누르며 파사드가 명했다.

"열어라."

간수가 재빠르게 열쇠를 쥐고 달려가 문을 땄다. 파사드는 성큼성큼 걸음을 옮겨 감옥 안으로 들어갔다.

그녀의 상태는 겉으로 보이는 것만큼이나 심각했다. 파들파들 떨리는 가느다란 손끝이 고통을 참기 위함인 듯 녹녹한 흙바닥을 죄 긁어 누르고 있었다. 정신이 있는 것이 더 고통스러울 터인데, 기절조차 하지 않은 모양이었다.

파사드가 말없이 그녀의 겨드랑이 아래를 쥐어 일으켜 세운 후 어깨 위로 가뿐히 들쳐 맸다. 앙상하고 야윈 여자가 힘없이 그의 어깨 위로 축 늘어졌다.

"제가, 제가 하겠습니다!"

자칼린이 놀라 자청했지만 파사드는 무시했다.

"칼란독 경, 차라리 제가……."

그러고는 덴작이 말을 맺기도 전에 큰 보폭으로 걸어 감옥 밖으로 향했다.

"내 막사로 군의관을 다시 불러라. 또 이 여자를 씻길 수 있도록 허드렛일을 하는 여자를 찾아 보내라."

화를 내는 건지, 아니면 제 발 저려 그리 느껴지는 건지, 도무지가 말 붙일 틈이 보이지 않아 자칼린은 불안한 눈동자만 데굴데굴 굴렸다. 파사드가 르옌을 들쳐 매고 사라지자 덴작이 눈이 찢어져라 자칼린을 노려보더니 성난 걸음을 옮겼다. 품새를 보아 하니 오해를 사도 단단히 산 듯했다.

'뭐, 당장 그게 문제는 아니다만.'

뚱하게 서 있던 자칼린이 이내 뒷머리를 헝클어뜨리며 재게 발을 놀렸다.

그녀는 반쯤 타 버린 위태로운 교각에 서 있었다. 교각 아래 얕게 흐르는 물결 위로 흐릿하게 얼굴이 비쳤다. 바람에 흘러내린 머리칼과 둥그런 이마와 그 아래 덧없는 자긍심으로 드높은 콧대와 눅눅한 벽안 무심히 다물린 붉은 입술. 아름다운 여자의 얼굴이었다.

여왕의 얼굴이다.

얼마간 그리 내려다보고 있으니 교각 아래 흐르던 맑은 물은 이내 핏물이 되었다. 붉은 머리칼이 굽이굽이 흐르는 것처럼 붉은 물결이 그녀의 얼굴을 함께 쓸어 갔다.

그녀는 미련 없이 고개를 들었다.

붉은 성벽이 꺼지지 않을 불길을 이고 맹렬히 타오르고 있었다. 조금 더 가까운 낮은 담장 옆에는 수십 개의 창이 꽂혀 있는 것이 보였다. 하나하나의 창끝에 효수되어 붉은 핏물을 뚝뚝 떨어뜨리는 것은 적들의 시체였다. 그리고 줄지은 창대 저편에서 검은 갑옷으로 무장한 페이작이 그녀를 향해 단정하게 걸어왔다.

붉은 머리칼과 푸른 눈동자가 선명히 눈에 들었다. 어째서인지 그리운 감상이 들었다.

—누님.

그리웠다.

—폐하.

페이작이 그녀의 곁에 다가와 한쪽 무릎을 꿇고 손을 내밀었다.

—폐하를 뫼시러 왔습니다.

폐하. 그녀는 문득 제가 그리 불리는 것이 낯설다 생각했다.

도대체 몇 번이나 정신을 잃었다 차린 것인지조차 헤아릴 수 없었다. 질척하고 고약한 진흙 냄새가 나던 감옥이 아닌 낯선 침상 위에서 눈을 뜬 그녀는 시야를 매운 주홍빛 어둠을 응시했다.

몹시도 오랜만에 맛보는 평온이었다. 편안, 고요. 마치 낡은 마구간 집의 헛간에 누워 시간을 흘려보내던 그때처럼 따스한 것들이 가슴 안으로 스며들었다.

하지만 길지 않았다. 머잖은 곳에서 자박자박 들리는 군화 소리가 귀에 들고, 익숙한 재 내음과 쇠 내음이 인중 언저리를 떠돌았다. 써

느런 한기가 느껴지기 시작했다. 등허리를 타고 올라오는 통증이 서서히 살갗을 잠식해 나갔다.

현실을 상기한 그녀가 이를 물어 힘을 주려 했으나, 실제로 그리했는지는 알 수 없었다. 가장 깊숙한 곳으로 침몰해 있던 노여움이 용오름처럼 솟아올랐다.

'너희들이 감히 나를 이리 대하나. 너희들의 그 끔찍한 배반조차 용서한 나를.'

그러나 어리석게도 분노는 이내 화톳불에 물 끼얹은 양 사그라졌다.

'미친년이라 했던가.'

자칼린의 말이 옳았는지도 모른다.

지금 이 상황, 제가 본 모든 것. 전부 꿈일지도 모른다. 이젠 자신이 누구인지, 제 눈이 무얼 보는지, 제 귀가 무얼 듣는지도 스스로 의심할 지경이니 미친년이 아니고 무얼까.

어쩌면 이백 년이라는 시간은 지나지도 않았고 여왕인 자신은 여전히 사형 전야의 감옥 안에서 마지막 잠을 청하고 있는지도 모른다. 그렇다면 참으로 긴 악몽이라 할 만했다.

르옌은 힘없이 눈을 감았다 떴다.

낯선 향기가 났다. 오물 냄새나 피 냄새, 시궁창 내와는 다른 마음 편한 냄새였다. 얼마나 엎드려 있었던 것인지 오른뺨의 광대뼈가 으스러질 것 같았다. 가까스로 고개를 돌렸을 때, 그녀는 이 순간 가장 보고 싶지 않은 그림자를 발견하고 움직임을 멈췄다.

등불 두어 개와 촛불 몇 개에 의지한 빛 속에 앉은 검은 사내였다. 희뿌연 시야 새로도 너무나 선명히 비치는 까마귀의 털빛이다.

벨바롯트. 떠올리는 것만으로도 가슴 쓸려 내려가는 사내.

'벨비······.'

물론 르옌은 그와 벨바롯트를 혼동하는 어리석은 우를 범하지는 않았다. 이미 그녀는 벨바롯트와 파사드의 차이를 극명히 알고 있었다. 비록 이름이 같다는 웃지 못할 우연의 다리가 놓여 있더라도 그쯤은 훌쩍 건널 만한 눈은 가졌다.

얼마 떨어지지 않은 곳에 앉은 파사드는 팔꿈치를 무릎에 댄 채 고개를 살짝 수그리고 있었다. 사선으로 흐르는 까만 시선 끝에는 탁자 아래에 기대어 선 리오낙이 있다.

이곳은 누군가가 사적으로 사용하는 막사였다. 아마도 파사드의. 힘겹게 눈동자를 움직여 등불 저편의 붉은 늑대 문양 기를 눈에 담았다. 그제야 기억이 날 듯 말 듯하다. 그가 옥사로 찾아왔던 것도 같다. 불현듯 수치스러움이 밀려들어 고개를 돌려 이불 속으로 얼굴 반을 밀어 눌렀다.

"정신이 들었나."

파사드가 몸을 일으키는 소리가 들렸다.

'빌어먹을 듀사크.'

벨바롯트의 앞에서도 이런 꼴을 보인 적이 없음인데, 그와 꼭 닮은 풋내기의 앞에서 무기력한 모습을 보인다니. 차라리 정신을 잃고 싶은 심정이었다. 르옌은 다시 고개만 비틀어 돌려 제 목전에 다가온 사내를 응시했다.

"지금은 전시이며, 몹시 바쁜 와중에 나는 자리를 비우고 이곳에 있다. 그러니 시간 끌지 마라."

마른 입술을 더 굳게 다물었다. 저치도 제게 대답을 바라고 저런 말을 하지는 않았을 것이란 판단에서였다.

파사드는 아주 잠깐 그녀의 상처투성이 등덜미를 곁눈질한 후 다시 침묵했다. 무언가 말을 할 듯, 하지 않을 듯 입술을 벌렸다 다물기를 반복하며.

냉한 낯짝으로도 가릴 수 없는 주저였다.

"목소리를 낼 수 있나?"

"……내준 것은 등입니다."

가까스로 소리를 내는 혀끝은 불쌍할 정도로 바짝 졸아 있었다.

늘 저이의 날이 선 모습이나 화가 난 모습만 마주해서인가. 어쩐지 날이 서다 서다 버티지 못하고 꺾이기라도 한 듯이 내리박히는 시선이 불편했다.

"아마르즈."

옌은 눈썹하나 까딱 않고 눈동자만 움직여 그를 올려다보았다.

"외부인은 알기 어려운 특수 군율."

그래, 그것을 요구한 적이 있었다.

"약 이백여 년 전의 라르칼리아 군사 양식의 무구들이 쏟아진 올조르의 갱도."

"……."

"라르칼리아 왕가의 장례. 그 모든 것을 너는 서책을 탐독해 보았다, 혹은 귀동냥으로 들어 알았다 눙쳤으나 불가능하다. 네가 나고 자라 떠난 적 없다는 마을에는 그에 관한 고서가 없었다."

"……."

"네가 토씨 하나 틀리지 않고 읊었던 그 전서."

르옌은 상황 맞지 않게 웃음이 나려는 걸 참았다. 돌이켜 보니 제가 많이도 흘리고 다녔지 싶었다. 몇 가지는 들으라 한 것이긴 하지만 어쨌건. 그러니 덴작이 눈이 뒤집어져서 그리 팔이 빠져라 채찍질을 해 댔을 것이다.

따지고 보면 자칼린 쪽이 별종이었다. 그러나 그녀가 알고 있는 모든 체사는 별종이라 딱히 위화감도 없었다.

"그리고 처음 보았던 날, 나를 보고 벨바롯트라 하였나? 그 이름이 브류나크 왕조 1대 왕의 존함임은 라르크의 만백성이 알고 있다."

"……."

"부정도 하지 않는군."

그랬었다. 듣고도 모른 체 했던가.

괴괴한 정적이 내려앉았다. 경직된 신음을 삭인 르옌은 양 팔에 힘을 주고 몸을 일으켰다.

움직일 때마다 가까스로 들러붙어 있던 생살이 툭툭 터져 찢기는 기분이 들었지만 아랑곳하지 않았다. 주위를 둘러보던 그녀는 머리맡에 있던 자리끼를 발견하고 그대로 벌컥벌컥 들이켰다.

상처에 붕대조차 감지 못하고, 옷조차 제대로 입지 못해 젖가슴이 훤히 드러났다. 파사드가 슬며시 눈살을 찡그렸지만 르옌은 괘념치도 않은 모양새였다.

목을 녹녹하게 축인 후에야 그녀가 한결 가라앉은 음성으로 되물었다.

"그것들을 제게…… 말하시는 연유가 뭡니까."

그 질문은 파사드가 스스로에게 던지고 싶던 꼭 같은 의문이었다. 스스로 이런 말을 입에 담는 이유가 무엇인가.

엎치고 덮친 상황 속에서 어떠한 본능적인 예감이 그의 덜미를 쥐고 놓지 않았다.

그녀가 정신을 차리지 못하고 쓰러져 있는 동안 머릿속을 떠돌던 수많은 기억의 단상들이 일순간 스쳐 지나며 혐오감이 밀려왔다. 지난 반나절은 그에게 있어서는 끔찍한 순간의 연속이었다. 발로이드의 말과 톱니바퀴처럼 엇물리는 여자의 기묘한 행동들이 가리키는 합은 결코 있을 수 없는 것이었으므로.

"이백 년 전, 라르크를 배반하고 도망친 페이작 돌레한이 변방으로 돌아가 모르가나의 서북 지대인 라곳에시스에 자리 잡았다. 그리고 그곳에서 마리포사 가문을 열고 작금에는 모르가나의 중앙 귀족 가문 중 하나로 승격되었고…… 지금 그들은 모르가나의 곳곳에 퍼져 변경을 수비하고 있지."

간헐적으로 경련하듯 떨던 르옌의 몸이 굳어졌다. 숨도 함께 멎은 듯 고요해졌다. 그녀의 수그린 고개 아래 파사드의 그림자가 드리워졌다. 어둠에 잠긴 눈동자가 불그스름한 빛으로 허공을 떠돌았다.

"알고 있나."

"……."

"페이작 돌레한, 한때 라르크의 제일 기사였던 그 사내가 죽기 전에 무어라 말했는지?"

모른다. 그녀는 아무것도 알지 못하는 우자였다.

"나는 오늘, 발로이드 페이작에게서 그와 같은 말을 들었다."

르옌이 고개를 들어 파사드를 가만 응시했다.

"여왕과 함께 되돌아오리라."

귓바퀴 속으로 서서히 번지는 음성에 그녀의 몸이 뒤늦게 사시나무처럼 떨리기 시작했다.

'대체 무슨 짓을 한 게냐. 대체 무슨 짓을 해서…….'

허리를 둥글게 구부린 르옌이 다리를 덮고 있던 천을 끌어 올렸다.

"대체 무슨……."

가빠지기 시작한 그녀의 입술 사이사이로 긴 시간 의연히 참아 냈던 신음이 함께 터졌다. 파사드는 그녀의 호흡이 골라질 때까지 참고 또 참았다.

어떤 난제를 현실 속에 끼워 맞추는 데에 부족한 것은 한 가지였다. 그 한 가지만 납득한다면 모든 것이 완벽한 청사진을 이룬다. 납득할 수 없으나, 그 말고는 설명할 길이 없으므로.

그런 한편, 파사드는 제 입술이 차라리 무겁게 다물려 버렸으면 했다. 가만히 눈을 맞추는 것만으로도 저절로 말을 고르게 되고, 예상할 수 없어 수상쩍은 여자는 끝내 그가 미친 소릴 내뱉게 만들었다.

"……여왕의 전서를 죄 알고, 네 머릿속에 다른 누군가가 들어앉았다 하였고, 가르치지 않은 것도 이미 알고 있어 천재라 불렸다지. 네 나이가 스물이 갓 넘었음에도 불구하고."

"……아아."

"전부 제정신으로 한 말이었던가?"

마지막 물음은 결코 비난이 아니었다.

"제정신으로 한 말이 맞다면 너는, 누구냐."

르옌의 입술 사이로 안개처럼 엷은 자조가 흘러나왔다.

"……내가 누구인지 나조차 모른다 했습니다. 다만 나는 벨바롯트 파사드 브류나크를 기억하고 있고, 한센 두크 체사의 배반을 기억하며, 요새 올조르를 무너뜨리기 직전 참당하였던 그 여자를 아주 잘 알고 있습니다. 당신이 들고 다니는 저 리오낙이 무슨 의미인지도 잘 알고 있습니다. 내가 어떤 명령으로, 어떤 계산으로, 무엇을 대가로 하여 대장장이에게 주조해 올리라 명하였는지 아는 이는 거의 없을 터이니 증명할 수단은 되지 않겠지만."

파사드는 리오낙을 검집에서 뽑아 냈다. 르옌은 헛웃음 지었다. 결국 또 칼을 들이밀려는가 싶었다. 그러나 그녀에게 다가온 파사드는 검을 겨누는 대신 검 끝을 침상에 내리꽂듯 세웠다.

"이 검은 역사상 단 한 번도 상처 입은 적 없던 물건이다."

르엔은 제 코앞에 수직으로 선 하얀 날을 응시했다.

"그런 것치고는 이미 흠집이 난 걸로 보이는데……."

고작 말투 같은 것을 지적하기에 파사드는 이미 피로했다.

"너는 조금 전, '내가' 시켜 이 검을 주조했다고 말했다. 하지만 이 검을 만든 자는 오래전에 죽었다. 진실을 말해라."

르엔의 고개가 떨어졌다. 무얼 어찌 말해야 하는지, 암담하기만 했다.

"지금까지 한 말을 믿지 않는다면, 앞으로 내가 할 말도 믿지 않겠지요. 그만두겠습니다. 마음대로 하십시오."

한참 후, 그녀를 덮을 듯 드리워졌던 사내의 그림자가 걷혔다. 파사드는 탁자로 다가가 녹아 가는 초 끝에 걸친 촛불 앞에 섰다. 그리고 탁자 위에 놓여 있던 구겨진 왕의 친찰을 집어 들었다.

"……폐하께서는."

신음처럼 시작된 그의 잠긴 음성이 귓전을 떠돌았다.

"모르가나 수성의 상징이었던 요새 올조르의 함락에 관한 정보를 제공한 네 공로를 크게 기뻐하시며, 무엇이든 바라는 것을 내어 주라는 교지를 내리셨다."

그의 목소리에는 곤란함과 짜증이 함께 배어 있었다.

이해는 했다. 이제 와 여자가 정신 나간 여자라는 사유로 번복할 수도 없을 터이고, 아무 이유 없이 없던 일로 상소를 진상하는 것 또한 무리일 것이다. 없는 죄까지 만들어 끌어내린다면 모를까.

"그러나 나는 당장 이 어교를 따르지 않을 것이다. 물론, 무시할 수도 없는 노릇이다. 시일이 정리가 되면 적장 발로이드에 관련된 보고가 새로 올라갈 터. 그에 관한 회신이 돌아올 때까지 널 두고 보겠다."

"……."

"또한, 네 부상에 관한 것은 듀사크 경을 벌하지 않겠다."

"……나를 믿습니까?"

파사드는 대답 대신 헐벗은 나신의 여자를 고스란히 눈에 담았다. 어떠한 음욕도 자라나지 않은 까만 눈동자였다.

그러나 실상 이렇듯 침착하게 그녀에게 테른도크로부터의 교지를 읊어 준 것은 최후의 최후까지 그러모은 인내심이었다. 발로이드가 자신을 노려보던 그 순간, 그때의 살갗을 쑤시던 증오와 노여움. 그가 했던 말 한마디 한마디가 여전히 뇌리에 박혀 있었다.

파사드는 완벽하게 그녀를 등졌다.

"다음 명령이 있을 때까지 쉬도록. 문초는 금하겠다."

막 밖으로 나가기 위해 휘장을 걷어 올리던 파사드의 팔이 허공에서 멈추었다. 낯설지 않은 둥그런 머리통이 보였다. 막사 휘장 옆에 철썩 달라붙어 귀를 대고 있던 자칼린은 느닷없이 밖으로 나온 파사드를 발견하고 깜짝 놀라 뒷걸음질했다.

"파, 파사드 형님, 아, 아니…… 사령관님, 그게…… 그게 말이지 말입니다?"

파사드가 눈을 부릅뜨고 주위를 둘러보았다. 보초가 없었다. 그러다 문득 제가 전부 사람들을 물렸다는 것을 떠올렸다. 파사드의 눈치를 보면서도 자칼린은 연둣빛 눈동자를 재게 움직여 반쯤 걷힌 휘장 저편의 르옌을 흘끔대기에 여념이 없었다.

파사드가 긴 한숨을 내쉬었다.

"……자칼린."

"저기, 아, 엿들으려고 한 게 아니라. 아니, 아니, 엿들으려고 한 건 맞는데요. 아마? 아, 뭐라는 거야. 내가, 아니 그게 중요한 게 아니고. 지금 오간 얘기들이……."

"따라와."

반박할 틈도 없이 떨어진 명령에 자칼린이 허옇게 질린 얼굴로 르옌을 응시했다. 르옌은 저와 눈이 마주친 경악에 물든 어린 청년을 열없이 응시하다 다시 몸을 엎드려 누웠다.

펄럭대던 휘장이 갈앉으며 그녀가 누운 막사와 세상을 자비 없이 단절했다.

사령부의 막사까지 파사드를 졸졸 따라온 자칼린이 오싹거리는 식은땀을 훔쳤다. 엿듣다 걸려서라거나 제멋대로 행동한 것에 대한 처벌이 두려워서는 아니었다.

"무슨 이야기를 들었나."

자칼린이 몸을 바짝 굳혔다.

"에……."

"네가 들은 게 뭐냐 물었다."

이쪽은 아직도 혼이 쏙 빠져 있는데 파사드의 모습이나 반응이 지극히 정상적이라 자칼린은 되레 스스로의 청력을 의심하기 시작했다.

"저…… 제가 아무리 방정맞게 굴어 왔다지만 사지 육신은 멀쩡한데 말입니다. 그게 말이에요. 제 귀가 말입니다?"

파사드는 탁자 위에 놓인 지도 끄트머리를 팔꿈치로 짚은 채, 손으로 입가를 성마르게 덮었다. 어느새 시선은 비스듬히 아래를 향해 있었다.

"조금 전에 르옌이 했던 말은……."

더듬더듬 말마디를 잇던 자칼린은 은연중 깨달았다. 파사드는 그의 말을 반도 듣고 있지 않다.

그럴 수밖에. 비단 전시가 아니라도 브류나크에게는 한순간의 판단이 가문의 사활을 걸 만큼 중했다. 현 왕조와 같은 뿌리에서 뻗어 나온 굵은 가지 중 하나이므로 당연한 일이었다. 작정하고 세를 불리는 것보다 적당히 선을 지키는 것이 더 어려운 법인지라, 대대로 공가 브류나크의 직계들은 위태로운 외줄 타기를 하듯 균형을 잡기 위해 노력해야 했다.

지금은 잠잠하지만 그의 부모 대만 해도 뮈아드로는 암투와 살육도 불사한 정쟁의 중심지였다. 모략당해 죽는 이들이 수두룩했다. 한때, 저 멀리 서해 쥬비상트 해협 밖의 시친 군도에서 자란 경험도 큰 영향을 미쳤다.

그들을 멀찍이서 바라보며 파사드는 눈에 보이는 현상이 전부가 아니란 것을 뼈저리게 배웠다. 세상에는 드러나지 않는 진실이 존재하고, 세간에 의해 곡해되어선 안 될 순수한 일면도 있다는 것이다. 세간이 곡해하더라도 그는 그러지 않으리라 마음먹었다. 그래서 객관적이고 공정한 진실로 사람을 대하기 위해 노력해 왔다. 정치판을 떠났다. 전쟁터를 택한 것도 비슷한 연유에서였다.

파사드는 작위를 승계받은 후, 삶의 거의 대부분의 시간을 전장에 소모했다.

자연히 오랜 시간 지휘 기사로서 살며 파사드는 믿을 수 있는 자와 믿을 수 없는 자를 분별해 낼 통찰을 가질 수 있게 되었다. 해로운 속내를 품은 자를 구분하고, 눈에 보이는 근거와 논리로 상황을 정제하는 것이 그의 의무이기 때문이다.

그는 스스로의 판단을 의심하는 일이 거의 없었다. 적어도 그 여자를 만나기 전까지는 그렇다고 믿었다.

세상에는 규칙이 있다. 사계절이 순서대로 흐르는 것, 남녀의 결합으로 아이가 태어나는 것, 사람은 죽는다는 것. 섭리라는 건 누구도 부정할 수 없는 명백한 규칙이었다. 그러나 그녀는 파사드의 믿음을 근본부터 부정하는 존재였다.

내뱉는 말 마디마디가 온통 혼란스러운 것뿐이다. 여자는 그렇게 오만하게 그의 세상 밖에 서 있었다. 마치 이 세상 사람이 아닌 것 같았다.

어색하게 웃으며 그의 눈치를 보는 자칼린을 건조하게 노려보던 파사드가 입술을 뗐다.

"아니, 들은 것에 대해서는 더 묻지 않을 테니 함구하라."

"아…… 그런데 형님, 그 아까 했던 말들……."

"그보다 르옌 데투아에게서 이상한 점은 없었나?"

"예? 이상한 점이라면……."

파사드가 모호한 대답을 싫어한다는 것을 잘 알고 있었지만, 이번 만큼은 자칼린도 시원스레 답할 수가 없었다. 르옌에게 이상한 점이 없느냐고 묻는 게 더 이상한 물음이었다. 그 독한 계집에게 범상한 점이 있느냐고 물었다면 대답이 훨씬 수월했을 것이다.

"쟤는 그냥 이상한 애가 아니라…… 음, 으으음, 가끔 헛소리를 하는 것밖엔 모르겠습니다. 재기가 뛰어나다는 건 칼란독 경께서도 보셔서 아실 테고……."

"……경에게는 어떤 헛소리를 하던가?"

'경에게는'이라고 하는 걸 보니, 르옌이 파사드의 앞에서도 뭔가 헛소리를 한 게 분명했다.

아까 전 들렸던 그 헛소리가 진짜 있었던 일이란 말이야? 등줄기에 찬물을 끼얹은 듯 소스라치는 기분에 자칼린이 신음을 흘렸다.

"이리 말하기 그래서 그냥 모른 체했습니다만, 이 계집이…… 좀,

처음에 정신 나갔다 생각했던 게."

"말하라."

"초대 브류나크 폐하를……."

파사드의 고개가 느리게 자칼린에게로 향했다.

자칼린이 답지 않게 말꼬리를 흐렸다. 브류나크 왕조의 1대 왕 벨바롯트 파사드 브류나크는 왕가의 시조이면서 동시에 공가 브류나크의 선조이기도 했다. 몹시도 불경한 말을 입에 담는다는 인식 탓인지 혀가 점점 무거워졌다. 그러나 이미 시작한 말을 먹어 버릴 수도 없어서 입술을 삐죽대며 말을 맺었다.

"섭정 공이라고……."

경직되었던 파사드의 눈꺼풀이 서서히 반절 내리 감겼다.

"불렀습니다."

—고결한 섭정 공이 어찌나 애지중지했는지…….

르옌이 암시한 것이 누구이건 간에, 그녀로 인해 상기되는 일편의 단상들은 단순한 과거의 역사가 아니었다. 공저에 핀 수국의 정원에 앉아 몇백 년이고 그리 앉아 미소 짓던 여자를, 파사드는 오늘 일처럼 선명히 기억했다.

"나가 봐라."

더 무언가를 말하려던 자칼린은 주춤주춤 물러나 바람처럼 도망쳤다.

적막한 막사에 홀로 앉은 파사드가 성마르게 얼굴을 쓸었다. 그가 탁자 위에 올려 두었던 리오낙을 내던졌다. 요란한 소리가 났다. 펜과 지도와 지도 위에 고정시켜 두었던 체스 말들이 휩쓸려 나동그라졌다.

정적이 어둠 속에 똬리를 틀었다.

그로부터 나흘이 지났다.

파사드는 이샤스 진지를 떠나지 않았다. 뿐만 아니라 그는 르옌에게 제 막사를 고스란히 내주고, 막사에 누구의 출입도 엄금한다는 명과 함께 아홉 명의 병사들로 하여금 삼교대 보초를 서게 했다. 그는 사령 막사 옆에 위치한 다른 작은 막사에서 먹고 마시고 잠을 청했다.

당연한 말이지만 요 며칠 제국 군의 동태는 잠잠했다. 회전 중 난데없이 후퇴해 버린 적들이 아무런 낌새도 보이지 않고 있다는 보고만 연이었다. 마찬가지로 파사드 역시 특별한 계획을 하달하지 않았다.

그러나 적들이 잠잠하다 한들 진영은 변함없이 매양 새로이 벌어지는 일로 바쁘고 분잡했다. 거듭 돌아오는 파수병들의 각찰문과 인근 마을과 영지 등에서 수시로 날아드는 보고들을 걸러 내는 것만으로도 일은 산더미였다. 오랜만에 갑주가 아닌 때 묻지 않은 하얀 셔츠와 간소한 바지를 입은 파사드는 모처럼 여유롭게 차 한잔을 마시며 그간 쌓인 보고문들을 정리했다.

시친과 연합한 카라제시가 갈카마들을 토벌하는 데에 성공했다는 보고서를 읽어 내리며 그는 희미하게 웃어 보였다. 기실 갈카마 토벌은 브류나크령 로크란드의 주인인 그의 소관이었으나 부득불 전쟁 총책임자로 남부에 나와 있어 카라제시에게 폐를 끼치게 되었다.

파사드는 보고문들을 탁자 한 켠으로 옮겨 치운 후, 반듯하게 양피지를 펼쳤다. 반질반질한 양피지의 상단에 새끼 늑대의 형상을 한 묵직한 문진을 내려놓는 것도 잊지 않았다. 이제 지난 나흘간 미루었던 서신을 쓸 차례였다.

잡히지 않는 마음을 다잡으며 파사드는 고풍스러운 띠 장식이 달린 낡은 깃펜을 들었다. 선뜻 손이 떨어지지 않는 사람처럼 멈춰 있던 그는, 이내 연한 주름이 어린 양피지 위로 펜을 옮겼다.

그림처럼 유려하고 보기 좋게 정갈한 글자가 지면 위로 그려졌다.

북부의 제일 기사, 늑대들의 주인. 뮈아드로의 영주이신 폐하께 올립니다.

소신 작위 공 파사드 칼란독, 폐하의 충직한 신하로서 명에 따라 모르가나와 일전을 치르고 있습니다. 약 한 달 하고 스무 날 전, 모르가나의 최고 사령관이 교체되었습니다. 경황없어 보고가 늦음을 용서하십시오. 그는 다름 아닌 모르가나 중앙 15개 가문 중 하나인 마리포사 가문의 주인이며, 라르크를 배반한 변절자의 후손인 발로이드

거기까지 쓴 파사드의 손이 멈추었다. 한참 고심하던 그가 다시 펜 끝을 움직였다.

……이세르스 마리포사로, 수년 전 스스로의 이름을 개명했던 바로 그자입니다. 그자는 단신으로 소수의 기사들을 이끌고 본 진영에 들이닥쳐 라르크의 군사들을 몹시 혼란케 하였습니다. 그의 용무는 지난 요새 올조르 붕괴전에 큰 도움을 주었던 데투아가의 딸……

파사드는 다시금 멈춰 버린 제 손을 내려다보았다. 펜촉 끝에 괴어 있던 잉크가 한 방울 뚝 떨어졌다. 그가 미간을 찡그렸다. 저답지 않은 실수에 당혹스러웠지만 침착하게 다시 새로운 양피지를 펼쳐 똑같이 옮겨 썼다.

북부의 제일 기사. 늑대들의 주인, 뮈아드로의 영주이자 모든 브류나크의 주인이신 폐하께 올립니다.

　(……중략……)

　다름 아닌 모르가나 중앙 15개 가문 중 하나인 마리포사 가문의 주인이며, 라르크를 배반한 변절자의 후손인 발로이드 이세르스 마리포사로, 수년 전 스스로의 이름을 개명했던 바로 그자입니다. 그자는 단신으로 소수의 기사들을 이끌고 본 진영에 들이닥쳐 라르크의 군사들을 몹시 혼란케…….

　그러나 역시 그 이상은 손이 움직이지 않았다. 혹여 또다시 잉크를 흘리는 실수를 할까 조심스레 펜을 내려놓은 파사드가 마른세수를 했다. 머릿속이 정리되지 않은 것처럼 어수선했다. 파사드는 문득 문 앞이 소란해진 것을 느꼈다.

　"최고사령관님, 명하신 대로 체사 경을 모셔 왔습니다."

　자칼린은 휘장을 걷고 긴 다리를 쭉쭉 뻗어 들어왔다.

　"저를 부르셨다고요?"

　파사드는 능청스레 그의 눈을 피하는 자칼린을 응시했다. 용건을 빤히 알면서도 모른 체 시침 떼는 것이 그의 피로를 갑절로 불렸다. 파사드는 단도직입적으로 말했다.

　"내 분명 네게 르옌 데투아에게 접근하지 말라 했을 터다, 체사 경."

　자칼린은 지난 나흘간 세 번이나 르옌을 격리시켜 둔 그의 막사 언저리를 배회하다 경고를 받았다. 처음 한두 번이야 모른 체 넘겼지만 도저히 포기할 낌새를 보이지 않으니 도리 없었다. 이참에 따끔하게 혼을 낼 생각이었다.

　"아, 그건 음, 우연히 그쪽에 발걸음 할 일이…… 아니, 음…… 그리 화내실 것까지야. 한데……."

자칼린은 필사적으로 말 돌릴 구실을 찾아 눈을 데굴데굴 굴렸다. 속이 빤히 보이는 태도라 파사드는 한숨이 새어 나오려는 것을 간신히 참아 눌렀다. 바쁘게 돌아다니던 자칼린의 눈이 바닥에 떨어진 쓰다 만 서신에 이르러 멈추었다.

"어? 혹시 저 서신 수도에 보내시는 겁니까?"

"말 돌릴 생각 마라. 그냥 넘어가지 않을 테니."

기죽은 눈빛을 하던 자칼린이 슬며시 목을 빼고 서신을 내려다보았다. 그의 표정은 금세 이상해졌다.

"아니, 이건 말 돌리려고 수작 부리는 게 아니라요. 설마 르옌 데투아에 관한 내용도 상하시려고요?"

뜻밖의 직설적인 물음에 파사드는 즉각 답하지 못했다. 르옌 데투아에 대한 이야기를 적어 내리려 할 때마다 번번이 실패하는 자신을 이해할 수 없던 까닭이다. 믿는다 믿지 않는다를 별개로 그는 전시에 있었던 일을 기록으로 남겨 테른도크에게 보고할 의무가 있었다.

한참을 파사드와 눈을 맞추던 자칼린이 그답지 않게 진지한 목소리로 말했다.

"……저는 칼란독 경이 걱정되어 그러는 겁니다. 증명할 길이 없지 않습니까."

"경이 개의할 문제가 아니다."

"흐음, 혹시…… 형님, 아니 칼란독 경도 르옌 데투아의 말에 일리가 있다, 그리 생각하고 계신 겁니까?"

결국 자칼린이 호기심을 참아 누르지 못하는 모양새로 물었다. 아니, 저쯤 되면 참아 누를 생각이나 있는지 모르겠다. 파사드는 화를 내야 한다 생각했지만 정작 나오는 말은 달랐다.

"……경은 그런 일이 가능하다고 믿는 건가?"

대답은 어처구니없을 정도로 간단했다.

"에이, 아니요."

"……."

"그렇지만 제가 아는 게 전부라고 자만하는 짓은 않겠습니다. 라르크의 맹장들과 위대한 왕의 피들이 모인다는 라르카드단도 존재하잖아요? 라르카드단에 이르지 못한 혼백이 어찌 되는지는 잘 모르겠지만, 전혀 불가능한 일이 아닐지도 모른다는 생각도 좀 드는 건 사실입니다. 뭐…… 하지만 지금 상황에서는 르옌을 미친 여자 취급하고 처리해 버리는 게 제일 속 편한 길이긴 하죠."

"……."

"지금 사령관께서 무슨 생각을 하고 계신지는 모르겠으니 뭐라 드릴 말씀이 없습니다만, 사연이야 어쨌건 간에 르옌은 라르크 군의 승리에 분명히 도움이 됐고. 정체가 뭐든 간에 라르크를 배신할 것 같지는 않아 보이지 않습니까? ……아마? 그렇겠죠?"

아, 뒷말은 괜히 했네.

모처럼 딱 부러진 대꾸에 불필요한 말미를 더한 자칼린이 머쓱하게 머리를 긁었다. 가만 파사드의 눈치를 살피던 그가 갑자기 태도를 바꾸어 말했다.

"만약에 칼란독 경께서 정 르옌이 마음에 걸리신다면 제가 가서 대신 처리하겠습니다."

"……체사 경."

"공로가 있건 없건 간에 칼란독 경께 검을 들이댔습니다. 죽어 마땅하죠. 듀사크 경의 말대로."

파사드의 미간이 퍽 구겨졌다.

"그는 올조르의 공을 인정해 없던 일로 하기로 결정했으니 이제

와 거론하기 적절하지 않다."

"그것만이 아니라도 정신이 나가 여왕을 사칭한다면 죽어 마땅한 것 아닙니까? 실제로 만에 하나, 아주 만에 하나, 르옌의 말이 사실이라면 더더욱 죽여야 하는 게 아닙니까?"

"폐하께서는 그녀에 관한 어교를 내리셨고 그는 아직 거둬지지 않았다. 우리가 함부로……."

자칼린이 눈을 가느스름하게 뜨며 슬쩍 입가를 당겨 말했다. 그러나 웃음기는 없었다.

"경, 지금 왜 르옌을 감싸십니까? 되게 이상하게 보이는 거 아십니까? 형답지 않게."

예상치 못한 반문에 순간 말문이 막힌 파사드가 아랫입술을 살짝 그러 당겼다.

"폐하의 어교가 있다 해도 어교는 애국자를 위한 것이지, 적의 사령관과 내통한 간자에게 내려지는 은혜는 아니라는 거 칼란독 경께서 더 잘 알지 않으십니까?"

자칼린의 직언은 몹시 공교로웠다.

한참이나 말문을 열지 못하고 침묵하던 그는 자자칼린 왼편의 마호가니 탁자 위에 펼쳐진 지도를 응시했다.

요새 올조르 Fort Owljor

그 위에는 백의 나이트가 놓여 있었다.

끊임없이 부정하려 했으나, 결국 그는 스스로를 인정하지 않을 수 없었다. 서신을 이어 나갈 수 없던 것도, 단순히 즉처하여 정리하지 않는 것도 제 안에 머무르는 어떤 이유 탓이다.

자신이 모르는 내막이 존재할지도 모른다는 가능성, 무고한 죽음. 그는 그런 것들을 기피해 왔다. 사람들이 얼마나 교묘하게 사실을 위장해 모함을 하는지 보아 왔다. 그래서 중앙을 떠났다. 그런 삶을 살고 싶지 않아서.

문득 하얀 모래사장에 앉아 마주 보았던 청년의 음성이 되감겼다. 이미 죽어 없는 그 목소리가.

─파사드, 과거와 현재는 어쩔 수 없이 이어져 있는 거잖아. 네가 인정하기 싫다고 해도 사실은 변하지 않는다는 말이야. 물론, 네 믿음과 내가 추구하는 믿음이 다를 수는 있다고 생각해. 하지만 서로의 믿음이 다르다는 게, 우리 중 하나가 거짓을 믿는다는 말은 아니잖아. 안 그래?

누구도 진실을 들여다보려 하지 않는 곳에서, 진심을 외친 청년은 하늘로 날아 올라갔다. 열여덟의 나이에 영원히 멈춰 버린 그가 지금의 저를 본다면 무어라 할까.

─너희는, 너희가 그리도 폭군이라 명명하는 마지막 라르칼리아가 일궈 놓은 것들을 제 것처럼 껴안고 살고 있지 않나?

펜촉의 잉크가 다 마를 즈음, 파사드는 쓰다 만 서신을 완전히 덮은 후 펜을 치우고 잉크의 뚜껑을 닫았다. 그의 입술이 잠잠히 열렸다.

"할드로프 경을 소환해라."

3장

3장

까마득 먼 저편, 모르가나의 검은 사자의 문양 기가 해적 기처럼
나부끼고 있었다. 그 사이에 퍼렇게 휘날리는 것은 필경 예의 그 마
리포사들의 것일 터였다. 에반부르는 눈앞에 펼쳐진 낯선 풍경에 긴
한숨을 내쉬었다.

이게 어찌 된 일이란 말인가?

상황은 명확한데, 그는 눈 뜬 장님이 된 기분이었다. 허리 보호용
요갑을 손으로 짚은 채로 한참 저편을 응시하던 에반부르는 줄곧 앞
서 말을 모는 르옌의 뒤통수를 향해 시선을 옮겼다.

고초를 겪었다 이야기만 들어 어느 정도의 고초였는지는 모르겠
으나, 몇 날 며칠을 앓았다는 이야기를 들었다. 여전히 등의 상처가
다 낫지도 않았을 터인데 참 꼿꼿하기도 하다. 실제로 르옌은 이곳
까지 오는 내내 우는 소리 한 마디도 않았다. 신음조차 흘리지 않았
다. 저리 독한 여자는 처음 보지 싶었다.

그들은 지금 이샤스 남부 초원 지대를 지나 널찍한 강 위의 목교를 건너고 있었다. 목적지는 다름 아닌 저 앞에 있는 모르가나의 둔영이었다.

괜찮을까. 우려를 금할 수 없었다. 소수의 군사들만을 호위로 한 약속된 회동이었으므로 의전에 따라 공격당할 일은 없다지만 적의 진지가 가까질수록 긴장은 점차 고조되었다.

좁은 목교를 다 건너니 해가 쑥 기울었다. 땅거미가 도처를 기어 다니는 불길한 저녁, 그들은 적들의 소굴 언저리까지 이르렀다.

눈대중으로도 모르가나의 주둔지는 라르크 진영과는 다른 의미로 음산한 분위기였다. 검은 막사들이 즐비한 탓에 그리 보이는 걸지도 모른다. 곳곳에서 회색 연기가 피어오르는 것이 보였다. 에반부르는 새삼 긴장하며 멀찍이 후미에 선 자칼린을 살펴보았다. 자칼린은 그를 제일 끄트머리에 세워 둔 것이 아직도 불만인 듯 입이 한 자는 나와 있다.

'허허이…….'

꾸역꾸역 쫓아오겠다 고집을 부려 대던 것을 보면 아무래도 자칼린도 무언가를 아는 기색이라 에반부르는 착잡하기만 했다. 전장에서 별의별 일을 다 겪으면서도 잃지 않았던 열반의 웃음마저 사라진 지 오래였다.

모르가나의 깃발을 저만치 두고서 멈춰 선 에반부르는 파사드와의 지난 대담을 떠올렸다. 처음 파사드에게 불려가 이야기의 단편을 전해 들었을 때, 그는 이제 드디어 이 몸뚱아리 버릴 때가 된 모양이지 싶었다.

—……이 늙은이 귀가 어찌 된 것입니까?"

그에게 그런 착각을 심어 준 파사드는 평소와 다름없는 얼굴로 말했다.

—들으신 것을 의심하실 필요는 없습니다. 맞게 들으셨습니다.

—페이작 돌레한?

—그리 말했습니다. 또한 르옌 데투아 역시 모종의 관계를 암묵적으로 인정했습니다.

제 귀가 멀쩡한 거라면 세상이 미쳐 돌아가는 게다.

—그러나 르옌 데투아가 주장하는 정체에 대해서는 증명할 길이 없습니다. 길이 없다면 길이 확실히 아닌 것을 우선 제해야 함입니다. 르옌 데투아에게는 이미 어교가 내려왔고 저는 그 어교에 따르기 전에 그녀가 애국자인지 매국노인지를 먼저 확신하지 않을 수 없습니다.

—칼란독 경…… 하오나.

—……이미 알고 계시겠지만 이샤스 일대를 점거하였다 한들, 장기전을 예상하고 멀리 보면 남쪽보다 풍요롭지 못한 라르크의 패배는 불가피합니다. 지금 우리를 조롱하고 있는 발로이드 페이작 마리포사는 실로 위험천만한 자이고, 상상 이상으로 라르크를 증오하는 자입니다.

변절자 페이작 돌레한이 죽기 전까지도 라르크를 저주하며 임종을 맞았다는 이야기는 유명했지만 마리포사 가문을 적대한 지금, 그 사실을 다시 듣게 될 줄은 몰랐다.

—르옌 데투아가 발로이드 페이작 마리포사를 설득할 수 있다는 말을 믿지 않지만, 적어도 지난 회전에서 발로이드는 그 여자가 전선에 없다는 사실 하나만으로 전군을 물렸습니다. 어떤 관계인지는 눈여겨 둘 필요가 있습니다.

그러나 아무리 수상하다 해도 수백 년 전 죽은 이를 거론하다니.

—……그러면 칼란독 경께오서는 어찌하고 싶으신 겁니까?

파사드가 기다렸다는 듯 답했다.

—르엔 데투아와 함께 발로이드를 만나러 가십시오.

—예? 하지만 진짜라면······.

—라르칼리아라는 주장도 믿기 어렵지만 라르칼리아라면 더더욱 믿기 어렵습니다. 만일 르엔 데투아가 발로이드와 결탁할 낌새를 보이거나 의심스러운 행동을 한다면.

파사드는 더 말을 잇지 않았다. 에반부르 역시 뒷말을 기다리는 어리석은 우를 범하지는 않았다. 행간에 숨겨진 의미를 알 만큼 그는 노련한 장수였다.

'그 자리에서 죽여라.'

큰 결심이라도 한 모양인지 파사드는 올조르의 포로를 핑계 삼아 발로이드에게 사신을 보냈다. 그리고 발로이드는 아주 흡족히, 기쁘게 그것을 받아 주었다고 했다. 처음 그를 만나러 갔던 사신은 발로이드가 몹시 설레어 하는 기색이었다고 말했다. 설레어 하다니. 그다지 어울리지 않았다.

어찌 되었건 닷새 전 두 진영은 그들은 공통된 합의하에 사신을 해하지 않을 것을 약조하는 서신을 주고받는 것으로 만남의 포석을 마무리했다.

그리고 오늘이 그날이었다.

에반부르는 망창한 눈동자로 저편의 검은 막사들을 응시하는 르엔의 옆모습을 바라보았다. 그녀의 창백하리만치 하얗게 질린 피부가 놀빛에 반짝였다.

참 전쟁과 어울리지 않는 처자인데. 무심코 그리 생각하던 에반부르의 입가에 쓴웃음이 어렸다. 그는 자신의 간절한 기도가 그녀에게 들리길 바랐다. 혹시라도 그녀를 제 손으로 벨 일이 벌어지지 않기를.

검은 깃발을 이고 있는 소수의 기사 무리들이 그들을 맞이하기 위해 나오는 것이 보였다. 에반부르는 멈추었던 말을 보챘다.

"가세나."

사자의 아가리로 말이지. 뒷말은 혼자만의 것으로 목 안에 간직했다.

저편으로부터 홀홀 불어 오던 석양의 숨결은 적진에 가까워 갈수록 숨을 죽였다. 깃발들이 늘어지고 실바람마저 멎는다.

모르가나의 둔영으로 진입하는 것을 허락받은 건 일부뿐이었다. 에반부르를 필두로 자칼린과 르옌 그리고 호위 목적의 기사 여섯을 대동한 라르크의 대표들은 검은 깃발이 말뚝마다 버들가지처럼 늘어진 울타리 안으로 들어섰다. 라르크의 대표들이 진영 안으로 완전히 진입한 순간, 긴장감은 최고조에 이르렀다.

사위가 횃불로 밝았다. 라르크 군사들은 앞서 걷는 발로이드의 인솔자를 따라 걸었다.

길목의 좌우로 크고 작은 막사들이 오밀조밀 늘어서 있었다. 그 곁으로 헤아리기 어려울 만큼 많은 눈동자들이 뻣뻣하게 그들을 노려보았다. 무장 해제를 당한 라르크의 대표들은 앞뒤 좌우로 따갑게 꽂히는 시선들에 긴장했다. 그래서는 안 될 테지만 전투라도 벌어진다면 그들은 영락없이 죽은 목숨이었기 때문이다. 일 분이 일 년 같았다.

좌우로 시립한 검은 사자의 군대가 열어 둔 길 위로는 모닥불 타는 소리, 날아다니는 불티, 말발굽 소리, 쇳소리, 발소리 따위만이 배열 없이 떠돌았다.

얼마나 걸었을까. 다른 막사들과 달리 유독 높고 거대한, 회색 짐승의 가죽으로 덮인 막사가 눈에 들었다. 막사의 주위에는 푸른 갑옷을 입은 기사들이 보초처럼 서 있었다.

그들이 지근거리에 멈춰 서자 푸른 갑옷을 입은 풍채 좋은 기사가 그들을 맞이하러 나왔다. 그는 에반부르에게 짤막한 예를 갖춘 후 또박또박 고했다.

"마리포사 기사단의 제2기사단 단장 키에스 릴입니다."

"에반부르 팔다고 할드로프요. 생각보다 도착이 늦었군."

"주군께서도 기다리고 계십니다. 하지만 체사 가문에서 오신 분은 대면을 허락받지 못하셨습니다. 두 분만 따라오십시오."

매서운 연둣빛 눈동자로 사주에서 뻗어 오는 살기를 가늠하던 자칼린이 인상을 찡그렸다.

"왭니까? 다른 기사들은 그렇다 치고."

"저는 명령받은 것을 전달해 드릴 뿐입니다."

"아니, 우리는 굳이 따지자면 사절단이지 모르가나의 명을 받는 기사가 아닙니다만? 무슨 꿍꿍입니까?"

키에스는 자칼린의 격렬한 반응에도 아랑곳 않고 에반부르를 응시했다.

가만 듣던 르옌이 무표정하게 한마디 했다.

"체사니까."

자칼린이 무슨 소리냐고 반문했지만 르옌은 더 대답하지 않았다. 키에스는 완고하게 입술을 다문 채 서 있기만 했는데, 쓸데없는 승강이지 싶어 에반부르는 자칼린에게 명했다.

"기다리시게, 체사 경."

"무슨 말입니까? 여기까지 왔는데."

"그대들도 체사 경과 함께 움직이게."

"하나……."

"아니, 할드로프 경!"

키에스는 반발하는 라르크의 기사들을 못 본 체 말을 이었다.

"이곳에서 기다리실 필요 없습니다. 레스턴 경이 라르크의 다른 기사 분들을 식사를 할 수 있는 넓은 막사로 모실 겁니다. 식사를 대접해 드리라는 명이 있었습니다. 이미 준비는 다 되어 있습니다."

키에스의 곁에 서 있던 키 작은 기사가 자칼린에게 다가갔다.

"안내하지요."

키에스가 경계심을 풀지 않은 르옌을 향해 가볍게 목례했다.

"주군을 배알하신 후, 두 분도 같은 곳으로 모실 겁니다."

사령관의 막사 목전에서 별안간 이유 없이 내쫓긴 자칼린이 분통 터진다는 듯 키에스를 노려보다가, 에반부르의 엄한 눈짓에 홱 고개를 돌려 버렸다. 공교롭게도 그 방향에는 르옌이 있었다.

르옌은 막사의 가장 높은 첨단을 올려다보고 있었다. 젖혀진 고개가 저러다 꺾이지 싶었다. 자칼린은 르옌을 따라 고개를 들었다. 뒷목이 부러져라 젖히고 나서야 어두운 밤하늘 고개 숙인 깃발의 끄트머리가 보였다.

어둠 속에서도 선명한 푸른 문양의 깃발은 구태여 눈살을 찌푸려 가며 보지 않아도 충분히 상상할 수 있는 저들의 기치였다. 푸른 나비의 마리포사. 푸른 나비라면 한때 비공식적으로 마지막 라르칼리아의 상징이라 여겨지기도 했다. 괜히 기분이 더 찜찜해진다.

"그러면 다들 따라오십시오."

자칼린은 부러 더 쿵쾅대며 키 작은 기사를 따라 걸었다. 다른 기사들도 함께였다.

'염병할.'

이런 말투를 썼다는 걸 알면 형이 또다시 잔소리를 늘어놓을 테지만 아무래도 좋았다. 모르가나의 잡배들 중 카라제시에게 조르르 달려가 일러바칠 놈이 있을 턱이 없었으니까.

자칼린이 멀어지는 것을 확인한 키에스가 막사의 무거운 휘장을 걷어 올리며 안으로 향하는 길을 열었다.

"두 분께서는 들어가십시오."

고개를 반듯하게 내린 르옌이 주먹을 꽉 쥐었다. 오는 내내 얼어붙어 꼼짝도 않던 가슴이 뛰기 시작했다. 귓등을 스치는 바람에 그녀가 문득 고개를 돌렸다. 불그스름한 마호가니 목빛의 눈동자 위로 모르가나의 횃불들이 도깨비불처럼 흐늘거렸다. 먼 곳에 있는 건 반딧불이처럼 반짝이다 사라졌다 하며 점멸했다.

막 한 걸음을 떼었을 때 에반부르가 말했다.

"데투아 양."

"……."

"칼란독 경께서는."

"압니다."

르옌은 에반부르를 돌아보지 않고 답했다. 에반부르가 우려스런 눈으로 그녀를 바라보다가 먼저 걸어 들어갔다. 르옌도 사슬 감긴 듯 무거운 걸음으로 뒤따랐다.

막사 안은 대낮처럼 밝았다.

여러 개의 막사를 붙여 이은 것은 알았지만 실내는 겉보기보다 훨씬 넓어 보였다. 딱딱하기보다는 화려한 분위기였다. 값비싼 탁자하나와 널브러진 갖가지 필기구들, 그리고 황금빛 번득이는 무기 걸이가 살풍경했다. 농익은 향내가 나는 것 같았다. 향나무를 태우는 것 같기도, 혹은 코에 쓴 풀잎 향 같기도 한 황량한 냄새. 그리고 그 틈바귀에 섞여 아우성치는 피 냄새.

막사의 주인은 보이지 않았다. 르옌은 온 신경을 곤두세웠다.

무기 걸이에서 얼마 떨어지지 않은 곳에 서 있는 한 여기사를 발견한 에반부르가 그녀를 알아보고 가볍게 목례했다. 여기사 또한 무뚝뚝하게 고개를 까딱한 후 덤덤한 한마디를 남겼다.

"주군께서 곧 나오실 겁니다. 잠시 기다리십시오."

얼마 지나지 않아 막사 안으로부터 인기척이 느껴졌다. 이어 막사의 깊숙한 안쪽 면에 늘어져 있던 묵직한 보랏빛 휘장이 걷혔다.

낯익은 사내가 모습을 드러냈다. 처음 보았던 때와는 달리 편안한 아이보리 색의 셔츠에 검은 완장을 차고 검은 사자 제복의 긴 망토를 걸친 입은 남자는 미동 없이 서 있었다.

르옌은 그의 푸르른 눈을, 그는 르옌의 불그스름한 눈을 직시했다.

시립해 있던 에일라가 말했다.

"발로이드 페이작 마리포사, 모르가나 군의 총지휘관이자 마리포사 가문의 주인이십니다. 주군, 이쪽은 라르크의 사절 대표로 오신 에반부르 팔다고 할드로프 경과 르옌 데투아……."

낯선 목소리는 그대로 멀어졌다.

르옌의 눈은 발로이드라는 낯선 이름의 사내에게서 떠나지 못했다. 눈을 마주치는 것만으로도 알았다. 비록 판에 박힌 듯 생김이 완벽히 닮지 않았더라도 과거의 저와 꼭 닮은 체모와 콧대, 뺨…… 무엇보다 자신을 바라보던 그 눈빛이 같았다.

페이작. ㄱ였다.

한 시절의 거울을 보고 있는 듯 푸르스름한 벽안에 아련한 향수가 피어 흐른다.

저를 우러르던 페이작의 눈빛에는 늘 향기가 깃들어 있었다. 언제나, 어디에서나. 닿는 향기는 늘 그녀를 족하게 했다. 그녀는 그것을 어떤 단어로도 정의하지 못했다. 경애인 한편 갈망과도 비슷한 냄새를 가진 것이다.

그리고 지금, 지난 기억을 따라 일어선 온갖 것들이 시공을 교차해 그녀를 과거의 전장으로 이끌었다.

'아닐 것이라. 아니리라.'

내리 뇌까렸던 모든 것이 잊혔다. 그녀는 지금 떠나보냈던 이백 년 전의 과거를 마주하고 있었다. 발끝부터 빨려 들어가는 듯한 절망이 서서히 그녀를 옭매었다.

에반부르가 강직한 음성으로 운을 뗐다.

"라르크 교섭단의 대표로 온 에반부르 팔다고 할드로프요. 초면이외다, 마리포사. 만나게 되어……."

그러나 발로이드는 정중히 스스로를 소개하는 에반부르를 향한 예의상의 인사치레조차 없었다. 그의 시선은 오직 르옌에게만 박혀 있었다.

르옌의 경련하듯 떨리는 입술이 열렸다.

"……페이작, 네가."

절망과 함께 쓸려 나온 부정을 바라는 간절한 한마디가 효시嚆矢였다. 저벅. 검은 사자가 한 걸음 묵직하게 움직였다. 그의 등 뒤로 툭 떨어진 보랏빛 휘장이 덧없이 흔들렸다. 저벅. 검은 사자는 다시 한 걸음 다가왔다.

"……네가."

저벅. 그리고 또 한 걸음.

"페이작, 네가……."

저벅저벅. 보폭은 달리듯 빨라졌다. 순식간에 가까워진 거리에 에반부르가 르옌의 앞을 가로막았으나 소용없었다.

"지금 본인들은 포로에 관한 논의를 마무리하기 위해 왔……."

아스라이 멀게만 느껴졌던 사내의 그림자가 눈 깜짝할 새 그녀의 정수리 위로 드리워졌다. 르옌은 그를 올려다보았다.

"……기다렸다."

르옌이 치미는 울컥함을 참아 내기 위해 느리게 눈꺼풀을 감았다 떴다. 모두 다 죽고 사라진 지금에도 그 시절의 그녀를 부르짖는 형제이자 혈육인 전우 앞에서 그녀는 인정했다. 그 시절이 조금은 그리웠노라고.

"누님이 나를 찾아오기를."

발로이드의 우악스런 왼손이 르옌의 뒷머리를 감쌌다. 잇따라 그의 입술이 거침없이 기울어 르옌의 입술을 짓눌렀다. 집어삼킬 듯 닥쳐 오는, 떨리는 숨으로 더운 입맞춤에 수많은 말들이 목 안에 갇혔다.

발로이드의 불시에 취해진 입맞춤은 외설이라기보다는 경건했다. 으스러뜨릴 듯 그녀의 뺨을 감싼 손끝이 떨렸다. 벼랑 끝을 움켜쥐려는 이처럼 애처롭게, 열렬하게 르옌의 입술에 제 입술을 맞대고 비볐다. 그러다 그녀의 윗입술과 아랫입술을 거칠게 물어뜯을 듯 굴었다. 또, 돌변해 상처라도 날까 저어하는 사람처럼 연약하게 핥았다. 그의 혀가 르옌의 입술을 강제로 벌리고 벌어진 입술 안쪽을 목마른 이처럼 헤집고 스치는 동안, 그녀의 눈꺼풀은 서서히 닫혔다.

겸언쩍음을 숨기지 못하고 당혹한 건 에반부르뿐이었다. 시립해 있던 모르가나의 여기사는 물론이거니와 심지어 입맞춤을 당한 르옌조차도 담담했다. 발로이드의 입맞춤에 익숙하게 입술을 맡긴 것처럼 보였다. 에반부르의 감상처럼 실제로 그녀에게 있어 페이작과의 입맞춤은 그다지 낯선 것은 아니었다.

여왕과 여왕의 기사로 전쟁터를 누비던 시절 왕왕 있어 왔던 일이었다. 이성적인 이유는 아니었다. 전쟁터에 혈기 왕성한 자들을 몰아넣으면 숱하게 벌어지는 일이다.

한때 그녀는 그로써 전우와의 신뢰를 완성한다 믿었던 적도 있었다. 단순히 열락을 위한 육체적인 교접이 아니라, 갑옷도 방패도 가식도 없이 전라를 내보이는 것으로 믿음을 드러내는 것이었다.

발로이드의 애달픈 입술은 굳은 그녀의 혀끝을 절박하게 핥고 두드리며 처절하게 매달렸다. 미동 없이 그와 입술을 맞대고 있던 르옌의 입술 끝이 자조로 웃었다.

인정했다. 그녀는 아무도 자신을 모르는 이 시대가 두려웠다. 스스로가 미친 것이 아닐까 의심스러워 두려웠고, 누구도 그녀를 이해할 수 없으리란 의구에 두려웠다. 그녀는 그 시절을 그리워했었다.

미동 없이 늘어져 있던 르옌의 주먹이 힘없이 쥐어졌다.

느리게 입술을 뗀 발로이드가 르옌을 사선으로 내려다보며 애원의 눈길로 속삭였다.

"……왜 화를 내나?"

잠자코 발로이드라는 사내, 페이작의 벽안을 응시하던 르옌의 시선이 발로이드의 어깨 너머로 포물선을 그리며 떨어졌다. 그가 서있고 탁자가 놓여 있고 그 뒤는 막사의 벽이었다. 불그스름한 빛을 띤 갈색 눈동자가 이내 벽에 걸린 섬세한 문양의 태피스트리에 머물렀다. 눈에 익은 푸른 것은 자연스럽게 그녀의 시선을 포획했다. 푸른 나비가 양익을 펼치고 있는 풍경.

발로이드가 그녀를 향해 비스듬히 고개를 기울이며 속삭였다. 누님, 나를 좀 봐. 내가 여기에 있다. 그의 입술이 그녀의 뺨으로 그리고 귓바퀴로 옮겨 닿았다.

"저자가 신경이 쓰여 그런 거라면."

한참을 그의 갈망을 외면하던 르옌이 떨리는 눈꺼풀을 반쯤 내리깔았다. 그리고 서서히 발로이드에게로 올려 뜨였다. 그녀는 손을 들어 눈앞에 선 사내의 오른뺨을 거침없이 후려갈겼다.

철썩, 살 떨리는 소리가 매섭게 울려 퍼졌다. 발로이드의 고개는 예고 없는 폭력에 비껴 돌았다.

"……."

손속 두지 않은 경멸의 손찌검은 끔찍한 적막을 막사 안으로 끌고 들어왔다. 에일라가 눈을 부라리며 곧장 위협적으로 르옌을 향해 걸어왔다. 그러나 르옌은 미처 에일라가 두 걸음 떼기도 전에, 다시 한 번 발로이드의 뺨을 후려쳤다.

손톱까지 세운 두 번째 손찌검은 그의 뺨에 가느다란 상처를 남겼다. 짜아악! 아무런 저항 없이 연달아 두 대를 맞은 발로이드의 입술 끝이 서늘히 늘어졌다.

르옌의 낯 위로 점차 짙은 노여움이 끓었다. 그녀가 두 대로도 족하지 않은 사람처럼 세 번째 따귀를 후려치기 위해 손을 들었을 때, 두 사람의 손이 동시에 뻗쳐와 그녀의 팔을 움켜쥐었다.

어안이 벙벙해 있다가 뒤늦게 정신을 차린 에반부르와 에일라였다. 에반부르가 노호한 음성으로 소리쳤다.

"데투아 양, 이 무슨 짓인가!"

"당장 물러서십시오."

에반부르는 힐끔 발로이드의 기색을 살폈다. 르옌이 대뜸 발로이드의 뺨을 후려치는 광경은 발로이드와 르옌이 입술을 섞는 것을 목도한 것보다 충격이었다.

발로이드는 지금 모르가나의 최고사령관, 심지어 모르가나의 중앙 귀족 가문 중 하나인 마리포사의 수괴였다. 아마 파사드도 이런 상황까지는 예상치 못했으리라. 자칫 잘못하면 이 자리에서 라르크의 기사들 모두가 살해당할 수도 있는 상황이었다. 르옌이 누구건, 발로이드가 누구건 간에 불미스러운 사건을 제지하는 것이 그의 임무였다.

"놓으십시오."

"데투아 양!"

그러나 당최 르옌의 팔 힘은 빠질 줄 몰랐다. 발로이드의 침묵이 길어질수록 에반부르의 가슴만 계속해 졸아들었다.

르옌은 그녀를 향해 범상치 않은 눈빛을 보내는 모르가나의 계집 기사를 직시했다. 주제도 모르는 것이. 르옌이 에일라를 향해 서늘히 명했다.

"봐라."

에일라의 기세도 지지 않았다.

"이 무슨 무례입니까. 이분이 누구인지 알고."

"넌 내가 누군지 알고 감히 손을 대나……?"

이어 르옌은 에반부르에게도 청했다.

"할드로프 경도 놓아 주십시오. 약조드립니다. 문제 되지 않을 겁니다."

에반부르는 어찌할 바를 모르고 발로이드와 르옌을 갈마보았다. 분위기는 위태롭게 고조되었다.

한참 후, 가느스름한 상처가 난 뺨을 어루만지던 발로이드가 실소했다.

"그래, 누님의 손찌검을 문제 삼을 생각 없다. 처음도 아니니까.

물러나라, 에일라.”

“하지만, 주군.”

“두 번 말하게 하지 마.”

에일라가 르옌을 움켜쥐고 있던 손을 떨치듯 놓았다. 에반부르 또한 얼결에 르옌을 놓았다.

아무래도 자신이 나서서 정리하지 않으면 안 될 것 같았다. 막 에반부르가 나서려는데, 르옌의 입술이 열렸다.

“처음은 아니나, 내가 네게 손을 올린 기억이 손에 꼽는다.”

“…….”

“첫 번째 손찌검은 네가 북부의 기사 서약을 어겼기 때문이다.”

발로이드의 고개가 느리게 움직여 그녀를 직면했다. 낯빛 위로는 노여움과 불쾌감, 짐작키 어려운 복잡다단한 기색이 만연했다.

“서약이라…….”

“그리고 두 번째 손찌검은 감히 모르가나의 한복판에 나를 구경거리인 양 걸어 둔 것에 대한 것이다.”

뒤돌아 마리포사의 문양 기를 응망하던 발로이드가 반전하여 에반부르를 향해 살기등등한 시선을 보냈다.

“먼저 신의를 저버린 것은 저들이다.”

에반부르는 주먹에 배인 식은땀을 훔쳐 내며 침착하게 발로이드를 마주 보았다. 갑옷 안 등허리는 이미 소름으로 뒤덮여 있었다. 듣도 보도 못한 이야기들, 면전에 닥친 괴괴하리만치 새파란 눈, 무엇 때문에 몸속 깊숙이에 뻗어 있는 실핏줄까지 싸늘히 얼어붙는 것 같은지 알 수 없었다.

‘위험하다.’

에반부르가 무심코 뒤로 물러서려던 걸음을 애써 붙여 눌렀다.

반생을 기사로서 살아온 그는 수많은 검잡이들을 만나 보았다. 수백, 수천을 죽였다며 영웅으로 추앙받는 기사는 물론이거니와, 일생을 사람 죽이는 것을 업으로 살아온 천한 백정까지. 그러나 그 수많은 사람들 중 제게 이런 지독한 느낌을 주는 이는 없었다.

　　심지어 상대는 검도 차고 있지 않았고, 그에게 어떠한 위협도 하지 않았다. 그럼에도 불구하고 저 사내는 가만히 서 있는 것만으로도 두려운 기백이 있었다.

　　에반부르는 밑도 끝도 없는 구렁을 마주 보고 선 이 기분을 무어라 정의해야 할지 몰랐다. 그러다 잠시 후에야 간신히 비슷한 단어를 떠올릴 수 있었다.

　　괴물. 참으로 괴물 같은 놈이었다. 르옌은 어찌 저런 자를 아무렇지도 않게 마주하나 싶었다.

　　"검은 사자의 것을 입고 잘도 내 앞에서 지껄이는구나."

　　발로이드가 천천히 르옌의 손을 당겨 올렸다. 제 뺨을 두 대나 후려갈긴 손을 대한다기에는 지나치게 공손하고 경건한 태도였다.

　　"오해를 하고 있었구나, 누님."

　　발로이드는 르옌의 꽉 쥐어진 손가락을 천천히 펼친 후 가는 손가락 마디마디에 입술을 남겼다. 그의 가볍게 눌린 입술은 손등의 가느다란 선을 따라 움직이다가 손끝에서 멈추었다.

　　"모르가나에 관해서는 누님이 생각하는 그런 충정이 아닌 것을……. 나는 오롯이 누님을 위해 살고, 누님을 위해 죽기로 각오했던 누님의 기사다. 지금도 마찬가지야. 나는 올조르를 오롯이 누님을 위해 내버려 두었다. 만일 내가 온전히 신의를 저버리고 모르가나에 충정을 바쳤더라면 그곳을 가만뒀을 리가 없잖나."

　　일순 맥이 풀린 르옌이 망연한 눈으로 발로이드를 바라보았다. 이백여 년 전 죽은 넋을 기리기 위해 철옹의 요새를 내버려 뒀을 리는 없으니, 그는 그녀가 다시 살아날 것을 예견했다는 말과 흡사했다.

"……너 대체 무슨 짓을 한 거냐."

"그 이야기는 저들을 보내고 나누자. 누님을 위한 많은 것이 준비되어 있다."

가만 르옌을 내려다보던 발로이드의 눈꺼풀이 느리게 감겼다 열렸다. 살짝 들뜬 것 같은 목소리였다. 낮은 미성에 어린 즐거움은 그 자체로 끔찍한 것이었다. 돌연 입고 있던 셔츠의 단추를 끌러 낸 발로이드가 르옌의 손을 그의 옷 안쪽 가슴 위로 끌어다 댔다.

"누님, 느껴지나. 나는 지금 너무나 기분이 좋다. 이만큼 크게 떨리는 것이 몇십 년 만인지 모르겠어. 올조르가 무너진 이래 내 심장은 하루도 잠잠한 적이 없었다."

르옌은 단단한 그의 가슴팍 안에서 쿵쾅대는 심장을 느꼈다. 발로이드는 설렘을 담은 눈빛으로 그녀를 내려다보며 웃고 있었다.

힘주어 손을 떨쳐 낸 르옌이 고개를 저으며 물러났다.

"너는 지금 내가 모르가나의 땅에 남을 거라 생각하는 거냐?"

"그러면?"

어쩔 줄 모르고 서 있던 에반부르가 경직된 음성으로 말했다.

"……르옌 데투아는 명백히 라르크의 백성이므로 응당 우리의 보호하에 있소. 그녀의 거취는 당신이 마음대로 정할 수 있는 게 아니외다, 마리포사."

"보호?"

발로이드의 갈라진 입술 사이로 낮은 조소가 흘러나왔다.

"……너희가 내 누님을 보호한다? 저 밖에 있는 체사의 핏줄이 무슨 짓을 했는지 아나? 앞에서는 충성을 맹세하고 등 뒤로 브류나크와 작당하여 종래에 유일무이한 라르크의 수호자를 끌어내린 것이 누구인지."

"모르가나의 최고 사령관께서 어째서 그런 말을 잇는지. 그녀는 라르크의 범배凡輩인 르옌 데투……."

"한센 두크 체사가 무슨 짓을 하고 지금껏 체사라는 이름을 남겼는지 알고도 그녀를 보호하겠다는 파렴치한 말이 나오던가?"

에반부르는 침착히 항변하다가 발로이드가 한센 두크를 입에 올리는 순간, 온몸에 오르는 소름을 견디지 못하고 짧게 탄식했다. 한센 두크는 말년에 브류나크와 손잡고 여왕을 무너뜨린 브류나크 왕가의 개창 공신이었다. 르옌이 적절하게 가로막지 않았다면 필경 발로이드의 시선을 피하고 말았으리라.

"페이작, 지금 난 네게 무슨 짓을 했느냐 물었다."

"……."

"내가 거듭 물어야 하느냐?"

차디찬 하문은 벼락처럼 떨어진 노성보다 위협적이었다. 발로이드는 르옌을 돌아보며 부드럽게 속삭였다.

"누님, 못다 이룬 위업이 우리를 되돌렸다. 어째서 아직도 라르크를 두둔하나. 누님에게 모르가나와 라르크는 똑같은 적인 것을. ……저놈들이 누님을 간자 취급 했다지? 은혜를 모르고……. 내가 조금 성급히 굴어 누님을 난처하게 했는가 싶었다. 저들을 다 쓸어버리고 누님을 찾아올 생각을 하던 참이었어."

비틀린 눈빛이 광기로 번득였다. 르옌은 온몸을 휘감는 갑갑함에 가늘게 숨을 삭였다. 차마 목 밖으로 끄집어낼 수 없는 사실 한 조각이 가슴 어딘가를 마구 찌르고 있었다. 둘 곳 없어 올린 시선의 끝, 벌건 자국이 남은 발로이드의 뺨을 보고 있자니 외려 제 얼굴의 어딘가가 마비된 것 같았다.

"내가 지금 내 영역으로 들어온 북부 놈들을 잠시라도 살려 두는 이유는."

"……"

"그들이 누님을 내게 데려왔기 때문에. 그 하나뿐이다."

발로이드는 잠잠히 선 르엔의 이마로 고개를 기울이며 감격에 겨운 사람처럼 뇌까렸다.

"내가 얼마나 기다렸는지, 내가 얼마나 이날을 고대했는지."

발로이드의 그림자에 잠겨 르엔의 시계는 서서히 암전되었다. 이백여 년을 가슴에 묻어 두었던 여자는 밑도 끝도 없는 환멸의 구렁텅이 속에 처박혔다. 절로 신음 같은 들숨이 기어 나오려 했으나, 최후의 자존심이 그를 삭였다.

"……페이작, 나와 함께 라르크로 가자."

발로이드가 막 그녀의 뺨을 어루만지려던 손을 내려뜨렸다.

"아니, 라르크가 아니라도 좋다. 라르크에 검 겨누지 않는 곳으로 가 못다 한 이야기를 나누자."

"누님."

발로이드의 쇳물 삼킨 듯 끓는 음성이 그녀의 목줄기를 틀어쥐었다.

"네가 그리 라르크를 애국하여 헌신하고 남은 것이 무엇이관데."

어째서 라르크를 사랑하느냐.

머나먼 옛 시절에도 같은 질문을 들었던 적이 있었다.

그날은, 라르크에게 악감정을 품은 동부의 왕국 트빙거의 왕이 라르크 백성들을 줄줄이 꼬챙이에 꿰어 성벽에 걸었다는 소식이 전해져 온 날이었다.

소식을 들은 여왕의 진노는 컸다. 여왕은 지난 한 달에 걸쳐 공략해 정복 직전이었던 성채를 뒤로하고, 군사들의 머리를 트빙거로 돌리기로 결정했다. 한 치의 주저도 없었다.

그러나 장수들은 그 사실을 몹시 아쉬워했다. 이제 곧인데 이렇게 트빙거로 가야 합니까? 갈 것이다. 여지없는 명령에 그들은 트빙거로 출발했다.

끝내 아쉬움을 떨치지 못했던 한센이 마지막 우문을 던졌던 것으로 기억한다.

—폐하께서는 라르크의 백성들에게서 무엇을 보셨기에, 그리도 내장까지 끊어 내줄 듯 헌신하십니까? 앞으로 사흘 안에 우리는 저 성채를 함락시킬 수 있습니다. 지금 저들에게 재정비할 시간을 주면 또다시 우리를 애먹일 겁니다.

저 성채 하나를 함락하기 위해 우리가 여기 한 달이나 머물렀다는 걸 잊으셨습니까. 진한 녹빛 눈동자에 어린 몰이해를 여왕은 책하지 않았다. 그러나 한센의 물음에도 답을 돌려주지 않았다.

여왕의 군대가 트링거의 영토를 디디던 날, 하늘에서는 눈이 내렸다. 하얀 눈밭 위로 번져 가던 붉은 핏물은 한 폭의 풍경화처럼 눈이 부셨다.

좁은 냇물 위에 설치된 도개교를 강제로 열어 재낀 그녀는 가장 먼저 라르크인의 피를 먹은 그들의 성벽을 불사르고, 라르크인의 죽음을 구경거리마냥 올려다보았을 트링거인들 수백을 붙잡아 남자와 여자 가릴 것 없이 트링거의 왕성 정원에 산 채로 거꾸로 매달았다. 문발처럼 거꾸로 걸린 백성들의 울부짖음이 왕성을 메우자 트링거의 왕은 더 저항하지 못하고 닷새 만에 끌려 나왔다.

트링거의 늙은 왕은 장렬한 최후를 각오한 사람처럼 그녀를 향한 저주를 퍼부었다.

—인두겁을 쓴 계집, 내 죽어서도 기필코 라르크를 저주하리라!

그녀는 폭언을 퍼부어 대며 목을 내놓는 왕을 죽이지 않았다. 대신 그가 죽인 라르크의 백성들의 수를 물어, 왕의 손으로 꼭 그만큼의 목숨을 앗게 하였다.

그날, 여왕은 트링거 왕의 집무실에 앉아 첫 번째 저서의 서문을 열었다. 총 스물네 개의 장으로 이루어진 전쟁 이념의 기초였다. 서명書名은『전쟁의 실효와 지침 24개 장』이라. 그 책의 첫 번째 장은 아래와 같다.

제1장. 전쟁의 시작과 끝은 정복이며, 정복은 군인이 아닌 자국민의 평화를 준하여 목적한다.

전쟁을 시작한 이상, 라르크는 정복할 것이나 그 누구도 라르크의 백성들을 해할 수 없다는 의지의 표명은 전 대륙을 얼어붙게 했다.

억하심정을 두어 여왕의 백성들을 도륙했던 왕의 말로는 명백히 다른 왕국들에게 귀감이 되었다. 여왕의 악명은 그리하여 일파만파 퍼져 나갔고, 그녀는 트링거의 수도를 통째로 불 지르는 것으로 또다시 한 시대의 역사를 멸망시켰다.

트링거의 굴욕 사건 이후, 어느 누구도 라르크의 백성을 두고 여왕을 겁박하지 않았다. 그로서 민간인을 해하지 않는다는 전시 의전은 견고해졌으며 라르크의 백성들은 평온해졌다.

여왕은 잿더미가 된 트링거를 뒤로한 채 훌훌 남하했다. 미뤄 두었던 성채를 점령하기 위해서였다.

그날 새벽, 들판의 저편으로 어슴푸레한 빛을 흘려보내는 반 갈린 해를 응시하며 여왕은 비로소 한센의 우문에 답을 주었다.

—네가 내게 물었지. 무엇 때문에 군사들의 머리를 돌리느냐고.

—…….

—라르크를 이끄는 라르칼리아로서 응당 내가 해야 할 일이었다는 말은 그다지 와 닿지 않을 것 같구나. 그렇다면 한센, 비록 결론적으로 나와 이비는 비극적으로 갈라서게 되었지만, 내가 끝끝내 이비를 내 손으로 직접 해하였거나 직접 이비를 파탄에 이르게 한 자를 외면했다면 너는 지금 나를 따르고 있었겠느냐?

한센은 아무 대답도 하지 않았다. 여왕은 그로도 만족했다.

—내게 백성들은, 너의 이비와 비슷할지 모르겠구나.

그 후로 한센은 단 한 번도 여왕에게 어리석은 우문을 하지 않았다.

그녀에게 있어 라르크는, 한센이 일생을 바쳐 연모했던 이비와 같았다. 비록 애정을 돌려주지는 못할 터이나, 그럼에도 불구하고 사랑할 수밖에 없는.

르옌은 무겁게 들러붙은 입술을 떼지 못하는 스스로에게 당혹했다. 말을 잊고 망창하니 발로이드를 올려다보는 낯이 하얗게 질려갔다.

"……맹세하건대, 내가 라르크에 발 디디는 날은 귀자로 성벽을 헐고 뮈아드로를 죄 전소시켜 브류나크의 씨를 말리는 날이 될 거다. 누님도 나와 함께해야지."

르옌은 퍼뜩 정신을 차리고는 뒷걸음질로 한 걸음 물러났다. 휘청 거리는 그녀를 붙잡아 준 것은 에반부르였다. 에반부르는 초조하게 르옌을 바라보았다.

살 거죽 속으로 파고드는 침묵을 산산조각 낸 것은 막사 밖에서 울려 퍼진 군사의 보고였다.

"주군, 무례를 용서하십시오. 문제가 생긴 듯합니다."

"무슨 일이냐."

푸른 나비의 문양이 새겨진 멘테를 두른 기사가 달리듯 에반부르 와 르옌을 지나쳐 발로이드에게 다가갔다. 그는 급히 고두한 후 발 로이드의 귓가에 무언가를 속삭였다. 르옌에게서 시선을 떼지 않은 채로 그의 보고를 듣던 발로이드의 낯이 서늘히 구겨졌다.

혹시나 라르크의 기사들에게 문제가 생긴 건 아닌가 싶은 우려에 에반부르의 입술이 긴장으로 꽉 다물렸다.

"……아직 이야기는 마치지 못했지만 잠시 실례해야겠군. 곧 돌아 올 테니."

발로이드가 걸음을 옮기며 기사에게 명했다.

"그녀를 잘 뫼셔라."

발로이드의 눈빛이 에반부르를 잠시간 스쳤다. 에반부르는 기묘 한 웃음기를 알아차렸다.

'대체 무슨 일이지.'

에반부르의 뇌리로 좋지 않은 예감이 각을 세웠다.

금방이라도 허물어질 것 같은 르옌을 지탱해 꽉 붙든 에반부르의 의미심장한 시선은 발로이드의 뒷모습이 막사 저편으로 사라질 때 까지 계속되었다.

사실 이곳까지 오는 내내, 파사드가 잘못 알았거나 혹은 그의 판단력이 흐려졌을지도 모른다는 생각을 했었다. 그러나 큰 불충이었다. 파사드는 옳았다.

이 여자는 태생부터가 범인과는 다른 존재. 발로이드와 르옌은 분명 상식으로 이해할 수 있는 동시대의 사람이 아니었다. 가불가를 떠나 이미 현존한다. 현실성을 이유로 현실을 부정할 수는 없었다.

❖‒❖

자칼린 엔도 체사는 뮈아드로의 유명 인사였다. 그의 친형 카라제시처럼 첫눈에 상대를 사로잡는 말끔한 용모 때문도, 문무를 겸비한 재인이라는 이유 때문도 아니었다. 반역 도당들과 어울렸던 할드로프가의 장남처럼 어리석은 죄를 저질러서도 아니었다.

그럼에도 불구하고 뮈아드로 사교계를 비롯한 청년들의 비밀 모임에서 그의 이름은 일상적으로 거론되었는데 이유는 몹시 단순했다. 자칼린의 장난기가 지나치기 때문이었다.

자칼린은 세간의 법도를 존중하지 않았다. 한 번 안 되는 건 목을 단두대로 밀어 넣어도 안 되는 일이고, 싫은 건 결코 자원하지 않으며 모욕당한 건 반드시 갚아 준다. 하지만 방종과는 달랐다. 자칼린이 이제껏 큰 벌 한 번 받지 않고 살아온 것은 낄 데, 빠질 데와 상대를 구분해 왔기 때문이다.

뮈아드로에서는 카라제시와 아버지를, 전선에 내려와서는 파사드를 의식해 자중했고, 이곳까지 이르는 동안은 체사 백과 각별한 인연을 지닌 에반부르를 존중해 성격을 죽였다.

그러나 그에게 경각심을 줄 에반부르도 없는 지금, 자칼린은 그간 눌러 왔던 성질을 다 드러내는 데에 주저가 없었다.

"대접이랍시고 우리를 처박아 두고 뭐, 수작이라도 부리려는 거 아닙니까?"

"그런 짓은 하지 않습니다."

"할 거라고 예고하는 게 더 멍청한 짓이지."

레스턴 경은 저 새파랗게 어린 기사를 한 대 쥐어 팼으면 소원이 없겠다는 얼굴을 했다.

얼마 후, 접대 자리가 마련된 큼직하고 긴 막사에 이르러 레스턴 경은 자칼린을 안으로 떠민 후 돌아갔다.

"아, 정말 왜 이렇게……!"

자칼린은 모르가나의 기사들이 예의가 없다며 큰 목소리로 들으란 듯 중얼거리다가, 막사 안의 풍경에 혼을 빼앗겼다. 그와 함께 온 라르크의 기사들도 마찬가지였다.

화려한 원색의 장식물들로 눈이 어지러웠다. 막사를 지탱하는 기둥은 마치 신전의 귀한 기둥을 그대로 뽑아다 세운 것처럼 고급스럽게 조각되어 있는데, 톱니 형태의 뾰족한 잎 가장자리가 비스듬히 꺾인 모양의 양각이 새겨져 있었다. 강박처럼 보일 만큼 치밀하고 섬세했다. 그리고 색채도 몹시 화려했는데, 라르크에서는 보기 힘든 형태의 문양과 채색이었다.

'아니, 세상 어느 미친놈이 전쟁터의 막사에 저런 기둥을 뽑아다 박아 놔?'

생각하던 자칼린은 금세 그 미친놈이 발로이드라면 그럴 수도 있겠다 납득했다. 전 로반티스 사령관의 취향일지도 모른다는 가능성은 무시하고.

연이어 눈길을 사로잡은 것은 막사 안쪽 벽면과 지붕 천장에 새겨진 수 문양들이었다.

이름 모를 식물들과 꽃무늬가 색색으로 생생하게 수놓인 유연한 돌림 문양. 라르크에서는 보기 어려운 삼원색을 적절히 배열한 것으로, 빈말로도 수수하다 할 수 없었다. 막사의 특성상 옆면이 비스듬 기울어져 있지 않았다면 그는 지금 자신이 남부의 어느 신전에 들어온 줄 착각할 뻔했다.

　라르크 대부분의 장식들은 강강한 북부의 기질을 드러내는 뚜렷하고 대칭적인 문양 형태를 취했다. 화려하지 않은 것은 아니지만 그보다는 단정하고 아름답다는 인상을 많이 주는 장식들이었다.

　북부의 테메르 민족은 대부분 흑색과 백색이 세상의 이치에 맞는 가장 순결하고 귀한 색이라 믿어 흑과 백의 조화를 중시했다. 원색을 사용하는 장식이 전혀 없는 건 아니지만 저 정도로 요란하게 귀한 염료를 남발하지 않았다.

　살면서 단 한 번도 라르크 밖으로 나가 본 적 없던 자칼린으로서는 몹시 어이가 없었다. 조금은 자존심도 상했다.

　'제국은 제국이라 이거지.'

　자칼린이 살면서 본 가장 화려한 장식은 알레타르 달테의 벽화와 천장 면을 따라 난 색유리 창, 그리고 일라린 공국과 가까운 서부해안에 오래 전에 체사 가문의 별장인 숄이비였는데, 이 막사는 규모를 제외하면 그들과 비견해도 모자랄 게 없어 보였다.

　이런 것을 전쟁터 한복판에 둘 정도라면 모르가나 귀족들의 문화는 얼마나 더 눈 어지럽단 말인가.

　"……이런."

　"티 내지 마, 베로한 경."

　스이센에게 핀잔을 준 자칼린은 부러 성큼성큼 걸어 탁자에 앉았다. 흡뜬 눈은 주위를 훑길 멈추지 않았다. 누군가가 그를 비웃듯 코웃음을 치는 소리가 들리고 나서야 자칼린을 포함한 기사들은 벌게진 얼굴로 표정을 고쳤다. 자칼린은 화가 정수리 끝까지 치밀었지만 인내했다.

그들은 호랑이 굴에 들어와 있었고 호랑이 굴에서 살아나갈 방법이란, 굴 밖으로 완전히 때까지 호랑이의 심기를 거스르지 않는 것뿐이란 걸 알만큼 그는 똑똑했다.

곧 두 명의 기사가 막사 안으로 들어섰다. 한 명은 남자였고 한 명은 여자였다. 자칼린은 남자 쪽의 이름을 기억해 냈다. 키에스 릴이라고 스스로를 소개했던 남자다. 옆의 여기사는 생면부지였다.

"마리포사에는 계집이 둘이나 됩니까?"

자칼린의 심히 건들대는 말투에 둥근 막사의 가장자리에 빙 둘러서 있던 적 기사들의 기세가 일순간 험악해졌다.

키에스는 정중히 대답했다.

"엘폰느 경은 충성스럽고 실력 있는 기사입니다."

"그렇습니까? 궁금해지는데."

"보면 놀랄 겁니다."

"그 정도로 실력에 자신이 있다 이 말입니까?"

키에스는 당연하단 듯 답했다.

"물론입니다."

"그리 대단한 기사라면 이름쯤은 알아 두는 게 좋겠지요. 이름이 뭐라고?"

"통성명을 하자면 레이리스 엘폰느 경입니다."

"저는 저쪽에 물었습니다만."

"엘폰느 경은 혀가 없습니다."

한껏 빈정거리기 위해 던진 말에 예상치 못한 답변이 돌아오자 자칼린은 대놓고 벙찐 얼굴을 하는 우를 저질렀다. 레이리스 엘폰느라 불린 여기사는 귀까지 먹은 사람처럼 무심히 식탁의 가장 끄트머리에 앉았다.

키에스는 자칼린의 건너편에 자리 잡았다.

"주군께서 오실 때까지 제가 대신 자리를 지키라는 명을 받았습니다."

"아, 뭐…… 안에서 무슨 얘기들을 그리 속닥거린답니까?"

"주군이 하시는 일은 저희가 입으로 옮기고 전할 수 있는 것이 없습니다."

키에스 릴이라는 마리포사의 기사는 큰 덩치에 비해 유순해 보였지만 말 한마디 당황하거나 놀라는 법이 없었다. 처세술을 잘 배웠다고 해야 할는지, 아니면 품위를 갖추었다고 해야 할지. 갈색 머리칼, 노르스름한 빛을 띤 갈색 눈. 그다지 독특할 것 없는 중부 지역 일대의 생김새였다. 흥미 없었다.

레이리스 엘폰느라 불린 여기사를 살피기 위해 고개를 돌렸다. 때마침 그녀도 자칼린을 빤히 바라보고 있었다. 부끄럽게도 그녀와 눈을 마주친 자칼린은 넋을 놓았다. 귀한 회색 눈동자였다.

'저런 색깔의 눈이 있단 말이야?'

여자의 눈빛에서 비웃음이 느껴져 화들짝 정신을 차린 자칼린이 두서없이 물었다.

"흐, 흠. 이리 사담을 나눌 자리는 아니지만 궁금해서 그런데 두 분은 모르가나의 어느 가문쯤 되는 기사들인지?"

"성은 없습니다."

잠깐 침묵하던 자칼린의 음조가 쏘아붙이듯 날카로워졌다.

"……지금 라르크의 체사를 접대하는 데에 평민 기사를 보냈다는 겁니까?"

악감정 때문에 모욕하려는 것은 아니었다. 모든 마리포사는 다 똑같이 싫기 때문에 부러 키에스에게만 그럴 필요는 없었다. 다만 그의 불쾌함은 응당 보여야 하는 일이었다.

"지금 있는 모르가나의 최고사령관은 사신 접대를 이렇게 합니까?"

아무리 대우가 지랄 같아도 귀족으로서의 자존심은 지켜져야 하는 법이다. 심지어 전장 한복판에서 벌어지는 사신 접대였다. 넘치고 넘치는 것이 모르가나의 귀족 기사들일 터인데 그들을 다 제치고 평민 둘을 앉혔다는 건 분명한 모욕이다. 분위기는 순식간에 파국으로 치달았다.

"우리는 부러 모욕하려는 의도는 하등 없습니다. 그리고 저는 평민이 맞지만 마리포사 기사단의 제2기사단 단장에 임하고 있습니다."

"모르가나는 우리보다 더 상위 문화 의식에 찌들어 있다 아는데요. 이 진영에 넘치고 넘치는 명문가 출신 기사들은?"

키에스는 흔들림 없이 말했다.

"올조르전 이후로 모르가나의 기사들이 라르크에 대해 매우 좋지 않은 감정을 가지고 있고, 마리포사에는 상당히 거친 기사들이 많으니 언행에 유의해 주셨으면 합니다."

"지금 협박하는 겁니까?"

공기는 심각해졌다. 라르크의 기사들도 슬슬 검 자루를 만지작거리는 것을 숨기지 않았다. 그러나 무미건조한 눈으로 그들을 가만 응시하던 키에스가 꺼낸 한마디는 제법 강력한 패였다.

"아시겠지만 이곳은 모르가나의 진영입니다."

약발은 아주 잘 들었다.

'아, 맞다. 그랬지.'

그 사실을 상기한 자칼린의 입술이 새처럼 오므라졌다. 이곳에서 문제를 일으켜 봐야 곤란한 건 라르크 측의 기사들뿐이다. 그러다 문득 희한하단 생각을 했다. 키에스는 마치 자국을 남의 옆나라 부르는 듯한 뉘앙스로 설명하고 있었다. 마리포사와 모르가나의 검은 사자 군대를 완전히 같다 말할 수는 없지만, 그래도 크게 보면 한 덩이에 불과한데.

입을 완전히 다문 자칼린은 멀거니 음식만 바라보며 시간을 보냈다. 에반부르와 르옌 쪽은 아예 감감무소식이었다.

얼마 지나지 않아 인내가 바닥나 버린 그가 자리에서 일어섰다.

"어디 가십니까."

"소피 좀 보려고 말입니다. 안 됩니까? 여기서 싸기는 좀 그렇잖아."

키에스의 말을 잃게 하는 태평한 달변이었다.

접객용 막사를 빠져나온 자칼린은 한 기사의 안내를 받아 움직였다. 안에서와 달리 퍽 진지한 얼굴이었다. 그를 보호하는 기사들이 없어서라거나, 낯선 곳이라는 이유 때문은 아니었다.

자칼린이 느끼는 감정은 불쾌감도 불쾌감이지만 더 정확히 말하자면 르옌과 발로이드에 대한 불안이었다. 무책임하다는 평도 달게 듣는 그이지만 이례적으로 르옌에 대해서만큼은 기묘한 책임감을 느꼈다. 르옌은 자신의 뒤를 따라 라르크의 진지에 들어와 여러 가지 사건의 중심이 되었다.

그리고…….

'……라르칼리아, 라르칼리아, 라르칼리아라…….'

자칼린의 시선이 그가 걸어온 모르가나 둔영 저편으로 미끄러졌다.

검은 사자의 깃발들 사이 드문드문 걸린 마리포사의 가문 기가 유독 눈에 띈다.

북부에서 태어나 남부에 자리 잡은 푸른 나비. 비록 역사 속 여왕의 것과 조금 다르다 하지만, 기원은 라르크에서 온 것이다. 이는 라르크의 역사에 대한 기본적인 지식이 있는 이들이라면 다 아는 이야기다.

자칼린은 눈동자를 좌로, 우로 찬찬히 미끄러뜨렸다. 사실 자리를 벗어난 건 모르가나의 진지 상황과 규모를 눈대중으로나마 짚어 보고 싶었던 까닭이다. 그는 머릿속으로 발로이드의 막사 근처를 중심으로 삼아, 진지의 전체적인 생김과 규모를 가늠해 보았다. 그러나 워낙 넓어 시야 밖은 어찌 생겼는지 상상하기가 어려웠다.

고개를 돌리던 자칼린은 진지 저편의 횃불을 든 병사들이 부지런히 뛰어다니는 걸 발견했다.

'뭐지?'

처음에는 뭔가를 잘못 보았나 했는데, 착각이 아니었다. 문득 등줄기를 훑는 좋지 않은 바람에 자칼린의 고개가 하늘을 향해 젖혀졌다.

달은 까마득한 동쪽으로 향해 내달리고 있었다. 그리고 곧 구름에 가리운다.

비교적 으슥한 수풀가로 자칼린을 인도한 기사가 말했다.

"저쪽 울타리 근처에서 용무를 보고 오시면 됩니다. 멀리 가지는 마십시오."

자칼린은 터벅터벅 허벅지 정도까지 오는 높이의 수풀 속으로 걸어 들어갔다. 그러고는 한 두꺼운 나무 뒤에서 몸을 가리고 섰다. 핑계를 대고 나왔으니 척은 해야 하지 않겠나.

'이대로 발로이드의 막사로 쳐들어갈까.'

그런 말도 안 되는 상상을 하면서.

'르옌이 진짜 라르칼리아면 어떻게 되는 거지……. 형님은 대체 어떻게 하시려는 거고. 할드로프 경은……. 아까 그놈들은 이 시간에

군사 훈련이라도 하는 건가? 뭐지? 이 시간에 왜 저렇게 부산한데?'

슬쩍 고개를 돌려 멀찌감치 선 기사를 흘겨보던 자칼린은 가망 없는 망상을 그만두었다. 대충 용변을 본 체하고 돌아가려는데, 등 뒤에서 낯선 인기척이 느껴졌다.

바스락.

본능적으로 검을 뽑기 위해 손을 내린 자칼린은 그가 지금 탈검 상태란 것을 깨닫고 기함했다.

"……!"

정신을 차렸을 때, 그는 이미 적의 손아귀에 깔려 나동그라진 후였다. 바닥에 깔려 있던 오물 냄새가 훅 끼쳐 왔다. 막 소리치려는 찰나, 우악스런 손아귀가 그의 목과 입을 짓눌렀다.

자칼린을 감시하기 위해 수풀 바깥에 서 기다리던 기사는 몹시 지루한 시간을 보내고 있었다. 당최가 적진까지 찾아와 변을 보겠다는 새파랗게 젊은 기사를 이해할 수가 없었다. 긴장이라도 했나 생각하면 그럴 수도 있겠지 싶지만, 태도가 영 불량하지 않은가.

내심 욕지거리를 내뱉은 그가 팔짱을 낀 채 곁눈을 돌렸다.

"이보십시오. 대체 얼마나 더 기다려야……!"

그러던 기사의 입술이 쩍 벌어졌다.

'없어?'

그는 라르크의 기사가 시야 밖으로 사라졌음을 깨닫고 놀라 소리쳤다.

"어, 이봐!"

허벅지를 훌쩍 넘기는 수풀을 헤치는 고적히 부는 바람 속에 오물 냄새만 섞여 왔다. 바로 몇 초 전까지만 해도 나무기둥 뒤에 서 있는 것을 보았는데, 순식간에 사라져 버렸으니 귀신이 곡할 노릇이다.

기사의 등줄기로 식은땀이 줄줄 흐르기 시작했다. 상대는 원수국 라르크의 기사였고, 문제가 생긴다면 그에 따른 책임은 오롯이 제 몫이 될 것이었다.

"이봐, 대체 어디로⋯⋯!"

기사가 허둥지둥 수풀을 헤치고 들어가려는데, 때마침 수풀 속에서 손 그림자가 쑥 뻗쳐 올라왔다. 목소리도 뒤이었다.

"끄아! 아아아! 괜찮습니다. 여기 있습니다!"

순간 맥이 탁 풀린 기사가 후들대는 다리를 애써 세우며 인상을 일그러뜨렸다.

"지금 뭐 하시는 겁니까."

"아니, 똥을 밟고 미끄러워서 발을 헛디뎠어요. 으차아아."

자칼린이 정말로 괴상한 소릴 내며 수풀 속에서 솟구쳐 올랐다. 어쩐지 숨을 헐떡거리고 있었는데 정말 한바탕 뒹군 듯이, 등을 감싸고 있는 망토며 갑옷 등이 진흙과, 풀 쪼가리, 오물에 뒤범벅되어 있었다. 모르가나의 기사는 가느스름하게 눈을 흘겨 뜬 후 코를 막았다.

"거, 그런 얼굴 하지 맙시다. 똥 밭에 뒹군 것도 억울해 죽겠는데."

"냄새가 지독합니다. 이대로는 다시 못 들어가십니다."

"⋯⋯누굴 욕해. 니들 똥이잖습니까."

자칼린이 허연 얼굴로 망토를 벗어 뭉치며 투덜거렸다. 그의 연둣빛 눈동자가 슬그머니 등 뒤를 흘긴 후 남모르게 되돌아왔다.

암암한 어둠이었다. 새벽녘의 잦은 빗방울은 얼마간 떨어지다가 그쳤다.

파사드는 그동안 눈길도 주지 않았던 자신의 막사로 되돌아왔다. 상처 입은 여자가 누워 있던 침상의 침구는 전부 새 것으로 바꾸었지만, 여전히 곳곳에 낯선 냄새가 배어 있는 듯했다. 등불을 켠 파사드가 의자에 앉아 느리게 얼굴을 쓸어 올렸다.

전쟁터의 참상을 보고 있으면 마음이 절로 묵직해진다. 지난 밤, 그는 또다시 악몽을 꾸었다. 평소에는 기억도 나지 않았던 악몽이 오늘은 한나절을 지나 보낸 지금까지도 선명했다.

사실 그건 악몽이라기보다는 실존했던 기억과 상상의 혼재였다.

―내가 얼마나 반트의 놈들을 증오하는지 너도 잘 알고 있을 터다.

꿈은 조모의 비난에서 시작된다. 조모인 머렛은 파사드의 어린 시절, 가장 소중했던 혈육이었다. 가장 그를 '한 사람'의 인격으로 예우해주었던 위인이기도 했다.

―칼란독, 평화는 그리 억지로 기워 붙이는 것이 아니란다.

파사드가 라페로바한의 딸과 정략을 맺었다는 소식에 그녀는 몹시 서글픈 얼굴로 노했다.

―마지막으로 당부하마. 네가 누구인지 잊지 마라.

그리고 장면은 뮈아드로로 떠났던 조모 머렛의 장례식으로 이어진다.

파사드는 주위로 널브러진 은화들을 디디고 조모에게 다가갔다. 그가 조모의 이마에 입술을 맞추자 조모는 흔적조차 없이 진토가 되어 사라졌다. 그 자리에 남은 것은 관 바닥에 텅 소릴 내며 떨어진 작은 금화 한 닢뿐이다. 파사드는 그 금화를 집어들어 주머니에 넣었다. 그리고 꿈은 끝난다.

실제로 브류나크 공저의 그의 침실 서랍에는 그가 누아드가로부터 허락 없이 훔쳐 낸 낡은 금화 한 닢이 숨겨져 있었다. 어떤 마음으로 행했건, 어떤 의도로 행했건 그것은 용서받을 수 없는 일이었다. 일생 누구에게도 말하지 않았고 앞으로도 말하지 못할 것이었다.

북부에는 그런 말이 있다.

누아드가의 가호를 받은 위대한 자들은 생이 다하였을 때, 금화 한 편을 삯으로 굶주림도 병질도 고통도 없는 라르카드단의 땅으로 떠나니.

모든 맹장은 사후의 해방 속에서 다시 조우할 것이다.

그러니 그대들 죽음을 두려워 마라.

마음껏 사랑하고, 마음껏 기뻐하며, 마음껏 투쟁하라.

그것은 비단 라르크뿐만 아니라 몇몇 다른 북부 왕국에게도 믿어지는 것이다.

라르크는 종교 국가는 아니지만 그들을 굽어보고 있을 어떤 전능한 존재에 대한 믿음은 가지고 있었다. 죽음 이후에 대한 희망도 지녔다. 그것이 사후 세계를 믿지 않는 남부인들보다 그들이 용맹할 수 있는 이유다.

피시드는 죽음 후의 세계를 위해 일신을 투신하는 누아드가의 신도는 아니었지만 라르카드단의 낙원이 위안을 준다는 것을 부정할 만큼 교만하지는 않았다.

—그렇지만 제가 아는 게 전부라고 자만하는 짓은 않겠습니다. 라르크의 맹장들과 위대한 왕의 피들이 모인다는 라르카드단도 존재하잖아요? 라르카드단에 이르지 못한 혼백이 어찌 되는지는 잘 모르겠지만, 전혀 불가능한 일이 아닐지도 모른다는 생각도 좀 드는 건 사실입니다.

자칼린은 가끔 그리 현명했다.

고즈넉한 적막 속에서, 파사드는 잠자코 탁자 위 더미 속에 깔려 있던 낡은 책을 집어 들었다.

『전쟁의 실효와 지침 24개 장』
스완 세칼리드 라르칼리아 저

서책은 라르칼리아의 마지막 여왕이었던 폭군이 남긴 것 중 그가 쓸 만하다 여기는 것이다. 라르칼리아와 관련된 것들 대부분이 금서로 지정된 시대, 그가 간신히 얻은 두 권 중 하나였다.

가죽으로 된 표지 겉면의 낡은 문양이 그의 손끝에 닿았다. 차가웠다. 그는 자연스럽게 마리포사를 떠올렸다. 오랜 시간 벼려져 정제된 분노가 온도를 올렸다.

—라르크의 겁부들에게 알려라. 페이작 돌레한이 다시 돌아왔다고. 너희는 이백 년 전의 죗값을 치르게 될 것이라고.

발로이드의 희번득하던 벽안은 뇌리에 그대로 박혀 있다. 발로이드의 예의 검은 창과 맞부딪쳤을 때의 소름끼치는 악력도 여즉 선명했다. 몇 합 맞댄 것만으로도 알았다. 그는 사람 죽이길 타고난 자였다. 형언 이상이었다.

책을 한편으로 밀어 치운 파사드는 리오낙을 반 정도 뽑아 올렸

다. 늘씬하게 매끄러운 백색 날이, 불그스름한 등불을 머금고 주홍
빛으로 빛났다. 검 면을 따라 미끄러지던 그의 흑안이 낯선 흠집이
난 면에 이르러 멈추었다.

파사드는 지난 며칠 동안 인근 영지와 마을의 대장장이들을 죄 수
소문해 리오낙을 보수해 줄 만한 이가 있는지 알아보았다. 그러나
돌아온 대답은 시원치 않았다.

리오낙은 일반 기사들이 쓰는 흔해 빠진 강철이나 주철이 아닌,
갈리아우 산맥의 광맥에서 나는 귀한 재료로 주조가 되었다. 때문에
대장장이들이 섣불리 나서지 못하는 것도 당연했다. 그 역시도 엉성
한 자에게 리오낙을 떠안겨 더 큰 문제가 생기길 바라지 않았으므로
포기했다. 아마도 왕실 대장장이에게 맡겨야 할 것이다.

'리오낙.'

브류나크의 검이라는 뜻을 지니고 있다. 실제로 이 검은 이백여
년 전의 폭군이 그들의 가문에 하사한 것이다. 정확히는 여왕의 부
군이었던 벨바롯트 파사드 브류나크에게.

전해지는 이야기에 따르면 여왕 스완은 적과의 전투에서 검이 부
러져 부상을 입었다 한다. 그 사실에 분개해 왕궁으로 되돌아온 여
왕은 수십 명의 대장장이들을 불러들인 후, 갈리아우 산맥의 광맥을
죄 헐어 내어 그녀를 위한 갑옷과 군화를 만들고, 그녀의 말을 위한
마구를 만들고, 활과 검을 만들었다. 그리고 리오낙과 검은 창 한 자
루를 주조해 하나는 국서가 이끄는 브류나크 가문에, 또 하나는 여
왕의 기사로 위명 높았던 페이작 돌레한 라르칼리아에게 하사했다.

비록 폭군으로 생을 마무리 지었으나, 한때 천재라 일컬어졌던 여
자였다. 여왕의 지시에 따라 만들어진 무구들은 전무후무하여 완벽
했다.

그런데 이백여 년간 완벽했던 검에 금이 갔다. 브류나크의 가보에 흠집을 낸 것은 장담컨대 이백 년 전 함께 사라졌다 전해진 페이작 돌레한의 창이었다. 변절자 페이작이 모르가나의 황실에 바쳤다 들었는데, 작금 그 창마저 돌려받았는가 싶었다.

'……변절자의 창이라.'

파사드는 막사 밖에서 울리는 테레어드의 목소리에 생각을 멈추었다.

"칼란독 경, 데려왔습니다."

"들여라."

테레어드를 뒤따라 들어온 것은 다름 아닌 시단 데투아였다. 시단은 남루한 꼴을 하고 갑옷조차 입지 못한 반쯤 죄인의 차림으로 움츠리며 섰다. 파사드가 테레어드를 향해 턱짓했다.

"차를 내려와라."

파사드는 의자에 앉은 시단의 생김을 살폈다.

시단 데투아는 르옌 데투아보다 훨씬 유순한 생김새였다. 눈매도, 얼굴에서 풍기는 전체적인 분위기도 남성스럽기보다 선이 곱게 휜 칠하다. 콧날이나 입술이 르옌 데투아와 썩 닮았는가 싶었다.

목이 꺾여라 무릎만 내려다보고 앉은 청년의 표정은 퍼렇게 질려 있었다. 문득 파사드는 처음 르옌이 시단을 데리고 돌아가겠다 아득바득 우기며 제 앞에서 논쟁을 벌였던 날을 상기했다. 그때가 처음으로 르옌에게 위화감을 느낀 날이었다.

찻물을 음미하던 파사드가 운을 뗐다.

"시단 데투아 병사."

"예."

"내가 왜 그대를 보자 했는지 짐작 가는 바가 있나?"

그렇잖아도 영문을 몰라 잔뜩 겁에 질린 차였다. 시단은 힘겹게 더듬더듬 답했다.

"자, 잘, 잘 모르겠습니, 습니다."

"그저 몇 마디 이야기나 나눠 볼까 해서 부른 것이니 그리 긴장할 필요 없다."

한때 라르크를 지키겠다는 의지를 표명하며 그의 앞에 엎드렸던 청년이었다. 비록 크게 염두에 두지도 않았고, 크게 감명 받지도 않았지만 진실로 애국을 실천하려 했던 것이라면 충분히 대접받을 가치가 있었다.

"고초가 많았다 들었는데."

"아닙…… 아닙니다. 저는 그, 그저 고, 공작 각하를 배알하게 되어 영, 영광……."

상투적인 말을 뱉는 것만으로도 기절할 얼굴이었다. 시단을 내려다보며 파사드는 힘없이 미소 지었다. 제 누이와는 달리 순박한 청년처럼 보였다. 저 또한 거짓일지 모르나, 파사드는 의심의 눈초리로 바라보지 않기로 마음먹었다. 그것이 이번 전쟁에서 애국을 실천하고 전사했다는 데투아 가문의 장남을 향해 보일 수 있는 최대한의 도리였다.

"식기 전에 마셔라."

파사드는 르옌이 돌아오지 않길 바랐고, 그건 제 앞의 청년과 데투아 일가에 또 다른 비극이 될 것이다.

시단은 덜덜 떨리는 손을 찻잔을 향해 뻗었다가, 흙먼지 낀 지저분한 손을 의식하고 황급히 거두었다. 그러다 다시 바들바들 잔을 들었다.

파사드가 탁자 위로 푸른 단검 한 자루를 내어놓았다.

"혹 이것을 본 적이 있나?"

"모, 모릅니다. 처음 보는 것인데요……."

불안한 표정으로 답한 시단이 덜덜 떨리는 손에 힘을 주며 눈을 내렸다.

예상과 다르지 않은 답에 파사드 착잡한 기분으로 인상을 찌푸렸다. 그 순간이었다.

챙그랑. 귓청 거슬리는 소음이 쨍하고 울렸다. 바닥에는 시단의 입술 근처에도 이르지 못하고 떨어진 찻잔의 파편들이 산산조각나 튀어 있었다. 발등으로 쏟아진 뜨거운 찻물을 미처 피하지 못한 시단은 새된 신음을 하며 황급히 의자를 뒤로 뺐다. 그러고는 납작 엎드려 빌었다.

"죄, 죄송합니다. 죄송합……."

파사드는 고요히 깨져 버린 찻잔을 내려다보았다. 가슴 새한 예감이 부푸는 밤이었다.

❖·❖

발로이드가 자리를 비우고 얼마 지나지 않아 에반부르는 밖을 살피기 위해 출구로 다가갔다. 그러나 보초를 서는 두 명의 병사들로 인해 고개조차 제대로 내밀지 못하고 가로막혔다.

무언가 일이 생긴 것이 틀림없음이다. 혹 자칼린과 함께 있는 기사들에게 문제가 생긴 건 아닐까 싶어 에반부르는 퍽 불안해졌다. 발로이드가 감감무소식인 지금도 르옌은 넋 놓은 사람처럼 서 있을 뿐이다. 여간 위태로워 보이는 것이 아니었던지라 에반부르는 까칠하게 난 턱수염을 문지르며 조심스레 입술을 뗐다.

"……데투아 양."

르옌은 대답이 없었다. 에반부르 역시 대답을 보채지 않고 곰곰이 생각에 잠긴 얼굴로 침묵했다.

'어쩔 수 없지.'

아무래도 르옌과 발로이드의 문제는 지금 그가 섣불리 논하기 어려운 것이었다. 차라리 르옌이 침묵하는 편이 더 나은 걸지도 모른다.

에반부르는 표면상의 방문 이유를 상기했다. 포로 교환 건이었다. 상황이 갑자기 이상해져 발로이드와 마주하고도 포로 관련의 사안을 꺼낼 틈도 없었다. 발로이드는 전혀 관심이 없어보였다.

아무래도 한 번 불안함이 싹트니 연륜 깊은 노장도 별 수 없었다.

'아무래도 빨리 돌아가는 방향으로……'

무심코 르옌의 옆얼굴에 시선을 준 에반부르가 얕은 숨을 내쉬었다. 다행스럽게도 르옌은 발로이드와 결탁할 낌새를 보이지 않았다. 군화 안쪽에 숨겨 감춘 단검을 꺼낼 필요가 없다는 말이다.

그러던 문득, 에반부르는 심상찮은 쇳덩이의 마찰음을 감지했다. 아주 먼 곳에서 들리는 소리였다.

조금 더 잘 듣기 위해 가장자리로 다가갔다. 몇 걸음 떼기도 전에 소음은 더 요란해졌다. 날붙이 소리는 이윽고 갑옷 쓰러지는 소리처럼 묵직한 것으로 뒤바뀌었다. 점점 가까워지는 듯했다.

'설마, 발로이드가……'

에반부르는 문득 그를 향해 꺼림칙한 시선을 보냈던 발로이드를 상기하고는 주먹을 꾹 쥐었다. 내내 고요하던 르옌의 목소리가 들렸다.

"준비하십시오."

무슨 말이냐 묻지 않아도 알 수 있었다.

에반부르가 고개를 돌려 바라보았을 때, 르옌은 어느새 뒤돌아 막사의 입구를 바라보고 있었다.

에반부르는 재빠르게 눈을 굴려 무기가 될 만한 것을 찾아 헤맸다. 그의 눈이 어느 지점에서 멈추었다. 그곳엔 무기 걸이가 장식처럼 놓여 있었는데 새까만 창을 비롯해 검, 활, 화살들이 죄 준비되어 있었다. 빠르게 걸어간 손에 잡히는 검을 허리에 찼다.

위협적인 발소리는 점점 가까워졌다. 거의 달리는 속도였다. 쿵쾅쿵쾅. 르옌도 가까워지는 적들의 발소리에 온 신경을 곤두세웠다.

'스무 걸음.'

열 명. 적어도 예닐곱은 되는 수다.

'여섯 걸음.'

페이작이 이런 치사한 수를 쓸 거라고는 생각지 않았다.

'그렇다면 대체 뭐지.'

그리고 적들이 이르렀다. 막사 밖에서 보초를 서던 마리포사의 기사들의 놀란 목소리가 울렸다.

"아니, 지금 이곳은 주군의 명에 의해……."

그리고 텅 하고 투구 부딪치는 소리와 함께 끊겼다.

숨소리조차 죽어 버린 시간 속에서 에반부르와 르옌이 서로 눈짓하며 자세를 낮추었다. 그와 동시에 휘장이 펄럭하며 걷혔다.

"여기 있죠!"

'어?'

잔뜩 긴장했던 르옌과 에반부르는 휘장을 걷고 나타난 자칼린의 얼굴에 눈만 크게 끔뻑였다. 대체 무슨 짓을 하고 온 건지 온통 지저분한 꼴이었다. 땀에 절어 있는 건 물론이거니와 고약한 냄새까지 났다.

"갑시다!"

자칼린의 등 뒤에는 나머지 여섯 명의 라르크 기사들도 경계태세로 서 있었다.

"뭐……?"

자칼린 엔도가 또 사고를 친 게로구나!

가장 먼저 사태를 인식한 에반부르가 고함쳤다.

"체사 경! 지금 이게 무슨 짓인가! 아니, 그리고 그 무기는 대체 그건 어디서……!"

"아, 이거요? 이거 그, 그, 누구냐. 그…… 릴이라는 그 기사 겁니다. 상황이 이래저래 그렇게 됐습니다."

"설마 죽인 거요?"

"안 죽였어요. 안 죽었…… 아마? 아마 안 죽었어요? 오면서 몇 명 때려눕히긴 했는데 죽인 애들은 없고…… 아니, 한두 명 죽었다고 해도 일단 정당방위입니다! 밖에 말 대기시켜 놨으니 어서 나가요! 지금 설명할 시간 없습니다!"

"저들이 먼저 공격했습니까?"

"아니, 그건 아니고…… 아닌데, 아마? 아, 일단 지금 시간 없으니 우선 나오라고!"

에반부르의 표정이 일그러졌다.

'오오오, 맙소사. 자칼린 엔도를 얕잡아 봤구나. 내가! 체사 백! 어쩌자고 저런 아드님을 전쟁터에 보내셨소! 칼란독 경, 어쩌자고 저 놈을 예 딸려 보냈습니까!'

르옌은 죽은 건지 기절한 건지 모를 보초병들을 바라보았다. 얼굴에서 핏기가 사라지는 것이 느껴졌다. 분명 저들이 누워 있는 이유는 자칼린 때문이렷다.

에반부르가 크게 당황해 힐난했다.

"아니, 체사 경, 다짜고짜 이게 무슨 짓이오!"

"지금 이럴 시간 없습니다. 빨리!"

모로 봐도 원흉인 자칼린은 되레 뻔뻔했다.

"체사 경, 이리 공격을……. 아니, 지금 포로 관련의…… 미치겠구만."

"할드로프 경, 믿으십시오. 밤 늑대 쪽에서 접촉해 왔습니다."

에반부르가 입을 다무는 것과 동시에 르옌이 고개를 들어 자칼린을 바라보았다. 에반부르는 더 캐묻지 않고 움직이기 시작했다.

'밤 늑대?'

설명을 요구하기에는 분위기가 너무 긴박했다. 몇 걸음 떼던 에반부르가 돌연 뒤돌아 르옌에게 말했다.

"데투아 양, 어서 나갑세."

자칼린의 목소리가 위협적으로 바뀌었다.

"미적대지 말고 나와!"

르옌의 낯 위로 의미 모를 소슬함이 떠올랐다. 르옌은 반걸음 물러섰다. 에반부르의 표정이 서서히 굳어지기 시작했다.

"데투아 양, 있을 곳을 결정하는 것은 자의지만 신중하게. 부디."

에반부르의 간곡한 조언에도 르옌은 아주 잠깐 고개를 들어 그를 마주 보았을 따름이었다.

자칼린이 답답하다는 듯 소리쳤다.

"너 지금 뭐 하는 거야?"

르옌은 말없이 아랫입술을 깨물었다. 무슨 일이 벌어졌다는 것은 알겠다. 자칼린이 저 꼴을 하고 들이닥쳤을 때는 그럴 만한 이유가 있으리라. 그러나 이대로 페이작을 두고 갈 수는 없었다. 그녀는 페이작에게 못다 한 말이 많았다.

"가십시오. 제 용무는 끝나지 않았습니다. 나는 내 목숨 충분히 건사할 수 있으니⋯⋯."

"이게 미쳤나!"

자칼린이 빽 소리를 치는 순간 어디선가 '저쪽으로!' 하고 소리치는 것이 들렸다. 최대한의 침착을 가장하고 르옌을 바라보던 에반부르는 파사드가 하달했던 명령을 상기하고는 가슴 저린 심정으로 검을 고쳐 쥐었다. 그러나 그가 한 걸음 움직이기도 전에, 자칼린이 에반부르를 제치고 달리듯 걸어 르옌의 어깨를 확 움켜쥐었다.

"너 지금 여기 남아 있겠다는 거야? 어?"

자칼린의 맹렬하게 빛나는 눈동자가 르옌의 온 집중을 사로잡았다.

"이 와중에도 네 생각밖에 안 해? 네가 누구인지 주장하려면 네 행동에 일관성을 보이라고! 네 그 칠칠맞은 동생 때문에 온 거라며? 너 여기 남으면 걔 죽는 거 모르냐?"

르옌이 벼락 맞은 사람처럼 몸을 굳혔다. 자칼린이 일깨운 잊었던 또 다른 동생의 존재. 까맣게 잊고 있었다.

'시단. 아, 시단.'

"알고도 남을래?"

르옌의 입술이 작게 벌어졌다.

—이제 네가 가족들을 돌봐야 해.

에이반의 음성이 귓가에서 피어났다. 데투아가는 그녀가 이끌어야 하는 아직 내려놓지 못한 짐이었다. 어찌 잊고 있었나. 막사 밖에서 망을 보던 스이센이 다급히 소리쳤다.

"체사 경! 할드로프 경! 어서 가셔야 합니다!"

"너 가지 않겠다고 하면 이 자리에서 내가 널 죽이고 갈 거다. 너도 죽고 네 동생도 죽일래, 아니면 너도 살고 네 동생도 살래?"

자칼린의 공갈 아닌 위협에도 불구하고 르옌은 한참이나 굳어 서 있기만 했다. 침통한 얼굴로 저를 노려보고 있는 에반부르와 눈이 마주친 르옌은 마지막으로 뒤돌아 발로이드의 막사에 걸린 마리포사의 문양 기를 응시했다. 그녀가 자칼린의 손을 더럽다는 듯이 쳐냈다.

"지저분하니 손은 치우십시오, 체사 경."

"뭐? 이 계집애야? 네가 라르칼리아니 뭐니 떠들어 대는 여자라고 그런 말버릇 봐줄 거 같아?"

"봐줄 겁니다, 체사 경은. 그리고 진짜 냄새 나니까 다가오지 마십시오. 대체 뭘 하고 온 겁니까? 그 잠깐을 얌전히 못 있어서."

삐딱하게 답한 르옌은 욱 치민 자칼린의 말을 듣는 둥 마는 둥 막사의 입구를 향해 걸어갔다. 그런 르옌을 바라보던 자칼린의 얼굴이 울긋불긋해졌다.

'냄새 나? 냄새 난다고!'

급박한 와중에도 제 몸을 킁킁거리는 건 잊지 않았다. 확실히 구린내가 풍기긴 했다. 이윽고 자칼린은 벌건 얼굴로 소리치며 뒤따라 나갔다.

"야, 너 오늘 우리가 무사한 게 내가 똥밭에 구른 덕분인 줄 알라고!"

"뭐라는 건지."

"감사하란 말이다!"

막사 밖으로 '아오, 이 미친년이 진짜!' 자칼린의 팔짝팔짝 뛰는 소리가 들렸다.

발로이드의 막사를 완전히 떠나기 전, 마지막으로 마리포사의 나비 문양 기를 한 번 돌아본 에반부르도 지체 없이 뒤따라 나갔다.

모르가나의 진지 저편은 온통 불빛으로 밝았다.

무력행사를 한 라르크의 기사들을 추격하기 위한 모르가나의 기사들이 따라붙었다.

그러나 자칼린은 대체 무슨 묘수를 쓴 것인지 잘도 막사들 사이사이를 헤쳐 가더니, 인적 드문 으슥한 울타리 너머에 묶여 있는 아홉 필의 말로 그들을 인도했다. 자칼린의 몸에서 나던 냄새와 꼭 비슷한 오물 냄새가 역하게 풍기는 곳이었다.

키 작은 상수리나무 가지에 묶인 말들 중에는 그녀가 타고 왔던 덴도 있었다. 정말 어리둥절한 일이었다. 에반부르와 기사들을 비롯한 그들 일행은 우선 말 위에 올랐다. 그들은 숨 가쁘게 꽁무니에 따라붙는 모르가나의 기사들로부터 도망쳐 달렸다.

❖·❖

넓은 공터에서 꼭 같은 갑옷을 입은 수백 명의 기사들이 양 측으로 갈려 대치하고 있었다. 예정된 파국이었다.

얼마 전까지만해도 모르가나의 군대는 로반티스 최고사령관의 휘하에서 적당한 균형과 체계를 유지하고 있었다. 마르세 칼 로반티스가 비범한 인물은 아닐지언정, 로반티스가의 이름은 중앙 15개의 귀족 가문 중 하나인 로위아가와 함께 군인들의 존경을 받았기 때문이다.

그러나 올조르의 붕괴, 이샤스 평야의 피습 사건 이후 마르세는 제명당했고, 그 후 부임한 사령관 발로이드로 인해 사태는 급변했다.

이가 산맥 너머에 존재하는 변방 라곳에시스의 주인, 마리포사 가문의 수장이자 얼마 전 마리포사를 중앙 15개 가문 중 하나로 격상시킨 발로이드 페이작 마리포사는 몹시도 꺼림칙한 남자였다.

뿐만 아니라 마리포사의 구성원들 자체가 명문가의 기사들은 쉽사리 인정할 수 없는 천한 이들이었다. 아무리 그들의 강함이 유명하다고 해도 명가의 귀족들의 눈에는 격이 떨어져도 너무 떨어졌다. 황제의 직인이 고스란히 남은 교지가 아니었더라면 누구도 인정하지 않았을 것이다.

초기 상황이 그러할진대 발로이드는 발령받은 이튿날부터 제멋대로 제대를 조합하고 분리, 분할하는 것으로 전 로반티스 군을 산산이 찢어 놓았다. 덕택에 두어 달도 되지 않는 짧은 시간 동안 전 지휘부의 영향력이 미치는 군사들은 크게 줄어들었다. 그동안 지휘관으로서 군림해 오던 이들이 뒷전으로 떠밀려 난 것이다.

밀려난 기존의 기사들에게 있어 아사인가의 작위 기사인 비세바르는 그들을 구제해 줄 유일한 혁명가였다.

출병하려는 군사들을 막아선 덩치 큰 비세바르의 부리부리한 갈색 눈동자 위로는 수십 개의 횃불이 비치고 있었다. 비세바르는 거칠게 자란 콧수염을 스윽 쓸었다. 마음이 편치 않을 때 나오는 비세바르의 버릇이었다.

"출병은 불가하다."

"최고사령관의 명령입니다. 부디 비켜 주십시오."

마리포사의 한 나이 든 기사가 나서서 정중하게 재청했다. 그러나 이번만큼은 비세바르 역시 물러설 수 없었다.

"불가하다. 반복하겠다."

"더 이상 지체할 수 없습니다."

"제국은 타의 모범이 되어야 하는 것을 모를 만큼 우매하다는 말인가?"

비세바르 케시르스 아사인. 그는 전 로반티스 최고사령관 당시부터 부임해 지난 일 년이 넘는 시간을 함께 싸워 온 지휘 기사였다.

비세바르는 도저히 발로이드를 견딜 수가 없었다.

그가 자신을 제치고 최고사령관이 되었다는 사실에 저항하는 건 아니었다. 이미 올조르가 무너졌다는 소식과 함께 이샤스 북부를 적들에게 허락했을 때부터 사령관의 교체는 예정된 것이었다. 많은 이들이 비세바르가 차기 사령관이 될 것을 전망했다.

그러나 발로이드 페이작 마리포사의 등장은 그를 여전히 차하급 사령관에 머물게 했고, 비세바르는 자존심이 상했으나 참았다. 황명이었기 때문이다. 물러난 최고사령관 로반티스를 대하는 태도와 눈빛이 인상 깊었던 탓도 조금은 있다.

비내리던 밤, 나타난 발로이드는 기괴한 분위기를 풍기는 자였다. 제도에서 볼때도 흉흉타 싶었지만, 전장에서의 그 분위기와는 댈 것도 아니었다. 막 서른을 바라보고 있다 알려진 자의 눈빛 같지가 않았다. 인정하기는 싫지만 감명 깊었다.

비세바르는 그래서 한동안 반감 대신 반동하려는 기존의 지휘 기사들을 아우르며 마리포사들의 행보를 지켜보았다. 그리고 오늘, 더는 지켜만 볼 수 없다는 결론에 이르게 된 것이 참담할 뿐이었다.

발로이드가 최고사령관으로 임명받은 위치를 잊고 멋대로 라르크의 진영을 오가는 것은 기함할 일이었다. 게다가 막 벌어진 회전에서 제 기분이 상했다는 이유만으로 전군을 후퇴시키기까지 했다. 그리고 이번에는 사신의 목적으로 도착한 라르크의 전 군사들을 잡아 죽이라는 명까지 내렸다.

사신을 보호함은 이행되어야 하는 전시 의전이었다. 그들을 방문한 라르크의 군사들 중에는 라르크 명문가 출신의 기사도 있다고 했다.

비세바르는 전시 의전은 명백히 지켜져야 한다 믿는 사람이었다.

"올조르의 붕괴 이후로 모르가나의 사기가 침강했다는 것은 알지만, 그럼에도 불구하고 의전은 지켜져야 한다."

머잖은 곳에서 사신들이 돌아오길 기다리는 소규모의 적들을 살해하는 것은 아주 소소한 일이었다. 하지만 전쟁은 단순히 더 많이 죽이는 놀이가 아니었다. 명예와 직결된 것이다. 협잡배처럼 의전을 어기고 적들을 학살하는 것은 안 될 말이었다.

"더는 두고 볼 수 없는 노릇. 내 차후 직접 최고사령관에게……."

"그럴 필요 없다."

낯설지 않은 목소리가 비세바르의 뒷덜미로 달려들었다. 비세바르가 홱 고개를 돌렸다.

"직접 왔으니까. 이 자리에서 마무리하지."

발로이드의 등장에 놀란 것은 비세바르만이 아니었다. 출병이 지연되어 어찌할 바를 모르던 마리포사의 기사들이 일제히 예를 표했다. 주군! 갑주 소리가 카랑카랑 하늘을 울려 퍼졌다.

"마리포사."

비세바르는 놀란 기색을 애써 드러내지 않고 몸을 돌려 발로이드를 바라보았다. 무장조차 않고 검은 코트를 하나 걸쳤을 뿐인데도 발로이드는 어딘지 모르게 위협적이었다.

발로이드의 벽안이 비세바르의 후위에 선 군사들을 쭉 훑다가, 이내 비세바르에게서 멈추었다. 불쾌함 어린 미성이 느른히 울려 퍼졌다.

"명령 불복종에 어떤 처분이 뒤따르는지 알고도 이런 짓을 저질렀다는 말이겠지."

비세바르는 눈 하나 꿈쩍하지 않고 그의 시선을 받아쳤다.

"응당 군법 회의에 회부될 각오했소이다. 그러나 미리 말하지만 나는 최고사령관 당신의 권한을 침해하거나 어교로 내려온 황명을 무시하는 그런 불순한 의도로 마리포사의 기사들을 막은 것이 아니오."

"이유야 늘 있겠지."

"본국은 위대한 대륙 유일의 제국이고, 수많은 왕국들의 우러름을 받고 있소. 그런 우리는 전시 의전이라는 약관을 준수하는 것이 옳소. 제국은 그들의 모범이 되어야 하는 도리. 비록 상대가 지난 차올조르의 굴욕을 안겨다 준 라르크라고는 하나, 상대가 누구이건 간에 사신에 대한 의전 약관은 반드시 지켜져야 함이오. 또한 이는 차후의 외교 마찰에 있어 자국 군사들의 생존권을 보존하는 것과도 직결되는 문제이니, 만일 당신이 진심으로 의전을 무시하려 한다면 폐하의 윤허가……."

"너희 황제가 라르크의 것들을 잡아 죽이는 데에 일일이 허락을 받으라 나를 이곳에 보낸 줄 아나?"

"너희 황제라니, 당신은 대체……."

비세바르가 낯을 일그러뜨렸다. 발로이드는 귀찮은 투로 일갈했다.

"나는 지금 몹시 다망한 와중에 이곳까지 걸음 했으니, 더 쓸데없이 사족 붙이지 마라. 물러나."

"미치셨소이까?"

"제정신인 자가 전쟁에 자원을 하나?"

비웃는 발로이드의 대꾸에 비세바르의 눈에 맹렬한 노여움이 타올랐다. 대체 저자는 어찌 저리 안하무인이란 말인가. 벨루비르하인 2세가 발로이드를 사령관으로 부임시킨 것은 저자의 저런 성정을 모르기 때문일 터다.

비세바르는 진정하고 말을 골랐다.

"전시 의전은 그 어떤 위험한 상황에서도 지켜져야 하는 겁니다. 만일 이번에 저들을 모조리 살육한다면 라르크 내에 있을 모르가나의 외교 부관들을 비롯한 남부인들이 피해를 입게 되어도 우리는 아무런 항변을 할 수가 없을 뿐더러, 불명예스럽게 의전을 어긴 자들로 남을 겁니다.”

“계속 앵무새처럼 의전이란 소리만 반복하는군. 나를 막으려거든 그따위 하찮은 의견보다 더 나은 걸 가져와야 할 거다.”

비세바르가 참지 못하고 소리쳤다.

“대체 의전이라는 것이 왜 존재하는지 모르시는 거요! 의전은 절대적으로 지켜져야 할 규칙이오!”

“절대적……?”

비세바르를 깔보듯 뜨인 날카로운 벽안이 느리게 눈꺼풀에 가려졌다 드러났다.

“포로는 죽이지 않는다. 민간인은 학살하지 않는다. 투항한 자를 죽이지 않는다. 선전 포고를 한다. 회전일과 회전지를 정한다. 사신을 죽이지 않는다. 농지를 파괴하지 않는다…… 또 무엇이 있었지?”

발로이드의 목소리는 나직하고 담담했으나, 그 속에 벼려진 칼날이 숨어 있다는 것을 느끼지 못한 이는 없었다.

본능적인 위협을 느끼고 어깨에 힘을 준 비세바르가 반 걸음 물러섰다. 발로이드가 다가가 순식간에 그의 멱을 끌어당겼다. 조금만 기울여도 코가 닿을 만큼 가까운 거리에서 그를 마주 보게 된 비세바르가 작게 숨을 들이켰다.

“아사인의 아들, 그리 잘났다면 내 질문에 답해 봐라. 포로는 죽이지 않는다지만 여태까지 전쟁통에 죽어 나간 포로가 몇인지 셀 수나 있겠나? 민간인을 학살하지 않아야 한다지만 그 민간인이 부상당한 군사를 적대하고 그들을 밀고하면 내 군은 어찌 되지? 민간인에게 내 군사의 목을 내주라 의전을 바꿔야 하지 않겠나. 안 그래? 투항한 자를 죽이지 않는다지만 어떤 시키면 생각으로 투항을 하는지 알 수 있나? 전장은 언제 어디서 간자들이 협잡질을 할지 몰라 숨죽여야 하는 곳이다. 선전 포고? 회전일과 회전지를 정하는 것? 그런 짓거리를 해 대니 전쟁이 길어지는 게 아닌가? 전쟁이 길어지면 누가 피해를 보지? 농지를 파괴하지 않는다? 전쟁이 나면 인근 장원과 보급로부터 끊어야 한다는 것이 전술의 기본이라 외쳐 대는 것들이."

"······윽."

"대체 이 모순투성이인 의전을 두고 절대적이라고 말하는 네놈의 머리는 생각이라는 걸 하나?"

"······반례를 드는 것으로 지금 당신이 하려는 일을 명예로운 일이라 합리화하려는 거라면."

"내가 언제 내 행위를 정당하다 합리화했나."

뒤틀린 호선을 그린 발로이드의 입술이 담백하게 내뱉었다.

"어차피 살아남는 자가 정론이 된다는 것쯤이야 알 만큼 네놈도 닳아빠진 제국의 귀족이 아니었나?"

그들을 사이에 두고 대치 중인 양측의 수백 기사들이 숨죽였다.

발로이드는 꿈쩍도 않는 비세바르 너머의 군사들을 스윽 훑은 후 나직이 읊조렸다.

"대륙에서 가장 먼저 무용지물이 된 전시 의전이 무엇이었는지 알고 있나?"

"······."

"왕의 머리를 베지 마라."

실제로 그건 수백여 년 전까지만 해도 응당 지켜야 할 전쟁의 규칙이었다.

어떻게 시작되었는지는 모른다. 왕이란 범인과는 다른 신의 사자라는 주장을 내세웠던 한 동부의 왕국에서 시작된 풍토라는 풍문이 있을 뿐이다. 왕들이 스스로를 마치 '살해당하지 않는 우월한' 종들로 포장하기 바라기 때문에, 백성들이 그리 믿었기 때문에 상호 간의 이득에 따라 굳혀졌다고 한다. 다른 나라의 왕이 죽는 것을 보며 제 나라의 백성이 자신의 우월성에 의혹을 품지 않길 바랐다는 것이 가장 그럴듯한 가설이었다.

"그런데 지금은 어찌 되었던가."

지금은. 비세바르가 침을 삼켰다.

"가장 먼저 처죽이자는 말이 나오는 게 수도이며 제도고 왕궁이며 황궁이 아니던가? 지난 이백여 년 간 날아간 왕의 머리만 수십이 넘지. 언제 손바닥 뒤집듯 바뀔지 모를 전시 의전에 의미 따위를 부여하고 있었으니 지난 한 해 그 꼴을 당한 거다."

대륙의 전쟁사는 둘로 나뉜다. 라르크의 정복 여왕이 태어나기 전과 후로.

라르크가 대두되기 전까지만 해도 대륙 왕국들의 전쟁은 굉장히 단조로운 머릿수 싸움이었다. 회전지를 정하고 회전에서 부딪친다. 승패에 굴복하여 그들은 서열을 정했다. 왕은 특별한 상황이 아니라면 살려 두는 것으로 승전국은 자비를 보였고 패전국은 경의를 표했다.

그러나 라르크의 정복 여왕이 거병을 한 후 순수하리만치 의전에 의존하여 전쟁을 치러 왔던 왕국들은 속수무책으로 무너졌다. 여왕은 기상천외한 방법으로 적들의 눈을 속이고, 기습하고, 지형마저 제멋대로 바꾸어 적들을 꺾었다. 그건 기존의 전쟁 방식을 송두리째 부정하는 짓이었다. 그리고 그 잔악무도한 여왕으로 인해 가장 먼저 무너진 의전이 왕을 죽이지 않는다는 것이었다.

여왕은 그녀의 발길 닿는 곳의 모든 왕들과 왕족들을 죽였다. 씨를 말린다 해도 과언이 아니었다. 여왕이 전쟁을 지속한 십 년여 간 죽어 나간 왕의 수가 두 손으로 꼽을 수 없다. 누구도 그걸 옳다 말하지 않았으나 분명 여왕의 그런 포악함은 효과적이었고, 그것을 시작으로 '왕의 머리는 치지 않는다.'라는 의전은 유명무실한 것이 되었다.

그렇다고 해서 왕손이나 황손들의 살해를 아무렇지도 않게 생각하는 풍토가 된 건 아니었지만, 그래도 결국 그 항목은 이제 의전으로 거론되지 않는 고시대의 유물이었다.

'대체 이놈은……'

발로이드의 눈빛에 비세바르는 침을 꿀꺽 삼켰다.

생사의 고비를 넘기고 살다 보면 여러 종류의 사람을 알아보게 된다. 두려움을 극복하고 살아남은 자와, 살육을 두려워하지 않고 살아남은 자와, 자포자기한 심정으로 목숨을 거는 자들의 그런 성질들.

마리포사와 비천한 그들을 끌고 다니는 발로이드를 마뜩잖게 여겼던 비세바르였지만 이번만큼은 그에게 두려움을 느낀다는 것을 인정해야 했다.

"……적당히 알아들은 얼굴이니 마지막으로 경고하지. 내 일을 방해하지 마라. 끝까지 아집을 놓지 않으면 네 부관이 네 몸뚱이를 매장할 곳을 찾아 뛰어다니느라 바빠질 거다. 너희가 라르크 사신을 죽이려 했고, 나는 그런 너를 처형했다…… 뭐, 그 정도로 마무리해도 좋겠군."

"어찌 그런 협잡배 같은 말을……!"

비세바르를 따르던 기사들이 날카로운 소리를 내며 일시에 검을 빼 들었다. 그러나 비세바르는 아무 말도 않고 발로이드를 바라보고 있을 따름이었다. 발로이드가 그의 멱을 툭 내려놓으며 서늘히 비웃었다.

"역사는 살아남는 자의 손에서 날조되는 거라고."

그때, 한 병사가 급히 달려와 발로이드의 몇 걸음 뒤에 서 있던 에일라에게 무언가를 아뢨다. 보고를 들은 에일라의 얼굴이 난색으로 물들었다.

에일라는 조심스레 발로이드에게 다가왔다.

"……주군, 릴 경과 엘폰느 경이 공격을 당했고, 릴 경은 지금 혼절 상태라고 합니다. 주군의 막사 앞에 배치했던 병사 둘과 순시를 돌던 기사조도 공격당했다고 합니다. 라르크의 기사들이 그녀와 함께……."

발로이드의 고개가 억지로 틀어 돌리듯 움직였다.

"도주 중이라 합니다."

에일라가 그녀답지 않게 말끝을 흐리며 고개를 숙였다.

적적한 침묵이 감돌았다. 이내 발로이드의 파란 눈동자가 비세바르에게로 돌아갔다.

비세바르는 말을 잊고 발로이드를 마주 보았다. 바로 지척, 아무 감정도 비치지 않는 벽안이 그를 바라보고 있다. 비슷한 눈높이였는데 어째서일까. 하늘에 굽어 내려지는 기분이었다. 아무것도 보이지 않는 벽안. 하나 만일 저게 아무것도 담기지 않은 게 아니라면 제가 보아 온 하늘은 무엇인가.

'……아아.'

그가 보며 살아온 하늘은 어쩌면 광기 그 자체였는지도 모른다.

기절했다 깨어난 지 얼마 되지 않은 탓에, 키에스는 아직까지도

골이 띵했다.

어린 체사의 기사를 만만히 본 것이 실책이었다. 용변을 보러 가겠다고 하고 나갔던 청년은 돌아올 때는 썩 다른 사람처럼 변해 있었다. 이상한 냄새가 나는 더러운 꼴이 된 것보다도 시건방지던 태도가 누그러진 것이다. 어떤 꿍꿍이가 느껴지는 것도 같았는데 하필 그때 비세바르가 군사를 움직였다는 보고가 전해 온 터라, 딱히 자칼린을 집중적으로 의심하지 못했다.

—사과의 의미로 악수나 한번 합시다. 제가 좀 언사가 이럽니다.

지저분해 보이는 손이라 내키지는 않았지만 구태여 피하지는 않았다. 그게 문제였다. 직후 키에스는 예상치 못한 힘에 끌려가듯 휙 기울어졌고, 뒷목이 망치 맞은 듯 아프더니 그 다음 세상이 암전되었다.

깨어나 보니 난장판이었다. 뒤통수도 깨진 것 같았다. 어찌 된 상황인지 전해 들으니, 어린 체사가 말도 없이 그에게 저지른 무력 행사에 놀란 기사들 간에 작은 전투가 벌어졌다고 했다.

뒤늦게 막사로 되돌아온 레이리스 역시 키에스가 죽었다는 체사가 기사의 꾐에 깜빡 속아 넘어가 대처가 더뎠다. 덕분에 진짜로 죽을 뻔했다.

게다가 그 맹랑한 기사는 키에스가 기절한 사이 그의 검까지 들고 도주했다가, 서쪽 수풀 언저리에 내버렸다 한다. 마지막에 정신을 차리고 끝까지 그들을 추격한 레이리스가 발견해 되돌려주지 않았다면 몹시 수치스러울 뻔했다.

'……거 참, 이를 어쩐담.'

뭐, 이미 벌어진 일이니 어쩔 수는 없다만, 발로이드의 분노는 몹시 두려웠다. 키에스에게 있어 발로이드의 노여움을 푸는 용도로 이

용되었던 '그 여자'가 발로이드의 분노에 불을 지르고 가 버렸으니 이젠 어떻게 할 수도 없었다.

키에스가 착잡한 눈길로 요란한 소리가 끊임없이 새어 나오는 발로이드의 막사를 응시했다.

'에일라가 고생이네.'

발로이드의 막사 안은 이미 아수라장이었다.

공들여 닦고 닦아 정리해 둔 무기 걸이는 옛적에 와르르 무너져 내렸다. 늘 반듯하게 정리되어 있던 그의 침상도 홑 깃털이 마구 널브러진 채였다. 발길질에 떠밀린 난로가 나뒹굴며 흩어진 불씨가 위태로운 냄새를 퍼뜨렸다.

뿐만 아니라 간이 탁자 위에 올려둔 공문과 서간, 잔과 양초들도 모조리 쓸려 바닥 위를 엉망으로 엉겼다. 발로이드는 몇 번이고 고함을 지르며 손에 잡히는 것, 잡히지 않는 것 구분 않고 뒤엎었다.

그는 다시 처음으로 돌아가 엎어진 둥근 화로를 걷어찼다. 챙그랑. 두 번째 채인 화로는 결국 종잇장처럼 찌그러지며 그 안에 담겨 있던 재가루를 부옇게 토해 냈다.

'스완이 떠났다.'

발로이드는 핏줄이 퍼렇게 돈 떨리는 손으로 자신의 얼굴을 뜯을 듯 움켰다. 그녀가 이럴 리가 없었다. 믿을 수가 없었다.

발로이드, 그러니까 이백여 년 전의 페이작은 돌로메트 3세의 하룻밤의 불장난으로 잉태되었던 서출이었다. 뮈아드로의 가난한 빈민가에서 어린 시절을 보낸 그가 돌로메트의 여섯 번째 왕자라 불리게 된 것은 예닐곱 즈음이었다.

왕궁 밖에서 홀로 그를 키우던 어미가 죽기 전, 돌로메트 3세에게 그의 존재를 알린 것이다. 가진 것은 몸뚱이뿐이었을 시절이었다.

라르크가 그저 자그마한 북부의 소왕국 중 하나였던 시기, 수많은 왕국들이 라르크를 경안시 하던 시절. 그 시절에도 라르크의 작은 땅 안에서는 왕국을 계승받고자 하는 형제들 간의 다툼이 끊이지 않았다.

낯선 왕궁에서 처음으로 형제들을 만났다. 그의 머리 위로 쟁쟁한 누이 둘, 형 셋이 있었고 아래로는 여동생 하나와 갓난쟁이 남동생 하나가 있었다.

페이작은 타인에 가까운 그들에게 어떤 유대감이나 정을 갖지 않았다. 날 때부터 왕궁에서 자란 그들과 페이작은 근본부터가 다른 존재였고 새 형제들에게는 이미 충분히, 지나치게 많은 형제들이 있었다. 그는 아무것도 아닌 왕자였다.

그러나 아무것도 아닌 여섯 번째 왕자인 그는 형제들의 질시를 받아야 했다. 돌로메트 3세와 꼭 닮은 외양 때문이었다. 순수한 라르칼리아에 전승된다는 뜬소문이 도는 붉은 머리칼에 푸른 눈동자. 뒷배도 하나 없는 주제에 왕과 가장 닮았다니. 미움 받을 수밖에 없었다.

하여 페이작은 스스로를 지킬 무예를 갈고닦는 것과, 성년이 되어 왕궁을 떠나 그가 살던 곳으로 돌아가는 것만을 바랐다. 마음은 하루하루 메말랐다.

그런데 칼날투성이인 왕궁에서 유일하게 그를 아무 감정 없는 눈으로 보아 주는 이가 있었다.

자그마한 왕국을 욕심내는 데에 정신이 팔린 이들 사이에서 늘 먼 곳을 바라보는 아름다운 누이였다. 저와 닮은 적발 벽안의 왕녀. 그가 궁에 들기 전, 유일하게 돌로메트 3세를 빼닮았다 칭송되있던 첫 번째 왕녀인 스완 세칼리드 라르칼리아.

화려한 드레스보다 곧게 편 허리가 눈에 띄었고, 발꿈치를 껑충 뜨게 하는 구두 굽보다 오연하게 당당한 콧대가 드높았다.

사실 스완이 그에게 아무런 부정적인 감정을 보이지 않은 것은 특별한 이유가 있어서는 아닐 것이다. 그녀는 모든 손아래 동생들을 꼭 비슷한 정도로 무시하거나 적당히 상대했다.

페이작은 어릴 때부터 민감히 타인의 기분을 알아차렸는데, 그의 눈에는 그녀의 속내가 보였다.

서출이든 적자이든 제 눈에 차지 않기는 마찬가지인데 굳이 모자란 것들을 줄 세워야 하나. 나른히 권태로운 미소가 그리 말하는 듯했다. 다른 형제들은 몰랐다. 페이작은 적출과 서출을 가리지 않는 공평한 왕녀의 무시에서 자비로움까지 느꼈다.

돌로메트 3세와 꼭 닮은 스완은, 돌로메트 3세와 꼭 닮은 페이작의 정반대에 사는 사람이었다.

그녀를 칭찬하지 않는 스승이 없었다. 서로를 못 죽여 안달이 나 있던 형제들도 그녀의 앞에서는 고분고분한 산양이 되었고, 숱한 가문의 영식들은 진심을 다해 그녀를 연모했다.

홀로 검술을 연마하느라 거의 모든 시간을 할애하는 그와 달리, 왕녀는 자연스럽게 사람들과 어울리는 여자였다. 우연히라도 한자리에 있게 되면 그의 눈은 자연스럽게 그녀를 따라다녔다.

왕녀는 대단히 놀라운 여자였다.

궁 안에 주저앉아 서로를 칭찬하고 앉은 누이들과 달리 궁 밖의 빈자들을 돌보기를 좋아하였고, 궁 안에서 부러 져 주는 기사들과 대련 따위를 하며 실력을 뽐내는 형제들과 달리 실제로 기사들의 훈련에 참가했으며, 주눅 드는 법 없이 은사들과의 논쟁을 두려워하지 않고, 그럴 만한 자라면 아무리 천하더라도 칭찬을 아끼지 않았다.

또 반대로 옳지 않다 여긴다면 은사였던 예이건 공작의 뜻도 몇 날 며칠의 언쟁으로 꺾어 구기는 대쪽 같은 성정을 지니기도 했다.

모든 면에서 세상에 존재할 수 없을 것처럼 완벽한 사람. 왕녀는 저물지 않을 가화假花처럼 아름다운 사람이었다.

'아름다운 사람.'

그러나 지지 않는 꽃의 아름다움은 작위적인 것이다.

왕녀가 보이는 한결같은 다정함과 자애로움은 결국 누구도 특별히 사랑하지 않는다는 말과도 같았다. 때문에 왕녀가 그에게 관심을 갖기 시작했을 때, 페이작은 전에 없이 그녀를 불신했다.

—오늘 밤에는, 이 누이와 솔방울을 태우면서 밤이 새도록 이야기를 하자.

—왜 그래야 합니까.

—네 녀석의 건방진 투가 좀 고분고분해지는 걸 보고 싶어서?

페이작은 왕궁 밖의 것을 알았고, 왕녀는 궁 내부의 상황을 잘 알았다. 잡담이라 생각했던 모든 것들은 정보 교류의 빛을 띠고 있었다.

당시, 왕녀는 궁 밖의 세상에 관심이 있는 유일한 라르칼리아 왕손이었다. 라르크 밖의 세상, 궁 밖의 세상에 관한 이야기를 주고받을 적이면 그녀는 생화生花가 되었다.

—네가 더 나은 대우를 받을 자격이 있는 것처럼 저 궁 밖의 사랑스러운 백성들도 더 나은 삶을 살 자격이 있는데, 그러지 못하는 것이 참으로 아쉽구나.

왕녀가 바라는 것은 좁은 왕국 밖의 풍요였고 궁 밖의 평온이었다. 어느새 그녀는 페이작에게 있어 세상 모든 것보다 가치 있는 위대한 여자가 되었다.

'위대한 사람.'

그리고 그녀는 두려워하면서도 공경하는 페이작에게 보답했다. 상벌이 명확한 왕녀이니 당연한 일이었다.

—너는 내가 인정한 유일한 나의 혈육이다. 어미가 다를지언정 나와 꼭 닮은 너는 귀한 인재지.

세상의 모든 것에 공평한 이에게 특별한 사랑을 받는다는 것은, 겪어 본 적 없는 이라면 감히 상상도 할 수 없는 것일 터다.

—네게 내 믿음을 주마. 너는 이대로 내 곁에 남아, 페이.

왕녀의 자신만만한 미소 안에 도사린 미끼는 세상에서 가장 달콤한 것이었다.

왕녀는 제 것에는 관대하고 타인의 것에는 잔혹한 여자였다. 핏줄이라는 이유로 제 사람이라 말하지 않는 냉혈한이기도 했다.

왕녀의 동복동생들이 저들끼리의 싸움을 고조할 때, 왕녀는 곁에서 그들의 파멸을 부추기며 공멸하는 것을 지켜보았다. 그리고 계승권조차 미약했던 왕녀가 유일한 적통으로 오롯해졌을 때, 이미 그녀는 라르크 궁내부의 귀족이란 귀족은 죄 휘어잡은 여자가 되어 있었다. 그녀에게 사심을 품은 자, 그녀의 사상에 감복한 자, 그녀에게 약점이 잡힌 자, 다양했으나 공통점은 있었다. 누구도 그녀가 왕이 되지 못할 거라 생각하지 않았다.

그리고 왕녀는 결국 여왕이 되었다.

알레타르 달테의 하얀 월계수 벽화를 올려다보며 여왕은 말했다.

—내가 바라는 세상은 조금 더 멀리 있다, 돌레한 경.

—누님이 바라는 세상.

—내 백성들이 굶주려 스스로 크랑크스[†]로 걸어 들어오지 않기를

크랑크스[†] 수도 외곽에 위치한 죄인 수용소

바란다. 초야를 뛰놀기를 바란다. 얼어 죽은 시체를 쥐고 몇 날 며칠 울부짖지 않기를 바란다. 나는 많은 것을 바라.

―우리가 바라는 세상이군.

―우리가 하나의 꿈을 꾼다는 건, 내게는 더할 나위 없는 축복이다. 이제 시작할 때구나.

알레타르 달테에서 한담처럼 되돌아온 그 목소리는, 정복 전쟁을 알리는 최초의 선포였다.

―돌레한 경. 가장 가까이서 나를 지키는 기사가 되어라.

페이작은 이례적으로 두 번째 서임식을 치르고, 라르크의 제일 기사로 임명받는 것과 동시에 여왕의 기사가 되었다. 욕심이 많았던 여왕과 달리 페이작이 바란 건 단 하나였다.

그녀가 바란 세상이 도래하는 것, 하얀 월계수가 그려진 알레타르 달테의 벽화를 바라보며 두런거렸던 꿈이 이루어지는 것, 그들의 이상이 가장 높은 곳에 머무는 것, 그리고 평화.

전쟁은 시작되었다. 일생을 북서부에 위치한 로크란드에서 항쟁에 휘말리거나, 인접 국가와 영토 분쟁을 해결하며 살았던 국서, 벨바롯트의 실전 무용담과 여왕이 천부적으로 지녔던 호전적인 재능은 그야말로 무패 승전을 거듭케 했다.

―억울히 도륙당한 내 백성을 대신해 트링거를 엎을 것이다.

그녀가 그리 말하면, 왕국은 전복되었다.

―아무리 난폭하다 한들, 시친의 엔호자는 내 뜻을 따라 무릎 꿇을 터다.

그녀가 그리 말하면, 세상 두려울 것이 없다 목청 높여 고함을 지르던 유목 민족도 무릎을 꿇었다.

―협곡을 무너뜨린다. 남부의 왕국 모르가나를 꺾을 것이다.

응당 그리될 것이었다.

왕궁을 비운 사이 야금야금 그녀의 자리를 찬탈해 결국 라르크를 잡아먹은 국서, 브류나크만 아니었더라면 이루어졌을 꿈이었다.

라르크는 어리석게도 누구보다 그들을 사랑했던 가장 위대한 여왕을 저버린 것이다. 어리석은 붉은 늑대의 협잡질에 눈이 가려져, 대륙 통일이라는 위업을 이뤄 냈을지 모를 그녀를 끌어내려 산산조각 냈다.

페이작은 모르가나를 증오해야 할는지, 라르크를 증오해야 할는지도 몰랐다. 그저, 전부 증오했다.

'전부 부술 것이다.'

그리 가슴을 담금질하며 버텼다. 변함없이 위대할 그의 여왕의 재림을 기다리며.

굳게 입을 다문 발로이드의 잇새로 노여움 어린 신음이 샜다.

'……'

그리고 바랐던 대로 이백여 년이 지나, 그와 그녀는 한 하늘 아래 되돌아왔다. 또다시 기나긴 인고의 시간이 흘러 올조르가 무너졌다. 라르크 군에 의해 올조르의 협곡이 무너졌다는 이야기를 들었을 때 알았다. 여왕이 재래하였다. 그녀가 다시금 북부에서 태어났다는 사실이 공교로웠으나 아무래도 좋았다.

이백여 년 만의 조우였다.

스완은 생김조차 다른 그를 알아보았고, 발로이드는 그녀가 자신과 함께할 것을 믿어 의심치 않았다. 많은 형제들을 뒷전으로 하고 오직 그만을 형제라 의지했던 여왕을 위해 그는 무엇이든 할 준비가 되어 있었다.

때문에 더더욱 이해할 수가 없었다. 왜 그녀는 라르크를 두둔하

나. 아직 모르가나는 꺾이지 않았고, 라르크는 그녀를 배반했다. 그의 누이라면 모르가나를 부수고 라르크의 배반자들의 껍질을 벗겨 매달아 두었을 터였다. 왜 그에게서 도망치나. 왜 그녀는.

고두한 에일라가 잔뜩 잠긴 음성으로 치죄를 구했다.

"이 모두 저희의 불찰입니다."

하지만 사신으로 온 작자들이 뜬금없이 도망치리라 누가 생각이나 했을까. 그걸 생각하면 좀 억울한 일이긴 하다.

"조금 더 철저했어야 했습니다. 그러지 못한 것을 치죄해 주십시오. 그래도 도망치는 사신단 대표는 무사하지 못할 것이라 합니다. 엘폰느 경의 화살에……."

에일라의 경직된 보고는 의자가 박살나는 소리에 묻혔다.

쾅! 쾅! 탁자를 연달아 내리친 발로이드가 고개를 들었다. 흐트러진 적발 사이 보이는 벽안은 어두운 살기로 병영炳映했다.

그들이 망치고 있었다.

발로이드의 입술이 열렸다.

"놈들이 그냥 도망쳤을 리가 없다. 내부의 쥐새끼를 색출해 내라."

발로이드가 고개를 돌렸다. 아수라장이 된 막사 풍경은 들지 않았다. 그저, 조금 전 그녀가 서 있던 곳만 바라보았다. 그녀의 향기가 남아 있었다.

"그리고 누님을 모셔 올 것이다."

북부의 잡배들이 그녀를 망치고 있었다.

에일라가 고개를 조아렸다.

"인내는 충분했다."

발로이드는 비스듬 쓰러진 검은 장을 움켜쥐었다.

'그리 두지 않을 것이다.'

한 치 앞도 가늠할 수 없는 안개 같은 먼지 바람에서는 메마른 냄새가 났다. 시단은 지친 눈동자를 내렸다. 기다림만으로도 극심한 피로가 쌓인 하루였다.

그의 앞에는 감히 얼굴조차 함부로 올려다볼 수 없을 만큼 단단한 기사가 서 있었다. 얼마 전까지만 해도 이렇게 가까이 서 있을 수도 없었던 높은 사내였다. 라르크 국경 수비군의 최고사령관 파사드 칼란독 브류나크. 시단은 이샤스 둔영에서부터 이곳까지 그와 동행하는 영광을 누리게 되었다. 지금 이 상황을 영광이라 일컬을 수 있다면 말이다.

바로 그제까지만 해도 시단은 데투아는 간자가 아니라고 목이 찢어져라 소리를 질러도 들어 주는 이 없는 옥사에 갇혀 있었다. 당연히 할 수 있는 것은 없었다. 간자, 모르가나, 르엔. 절대로 이어질 수 없는 단어의 나열을 곱씹으며 부정하는 것만이 전부였다. 아마 조금만 더 그곳에 있었더라면 정말 미쳐 버렸을지도 모른다.

그런 그를 꺼내 준 것이 라르크의 최고사령관이었다. 심지어 지난밤에는 함께 차까지 마셨다.

지금 파사드는 그들을 맞으러 나온 올베빈과 이야기를 나누고 있었다. 바투 곤두선 긴장감으로 미루어 좋은 상황은 아니었다. 귀동냥으로 애초에 지난밤 돌아올 예정이었던 이들이 오늘 아침까지 돌아오지 않고 있다는 것을 알았다.

시립한 군사들은 당장이라도 전쟁터로 뛰쳐나갈 것처럼 만반의 준비를 갖춘 채였다. 수런거리는 목소리가 웅웅 울렸다. 그림자가 북쪽에 이를 때까지 되돌아오지 않는다면…… 의전에 따라…… 하지만 체사 경이 잘못된다면 수도에서도…….

시단은 반도 알아듣지 못했다. 멍청한 얼굴로 그림처럼 펼쳐진 초원 저편을 응시하는 것이 그가 할 수 있는 전부였다.

시단은 낡은 천 주머니에 넣어 숨긴 푸른 단검만 매만졌다. 지난밤, 파사드가 준 것이다. 왜 준 건지는 모를 물건이었다. 좋은 이유는 아닐 거라 생각한다.

손 끝에 박히는 울퉁불퉁한 감촉에 그는 지난 밤 파사드로부터 들은 것을 떠올렸다. 일국의 방위를 책임지는 최고사령관이 그에게 직접 한 말은 어쩌면 르옌이 돌아오지 않을지도 모른다는 것이었다.

시단은 그녀가 모르가나의 주둔지에 간 사실도 뒤늦게 알았다. 간자라며 그들을 박대했으면서 왜 르옌을 모르가나까지 보냈는지는 차마 묻지도 못했다. 라르크에서 왕 다음으로 높다 알려진 흑발 흑안의 사내가 두려워서.

뛰쳐나오듯 가출해 자원병이 된 이후 시단은 상상도 해 본 적 없던 많은 두려움을 마주해야 했다. 어제까지는 견딜 수 있었다.

시단은 본디 평범한 청년이었다. 그의 누이처럼 천부적인 재능이 있는 것도 아니었고, 자경단원에 지원하기 위해 매일같이 스스로를 갈고 닦았던 큰형처럼 검술이 뛰어난 것도 아니었다. 그를 버티게 한 건 에이반을 죽인 모르가나를 향한 적대감뿐이었다. 하지만 말단 병사로서의 삶도 어긋나 제 누이마저 죽게 될 거라 생각하니 무엇을 위한 싸움이었나 싶었다.

구수한 밀기울 볶는 냄새가 풍기던 집이 그리웠다. 아버지가 떠오르고, 어머니가 보고 싶었다. 지붕 낡은 오두막 위 향긋하게 퍼지던 제철 과일 향이 좋았던 마을이, 요란하게 투덕대던 낡은 지붕 아래의 삼 남매가 그리웠다.

자꾸만 눈물이 나려는 것을 참아 눌렀다.

그리고 그림자가 완전히 발밑에 갇힐 즈음의 정오.

긴장으로 단단히 곤두선 그들의 촉각에 다그닥다그닥대는 발굽소리가 잡혔다. 낮은 망루 위의 경계병이 반은 검고 반은 하얀 깃발을 큰 반원을 그리며 흔들었다.

"돌아오고 있습니다!"

팽팽했던 긴장이 끊어짐과 동시에 여기저기서 안도의 한숨이 터져 나왔다. 시단은 입술을 우그러뜨리며 팔뚝으로 눈가를 훔쳤다.

군사들의 행렬에 섞여 귀환하는 덴과 르옌을 발견한 시단은 그도 모르게 뛰쳐나갔다. 최고사령관이 지척에 서 있다는 것도 까맣게 잊었다.

"누나!"

그를 발견한 르옌이 말에서 내려 다가왔다. 르옌이 온 힘을 다해 시단을 끌어안았다. 르옌의 따뜻한 품에 안겨 시단은 히끅거렸다. 목과 가슴 사이 어딘가를 포악한 손길이 쥐어뜯은 듯 아려 와 아무 말도 할 수가 없었다.

"시단."

르옌이 나직하게 그의 이름을 불렀다. 어느 습한 여름 날, 풀벌레 우는 소리 가득하던 시골길을 걸으며 울던 동생을 달랬을 때와 같은 음성으로.

"르옌, 르옌, 괜찮은 거 맞지."

"그래, 괜찮아."

르옌의 말이 끝나기 무섭게 그의 눈동자에 차오른 눈물이 금세 후드드 떨어져 내렸다. 한 번 터진 설움은 멎을 줄 몰랐다.

"누나, 누나…… 정말 괜찮은 거지?"

르옌의 상처투성이 주먹을 감싸 쥔 시단은 연거푸 사죄했다.

"내가 잘못했어. 누나, 미안해."

"아니, 됐어."

"아냐, 내가, 내가 잘못했어어어…… 르예에엔…… 흐, 허어엉."

시단은 가슴 저린 후회로 응석처럼 울었다. 눈물을 그칠 수가 없었다.

어떻게 돌이켜야 할지 몰랐다. 할 수만 있다면 돌아가고 싶었다. 그녀가 저를 쫓아 이곳까지 오기 전으로. 아니, 형이 죽은 직후라도 좋다. 그 한 치 앞도 보이지 않던 자욱한 상실의 비통함, 홀로 감당했어야 했다. 어리석은 치기로 분노해 무엇도 아닌 자신이 모든 것을 망쳐 버렸다.

울음으로 말조차 제대로 잇지 못하는 청년과 그 청년을 아이 달래듯 다독이는 여자의 풍경은 전장에선 보기 힘든 장면인지라, 다들 침묵으로 그들의 시간을 존중했다.

르옌이 답했다.

"네 탓이 아니야."

진심이었다. 내버리면 그만일 것을 끝내 어깨에 모든 것을 지고 달려 나온 것은 자신이었다. 전쟁터로 뛰쳐나가 멋대로 죽은 것 또한 에이반의 선택. 에이반의 죽음에 분노해 달려온 것 또한 어쩔 수 없는 시단의 선택이었을 것이다. 그리고 페이작을 등지고 다시 시단에게로 되돌아온 것도, 선택이다.

뒤에 두고 온 페이작을 떠올리니 참을 수 없이 눈가가 홧홧해졌다. 그녀는 시단을 끌어안은 팔에 힘을 주었다.

"누나, 미, 미안해……. 다시는, 다시는 고집부리지 않을게……

누, 누나, 울어?"

치솟은 체온보다 뜨거운 눈물이 아팠다. 르옌은 뒷목이 으깨지는 듯한 무게감을 견뎌 냈다.

진영 앞에 멈춰 선 하얀 늑대의 깃발이 장엄했다. 파사드는 가까워지는 선두 무리로 다가갔다. 에반부르가 심상찮았다. 자칼린이 급히 달려와 소리쳤다.

"군의관! 군의관을 불러 주십시오! 할드로프 경이 부상당하셨습니다!"

시립해 있던 군사들이 일순간 술렁이기 시작했다. 할드로프 경이? 말 위에 겨우 버티고 앉은 핏기 없는 에반부르를 마주한 파사드의 입술이 굳어졌다.

"어찌 된 일이냐?"

"도망치는 와중 어깻죽지 쪽에 화살에 맞으셨습니다. 그래서 귀환이 조금 지체되었습니다. 어서, 할드로프 경을 모셔!"

자칼린이 대놓고 고함을 치지 않으면 안 될 만큼 에반부르의 상태는 좋지 못했다. 파사드의 표정도 자못 살벌하게 일그러졌다.

"그들이 의전을 어기고 공격했단 말인가, 체사 경?"

"아니, 그건 아닙니다만. 그러려고 해서 먼저 선빵 날리고 왔습니……."

그때 에반부르의 힘없는 손이 자칼린의 뒷통수를 날렸다. 빡 소리가 남과 동시에 자칼린이 뒷통수를 감싸며 고개를 숙였다.

"으악, 할드로프 경, 인간적으로 머리는 건들지 맙시다. 환자가 힘이 왜 이리 세!"

"칼란독 경, 내 작은 체사 경 때문에 제명에 못 죽지 싶소……."

파사드는 힘겹게 말에서 내리는 에반부르를 부축했다.

"농을 하실 기력이 있으시니 다행입니다."

"······좀 쉬면 나아질 거외다. 거, 화살 처음 맞은 것도 아니니 유난스레 굴 것 없네, 다들."

에반부르의 허연 낯색을 착잡히 바라보던 파사드가 한결 낮아진 음성으로 물었다.

"······여의치는 않은 상황이나, 답은 가지고 오셨습니까?"

에반부르가 희미하게 웃었다. 눈앞이 가물가물하고 고열이 치솟아 당장이라도 숨이 넘어갈 것 같았지만 그래도 임무는 다해야 했다.

"살다 보니 이런 일도 있구려. 브류나크에겐 영광이 아닐 터이나 내겐 썩 감격스런 일이지."

파사드에게는 충분한 답이었다. 파사드의 시선이 미끄러져 제 동생을 끌어안은 르옌에게로 향했다.

그날 밤, 파사드는 뮈아드로의 독존에게 파발을 띄웠다.

북부의 제일 기사, 늑대들의 주인, 뮈아드로의 영주이자 모든 브류나크의 주인이신 폐하께 올립니다.

소신 작위공 파사드 칼란독, 폐하의 충직한 신하로서 명에 따라 모르가나와 일전을 치르고 있습니다. 약 한 달 하고 스무 날 전, 모르가나의 최고 사령관이 교체되었습니다. 경황없어 보고가 늦음을 용서하십시오. 그는 다름 아닌 모르가나 중앙 15개 가문 중 하나인 마리포사 가문의 주인이며, 라르크를 배반한 변절자의 후손인 발로이드 이세르스 마리포사로, 수년 전 스스로의 이름을 개명했던 바로 그자입니다. 사태가 긴박하여 재량으로 그를 맞이하고 있으며 제 모든 판단과 행위는 라르크를 위한 용맹한 정신에 기반하였습니다. 믿고 윤허하신다면 당분간의 보고는 완전한 승기를 잡은 이후에 상하겠습니다. 영원불변의 북부의 주인께 읍합니다.

각원 도트발 잔트 기릭 899년 열째 달 이레,

라르크 수비군 총 책임자 파사드 칼란독 공 브류나크 인印.

◈··◈

자칼린은 최대한 스스로의 업적을 그럴듯하게 말하기 위해 말을 골랐다. 공중변소에서 변을 당해 똥 밭을 뒹굴며 접촉을 했다고 말하기에는 너무 멋없어 보인 탓이다.

"제가 잠깐 그들의 눈을 피해 모르가나의 둔영을 시찰하던 중에, 돌연 밤 늑대가 제게 먼저 접촉을 해 왔습니다."

예상치 못한 단체의 거론에 짧은 침묵이 감돌았다. 중년의 기사 타라옛의 눈이 가늘어졌다. 통칭 이름 없는 늑대들이라 불리는 그들은 국왕 테른도크의 직속 첩보원들이었다.

낮 늑대는 비교적 드러나 있으나, 밤 늑대는 보다 은밀히 움직이는 것으로 유명했다. 온전히 왕가에만 충성하는 자들이라 파사드조차도 그들의 내막에 대해 아는 바가 드물었다. 라르크인들조차 그 존재를 잘 알지 못할 만큼 베일에 싸인 존재다. 그런 그들이 먼저 모습을 드러냈다는 게 놀라웠다.

"밤 늑대라면 폐하의? 저들의 주둔지에도 있었나."

"그렇더라고요."

에반부르의 부상에 가장 크게 흥분해 있던 덴작이 신경질적으로 물었다.

"아니, 그런데 모르가나 측에서 체사 경을 마음대로 돌아다니게 두었다는 겁니까?"

"그건 아니었지만 제 넘치는 재기가 틈을 만든 것 아니겠습니까?"

"지금 그리 눙쳐 넘길 때입니까? 칼란독 경의 면전입니다."

"아니, 지금 죽다 살아난 건 난데 왜 듀사크 경이 신경질을 내십니까?"

"워워. 진정들 하시게. 듀사크 경도 우선 진정하고 듣게나. 자칼린 엔도가 아닌가."

타라옛의 말에 자칼린이 턱을 슬쩍 치켜들어 보였다. 따지고 따져 자칼린이라면 충분히 가능할 것 같다는 생각이 들긴 했지만 찜찜함이 완전히 가시는 건 아니었다. 저 오만방자한 표정 때문에 더더욱.

실제로 자칼린은 이유나 과정이 어찌 되었건 간에, 결과적으로 영웅이 되었다는 자아도취에 빠져 있었다. 그의 인생 최초로 똥 밭에 뒹군 날이었다. 체사가의 일원으로서는 전무후무한 일이리라.

처음에는 기습당한 줄 알고 얼마나 놀랐는지. 심장 떨어지는 줄 알았다.

―소리 내지 마십시오.

소름 끼치게 갈라진 낮은 목소리가 바로 코앞에서 울렸다. 그를 똥 밭에 처박은 무례한 모르가나인의 것이었다. 검은 사자의 완장을 차고 있던 사내는 적이었다. 그러나 자칼린이 반항하지 못했던 것은 이어진 한마디 때문이었다.

―사투르가 귀레 브류나크. 저 또한 늑대의 종복입니다. 당신이 위대한 라르크의 체사 경이라 알고 있습니다.

모든 것은 브류나크를 위하여.

스스로를 증명하는 암호처럼 읊은 고어는 모르가나의 일개 기사가 입에 담기에는 은밀한 것이었다. 밤 늑대다. 단숨에 직감했다. 어안이 벙벙해 눈만 끔뻑대고 있으니, 상대는 자칼린의 허리춤에 작게 찢은 서신을 쑤셔 넣었다.

─발로이드가 둔영 동부의 마리포사 군을 움직여 함께 온 라르크의 기사들을 살해할 겁니다. 현재 그쪽에 내분이 일어나 지체되고 있는 지금이 적기입니다. 빠져나가 이 서신을 위대한 브류나크를 위해 전달하십시오. 당신들의 말은 제가 이곳에서 조금 더 서쪽의 울타리 앞으로 옮겨 두겠습니다.

기억에서 깨어난 자칼린은 최대한 그때의 감정에서 두려움을 배제한 채 의기양양하게 말했다.

"발로이드 페이작이 사신 대표가 진영에 든 틈을 타 대기 중인 라르크의 기사들을 기습할 거라는 이야기였습니다. 그가 제게 아군들의 말을 빼돌려 제가 그…… 그자와 조우했던 곳 근처에 매어 두겠다고 했고."

"그자와 조우했던 곳?"

"……아, 그건 별로 안 중요하고요."

"어찌 되었건 체사 경, 그걸 그대로 믿었다는 말인가?"

"보십시오. 그리고 무작정 믿지 않기에는 그 후에 벌어질지 모를 일의 위험부담이 너무 컸습니다. 저는 그래서 최대한……."

파사드가 그들의 대화를 자르고 명했다.

"서간부터 보여라."

자칼린이 꺼내 놓은 구겨지고 오물 냄새가 나는 서찰을 못마땅한 듯 내려다보던 파사드는 이내 납득했다. 서신에 세 갈래 교차된 발톱 모양의 혈인이 남아 있는 것으로 보아 진실일 가능성이 컸다.

"하면 저들이 전시 의전을 어기고 사신들을 공격하려 했다는 증거는 있나?"

"그거 말고요? 없습니다."

자칼린의 뻔뻔한 답에 기사들의 표정이 구겨졌다. 일단 그렇다고 하니 믿겠다마는, 결론적으로 라르크가 먼저 모르가나의 기사들을 공격하고 도망친 셈이라는 말 아닌가? 다행스러운 것은 저들이 돌아온 후에도 발로이드가 아무런 불만도 드러내지 않고 있다는 것이다.

"하지만 저놈들이 지금 잠잠한 것은 찔리는 게 있다는 거 아니겠습니까?"

자칼린의 말에도 일리가 있었다. 전시 의전을 어긴다는 건 전 대륙적인 질타를 피하기 어려운 불명예스러운 일이었다. 발로이드가 무슨 생각을 하고 있는지는 모르겠지만 만일 사실이라면 이번 일은 정당방위였다.

잠시 후, 타라옛이 조용히 물었다.

"그나저나 할드로프 경이 공격당하셨다고…… 경은 상태가 어떠십니까?"

도망쳐 오던 중 에반부르는 레이리스 엘폰느라 했던 계집 기사가 쏜 화살을 피하지 못했다고 했다. 상태가 썩 좋지만은 않았지만 위독한 것도 아니었다. 파사드가 한 손으로 이마를 문지르며 답했다.

"아직 자유롭게 거동할 수 없는 상태다."

타라옛이 혀를 쯧 찼다.

에반부르 팔다고 할드로프는 이십 년 가까이를 전쟁터에서 버텨온 전장의 고목과도 같은 존재였다.

가문과 할드로프령 브리옴도 일찍이 어린 자식에게 물려주고 위험한 국방의 의무를 피하지 않는 그의 용맹은 누구도 함부로 깎아내릴 수 없는 것이다. 비록 할드로프가에 대한 좋지 않은 소문은 있지만 이유야 어찌 되었건 간에, 에반부르는 그 자제로 존경스러운 기사였다. 에반부르가 모르가나의 진영에서 부상을 당했다는 사실은 기사들의 노기를 끓어 올리기 충분했다. 파사드도 마찬가지로 노했다.

뿐만 아니라 전시 의전을 무시하고 라르크의 기사들을 토벌하려 했던 발로이드의 무도함은 기사로서, 사령관으로서 도저히 용납키 어려운 것이었다.

"카바인 경, 발로이드에게 다음 회전과 회전지에 대한 제안서를 보내라."

이틀 후, 발로이드의 진영 내에 피바람이 불었다는 보고가 들렸다. 그리고 합의하 약속된 회전일은 여드레 후 해 저물녘이었다.

'삭신이야……'

에반부르는 뼈근한 부상에 멍청히 천장만 바라보고 있었다.

등짝이 아프기도 하고, 어깻죽지도 아프고, 목덜미가 아프기도 하고, 당최 꿈쩍하기도 어려웠다. 아슬아슬하게 치명상을 피한 것이야 다행이지만 꼼짝도 못하게 되어 버렸으니 영 입안이 썼다.

에반부르는 옆 침상에 누워 있는 르옌을 돌아보았다. 르옌은 등의 열상들에 염증이 재발해 앓아누운 채였다.

둘 다 환자의 꼴이다. 그녀와 한 막사에 누워 간병 받는 동안 에반 부르는 많은 생각을 했다. 그리 속을 썩였다면서도 또 동생이라고, 자질구레한 일까지 도맡아 누이를 간호하는 시단을 보는 것도 늙은 마음에 파문을 일으켰다. 그에게도 큰딸과 막내아들이 있었다.

나란히 천장을 보고 누운 르옌과 에반부르는 서로의 존재만 인지하고 있는 정도로 시간을 보냈다. 그러길 한 이틀째 되던 날 오후였다.

웬일로 시단이 르옌을 두고 자리를 비웠다. 한참이나 천장만 올려다보던 에반부르가 느릿하게 잠긴 목소릴 냈다.

"데투아 양, 몸은 좀 괜찮소?"

기대도 않았으나 답은 돌아오지 않았다. 잠이라도 들었나 싶어 고개를 돌린 에반부르는 그녀가 넋을 놓고 있는 것을 발견하고 다시 한 번 소리 냈다.

"허허, 이 늙은이를 혼자 떠들게 할 셈이요? 몸은 좀 어떠시냐 물었는데."

"……아, 잠깐 정신을 팔고 있었습니다. 괜찮습니다."

에반부르는 그로 만족한 미소를 지으며 혼잣말처럼 이었다.

"조금 늦은 말이다마는 데투아 양은 잘 선택했소. 만일 그때 돌아오지 않겠다고 했다면 체사 경이 아닌 내 검에 베였을 거외다."

"압니다. 브류나크가 아무 대비책 없이 저를 그곳에 보냈을 거라고 생각한 적 없으니."

"거 참…… 이 늙은이, 오래 살아 볼 꼴, 못 볼 꼴 다 보고 살았지만 그대 같은 아가씨는 본 적도 없네그려. ……한 가지 물어도 되겠나?"

엎드려 그를 외면하고 있던 르옌이 그쪽으로 고개를 돌렸다.

"그 전에 제가 한 가지 물어도 되겠습니까, 할드로프 경."

"대화란 원래 주거니 받거니 하는 게지. 숙녀에게 먼저 기회를 주지."

"왜 당신들은 페이작 돌레한을 내버려 두었습니까?"

입술을 다문 에반부르는 이질적인 이름에서 발로이드를 연상하고는 힘겹게 웃음을 자아냈다.

"……데투아 양, 나는 오래전의 일은 모르외다. 서책에 남은 기록을 눈으로 훑어 외운 것 말고는 아는 것이 아무것도 없지. 내가 알기로 페이작 돌레한은 라르칼리아의 멸망 직후 모르가나로 도주했고 그대로 모르가나의 황제에게 충성을 맹세했다 알려졌네. 라르크가 변절하라 등을 떠민 것이 아니외다. 변절은 그 스스로가 한 것이지."

"······."

"많은 청년들이 그리 믿고 자라듯이 나도 그리 믿어 자랐다네. 그러면 이제는 내가 묻지. 데투아 양은 어째서 그곳에 남지 않았소이까? 이곳에 남은 동생 때문이라고는 하지 마시게나. 내 데투아 양이 작은 체사 경이 그 말을 하기 전까지 동생을 까맣게 잊고 있었다는 것에 기사의 생명인 손이라도 걸 수 있을 만큼 확신하니."

한참을 침묵하던 르옌은 담담히 인정했다.

"부정하지 않겠습니다."

"진정 라르칼리아라면 칼란독 경과는 몹시 껄끄러울 테지. 이제 데투아 양의 입장이 몹시 곤란해질 수도 있다는 건 알고 계셨겠지. 브류나크가 있는 진영이 아닌가. 라르칼리아라니."

"······당신께서는 이해하지 못하시겠지요. 저도 저를 이해하지 못하니."

에반부르는 문득 아린 가슴에 희미하게 미소 지었다.

"······이것은 좀 다른 말이다마는 애국에는 제각각의 이유가 있다 여기네. 제각각의 형태로 굳어지는 애국의 포석에는 어떤 고결하고 흠집 없는 과거라거나 동기가 필요한 것이 아니겠지. 나부터도 그리 흠결 없는 자가 아닌 것을."

"······."

"군사들만 해도 그렇네. 이곳 전쟁터에 참전한 이들 중에는 죽음을 두려워하면서도 제 가족이나 주위 사람들을 지키겠다는 일념으로 자원하는 이들이 더러 있소. 공을 세우겠다는 일념으로 애국을 행하려는 이들도 있지만. 어쨌든 데투아 양에게도 무언가 데투아 양을 붙잡고 있는 것이 있겠지. 그것이 가족이든, 군공이든, 무엇이든 간에."

르옌은 에반부르의 가슴 넓은 이야기를 귀에 담았다. 그녀 역시 공감하는 바였다.

"나만 해도 그렇소이다. 내가 이 나이가 먹도록 전쟁에 자원하여 이리 목숨을 걸고 싸우는 것은 내가 외세를 뼛속까지 배척하는 골수분자이기 때문도, 전쟁터를 좋아해서도 아니외다. 재미없는 늙은이 이야기 하나 들어 보시겠나?"

한 막사에 나란히 누워 있는 마당이니 어차피 그가 입을 연다면 꼼짝도 못하고 들을 수밖에 없을 터였다. 르옌은 말없이 고개를 끄덕였다. 그녀는 에반부르가 싫지 않았다. 에반부르는 르옌이 라르크의 진영에 발 디딘 후로 초지일관 한결같은 태도로 대해 준 몇 없는 사람이었다.

"이건 다른 녀석들에게도 한 적 없던 말이라네."

"영광인 겁니까?"

"영광까지야. 별것 없는 이야기니 기대는 마시게."

흔흔한 웃음 섞인 목소리에 르옌이 긴장을 풀고 마주 웃었다.

"나도 젊을 적엔 꽤 혈기가 넘쳤지. 세상에서 제일 어여쁜 아내를 두고 슬하에 자식 셋을 두었다네. 첫째는 딸이었지만 둘째와 막내는 아들이었지. 딸아이는 오래 전 출가하여 라르크의 서쪽에 머물고 있는데 잘 지내는지 모르겠군……. 일리리안 자작가에 시집 보냈지. 슬하에 있을 때는 그리 철딱서니가 없었는데, 이제는 다 자라 엄격하게 자작 부인 노릇을 하고 있다더군."

에반부르의 목소리에는 약간의 자랑스러움이 배어 있었다. 듣는 이의 마음까지 따뜻해져 르옌의 입가에도 엷게 미소가 어렸다.

"그렇습니까."

에반부르가 조금 간격을 두고 말했다. 목소리가 조금 전과는 달리 맨 듯 잠겨 있었다.

"⋯⋯그리고 둘째인 장남은 가문의 족보에서 파내어 내쫓았지. 막내 녀석이 올해 스물여섯쯤 되는데, 대신 가문을 짊어지기 위해 고군분투하고 있다네."

르옌은 제 가문의 치부를 드러내는 에반부르의 옆모습을 응시했다. 에반부르는 길게 숨을 고른 후 운을 뗐다.

"⋯⋯혹 에스란드를 알거나 기억하고 계시는가?"

"모릅니다."

"예전에 라르칼리아의 마지막 여왕이 병합했던, 일전에 데투아 양이 언급했던 거꾸로 오르는 폭포가 있는 명소로 유명한데 어찌 모르시나? 별돌을 캐는 곳 말이야."

"별돌 채집지인 에센바르크 말입니까?"

"⋯⋯아? 아아."

에반부르는 오래 전의 지명에 자못 당황한 것처럼 입술을 다물었다가 뗐다.

"지명이야 어찌 되었건 간에, 이 일을 들은 적이 있으실는지 모르겠네. 십사오 년쯤 되었나. 그 에스란드에서 난이 한 번 일어났었네. 봉기는 선대 브루나크에 의해 진압되었고 말일세. 그들이 들고 일어난 이유는 라르크로부터 독립고자 함이었지. 규모가 작은 사건이었음에도 조사 후에 드러난 연루자들이 수두룩하게 많았다네. 그때 죽은 이들 중에는 나와 썩 가까웠던 자들이 더러 있었지."

아마 그녀가 예닐곱 살쯤 되었을 때 벌어진 일인 듯했다. 당시 그녀는 혼란한 옛 기억을 감당하는 데에 벅차 바깥일 무엇에도 신경쓰지 못했다.

"내 가문과 썩 가까운 위치에 있던 귀족들이 줄줄이 처단당하는 모습을 보는 건 나로서도 즐겁지 않았다네. 내 자식들의 눈에도 그리 보였겠지."

"힘이 드시면 말하지 않으셔도 됩니다."

"그냥 들어 보시게. 내 새끼지만 첫째인 딸아이는 조금 이기적인 구석이 있고, 막내는 유순하기가 그지없다네. 그리고 장남은 어릴 적부터 학구열이 넘쳐나고 또랑또랑한 녀석이었어. 사학에 특히나 관심이 많았지. 그런데 관심이 많은 만큼 역사의 이면에 있는 비화 따위에 쉬이도 현혹되었던 모양이야."

"……."

"에스란드와 연루되었던 가문 중에는 타스라는 가문이 있었는데, 그 가문의 꼬맹이와 친했던 내 장남은 그 후로 점점 우중충해지더군. 나는 그냥 내버려 두었다네. 어차피 이미 죽은 자들을 어찌하겠는가 싶기도 하고……."

"그러셨습니까."

"그랬더니만 그 녀석이 점점 불온한 세력들과 어울리기 시작한 거지. 에스란드의 잔당들에게 가문의 이름으로 거처를 마련해 주는 어리석은 짓도 서슴지 않고, 그들과 밤새도록 머리를 싸매고 이야기를 나누었지. 내막을 잘 몰랐던 나는 간혹 그가 엉뚱한 짓을 한다는 것을 알았지만 별일이 있겠나 하며 넘겼고, 장남을 말려야 한다는 딸아이의 조언도 무시했다네. 당시에 나는 내 땅 브리옴이 아닌 수도 뮈아드로에 머물며 나름대로 바쁘게 살아가고 있었으니 말이야. 정신이 없었지."

에반부르의 목소리는 점점 더 작아졌다.

"그런데…… 에스란드의 봉기가 있은 지 얼마 지나지 않아서일세.

폐하의 칙령에 의해 에스란드의 잔당들과 반라르크 세력의 잔당들이 검거되었다네. 그 안에 내 아들이 끼어 있다는 것도 잡혀 온 아들을 발견하고야 알게 되었지."

"……."

"그때의 심정으로 말할 것 같으면, 그래, 사실 나는 데투아 양이 스스로를 라르칼리아라 주장한 것보다도 더 놀랐네. 일생에 내 그만큼 놀란 적이 없었을 게야."

너스레를 더하는 에반부르의 언변에 르옌이 설핏 웃었다. 에반부르는 희미하게 웃으며 다시 말을 이었다.

"세가 위축되는 라르크를 우려하던 폐하께서는 당시 금서를 비롯한 불온사상의 탄압을 강화하고 계셨고, 나는 그를 지지하는 팔란들과 궤를 같이하는 귀족 중 한 명이었지. 그런데 당원의 장남이 가문의 자금을 빼돌려 불온 분자를 지원하고 뜻 같은 자들을 규합하고 있다는 건 더할 나위 없는 중죄. 이름 올린 것만으로도 사형에 준하는 불충이며 일가 효수가 되어도 모자라지 않은 일이었지. 당시 사로잡힌 이들은 전부 육시되어 귀자로 성벽에 걸렸으니, 폐하의 진노가 얼마나 컸을지 짐작하시겠나."

"……꽤 힘드셨겠습니다."

"힘들기보다는 분노했고, 분노보다는 수치스러워 차마 얼굴을 들 수가 없더군. 폐하께서는 그간 할드로프가의 가신들이 대대로 라르크를 위해 헌신한 점을 참작하시어 내 아들의 손목 힘줄을 끊어 놓고 유배를 보내는 것으로 치죄를 다 하셨네. 나는 그마저 부끄러웠네. 차라리 당당하게 목을 베어 불충을 씻어 주십사 청하고 싶은 마음이 굴뚝같았건만, 또 내 새끼라고 차마 죽이라는 말이 나오지 않더군."

르옌은 자식을 애정으로 돌본 기억이 없어 모르나, 시단을 두드려 패겠다고 마음먹고도 멍청하니 제 꽁무니를 따라다니는 시단과 얼굴을 마주하면 그 마음이 씻겨 나가는 것과 비슷하지 않을까 생각했다.

"그리고 폐하께서는 마지막 커다란 대못을 박았지. 가문이 죄 갚음을 다할 때까지 그는 영원불변히 유죄라. 라르카드단으로 가지 못하는 것은 당연한 일이고, 일생 죄인으로 살게해야 한다는 것이었지. 그래서 나는 냉정하게 그 녀석을 할드로프의 호적에서 제했다네."

"......"

"냉혹한 일이라는 것 나도 아네. 하지만 호적에서 제한다 해도 내 가문에서 난 녀석이라는 건 변함이 없었으니까. 당시 나는 수치스럽고 부끄러웠다네. 그래서 어떻게든 명예 회복을 해 보고자 검을 들었어. 분쟁이며 전쟁이며 벌어지는 족족 자원했지. 열 살도 되지 않은 막내에게 가문을 내팽개치듯 떠안기고."

"그러셨군요."

"그러다 보니 어느새 아국을 위해 싸우며 좋은 상관을 보좌하는 데에 만족을 느끼는 삶을 살게 되더군. 어릴 적 내버려 둔 막내는 훌쩍 커 지금은 어른이 되었고, 내 부인은 그러던 중 별세하였고, 간간이 연통이나 주고받는 딸아이로부터 마지막으로 내게 들려온 장남의 소식은 광증에 미쳐 간신히 숨만 붙어 있다는 이야기였는데도 말이야."

담담히 이어지는 그의 역사를 르옌도 담담히 경청했다.

더 이어질 듯하던 이야기가 잠깐 그쳤다. 에반부르가 힘겹게 그녀를 향해 고개를 돌렸다. 노기사의 강강한 눈빛에는 한 치의 거짓 슬픔도 배어 있지 않아, 르옌은 조금 탄복했다.

"내 사랑하는 부인이 별세를 했을 때도, 늘 아픈 손가락처럼 가슴에 박혀 있던 아들이 광증을 앓는다는 이야기를 듣고도 아무렇지도 않더군. 그놈이 죽으면 가문의 죄가 씻길 거라는 생각도, 일생을 반불구로 살아가다 죽어야 할 내 자식에 대한 연민도, 아무것도. 처음에는 주위를 돌보는 것을 포기하고 사람 죽이는 일로 가문의 명예를 되찾으려 한 사내에게, 가문의 오점이 죽는다는 게 대수겠나 그리 넘겼지."

에반부르는 오래도록 전쟁터에서 살아온 자였으므로 르옌은 감히 그의 속을 이해했다. 전쟁은 인간을 인간이 아니게 만든다. 그녀 또한 겪었던 것이었다.

"처음에는 내가 망가졌다는 것도 몰랐다네. 하지만 내게 조의를 표하는 이들, 유감을 표하는 이들이 나보다 더 안타까워한다는 것을 느낀 후에야 내 어딘가가 망가졌다는 걸 알았지. 후회하는 것은 아니라네. 그러나 이와 같은 삶이 좋은 삶이라 말하지는 못하겠네. 나는 전쟁이 싫다네. 그렇지만 너무 이리 오래 살아와 그저 이리 싸우다 죽거나, 전쟁이 끝난 후 어딘가에 은거하여 살아가다 죽게 될 미래 말고는 딱히 바라는 것도 없지."

그가 하려는 말의 요지를 읽어 낸 르옌이 입술을 다물고 반대편으로 고개를 돌렸다.

"……할드로프 경, 제 사정은 보다 복잡합니다."

"사람 사는 것 다 비슷하지 않던가. 충격과 평온이 번갈아 가며 찾아와 인생의 굴곡을 만들지. 자세한 내막은 모르나 데투아 양이 바라지 않은 상황에서, 뜻하지 않은 자를 만났다는 것쯤은 감히 짐작해 보겠네. 하지만 그런 게 데투아 양에게만 일어난 비극일까. 낸들 내 자식이 반역 잔당들과 어울려 뜻 맞추리라는 것을 짐작했을까. 아예 미쳐 버려 손가락질당하리라 생각했을까."

세상에는 많은 비극이 있다는 것을 모르지 않는다. 그러나 르옌은 제게 닥친 비극을 고스란히 받아넘길 만큼 가슴 넓은 여자가 아니었다. 그녀가 용인할 수 있는 선은 분명했고, 그 선은 그녀의 전생과 이생을 관통한 신념과도 닮아 있었다.

"사실 객관적으로 평하자면 데투아 양은 그냥 데투아 양이고 발로이드는 그저 광증에 시달리는 모르가나의 기사일 뿐이지. 내가 데투아 양에게 이리 말하는 건 딱해서만이 아니네. 나는 걱정스럽다네. 데투아 양은 소기에 시단 데투아 군사를 찾으러 왔다 하였는데, 몇 달도 지나지 않아 나는 데투아 양이 그때의 양이 맞는지 싶었네. 특히나 발로이드의 뺨을 후려쳤을 때 그대는 대체 누구였나."

"……."

"알고 있겠지만…… 데투아 양이 스스로라 주장한 라르칼리아의 이름은 이 땅에는 더 이상 존재해서는 안 되는 걸세. 아무리 부정해도 현실은 바뀌지 않고 세상이 바뀌지 않으니, 살아남으려거든 인간이 바뀌어야 하는 게요. 그러니…… 이 늙은이는."

"……."

"아가씨가 더 늦기 전에 떠나셨으면 좋겠구려."

그는 진심을 다해 충고했다. 안 하던 이야기를 하다보니 자식들이 부쩍 그리웠다. 그러나 서신 한 통 쓸 엄두가 나지 않아 연을 끊다시피 산 지 오래라.

외인이 된 장녀 예타는 그를 아버지라 생각지 않았고, 장남은 손 쓸 수 없이 망가져 있었으며, 할드로프령 브리옴과 가문을 책임지고 있는 막내아들인 레작에게는 제 스스로 면구하여 안부를 남길 엄두를 내지 못하였다. 사실 물려줬다 하기도 그렇다. 에반부르의 방치에 체사 백 루가크가 얼마나 안타까워하며 열 살 겨우 넘은 막내아들의 아비 노릇을 해 주었는지를 생각하면.

"칼란독 경에게 여쭈니, 지난 번 파발에는 라르칼리아에 대한 것을 폐하께 고하지 않으셨다 했네. 칼란독 경의 마음만 돌린다면 애초 그대가 원했듯 산 동생과 함께 명예 전역을 할 수 있을 걸세. 미덥지 않은 약조라지만 내가 힘써 보리다. 발로이드니, 전쟁이니 하는 것들 다 잊고, 전쟁은 치러야 할 이들에게 맡기고 훌훌 떠나시게. 올조르를 무너뜨린 데 도움을 준 것만으로도 충분하니."

"……."

"스스로를 무엇이라 믿든, 그만두시구려."

진심 어린 조언이 그녀의 마른 가슴을 적셨다.

르옌은 제 가문의 치부까지 드러내어 그의 긴 역사를 엿보게 해 준, 말을 잇는 동안 수많은 만감을 이겨 내야 했을 노기사에게 감사를 표했다. 분명 그의 조언은 합당했다.

그러나 현실은 늘 합당한 선택으로만 이루어지는 것이 아니다.

※・→・※

이튿날, 르옌은 파사드와 마주앉았다. 경위는 중요하지 않았다. 서로가 바라던 바였기 때문이다. 신경전처럼 날카로운 침묵 끝에 르옌이 먼저 서두를 열었다.

"스완 세칼리드 라르칼리아. 그것이 내가 기억하는 내 이름입니다."

"……라르칼리아. 가당한지를 물어야 하나."

"나도 어떻게 이런 일이 벌어진 건지 잘 모릅니다. 말할 수 있는 건 내가 아는 것들뿐이지요. 일곱 살이 되던 해에 무언가가 바뀌었습니다. 그 전까지는 평범한 아이들과 다를 바 없었습니다."

파사드는 르옌이 이어 나가는 사연을 들었다. 담담하여 더 끔찍한 말이었다.

"들어 본 적 없는 목소리의 누군가가 귀신처럼 들러붙어 내 귓가에 이해할 수 없는 말을 속삭였지요. 그 내용은 아직 일곱밖에 되지 않은 아이가 겪을 수 없는 일들이었습니다."

"……."

"분명, 지금 내가 스완이라 그리 말할 수 있을는지는 모르겠습니다. 나는 르옌이라는 이름의 삶도 썩 잘해 냈으니까요. 그럼에도 불구하고 나는 감히 전생이라 일컬을 수 있는 오래전의 시절을 기억했고, 그 시절로 기인하여 많은 것들을 알고 있었습니다. 내가, 여왕이 했던 일들과 여왕이 하고자 했던 일들, 여왕을 따르던 이들과 나를 배반한 이들."

'나를 배반한 이들.'

거기까지 들은 파사드의 눈꺼풀이 느리게 내리깔렸다. 르옌은 멈추지 않았다.

"……한낱 말 팔이의 딸이 하는 말이 귀에 미더울까 싶으나, 내가 그럴듯하게 지어내어 눙칠 수도 있었을 사실들을 속이지 않고 털어놓는 건 믿기 때문입니다."

'믿어?'

한참 후에야 파사드가 열기 없이 자조했다.

"당신이 벨바롯트의 핏줄이라면 적어도 그의 반만큼은 현명할 거라고 믿고."

파사드의 입매가 굳어졌다.

스스로를 라르칼리아라 내세우면서 라르칼리아를 무너뜨렸던 브류나크를 거론하는 건 암묵적인 규율의 위반이었다. 파사드가 입술을 꾹 다물었다 무언가를 말하기 위해 다시 떼려는 순간, 그녀가 먼 저 말했다.

"……나는 올조르의 목전에서 삼 년간 지체하며 협곡 아래 갱도를 만들었고, 협곡에 관한 것 또한 라르크에 숨어든 모르가나의 간자의 귀에 들어갈 것을 경계해 비밀리에 부쳤습니다. 모든 것을 알고 있 는 건 당시 함께 전쟁에 참여했던 제일 기사 페이작 돌레한 라르칼 리아와 한센 두크 체사, 데라 노트진 카난소, 리아크 경, 페오헨 토 즈번 소가 경을 비롯한 지휘 장군 두엇뿐. 그것이 올조르 요새의 지 하 갱도를 알고 있던 내막이라. 한 치의 거짓 없는 진실입니다."

파사드는 어떤 표정을 지어야 할지 알 수 없었다. 물처럼 계속 흐 르는 거짓 같은 폭로에 목 안쪽이 갑갑했다.

"그리고 갱도의 완공을 몇 달 앞둔 어느 날."

르옌이 파사드의 새까만 눈동자를 노골적으로 바라보며 말했다.

"올조르를 무너뜨리고 싶어 숨죽이고 인내하던 어느 날, 막 비가 개고 날이 한층 추워진 새벽녘, 올조르의 목전에 있는 내게 브류나 크의 늑대 압인이 찍힌 한 장의 소환장이 내려왔습니다."

"……."

"측근 중 하나였던 한센 두크 체사가 브류나크의 편에 서 장수들 을 회유해 내 군대를 반토막 냈고."

탁자 아래 쥐고 있던 르옌의 주먹에 힘이 들어갔다. 끓는 부레를 내리누르듯 눈꺼풀을 감고 한참을 숨을 고르던 르옌이 울분 섞인 음 성으로 말했다.

"너희가 발로이드라 부르는 페이작에게 은신할 것을 명하고 나서 홀로 나는 수도로 되돌아갔다."

갑작스레 돌변한 눈빛에 파사드는 짐짓 놀랐다. 그러나 고스란히 날

것의 감정을 토로하는 그녀의 흐름을 끊지도 않았다. 중하지 않았다.

"그리고."

말을 멈춘 르옌이 문득 현실에 앉은 남자를 응시했다.

파사드의 입술이며 턱이며 눈매는 분명 기억 속의 사내보다 사나웠지만 콧날과 눈동자와 머리칼 분명 그와 꼭 닮았다.

르옌은 그녀가 낳았던 둘째 아들인 테지스를 떠올려 보려 했다. 공가를 이어받았다는 벨바롯트와의 아들.

침묵이 길어지자 파사드가 재차 물었다.

"그리고?"

"아니."

르옌은 떨리는 손으로 머리칼을 쓸어 넘기는 시늉을 하며 얼굴을 문질렀다. 한 번 꺼내기 시작하니 걷잡을 수가 없었다. 이자가 벨바롯트가 아니라는 것을 알면서도 그녀는 벨바롯트를 찾으려 하고 있었다.

여왕이 왕궁으로 끌려갔던 그때.

그날은, 하얀 입김이 번지던 새벽이었다. 고드름이 왕궁의 담벼락 아래로 흘러 굳어 있던 늦가을의 정경이 여즉 기억이 난다. 그녀를 맞이한 것은 눈앞의 사내와 닮은 국서 벨바롯트였다.

마지막 기억은 아직도 가슴에 새겨져 있다. 늘 차게 언 호수와 같은 자라 생각했던 사람이다. 그가 눈물로 뒤덮인 얼굴조차 감추지 못하고 엎드려, 마지막 사랑 고백을 흐느꼈던 그날.

문득 그때의 기억이 발끝부터 차올랐다. 정수리까지 잠겨 버릴 듯한 슬픔이었다.

애써 감정을 추스른 르옌이 황급히 대화를 끝낼 기미를 보였다.

"……그게 전부입니다. 나는 부정할 바 없이 내 죄를 시인했습니다."

"너 스스로도 죄라 여기는군."

부정하지 않았다. 후회하지 않음으로써 완벽한 죄. 제 길과 수백만 백성들의 길이 다르다는 것을 이해하지 못하였던 시절이다.

한결 침착해진 어조로 르옌이 말했다.

"말밖에 증명할 길 없는 기묘한 일이기에 누구에게도 소리 내지 못했던 이것들을 대가로, 당신의 믿음을 사기를 청할 뿐입니다."

스물두 해를 살며 단 한순간도 이리 마음 편히 털어놓은 적 없는 이야기였다. 파사드가 믿건 믿지 않건 그녀에게 있어 지금 이 시간은 고해의 시간과도 다를 바 없었다.

파사드가 마른 입술을 열어 물었다.

"……가불가에 관한 것은 지금 묻지 않겠다. 발로이드에 관하여 해명하라."

"페이작은……."

"단순히 이름이 발로이드 페이작이라 하여 그자를 페이작 돌레한이라 확신하나? 그의 이름은 애초에 발로이드 이세르스 마리포사였다. 그가 개명한 것은 고작 수 해 전이다."

"그건 이름과는 상관이 없습니다."

"어떻게?"

글쎄. 르옌은 어찌 설명해야 할까 말을 고르다가 포기하고는 힘없이 입가를 당겨 웃었다. 누구도 그녀를 이해할 수 있으리라 여기지 않았다. 이를 이해할 수 있는 건 페이작뿐이라는 사실을 그녀는 아주 잘 알았다.

"……누가 말해 주지 않고 증명해 주지 않아도 그저 알게 되는 겁니다. 그가 나를 보고 스완임을 알아본 것처럼, 나 역시 그를 알아본 것뿐입니다. 조용한 그 녀석의 눈 속에 숨은 짐승이 한결같은 온도로 내게 향해 있다는 걸 나는 잘 압니다. 믿기지 않겠지요. 쉬이 믿는다면 그게 더 이상해 보일 테지요. 세상 어딘가에 숨어 있는 사술사의 흑마법인지, 전설 속에나 드러나는 불사신의 심장을 씹어 삼킨 것인지 모릅니다. 세상이 어떠한 의도로 나와 페이작에게 새 삶을 허락한 것인지도 모릅니다. 분명한 건, 사실이라는 것뿐입니다.”

르옌은 확고했다. 파사드는 한참을 침묵한 끝에 마른 입술을 뗐다.

“그렇다면 한 가지 확실히 해 두지. 너는 네가 라르칼리아라 주장하는 데에 대한 불이익을 감당하겠다는 건가?”

“불이익이라 하면?”

르옌이 고개를 비스듬 기울이며 미소 지어 보였다.

“하면 뮈아드로로 서찰을 보내 이백여 년 전 배반당한 라르칼리아가 되돌아왔다는 그런 미덥지 못한 말을 해 보실 겁니까. 전쟁을 이끄는 책임자가 망상증에 빠졌다며 불안이 번져 나갈 터인데.”

“네가 과거 무엇이었건, 네가 누구라 주장하건 괘념치 않겠다는 의미다. 애초부터 이번 전쟁의 목적은 시작부터 하나였다. 모르가나로부터의 모욕을 갚고 라르크의 건재함을 알리는 것뿐.”

즉각 반박이 나오리라 예상했던 것과는 달리 르옌은 생각에 잠긴 얼굴을 하기 시작했다.

‘모욕을 갚는다라······.’

그러나 저곳에 있는 건 페이작이다. 그녀는 그를 잘 알았다. 세상 천지에 그가 마음먹으면 누가 그를 무너뜨릴 수 있나. 페이작은 자신과는 다른 의미의 천재이자, 집념의 화신이었다. 그의 집념이 지금 그녀를 이곳에 있게 했다면, 제 영민한 머리로도 따라갈 수 없을 만큼 진득한 원념이 깊숙이 자리 잡아 있을 터였다.

“그래도 이리 버티겠다는 건가?”

─그만두시구려.

에반부르의 조언은 이상적으로 옳았다. 전역하여 돌아간다면 아마 그녀의 삶은 지금보다 평탄할 것이다.

그러나, 저 국경선 건너편에는 그리움 사무치는 과거의 그가 있다. 페이작은 세상천지 자신을 원망하지 않는 단 한 명 남은 전우였다. 그녀는 페이작을 저 모르가나의 주둔지에서 끌고 나오고 싶었다.

"……나는 현 라르크 군의 역량이 어느 정도인지 모릅니다. 그러나 페이작 돌레한의 역량은 잘 알고 있고."

르옌은 제 발언이 눈앞에 있는 사내의 자존심을 짓뭉개는 일이라는 것을 알았으나 개의치 않았다. 외려 조금은 자랑스럽기도 했다. 페이작은 그녀와 꼭 닮은 그녀의 반신이었다.

"북부의 긍지 높은 기사들을 무시하지 마라."

"페이작 역시 북부의 기사였습니다. 북부 제일 기사라는 이름이 그리 가벼울 성싶습니까."

파사드의 입가에 어처구니없다는 듯한 웃음기가 어렸다.

"지금 이 자리가 변절자의 역량을 칭송하는 자리였나?"

"페이작은 무수한 왕국을 공포의 도가니에 몰아넣었던 아국의 제일 기사였습니다."

"페이작 돌레한 마리포사가 그랬다 할지라도, 발로이드 그자는 아니지."

끝까지 부정하는 파사드에게 조금 짜증이 났다. 르옌이 그녀도 모르게 날을 세웠다.

"그게 더 마음이 편하다면 마음대로 생각해도 좋지만."

무어라 반박하려던 파사드는 뒤이은 르옌의 한마디에 표정을 일그러뜨렸다.

"그렇다면 패배할 겁니다."

르옌은 파사드가 노호해 그녀를 축객하기 전에 재빠르게 태도를 바꾸었다.

"신뢰해 달라 구걸하지는 않겠습니다. 먼저 내게 와 페이작 돌레한 라르칼리아의 유언을 전한 것이 당신이었으니, 내 앞에서는 부정해도 이미 머리로는 받아들이고 있다는 것이겠지요."

황당함이 지나치면 화도 나지 않는다고 했다. 파사드의 기분이 꼭 그랬다. 르옌은 조금 목소리를 누그러뜨리고 담담히 말을 마무리할 차례가 왔음을 알았다.

"한마디만 더 하겠습니다. 나는 라르카드단에 이르지 못했지만."

"……."

"그럼에도 라르카드단에서 조우했을 라르크의 수십 명장들의 이야기를 믿습니다. 살면서 단 한 번도 우연이 겹치고, 운명처럼 조우하고, 불가능할 것 같았던 일을 경험한 적이 없다 말하지 마십시오. 내가 지금 당신에게 공손한 태도를 보이지 않으면 안 되는 것처럼 가끔은 그런 일이 벌어집니다."

세상에는 그런 일들이 벌어진다. 거기까지 말한 르옌은 미동 없이 앉은 파사드를 남겨 둔 채 자리에서 일어섰다.

약속된 회전은 내일 오후, 그림자가 남서쪽에 다다를 때였다.

근 보름 만에 재개된 회전을 앞둔 군사들은 걱정과 불안에 물들어 있었다. 파사드가 지나치게 빠르게 공격을 감행하려는 것이 아니냐는 의견도 입에서 입으로 전해지고 있었다.

"지오타르 경으로부터 파발마가 도착했습니다."

야간 훈련으로 북적대는 야영장을 지나치는 파사드는 생각에 깊이 골몰한 얼굴이었다. 테레어드가 다시 한 번 보고했다.

"칼란독 경, 지오타르 경은 이미 약속된 회전지에 이르렀다 합니다."

퍼뜩 정신을 차린 파사드의 걸음이 멈추었다. 그의 까만 눈동자가 넓게 펼쳐진 울타리 저편에 멈추었다. 곳곳에 놓인 모닥불로부터 연기가 피어오르는 게 보였다.

"적들은?"

"저들도 군사 이동을 시작했습니다. 규모는 최초 보고에만 이만 삼천여 명으로."

적들의 총두수는 사만을 훌쩍 넘겨 오만에 근접해 있다 들었다. 약속된 회전지가 그 많은 수를 감당할 만큼 넓지는 않았지만 머릿수로 기선 제압을 하려거든 충분히 더 내보낼 수도 있는 일이었다.

이미 라르크는 모르가나를 두고 수적으로 우위를 점할 수 없었다. 방비를 단단히 하는 것만이 최선이었다. 마지막 파발마의 보고에 의하면 장창 기병이 구성되었다고 했던가. 돌격에 힘을 실으려는 것이다. 그 외에는 일반 기사 오천여 기와 경갑 병, 중장 보병, 소수의 창병과 궁병 등의 잡병들로 구성되었다고. 불확실한 정보지만 모르는 것보다는 나았다.

"지오타르 경에게 만반의 대기를 하고 있으라 전해라. 우리는 내일 새벽 출발하겠다."

"존명."

테레어드는 공손히 고개를 숙인 후 재빠르게 물러갔다.

테레어드를 보낸 파사드는 홀로 남았다. 파사드는 잠깐 멈추었던 생각을 이었다. 르엔 데투아와 발로이드에 관한 단상들이 가장 주된

고뇌였다.

'르옌 데투아가 과거의 사람이라는 것, 가능한지도 모른다. 발로이드가 이백여 년 전의 변절자라. 그 또한 가능한지도.'

이미 고대 문헌이나 기록에는 사술을 행하는 사술사들의 존재를 인정하고 있다. 실제로 증명된 바는 없지만 남아 있는 기록을 믿고 불사나, 저주와 같은 것을 찾아다니는 이들도 있다. 백여 년 쯤 전 남부의 어떤 황제는 불로불사가 되겠다는 포부로 황실의 국고를 죄 탕진하여 세간의 조롱을 사기도 했다.

물론, 지금 가장 그를 번뇌에 빠뜨리는 것은 가불가의 문제가 아니었다. 르옌 데투아가 그렇게 돌아온 이후 발로이드가 아무런 반응도 보이지 않고 있었다.

에반부르의 보고에 따르면 르옌를 향한 발로이드의 언행에는 병적인 느낌까지 있었다고 했다. 파사드 역시 느낀 바다. 때문에 발로이드가 날뛰는 대신 숨죽이기를 선택한 이 시간은 분명하게 파사드의 신경을 거슬리고 있었다.

발로이드로부터 반응이 있어야 개연성이 맞는다. 비단 르옌에 관한 것이 아니라 할지라도.

지난번 일만 해도, 모르가나가 사신에 대한 전시 의전을 어기려 했다는 물증이 없는 상태에서 라르크의 기사들이 모르가나의 기사들을 공격했다. 발로이드는 충분히 그 사실을 약점처럼 잡아 선수를 쳐도 됐을 것이다.

그러나 그들은 그조차도 침묵을 택했다.

'아니면 정말 내분이 일어나기라도 했다는 건가…….'

밤 늑대가 자칼린에게 전했던 밀서에도 그런 내용이 있었다. 하지만 이미 내분을 품고 있다는 이들이 직후 보낸 회전 제의를 아무런 덧붙임도, 조율도 없이 그대로 승낙했다는 것은 모순이었다. 판가름하기 어려운 상황이었다.

얼마간 걷다 말고 생각을 바꾸어 사령부 막사로 되돌아간 파사드는 넓은 탁자 한편에 놓인 밀서를 들어 올렸다. 암호문이 아닌 정자로 쓰인 이 밀서는, 테른도크가 아니라 그에게 전해지기 위한 것이었다. 파사드는 이미 아는 내용의 글귀들을 다시 한 번 뜯어 읽었다.

북서부의 작위 공작 각하, 공 브류나크.

첫 번째, 마리포사의 합류 이후 군사 분열 조짐. 전 로반티스 세력의 군사 아사인가의 비세바르 케시르스 아사인을 중심으로 모임.

두 번째, 이샤스 평야 서쪽 군사 도시. 소규모 마리포사의 군대가 주둔하는 것으로 확인. 주의.

세 번째, 톨프와의 연계 가능성.

사투르가 귀레 브류나크.

미사여구 없이 간결한 전황 보고였다.

밀서의 말미에 희미하게 찍힌 늑대 발톱의 혈인을 손끝으로 한 번 쓸었다. 찜찜한 기분을 떨칠 수 없었다. 자칼린을 통해 밀서를 넘긴 밤 늑대를 의심하는 것은 아니었다.

첫 번째 항목은 신빙성이 있다. 수 해 전, 마리포사 가문이 명적을 올리며 모르가나의 중앙 14개 가문은 중앙 15개 가문이 되었다. 하지만 그럼에도 마리포사는 근본적으로 다른 가문이다. 차별은 어제오늘 일이 아니었다.

그자가 새로운 최고사령관으로 지목된 것에 불만을 품은 자들이 필경 있을 것이다.

그리고 세 번째 항목의 톨프라면 아마도 그들이 무너뜨렸던 올조르의 바로 옆에 맞닿아 있는 그 톨프를 말하는 것일 터다. 하지만 파사드는 톨프에 크게 괘념치 않았다. 거리도 거리였지만 톨프의 바로 북쪽에는 지데라카인의 후예 다락 민족이 있다. 지금 대의 다락 민족의 왕인 장발거인 바니시는 모르가나에 굴욕적으로 꺾여 물러난 이후 늘 면종복배하며 칼을 갈고 있었다.

물론 조심해 나쁠 것은 없으므로 이틀 전, 갈라부아로부터 그들 상황을 전달받기 위해 윙거령에 파발을 띄웠다. 파발마로는 윙거의 아들 발타르와 긴밀한 관계를 유지하고 있는 체사의 자칼린을 지명했다. 여러모로 자칼린에게는 근신이 필요하기도 한 시기였다.

파사드는 두 번째 항목에 눈을 고정시켰다. 가장 껄끄럽게 느껴지는 것이 이것이다.

두 번째. 이샤스 평야 서쪽 군사 도시. 소규모 마리포사의 군대가 주둔하는 것으로 확인. 주의.

밤 늑대들은 불필요한 정보와 필요한 정보를 구분하는 훈련을 받는다 전해 들었다. 그들은 불필요한 정보나 확실하지 않은 것은 거론하지 않고 이미 아는 정보도 거론하지 않는다.

마리포사들은 파병을 다니는 용병의 개념처럼 받아들여질 만큼 남대륙 곳곳에 잔존한다. 또 다른 군사 거점이 있다 해도 이상할 것은 없었다. 하지만 다른 군사 기지로부터의 움직임이 있었다면 보고가 들어왔을 것이다. '주의'라고 특별히 쓰여 있는 것이 신경이 쓰였다.

문득 등 뒤에서 인기척 소리가 울렸다.

"들어가도 되겠습니까?"

에반부르였다. 파사드는 밀서를 내려놓았다.

"오셨습니까."

나이는 사람을 비껴가지 않는 법이다. 며칠 새 에반부르는 푹삭 늙어 버린 듯했다. 파사드가 의자를 향해 턱짓했다.

"그럼 실례를 무릅쓰고 좀 앉아야겠구려. 새벽에 이동하실 거라 들었소이다."

"예. 운신도 불편하실 터인데."

"얕게 박힌 화살 한두 개 정도는 끄떡없지요."

너털웃음 짓는 에반부르의 얼굴에 근심이 드리워진 것이 엿보였다.

사실 파사드는 구태여 거동이 불편한 몸을 이끌고 자신을 찾아온 에반부르의 용건을 잘 알았다. 지난 밤, 두 사람은 같은 이유를 두고 논쟁을 벌였기 때문이다. 르옌 데투아의 전역이 쟁점이었다.

르옌과 그 동생을 전역시키길 바라는 에반부르와, 그녀를 그의 눈에 닿는 곳에 두기로 보류하려 한 파사드의 의견은 어쩔 수 없이 충돌했다.

—스스로가 라르칼리아라 주장하는 여자를 그대로 풀어 내보낼 수는 없습니다.

—칼란독 경께서 체사 경에게 함구령을 내리시면 유지될 수 있는 기밀이 아닙니까. 폐하께 진상을 올리지 않은 것 또한 칼란독 경께서 그녀의 존재를 염두에 두셨기 때문이라 여겼습니다만.

—하지만 라르칼리아라는 건 결코 가벼운 이름이 아닙니다.

—라르칼리아를 가볍게 여기시라고 드린 말이 아니외다. 제가 어찌 그 이름을 가볍게 여기겠습니까.

에반부르는 간곡했다. 하지만 일반 백성으로 르옌을 대하라는 그의 청원은 파사드에게는 수용하기 어려운 문제였다.

—이 전장을 몇몇 이들의 감정놀음에 휘둘리게 두실 겁니까.

그른 것 없는 말임에도.

"어쩐 일이십니까."

에반부르는 지난밤의 논쟁을 재차 끌어오지는 않았다.

"어제 그리했더니 제 속도 그다지 편치만은 않아서 말이외다. 거기다가 내일 새벽에 바로 떠나신단 얘길 들으니 어디 마음 편히 누워 있겠습니까. 조심히 다녀오시라는 말이나 드리려고 찾아왔습니다. 이번에 지는 아무 도움도 되지 못하니."

"그런 말 마십시오. 마음 편히 쉬고 계십시오."

"……그자는 예감이 좋지 않소이다. 꺼림칙하니 조심하십시오."

파사드로서는 발로이드의 어떤 부분이 에반부르에게 강렬한 인상을 심어 준 것인지 알지 못했다. 그러나 발로이드에게 소름 끼치는 부분이 있다는 건 동의했다.

피 머금은 듯 흘러내리던 적갈빛 머리칼? 서늘하게 날 선 벽안? 세상 모든 것을 멸시하는 듯한 목소리? 그 어떤 것도 아니다. 다만 그의 존재 자체다.

'……내일.'

발로이드를 마주칠 것이다. 그는 이번에도 르옌 데투아를 찾아 전장을 누비다 그녀가 전장에 없다는 것을 알게 되면 군을 물릴 것인가. 이미 한 번 그리했던 자이다. 비상식적인 발로이드의 동향을 가늠하는 것은 몹시 어려웠다.

"그리하겠습니다. 몸조리 잘하고 계십시오. 힘없으신 모습이 익숙지 않습니다."

에반부르의 얼굴의 근심은 쉬이 걷히지 않았다. 웃는 낯 이면에 피로가 역력했다. 잠자코 그를 응시하던 파사드가 지난 밤 미처 하지 못했던 이야기를 이어 꺼냈다.

"할드로프 경, 경께서 르옌 데투아에게 신경을 많이 쓰신다는 것도 잘 압니다. 제 판단을 지지해 주신다고는 하셨지만 연로하신 경의 눈에는 제가 아직 어리고 미숙해 보이실 테지요."

"아니, 칼란독 경, 그런 것은 결코 아닙니다. 왜 그리 말을 하십니까?"

"분명 라르칼리아라는 이름은 제게 있어서 꺼림칙하기 그지없는 역사의 유물입니다. 다만 제가 말씀드릴 수 있는 건, 저는 경께서 생각하시는 것보다 조금 더 객관적으로 르옌 데투아를 보고 있다는 것뿐입니다."

"……."

"제가 시친에 머물렀던 때의 이야기를 들은 적 있으십니까?"

에반부르는 고개를 저었다.

"어쩌면 그곳이야말로 제 유년의 고향이며, 제 영혼을 잉태시킨 요람이라 할 수도 있겠지요. 저는 그곳에서 많은 것을 배웠습니다. 저는 그들을 통해 대륙 밖의 시선으로 대륙을 보는 방식을 배웠습니다. 제가 그들에게 동조하는 것은 아니나, 그들은 보다 객관적으로 라르칼리아를 평합니다."

"……시간이 넉넉하다면 조금 더 상세한 이야기가 들어 보고 싶어지는 말입니다. 이리 길게 이야기를 하는 칼란독 경이 몇 년 만인지."

수도에 머물 적에나 간간히 보던 파사드의 편안한 표정에 에반부르가 흔흔한 눈길을 해 보였다.

"할드로프 경의 뜻도 이해합니다……. 어찌 되었건 지난 밤, 할드로프 경이 제게 그리 말하신 이후 저 또한 많은 생각을 했습니다. 그녀를 내보내고 이 모든 혼돈을 불식시키는 것 역시 고려해 보았습니다. 분명, 르옌 데투아가 라르칼리아라는 것을 증명할 수 있는 것은 그녀의 세 치 혀뿐이고, 광인처럼 날뛰는 발로이드의 언행이 전부이니 애초에 그에 관해 논의하는 것도 우스운 꼴입니다."

"……하오면."

"그러나 이 자리가 열린 마음으로 모든 이들의 요구를 채워 줄 수는 없는 자리라는 것, 잘 아실 겁니다. 수많은 가능성과 변수를 따지고, 거짓과 진실을 나누고, 그리 편치 못한 자리에서 오래도록 고민해 저는 결론 내렸습니다. 지금 우리의 적은 모르가나이며 모르가나의 최고사령관이 마리포사라는 건 바뀌지 않습니다. 그건 증명할 필요 없는 진실입니다."

"……."

"발로이드 이세르스 마리포사가 르옌 데투아에게 집착하고 있다는 것 또한 증인들 수두룩한 진실입니다. 저는 라르크를 지키는 데에 필요하다면."

"……."

"르옌 데투아도 충분히 이용할 가치가 있다는 데에 동의합니다."

에반부르의 눈썹 끝이 느리게 내려갔다.

"지당한 말씀입니다. 하지만……."

"물론, 르옌 데투아가 거부한다면 강제할 생각은 없습니다. 심려치 마십시오. 비록 주적은 발로이드 이세르스 마리포사라는 것이 자명하나, 저는 그 개인을 무찌르기 위해 이 자리에 있는 것이 아닙니다. 모르가나에게 폐하의 의지를 새겨 주기 위해 이 자리에 있는 것임을 늘 잊지 않기 위해 애쓰고 있습니다."

"……."

"우리의 자존심이 걸린 문제이니 패배는 불가합니다. 하지만 그에 반드시 르옌 데투아가 필요하다는 의미는 아닙니다."

"하면 라르칼리아라는 여자와 한 진영에 있다는 것이 칼란독 경께는……."

파사드는 느리게 입술을 다물었다. 에반부르의 흐려진 말끝에 걸린 못다 한 말이 무엇인지 충분히 짐작했다.

뮈아드로에 위치한 브류나크 공저, 수국의 정원에는 이백여 년 전의 여왕이 앉아 있다. 변하는 법 없이 항상 같은 모습으로. 어릴 적, 파사드는 그녀의 초상화를 올려다볼 때면 목이 꺾여라 젖힌 후에야 여왕의 눈동자를 바라볼 수 있었다. 그러다 조금 자란 후에는 고개를 살짝 젖히는 것으로 여왕의 눈동자를 바라볼 수 있게 되었다. 그리고 어느 순간 여왕의 눈동자는 그와 같은 눈높이에 있었다.

그는 그리 자라 왔다.

늙지 않는 한 폭의 역사를 마주 보며, 수도 내의 그 누구보다도 라르칼리아라는 이름의 의미를 많이 곱씹어 온 사람이다.

"혼란스럽지 않다는 것이 아닙니다. 하지만 그 부분은 할드로프 경께서 관여하실 부분이 아닌 듯합니다."

파사드가 단호하게 말을 잘랐다.

"그러나 그녀가 누구건, 공정히 대하기 위해 늘 저 스스로를 경계할 것입니다."

흰 수염이 성성이 자란 에반부르의 턱이 느리게 숙여졌다. 에반부르는 욱신대는 상처를 지그시 누르며 부끄러운 표정을 지었다. 제 생각이 턱없이 짧아 보여 실로 부끄러웠다. 가장 중한 것을 잊고 있었다. 그들의 적은 발로이드가 아닌 모르가나라는 아주 단순한 사실이었다.

한참이나 제 무릎을 내려다보던 에반부르가 빙긋 웃으며 자리에서 일어섰다. 파사드가 부축해 주기 위해 따라 일어섰으나 에반부르가 거듭 손사래 치며 사양했다.

"혼자 움직일 수 있으니 괜찮소이다. 일단 오늘은 밤이 깊었으니 이만 물러가겠습니다."

"그러면 쉬십시오. 나가지 않겠습니다."

파사드가 빙그레 웃으며 그에게 손을 내밀었다. 에반부르는 다치지 않은 팔을 내밀어 그의 손을 꽉 맞잡았다.

"건승을 기원하며 기다리겠습니다."

그날 새벽, 파사드 칼란독 브류나크를 필두로 한 천여 기의 기사와 사천여 명의 추가 병사가 길을 떠났다. 그들은 동이 틀 무렵 하루 먼저 대기 중이던 군사들과 합류했다.

라르크 군의 두수는 도합 일만 팔천, 이샤스 진영을 수비하는 잔류 수비 군사의 두수는 약 일만 사천이 되었다.

❖·❖

현재 라르크는 이샤스 평원과 이샤스 평원의 북쪽 쌍둥이 절벽 길로 가는 길목과 남동쪽 초원 지대에 군사들을 셋으로 나누어 주둔시키고 있었다. 약속된 회전 장소와 가장 가까운 곳은 남동쪽 초원 주둔지였다.

회전일이 되었을 때, 이샤스 평원 주둔지에 남은 지휘 기사는 덴작과 올베빈, 그리고 부상을 당해 거동하기 어려운 에반부르였다. 그 외의 다른 지휘 기사들은 사흘에 걸쳐 회전 장소와 근접한 남동쪽의 초원 주둔지로 이동했다.

정오의 태양이 가장 뜨겁게 내리 쬐이는 시각. 모르가나와 라르크의 군 제대가 방어선을 구축하며 마주 보았다. 칼로 자른 전답처럼 균일한 간격을 두고 사열한 모습이 장엄했다. 그들의 사이사이로 각양각색의 문양이 수놓인 깃발을 맨 기수들이 서 있었다.

셰반 데인 지오타르. 황동빛 갑옷을 입은 거구의 라르크 기사는 가장 먼저 이곳에 도착한 사십 대 후반의 배너 기사였다. 갈라부아 출신의 그는 몹시 덩치가 컸다. 어느 정도냐 하면, 과장해서 그가 탄 준마가 망아지처럼 보일 정도다.

파사드가 도착했을 때, 셰반은 수비 진형으로 길게 늘어선 이천여 군사들의 사기를 북돋우고 있었다.

"까짓 거 쫄지 마라. 전장 이탈은 죽음인 것부터 기억하고!"

그러나 목에 핏대가 서도록 소리치는 노력보다 아군이 늦지 않게 도착했다는 소식이 더욱 쉽게 그들에게 용기를 주는 건 어쩔 수 없는 현실이었다.

군사들이 바짝 군기를 차리자 셰반은 만족스러운 듯 헛기침 한 후 기사들의 선봉에 선 파사드에게 다가와 쉰 목소리로 인사를 건넸다.

"어서 오십시오, 칼란독 경. 여유가 있어 그나마 다행이었습니다."

"적들의 구성이 보고 들은 바와 다른 듯한데."

"지난번에 내분이 있었다더니 죄 발로이드에게 먹힌 모양입니다. 마리포사의 군사들만큼이나 전 로반티스 휘하 기사들 얼굴이 여럿 보입니다."

말을 탄 파사드가 라르크 군의 선두를 가로질러 한가운데 멈춰 섰다. 투구 속에서 번뜩이는 그의 새까만 눈동자가 적들의 선두를 면밀히 살폈다.

최전선에는 마리포사의 푸른 갑옷을 입은 기사들이 드문드문 배치되어 있었다. 세반의 말처럼 드문드문 장미를 문 사자 문양의 멘테도 부쩍 눈에 띄었다.

적들의 기사 육천, 병사들 일만 팔천여. 어림 추산해 이만 삼사천.

모든 이들의 눈이 태양의 각도를 좇았다. 그림자가 약속된 시간으로 기울어지기를.

❖ ⋯ ❖

그림자가 약속의 시간으로 뻗어 나간다. 지면 위에 머물고 있던 파사드의 시선이 너른 남동부의 옥토 저편으로 미끄러졌다.

주홍 금빛으로 뒤덮인 땅이 약속이나 한 듯이 떨리기 시작했다. 까마득 먼 곳, 갈매기 떼처럼 보이던 작은 점들의 집합이 이내 푸른 갑옷을 선두로 대군의 형상을 갖추었다. 저들은 스스로를 숨기지도 않았다. 대지는 이내 무서울 정도로 거칠게 진동했다.

둥, 둥, 둥, 둥.

긴장을 고조시키는 북소리가 울린다. 동시에 커다란 검은 연기가 용오름 했다. 그리고 부우우우우 하는 긴 소리를 내며 이쪽에서 부는 것인지, 저쪽에서 부는 것인지 상관조차 없는 각적이 울었다.

"개전."

파사드가 선포했다.

세반이 호기 넘치게 검을 추켜올렸다. 그를 태운 거대한 말이 장애물 하나 없는 평지를 내달리고, 장창 기병들이 웅장하게 그를 뒤따라 질주하기 시작했다. 그리고 적들도 마찬가지였다.

양측의 두 물결이 소란스레 맞부딪쳤다.

초반 돌격 장창 부대들이 물러나고 나자 보병 군사들이 마구잡이로 뒤엉키기 시작했다.

후위에 선 파사드는 세반이 재돌격을 위해 중갑 기병들을 정비하는 모습을 바라보았다. 아직까지는 상황이 난전에 이르지 않고 규칙적이었다. 하지만 위화감이 들었다.

고개를 돌린 파사드의 시선에 문득 한 기사가 포착되었다. 마리포사 가문의 기수와 나란히 달리고 있는 것은 체구가 작은 '그' 여기사였다. 마지막에 있었던 모욕적인 회전에서 발로이드를 대신해 마리포사의 전군을 통솔했던…….

파사드의 까만 눈동자는 허리에 뿔나팔을 차고 기수들과 함께 이동하는 푸른 갑옷의 여기사를 좇았다. 그녀는 끊임없이 기수들과 수신호를 교환하며 바쁘게 말을 보챘다.

한참을 그 여기사를 주시하던 파사드는 필연처럼, 어떤 사실 하나를 깨달았다. 늘 그의 시선을 잡아끌었던 검은 갑옷이 보이지 않는다는 것을 깨달았다. 주위를 둘러보았다. 발로이드를 찾을 수 없었다.

'그럴 리가.'

그는 뒤에서 조종하는 자가 아닌 앞에서 처단하는 자다. 이곳 어딘가에 있을 터였다.

파사드가 잠잠히 그의 후위를 지키던 테레어드를 향해 물었다.

"……보고된 마리포사 기사단의 수가 얼마라 했지?"

"어림잡아 선봉에 선 놈들만 천여 명 조금 안 되어 보입니다."

"발로이드가 부임하며 대동한 마리포사의 기사들은?"

"사천여 기라 들었지만 파수병의 보고에 의하면 이천여 기가 넘는 기사들은 아직 본진에서 대기 중인 걸로."

"다시 한 번 확인해라."

"존명."

테레어드가 재빠르게 달려갔다.

그러는 사이 적의 창기사들이 돌연 주행 진로를 바꿔 그들을 둥글게 에워싸기 시작했다. 그러나 셰반은 방패병들과 짝을 이룬 장창 부대를 이용해 수월히 견뎌 내고 있었다. 그러는 사이 적의 좌측 포진이 서서히 무너지기 시작했다. 마리포사가 아닌 전 로반티스 휘하의 군대로 추측되는 자들이었다.

파사드는 불길한 예감을 떨치지 못하고 무의식적으로 뇌까렸다.

'무언가 다르다.'

지난번 파사드의 등골을 서늘케 했던 적들의 움직임과는 확연히 달랐다.

파사드의 괴이한 짐작은 차츰 확신으로 다가왔다. 움직임이 산만하고 터무니없다.

'발로이드는?'

그는 분명 전장 어딘가에 있을 것이다.

'발로이드는?'

그러나 어디를 둘러보아도 시꺼먼 갑주의 전쟁귀는 보이지 않는다.

'그자는 무엇 때문에?'

아무리 인내심을 가지고 기다려도 발로이드는 나타나지 않았다.

해가 저물기 시작했다. 파사드는 인정했다. 그때와 마찬가지로 이 회전을 지휘하는 것은 마리포사의 여기사였다.

곧, 테레어드가 되돌아와 마지막 파수병의 보고를 소상히 읊었다. 삼천여 명에 가까운 나머지 마리포사의 기사단은 여전히 모르가나의 진지에서 대기 중이라는 이야기였다.

"적의 최고사령관 역시 아직 진영에 남아 있는 것 같다 합니다."

"직접 발로이드를 봤다고 하던가?"

"검은 갑옷을 입은 자가 진영 밖으로 나오지 않았다는 보고만 전해 들었을 뿐입니다. 송구합니다."

등골이 서늘해졌다.

무엇인가 잘못되었다.

테레어드는 영문 모를 얼굴로 파사드의 다음 명령을 기다렸다. 파사드는 피 칠갑을 하고 전장을 누비는 세반과 라르크의 맹장들을 바라보았다.

두 번째. 이샤스 평야 서쪽 군사 도시. 소규모 마리포사의 군대가 주둔하는 것으로 확인. 주의.

내내 마음에 걸리던 주의가 어떠한 형태를 이루기 시작했다. 참혹한 회전지를 뒤로한 채, 임시 막사로 되돌아간 파사드는 급히 롯사에서 내렸다. 정확히는 지붕만 대충 덮은 모양에 가까웠다.

테레어드가 허둥지둥 따라 말에서 내렸다.

"주군."

막사도 제대로 꾸리지 못한 상황이니, 탁자 하나 구비되어 있지 않았다. 테레어드를 무시한 파사드는 천막 안쪽, 낡은 아무 상자 위에 피 묻은 지도를 넓게 펼쳤다.

"왜 그러십니까?"

파사드의 검은 눈동자가 초조하게 이샤스 주위를 훑었다.

"발로이드 이세르스 마리포사가 두 손 놓고 있을 리가 없다. 키하이프 경, 참모로서 마리포사의 거점들에 대해 알고 있는 것들을 말해 봐라."

"마리포사 가문이 이가 산맥 너머의 라굇에시스 일대를 장악하고 있는 군사 가문이라는 것 이외에 말입니까? 그들은 주로 변경 곳곳에 협력처를 두고 있고 각지의 산발적인 무력 항쟁을 정리하고, 중부와 서부의 분쟁에 임하고 있는 것으로 압니다."

"이 근방은?"

"아, 모르가나 내륙에도 어느 정도 영향을 미치는데, 그 범위는 대충 여기서부터."

테레어드가 투박한 손끝으로 지도의 서쪽 끄트머리를 짚더니 거기서부터 이샤스 평야에 조금 닿지 못하는 지점을 스치는 원을 그렸다.

"이 핀사체까지 닿는다 알고 있습니다. 그들의 군사들이 이 근방에도 분산되어 있어 황제가 그를 사령관으로 부임시킨 게 아닐까 하는 의견도 대두되는 것을 고려하면, 거의 확실합니다."

테레어드는 당최 파사드가 왜 갑자기 지도만 뚫어져라 바라보는지 이해할 수 없다는 얼굴이었지만, 차마 이유를 물을 용기는 내지 못했다. 파사드는 한참을 생각에 잠긴 얼굴이었다.

그런데 얼마 후, 허겁지겁 그들을 찾아 달려온 한 병사가 아뢨다.

"새로운 파발이 당도했습니다. 모르가나 진영에 있던 여단들이 일제히 거병, 잔류해 있던 마리포사의 군사들이 출병했습니다. 어림짐작으로 일만이 훌쩍 넘는 것으로……."

파사드가 몸을 바로 세우고 병사를 내려다보았다.

"마리포사 기사단은?"

"잔류하고 있던 이천오백 여 마리포사 기사단 전부, 출정했습니다."

"선봉에는 누가 섰지?"

"마리포사 기사단의 제2기사단 단장으로 알려진 키에스 릴이라는 자입니다."

파사드가 침묵 끝에 물었다.

"방향은?"

"이샤스 평원입니다."

그럴 거라 생각했다.

'양동이라.'

그러나 이샤스에 남은 라르크의 군사 두수는 뒤늦게 출발한 그들의 두수와 비등하다. 무언가 잘못되었다.

"지오타르 경과 올베빈 경에게 적들의 양동을 알리고, 지오타르 경에게는 이곳으로 오라 전해라. 나머지 부지휘관들은 모두 각자의 자리에 충실하라 전해라."

명을 받잡은 병사가 달려 나갔다.

테레어드가 자못 불편한 얼굴로 조심스레 운을 뗐다.

"괜찮겠습니까. 마리포사의 기사들만 이천이 훌쩍 넘는데."

"현재 이샤스 주둔지에 남은 기사들이 충분히 감당할 수 있는 수다. 그보다."

파사드는 다시금 지도를 노려보았다. 그는 미리 들어 알고 있던 마리포사의 지방 거점들과 이샤스의 서쪽, 핀사체를 경계로 한 다른 거점들을 바라봤다.

'그론, 화브란, 옐워드, 굼…… 니벨룬.'

이샤스와 가장 가까운 거점은 '굼'으로 이샤스에서 말을 타고 달려 하루면 도달할 수 있는 작은 군사 장원이었다. 지리적으로도, 규모로도 큰 위협이 되지는 않으리라 판단될 곳이다. 그리고 화브란과 니벨룬은 비교적 크지만 거리가 멀었다.

파사드의 손끝이 알려진 마리포사의 거점들을 하나하나 스쳐 지나는 것을 바라보던 테레어드가 한마디 더했다.

 "주군, 재작년쯤에 이곳, 서쪽 아랫부분에 위치한 대장원 르나베의 영주가 바뀌었는데 그 후로 마리포사와 교류가 많아졌다 들은 적이 있습니다. 군사 도시라 치안이 좋은 동시에 상업도 겸하고 있어 남북을 오가는 상인들이 주로 거친다고 했습니다. 저 역시 상인들의 이야기를 통해 들은 것이라 정식으로 보고문을 올릴 만큼 자세히 아는 것은 아니지만……."

 그곳은 굼보다 조금 더 멀었다. 그러나 직감과 엇물리는 한 가지의 가능성이 파사드의 머릿속에서 맞물리기 시작했다.

 '모르가나의 주둔지와 르나베까지의 거리, 어림잡아 사흘.'

 파사드의 새까만 눈동자가 지도를 따라 미끄러졌다.

 '르나베와 이샤스 주둔지까지의 거리, 이틀. 그리고…….'

 고개를 든 그의 흑안으로 지평의 칼날에 베여 죽어 가는 붉은 태양이 비쳤다.

 '르옌 데투아가 발로이드로부터 도망친 지.'

 전장의 고함이 아스라이 멀어졌다.

 '이제 곧 엿새.'

 해가 저무는 시간이 도래했다.

 남부에 남아 있던 군사들이 움직이기 시작했다는 파발은 이샤스 진영에도 닿았다. 갑작스러운 모르가나 군사들의 양공 소식을 전해 들은 이샤스 주둔지에서 한바탕의 혼란이 일었다.

 "듀사크 경! 모르가나의 본진에서 또 다른 군대 이동이 보고되었습니다."

"이번 회전의 증병인가?"

"아닙니다. 데라로트 경, 적들은 곧장 이리로 향하고 있는 것으로 보고되었습니다."

"양공陽攻을 노리는 모양입니다만."

"규모는 어떻다고 하나."

"마리포사 기사단 약 삼천여 기. 그 외, 만여 병사가 넘는다는 것만 보고받았습니다. 구체적인 사항은 뒤따라 2차 파발이 도착한 후에야 올릴 수 있을 듯합니다."

상황이 촉박해졌다. 기동력을 장점 삼는 기병들과 기사들이 전부 회전지로 출병한 결과, 현재 이샤스 주둔지에는 대기 중이던 이천여 기의 기사들과 다수의 일반 무장 보병들뿐이다.

"이제와 양공이라니."

"별수 없지요."

"출병한 칼란독 경께 지원 요청을 해야 하는 것 아닙니까?"

그러나 그런 논쟁도 잠시, 지휘관들은 지친 숨을 돌리는 타라옛의 호통 속에서 금세 안정을 되찾았다.

"웃기는 소리. 이 정도도 스스로 해결 못하느냐 혼이 나고 싶으냐?"

보고는 부상을 치료하느라 막사에서 쉬고 있던 에반부르에게도 전해졌다.

"할드로프 경! 급보입니다!"

여전히 그와 막사를 공유하고 있었던 르옌도 소식을 듣게 되었다. 시단도 마찬가지였다.

"나머지 제국군들이 이쪽으로 향하고 있다고 합니다."

"이 주둔지에 남은 군사들은 얼마나 된다 하였지?"

"충분히 남측 저지선을 설치해 그들을 막을 수 있습니다. 전군 출병 준비시켰습니다."

보고를 들은 에반부르는 내내 굳어진 얼굴로 턱수염을 만지작대더니, 결국 갑옷을 준비하라 명하며 일어섰다. 연신 걱정스런 한숨이 뒤따랐다.

"……이런, 그 정신 나간 자가 이리 일을 불편하게 키우는구만."

보고를 전한 군사가 그를 만류했다.

"할드로프 경, 조금 더 쉬시는 게 낫지 않겠습니까. 아직 그 정도로 심각한 상황은 아닙니다."

"되었네. 마침 몸이 근질거리던 차였으이."

군사들이 몰려온다는 보고에 깜짝 놀란 시단이 허옇게 질린 낯으로 에반부르를 바라보며 물었다.

"저, 정말, 괘, 괜찮은 겁니까……?"

시단과 눈이 마주친 에반부르가 허허로운 웃음을 지어 보였다.

"괜찮을 것이네."

여유로운 체 막사 밖으로 나온 에반부르의 낯 위에서 서서히 표정이 지워졌다. 무슨 큰일이 있겠느냐 싶지만, 발로이드에 대한 꺼림칙한 기억 탓인지 불안하기만 했다.

에반부르는 밤 늑대의 밀서와 자칼린의 진술을 믿었다. 그들이 모르가나의 진영에 방문했을 때 발로이드가 그들에게 위해를 끼치려했다는 것을 의심하지 않는다. 먼저 막사를 나설 때 보였던 발로이드의 표정을 그 역시도 의심했었다. 그들의 죽음을 고대하는 살인자의 눈.

'그렇다고 의전까지 그리 취급할 줄은 몰랐지만.'

반대로 애초에 천출들로 이루어졌다는 마리포사의 군사들에게 명예가 어디에 있겠느냐 싶기도 했다.

뒤따라 나온 군사가 걱정스러운 기색을 지우지 못하고 물었다.

"괜찮으시겠습니까. 부상이 미처……."

"돌아다니는 것쯤이야 무리 없다네. 그럴 거면 왜 내게 와서 보고했나?"

"그래도 할드로프 경께서는 아셔야 한다고 생각해서……. 아무리 생각해도 아직은 쉬시는 것이 나을 듯합니다. 준비는 저희가 하고 다시 보고 올릴 테니."

"어허이."

에반부르의 단호한 눈빛에 서린 불쾌함을 읽어 낸 군사는 조용히 고개를 조아렸다.

"송구합니다."

"그나저나 듀사크 경은 어디로 가셨다던가?"

"가장 먼저 군사들의 집결 명을 내리시고 칼빈커스 경과 함께 남부 저지선의 전장으로 적합한 곳을 시찰하러 나가셨습니다."

"젊은 친구다 보니 행동도 빠르구먼. 사령부 막사로 갈 테니 경도 임무로 돌아가게. 내 뒤를 따라다녀 봐야 인력 낭비일세."

"하지만……."

에반부르의 몸 상태는 육안으로도 멀쩡하지 않았다. 혈색부터가 평소와는 판이하게 달랐다. 명령에 불복하지도, 그렇다고 따르기도 어려워 고뇌에 빠진 기사가 머뭇대고 있을 무렵, 때마침 올베빈이 나타나 어쩔 줄 몰라 하는 기사를 구했다.

"할드로프 경, 여기 계셨습니까?"

"카바인 경."

"군사는 가서 일 보게."

"예."

올베빈에게 약식 예를 갖춘 기사는 그대로 뒤돌아 달려갔다.

흙먼지 엉킨 구불대는 머리카락을 낮게 묶어 내린 올베빈이 쓰고 있던 투구를 벗어 허리에 꼈다. 둥그런 눈매 안에 갇힌 담갈색 눈동자가 진심 어린 우려의 빛을 띠었다.

"왜 나오셨습니까. 아직 안색이 안 좋으신데."

"저들이 북상하고 있다고 들었네."

"예. 하지만 큰일은 없을 겁니다. 할드로프 경의 몸이 더 큰일이지요."

"허허. 어찌 가만히 있겠나."

에반부르가 희미하게 미소 띤 얼굴로 턱을 들었다.

"이 정도 부상쯤은 내 발목을 잡기엔 턱없지. 한데, 경도 영 상태가 아니구먼."

에반부르의 말에 올베빈이 흙먼지 묻은 눈가를 긁적이며 머쓱하게 웃었다. 회전 준비를 돕기 위해 올베빈 역시 뜬눈으로 밤을 지새웠던 터라, 사실 에반부르의 피로를 논할 계제도 못 되었다.

"사령관께서도 보고받으셨다던가?"

"비슷한 시기에 출발했으니, 아마 지금쯤은 칼란독 경께서도 보고를 받지 않으셨을까요?"

"그렇겠구먼."

"하지만 지금 당장은 칼란독 경께서 이 자리에 안 계시니…… 별도의 지시 사항이 없으면 각자 재량으로 임해야겠지요. 그래도 일단은 체사 경도 없으니 할드로프 경께서 이 주둔지의 최고 지휘관이십니다. 그러니 몸을 더 귀히 여기셔야 합니다."

"부담스러운 말이구먼."

부상 탓인지 심적으로 버거운 면이 적잖았다. 상대가 마리포사라 그러한가. 에반부르는 그럴지도 모른다고 생각했다.

"그러니 둔영에 남아서 지시해 주십시오."

"이런."

"전선에 나가시는 것은 반대입니다. 이곳에서 지휘만 도와주십시오."

완고한 올베빈의 주장에 결국 에반부르가 고집부리지 않고 수긍했다.

"알겠네. 사령부 막사에서 대기하고 있지. 그러면 전부 남에서 올라오는 적들을 맞이하러 출병하는 건가?"

"최소한만 남기고 출병할 듯합니다. 그래도 릭스 경의 휘하 두 개 대대가 주둔지에 남아 주기적으로 교대하여 지키기로 했습니다."

"알겠으니 가 보게나. 지시할 것이 있다면 사람을 보내겠네."

막 다시 걸음을 재촉하려던 올베빈이 멈춰 섰다.

"아, 그런데."

"더 할 말이 있나?"

"그 르엔 데투아 병사는 괜찮습니까."

에반부르의 눈빛에 그도 모르게 경계심이 어렸다.

"그녀는 왜 찾으시는가?"

"아, 별것 아닙니다. 체사 경이 윙거령으로 떠나기 전에 누차 그 여자를 당부하기에. 할드로프 경과 그 여자가 같이 치료를 받는다 들었습니다만."

에반부르의 반응에 아주 잠깐 의혹 어린 눈길을 하던 올베빈이 아무렇지도 않게 말을 맺었다.

"작은 체사 경이 이래저래 신경이 쓰인다고 하더군요. 연애 놀음 일랑은 다른 데 가서 하라고 말했지만 귓등으로도 안 듣고 고집을 부려서. 아시잖습니까, 작은 체사 경의 고집.”

“그 동생이 한시도 떨어지지 않고 간호하고 있으니 괜찮을 거요. 내 중간 중간 살필 터이니 염려 말게나. 그리고 연애라니. 거 참.”

“제 말이 말입니다. 작은 체사 경이 분방한 것이야 알고 있었지만.”

에반부르는 자신의 말을 곡해한 올베빈의 오해를 구태여 풀어 주지 않았다. 자칼린의 명예에는 흠집이 될 일이지만 차라리 그리 아는 편이 나을 것이다.

“한데 그 여자는 언제까지 이곳에 남아 있을 것 같습니까? 페넌도 몰수당했으니…….”

올베빈 역시 르옌을 뒤따르는 온갖 혐의에 대한 소문은 익히 들어 알았다. 하시만 그에 큰 의미를 두시는 않았다. 만일 진짜 간사라면 파사드가 저리 내버려 두지 않았을 거란 뿌리 깊은 믿음에서였다. 또 자세한 내막에 관심을 두기에는 그는 너무 바빴다.

“그에 대해서는 나도 무어라 당장에 할 수 있는 말이 없다네.”

에반부르가 단호히 말했다. 드물게 벽을 세우는 그의 태도에 올베빈은 굳이 캐묻지 않았다. 대신 하늘을 한 번 올려다보았다. 해는 저물어 하늘은 차츰 보랏빛으로 물들어 가고 있었다.

올베빈이 약식 예를 취한 후 걸음을 이었다.

“저는 이만 가 보겠습니다.”

올베빈의 뒷모습을 바라보던 에반부르는 허리춤의 검을 고쳐 매며 느린 걸음을 옮겼다.

‘너무 나이가 먹어 버렸군.’

그렇지만 늙은 심장은 쉴 줄 모르고 뛴다. 벌어질 전투가 걱정스러워서는 아니었다. 발로이드가 두려워서도 아니었다.

라르칼리아.

비록 브류나크의 이름에 충성을 다하는 기사라고는 하지만 라르칼리아는 그 자체로 영광된 왕조. 그가 충성하는 라르크의 시작은 라르칼리아였다.

에반부르는 곰곰이 생각에 빠졌다. 발로이드는 무슨 생각으로 양공을 벌인 것일까. 기습을 하려고 했다면 더 은밀했어야 했다. 청맹과니가 아닌 이상에야 당연하지만 라르크의 군사들은 빠르게 그들의 움직임을 알아차릴 수 있었다.

비등비등한 두 전장에서 동시에 벌어지는 두 전투. 두 곳 모두에서 승리한다면야 다르겠지만, 한 곳에서 패배하고 다른 한 곳에서 승리한들 반 푼어치의 승리다. 그리고 자칫 두 교전 모두 패배할 수도 있다. 머릿수가 월등한 모르가나 입장에서는 화력의 분산이 필요한 시점이 아니었다.

그는 무얼 계산하고 움직인 걸까. 지금 이것은 무엇을 위한 싸움인가.

'무엇을 얻기 위해.'

얼마 후, 일만 육천여의 모르가나군이 마리포사 기사단을 필두로 행군 중이라는 공식 보고가 올라왔다. 적의 주력인 마리포사 기사단들이 나타날 거라는 소문에 군사들은 공포에 떨었다. 지휘관들도 긴장하기 시작했다.

마리포사 기사단의 수만 해도 삼천여 기, 그 외의 기사들의 수까지 헤아리면 아군이 보유한 기사의 머릿수 두 배는 족히 된다. 저들을 막기 위해 아군 보병을 얼마나 인간 방패로 잃어야 할지 모를 일이었다.

이윽고 도려 나간 달이 뜬 밤, 남은 것은 횃불들의 홧홧한 불빛뿐이었다. 모르가나의 기사들을 필두로 한 적들이 서서히 모습을 드러냈다. 암암한 이샤스 평야 저편으로, 푸른 나비가 그려진 깃발들이 보란 듯이 게양되었다. 주력인 마리포사 기사단을 선두로 한 모르가나의 군사들은 언젠가 그랬듯 장엄하게 줄지어 섰다.

에반부르는 사령부 막사에 앉아 생생한 그들의 보고를 들었다.

"듣기만 해도 음침하군그려. 적의 선두 지휘는?"

"마리포사의 기사인 것으로 보고되었습니다. 발로이드는 아니라 합니다. 그는 출병하지 않은 것 같다는 보고도 있습니다만 불확실합니다."

"회전지에도 모습을 드러내지 않았다던가?"

"마지막 보고에서 적 사령관에 관한 언급은 없었습니다."

발로이드는 존재감만으로도 무시할 수 없는 자였다. 파수병들이 출정하는 그를 보지 못했다면 정말 이번에는 진영에 남아 있기로 결정한 건지도 모른다. 에반부르는 곧 불편한 기분을 떨쳐 냈다.

"전투의 시작은 언제쯤이 될 것 같은가?"

"상황이 우세하지 못한 만큼 선공하지 않고 대기하겠다는 카바인 경의 전언이 있었습니다."

에반부르가 고개를 끄덕였다. 기동력이 부족한 상황에서의 섣부른 선공은 일반 병사들의 피해를 극대화시킬 뿐이었다. 애초에 수비에만 집중한다면 승산은 있었다. 파사드와 다른 군사들이 회전지에서 승리를 거두고 돌아와 기사들을 지원한다면 그야말로 최고의 상황이 될 것이다. 문제는 적들이 그때까지 그들에게 여유를 주느냐다.

이샤스 남부 저지선.

마리포사를 선두로 한 모르가나 군은 어째서인지 선공을 시작하지 않았다. 시간을 끄는 것은 라르크군의 바람이기도 했다. 그러나 신경전이 길어진다는 보고가 중첩될수록 에반부르의 불안은 점점 더 커져 갔다. 어째서인지는 모른다.

❖⋯❖

몇 날 며칠을 불면증으로 앓는 그녀에게 강제로 수면제를 처방한 군의관으로 인해 르옌은 잠들었다 깼다를 반복했다. 피로는 어느 정도 해소되었지만 여전히 몸은 무거웠다.

볼레트라는 가문 출신이라는 군의관의 말에 따르면 등의 열상 자체는 처음처럼 심각하지 않았지만 염증이 생겼다 들었다.

르옌은 미열에 잠겨 쥐죽은 듯한 고요함을 경청했다. 모르가나 군의 양공에 주둔지에 최소한의 병력만 남기고 대기 중이던 군사들이 죄 빠져나가서인지 일대는 적막하기만 했다.

'양공이라…… 지금 상황에서는 그다지 효용이 없어 보이는데, 내가 모르는 이유가 있는 게 아니라면…….'

르옌은 생각하기를 멈추었다. 아는 것이 전무하니 그럴듯한 짐작조차 하기 어려웠다. 한숨이 절로 나왔다. 그녀의 옷가지를 개켜 정리하던 시단이 한숨을 듣고 말했다.

"깼어?"

"응."

"그러면 잠깐 담요 걷을게. 약이 묻어서."

르옌은 엎드린 채로 시단의 손길에 몸을 맡겼다. 시단은 정성스럽게 모포를 걷어 낸 후, 다시 그녀의 등에 고약을 덮어 발랐다. 르옌이 툭 뱉어 물었다.

"할드로프 경은 결국 출전하셨어?"

"할드로프 경? 잘 모르겠어. 그런데 누나 이 상처…… 무슨 일이었던 거야? 왜 이렇게 된 거야? 아닐 거 알지만 누나가 모르가나 사람이랑 아는 사이라고 떠드는 사람들이 있어서 물어보는 건데, 아니지……?"

르옌이 조심스레 상체를 일으켰다.

"옷부터."

시단이 재빠르게 남루한 옷가지를 가지고 돌아와 그녀에게 건넸다. 르옌은 군사 훈련용 얇은 상의를 바로 입기 위해 서슴없이 손을 뻗어 올렸다. 욱신거렸다. 짧은 찰나 그녀의 미간이 찡그려진 걸 눈치 빠르게 알아차린 시단이 불안한 투로 당부했다.

"군의관께서 움직일 때 조심하라셨어. 옷 입는 거 도와줄까?"

"됐어. 이 정도는 괜찮아."

대충 차림을 추스른 후, 다리를 침상 아래로 걸쳐 내리고 앉은 르옌이 뒷목을 매만졌다.

"좋지 않은 오해를 받았어. 그래서 마찰이 생겼고 고초를 겪게 되었다. 그게 다야."

"좋지 않은 오해라는 게 간자라는 오해…… 말하는 거지?"

"그래."

시단은 탁자 아래 천에 싸서 감춰 둔, 파사드가 그에게 주었던 푸른 나비의 단검에 한 번 시선을 주었다. 르옌은 괜찮다고 하지만 여전히 불안했다.

"아닌 거 이제는 다들 아는 거야?"

르옌이 희미하게 미소 지으며 화두를 돌렸다.

"지금 여기 있잖아. 그보다 너는 어떻게 된 거야."

"난…… 나도 갇혀 있었는데 갑자기 최고사령관께서 꺼내 주셔서 저번에 같이 차도 마시고……."

"차를 마시고?"

"대, 대화도 나눴어. 정말 멋진 분이셨어. 우리 폐하랑 가장 가까운 분이라고 들었는데……."

무표정하게 이야기를 듣던 르옌은 시단과 시선이 마주치자 다정하게 웃었다.

"그래, 높은 분을 만나서 영광스러웠겠구나."

"하, 하지만 네가 간자니 뭐니 하는 꼴을 당했다고 해서 해명도 하고 그랬는데."

멋쩍은 기분이 들어 시단은 뒷머릴 긁적이며 눈동자를 아래로 굴렸다.

"그냥, 그랬다고. 너에 비하면 난 별일 없었어."

"브류나크는 대단하지."

르옌의 담담한 대꾸에 시단은 잠깐 입술을 다물었다가 말했다.

"르옌, 우리 가자……. 돌아가게 해 달라고 하자. 저번에 너 잘 때할드로프 경께서 나한테 그랬어. 어떻게 된 건진 모르겠지만 올조르때 네가 많이 도왔다고, 충분히 명예 전역을 할 수 있을 거라고……."

한층 낮아진 목소리는 비장하게까지 들렸다.

르옌은 군의관이 켜 둔 향초를 손끝으로 눌러 끈 뒤 막사 밖으로얼굴을 내밀었다. 조금 전 시단의 말을 전혀 듣지 않은 사람 같았다. 시단이 다시 그녀를 불렀다.

"누나."

"전황 보고에 대해서는 따로 들은 거 없지?"

"괜찮을 거래."

"지도 가진 거 있으면 가져와 봐."

"누나, 내 말 안 들려?"

르옌은 담담한 표정으로 시단을 돌아보았다. 울컥한 시단이 입술을 그러물었다.

"르옌, 왜 너는 항상 그렇게 아무렇지도 않아……?"

르옌은 언제나 매사가 아무것도 아니라는 것처럼 흘려보내고는 했다. 주변인들의 시선 따위 상관없다는 듯이, 형제의 죽음도 상관없다는 듯이, 제 몸 깎여 나가는 것도 상관없다는 듯이.

"내가 이런 말 하는 게 웃기겠지만…… 이제 넌 돌아가고 싶지 않은 거야? 말 좀 하면 안 돼?"

시단의 음성을 뒤로한 채 르옌은 팔로 막사의 휘장을 슬쩍 걷어 올렸다. 그녀의 불그스름한 밖을 주시했다. 막사들 새새 재게 오가는 수개의 횃불들이 분잡해 보였다.

"르옌!"

"소리치지 않아도 들려."

"이제 돌아가자. 응? 돌아가자고. 너도 돌아가고 싶잖아. 아니냐고."

르옌이 한숨을 내쉬며 시단을 돌아보았다.

"……전장으로 뛰쳐나올 때는 쉬웠겠지, 시단 데투아. 적들이 만만해 보이고, 숨죽이는 이들이 한심해 보이고, 네가 나서면 당장에라도 전쟁이 끝날 것 같고, 죽은 자를 위해 일어선다는 게 너를 괜찮은 사람인 것처럼 보이게 했을 테지."

시단은 충격을 받은 사람처럼 작게 입술을 벌렸다. 얼굴이 금세 발갛게 붉어졌다.

르옌은 시단의 상처를 알았으나 말을 주워 담지도, 위로도 하지 않았다.

시단의 무릎 위로 뚝뚝 눈물이 떨어져 내렸다.

"잘못……."

"……."

"잘못했어…… 내가 잘못……."

르옌은 시단의 저 작은 머리통 안에서 얼마나 많은 생각이 오가고 있을지 충분히 짐작했다. 그러나 모든 걸 손바닥 꿰듯 훤히 안다 해도 그녀가 그의 짐을 덜어 줄 수는 없었다.

—스스로를 무엇이라 믿든, 그만두시구려.

에반부르, 현명한 노장의 조언은 그녀를 일깨우는 유일한 충고였다. 이 전장을 떠나야 하는 것은 여자이기 때문도, 실력이 부족하기 때문도 아니었다. 이 전쟁은 브류나크의 전쟁이었다. 라르칼리아의 것이 아니다.

그럼에도 불구하고 그녀는 떠나지 못할 것이었다. 페이작이 저곳에 있는 한 그녀의 선택은 절대 번복되지 않으리라.

"잘못했어…… 잘못했어요. 누나, 누나아…… 가자. 보고 싶어. 엄마 아빠 보고 싶어……."

시단이 매달리듯 그녀의 허리를 끌어안고 울었다. 얇은 옷자락은 금세 눈물로 뜨뜻미지근하게 눅눅해졌다.

르옌이 시단의 헝클어진 머리칼을 어루만졌다.

"고개를 들어, 시단 데투아. 사람이 살다 보면……."

르옌이 허리를 숙여 시단의 이마에 자신의 이마를 맞대었다. 에이반이 그녀에게 그리했듯이.

—무운을 빌어.

그리 말했던 것은 그녀의 실수였다.

"실수를 할 때가 있다. 실수하지 않는 사람은 없어. 그리고 실수가 전부 잘못이 되는 건 아니야."

"……."

"돌이킬 수 없더라도 전부 네 탓이라 자책하며 살지 마라. 네 선택에 따른 결과라는 걸 받아들이는 수밖에 없는 거야. 시단, 너는 사랑하는 내 동생이야. 멍청한 울보라도 마찬가지지. 정이 넘치는 것도 네 장점이겠지. 그러니까."

"……."

"자격 없는 이 누이의 당부를 새겨들어라. 에이반이 그리 죽은 것도 네 탓이 아니야. 내가 이 자리에 있는 것도 네 탓이 아니다. 네가 선택해서 집을 나갔듯이 에이반도 선택해서 집을 나섰다. 나 또한 선택해서 이 자리에 있는 거야."

큼지막한 갈색 눈에서 떨어져 내리는 닭똥 같은 시단의 눈물을 손가락으로 훔쳐 낸 르옌이 희미하게 웃었다.

"네가 잘못된 길로 나왔다는 것을 알았다면, 돌이킬 수 있는 지금 해야 할 것을 하면 된다."

일그러진 시단의 입술 사이로 약한 씩씩거림이 들렸다.

"그러니 너는…… 집으로 돌아가. 너까지 집 나가고 어머니 몸이 많이 안 좋아지셨어. 가서 간병하고, 아버지에게 잘못했다 사죄드리는 거면 돼. 이 누이가 목숨을 걸어서라도 너는 무사히 집으로 돌려보내 줄 테니까. 그러니 앞으로는……."

―네가 장녀니까 책임이 무거워. 내가 없으면 가족들을 지키는 건 네 몫이 되는 거야.

에이반, 에이반.

이름 되새기는 것만으로도 목과 가슴 사이 어딘가가 짓눌린 듯한 통증이 일었다. 에이반을 생각할 때면 늘 그리도 아련했다.

비어 버린 그의 의자, 더 이상 놓이지 않는 그의 접시. 그것들이 사라졌을 때의 공허감, 상실감. 그의 죽음을 욕보이지 않기 위해 온 힘을 다해 참아 눌렀던 슬픔.

　─내가 없으면 가족들을 지키는 건 네 몫이 되는 거야.

　감은 눈꺼풀 안으로 마지막 길을 떠나던 에이반의 뒷모습이 선명했다.

　차가운 입김이 새어 나오던 어느 잔인한 새벽, 모래를 쓸어가는 파도처럼 그의 한마디는 그녀의 가슴을 그리 쓸어갔다. 에이반의 부고를 들은 후 느꼈던 비참함은, 전생과 이생에 그녀가 외면하고자 했던 형제 잃은 자의 슬픔이었다. 사랑하는 자를 잃은 자의 슬픔이다. 그래서 그녀는 제 손에 절박하게 쥐고 있던 에이반의 유지를 건넸다.

　"참전 경험까지 있으니 너도 이제 어엿한 한 사람의 남자다. 이제는 내가 아닌 네가 데투아를 지킬 책임이 있어."

　눈물을 뚝 멈춘 시단이 벌겋게 뜬 눈으로 르옌을 올려다보았다.

　"누나……?"

　르옌은 조용히 입술을 다물었다.

　남쪽 저 어딘가에는 이백여 년 전에 남겨 두었던 그녀의 또 다른 책임이 그녀를 기다리고 있었다. 몰아치기 시작한 과거의 홍수 속에서 그녀는 제 삶의 끝이 어찌 될지조차 모르는 한낱 범배였다.

　불길한 직감에 어깨를 떨던 시단이 덥썩 그녀의 팔뚝을 움켜쥐며 소리쳤다.

　"너 지금 왜 그렇게 말 하는 거야?"

　가까운 곳에서 북소리가 들려온다. 둥, 둥, 둥. 그 사실을 깨닫는 순간, 막사의 피륙 위로 홧홧하게 오르는 불빛이 드리워졌다.

　놀란 시단이 움찔하며 막사 입구로 고개를 돌렸다. 르옌도 마찬가지였다.

　남부 저지선은 한 시간은 더 달려야 할 거리일 터. 속절없이 완패하여 밀려 올라온 게 아니라면 또 다른 전투가 벌어졌다는 말이었다.

환청 같았던 그 소리는 현실로 드러났다.

"적의 출현입니다!"

이름 모를 누군가의 고함이 밤 막사를 울렸다. 퍼뜩 정신을 차린 르옌이 시단의 팔을 떨쳐 내며 일어섰다.

"무슨 일인지 보고 올 테니 넌 내가 나오라 할 때까지 절대 나오지 마."

한산하던 조금 전까지의 시간이 거짓 같다. 진영 이곳저곳에서 고함이 해일처럼 솟구쳐 올랐다. 사방 어딘가로부터 수를 헤아릴 수 없을 만큼 요란한 말발굽 소리가 울렸다.

"불이다!"

"대장에게 알려! 적이다!"

그녀는 아득하게 귓전을 두드리는 소란을 흘려들으며 남빛 하늘을 올려다보았다.

……별똥별.

유성처럼 주홍빛 잔상의 궤적을 남기는 무언가는 서에서 동으로 긴 꼬리를 그렸다.

르옌의 마호가니 목빛의 눈동자 위로 찬란한 불빛의 열기가 스며들었다. 어둠으로 물든 밤하늘로부터 추락하는 수십, 아니 어쩌면 수백일지도 모를 불화살들이 이내 요란한 바람 소리와 함께 도처에 박혔다.

그녀의 입가에 노여운 웃음이 번졌다.

비어 버린 진영에 떨어지는 전장의 불씨들이 저녁 하늘을 뒤덮었다. 검은 망토의 기사들이 들이닥쳤다.

이샤스 남부 저지선.

뿔나팔을 문 라르크군의 기수가 높이 소리를 뿜어 올렸다.

부우우우.

그에 대응하듯이 모르가나의 군 제대 어디선가 또 다른 각적이 울었다.

부우우우.

수 시간째 신경전을 벌이던 모르가나 군의 검은 사자 깃발과 푸른 나비 깃발이 큰 원을 그리며 펄럭이기 시작했다. 적들의 선두로 마리포사 기사단을 비롯한 약 사백여 기의 창기사가 이 열 횡대로 길게 늘어져 섰다.

라르크 군의 선두에 서 있던 올베빈이 밤하늘 가르듯 검을 치켜들었다.

"……개전!"

포효 같은 고함과 함께 깃발들이 펄럭이고 땅이 울린다.

그들은 내달렸다. 초원 저편의 창기병들도 어둠을 가로질러 그들에게로 돌진해 왔다. 그렇게 시작되었다.

이샤스 평야 주둔군 사령부 막사.

한밤의 소슬한 기운이 폐부를 적신다. 에반부르는 적막한 지휘 사령부 막사를 홀로 지키고 있었다. 일정한 간격으로 들어오던 대기 보고가 끊긴 지 조금 되었다. 남쪽에서는 전투가 시작되었을 것이다.

에반부르는 막사 한편에 놓인 누군가 두다 만 묵직하게 넓은 체스판을 바라보았다.

짬이 날 때마다 파사드와 타라옛이 마주 앉아 두었던 체스는 그대로 멈춰 있었다. 몇 날 며칠, 어쩌면 그보다 오랫동안.

파사드가 백이고 벵센 경 타라옛이 흑이었다.

백의 체스말들은 파사드의 성정처럼 신중했다. 하얀 비숍과 나이트에 둘러싸인 킹은 누구도 넘보지 못할 절대 불가침의 영역에 위치했다.

그러나 흑의 체스말들은 타라옛의 대쪽 같은 성향처럼 조금 더 공격적으로 나이트와 퀸을 중앙에 배치한 상태였다.

에반부르는 체스에 관심이 많지 않았으므로 조예가 짧았다. 이 판에서 어느 한쪽이 우세하다고 말하기는 어려웠다. 구태여 말하자면 타라옛 쪽이 조금 더 많은 백의 체스말을 잡았다. 타라옛의 검은 퀸은 파사드의 백의 나이트와 지근거리라는 것이 눈에 띄었다. 나이트가 잡힐지도 모르겠군. 에반부르는 중얼거렸다.

그러나 타라옛의 수가 짐작이 가는 데에 반해, 파사드의 백의 체스말들은 의도가 쉬이 분간되지 않았다. 가능성이 너무 많았다.

"……여전히 칼란독 경의 생각은 모르겠구먼."

에반부르는 턱을 매만지며 중얼거렸다.

타라옛이 파사드보다 훨씬 체스에 뛰어나기 때문이라 할 수 없는 것은, 저리 진행되던 판이 몇 번이고 파사드의 승리로 끝나는 것을 경험했기 때문이다.

에반부르는 오래전부터 파사드를 유의 깊게 보아 왔다.

파사드는 태생적인 천재는 아니었다. 그러나 날카롭게 재능을 갈고닭은 수재라는 건 확실하다.

첫 기억의 파사드는 말수가 적고 행동거지를 스스로 주의하는 조숙한 소년이었다. 모두가 떠받드는 브류나크인데도 과하게 겸손하다는 생각을 했었다. 그 첫인상은 꽤 오래갔다. 십수 년쯤 전, 파사드가 웬터발트 후작의 작위를 하사받고, 라페로바한 가문과 정략을 할 때까지도 참 조용하기만 한 소년이다 싶었다. 인상이 바뀐 것은 그로부터 얼마 지나지 않아 파사드가 브류나크의 반대를 무릅쓰고 시친 군도국으로 유학길을 떠나 버렸다는 이야기를 들었을 때였다.

'의외로 큰일도 치시는군.'

파사드가 떠난 후 죽상을 하던 선대 브류나크 공작 칼키스를 보며 말 안 듣는 자식을 키우는 아비의 동병상련을 느꼈던 듯도 했다.

이후 에반부르가 파사드를 다시 조우한 것은 선대 브류나크 공작이었던 칼키스가 타계한 후였다. 공작의 품계를 물려받은 그는 많이 변해 있었다.

파사드는 지난 브류나크들과는 달리 펜을 내려놓고 검을 들었다. 중앙에서의 실권 장악을 외면하고 무장의 길을 택한 것이다. 에반부르 역시 투쟁의 삶을 살았기에 접점이 많았다.

언제 한 번은 파사드에게 물었던 적이 있었다. 왜 그리 전선을 찾아다니며 검을 쥐시는 거외까? 파사드는 답했다. 브류나크가 해야 할 일입니다.

그 대답에 에반부르는 어쩐지 스스로가 부끄러웠다.

파사드는 수도 귀족으로서는 보기 드문 위인이었다. 사람을 그리 친밀하게 대하는 것도 아니었지만 멀리하지도 않았다. 다정하게 주위 인사들을 어르고, 작위나 권력을 내세워 누군가를 깎아내리는 짓도 않으며, 매사 말 한마디도 신중해 많은 이들의 존경을 사는 이였다.

그렇지만 전장에 선 파사드는 브류나크가 된다. 군대가 개인을 죽이고 단체라는 유기체로서 움직이는 것이 사실이지만, 에반부르는 강박적으로 스스로를 억압하는 그가 걱정스러웠다.

파사드가 자신처럼 되지 않기를 바랐다. 어느 순간 희노애락은 죄 잊히고, 남는 것이라고는 싸우다 죽는 것만이라 믿게 되는 삶.

르옌이 떠나기를 바라는 이유 중 하나이기도 하다. 지금의 브류나크를 이룬 역사와 르옌이라는 여자의 저돌성을 생각하면, 파사드가 르옌을 제대로 다룰 수 있을 지에 대해서 회의적이었기 때문이다.

라르칼리아와 브류나크. 정통 왕조와 반역 왕조. 나라를 멸망시키려 한 왕조와 구국을 행하여 혁명을 일으킨 왕조. 어찌 부르든 같은 말이었다.

'……어쩌다 일이 이리되었는고.'

솔직한 심정으로 에반부르는 르옌의 오연함이 두렵기도 했다. 또한 존재 자체가 위협이라고 생각하기도 했다. 과거의 사람이 현재에도 살아 있다는 것. 혹은 되살아난다는 것은 상상만으로도 몹시 두려운 일이다.

르옌의 성품을 크게 의심하지는 않지만 그녀가 '자신'이라 주장하는 라르칼리아 왕조의 마지막 여왕 '스완'이라는 여자의 일생에 대해 생각해 보면 우려하지 않는 것이 더 이상할 것이다. 전쟁귀, 천재, 악독한 여왕, 냉혈귀, 온갖 이름들이 역사서 속에 따라붙은 여자다. 그런 그녀가 브류나크에 무슨 속을 품고 있을지 어찌 알랴. 에반부르는 쉬이 사람의 속을 믿기엔 이미 닳고 닳은 이였다.

―라르크에게 일러라. 너희에게 배반당한 여왕은 나와 함께 되돌아올 것이다.

하필이면 이백여 년 전 죽었다던 변절자가 저런 유언까지 남겨서는 더 찝찝하다.

　만일, 아주 만에 하나 발로이드가 그 변절자라는 게 사실이라면 어떨까. 사실 에반부르는 발로이드의 언사에 조금 더 당위성이 존재하지 않겠는가 생각한다. 충과 불충의 문제를 떠나, 잘하고 못하고를 떠나, 자신을 무너뜨린 자들을 위해 헌신한다는 건 공감을 사기 어려운 일이다.

　체스 판에서 시선을 거둔 에반부르가 자리를 고쳐 앉았다. 부상병이 되어 안전한 곳에 몸 사리고 있는 형국이 되었더라도 두 손 놓고 있을 수만은 없었다. 종일 긴장을 하고 있었던 탓인지 어깻죽지가 쑤셔 왔다. 에반부르는 너저분하게 늘어진 보고서들을 정리했다. 그런데 별안간 사령부 막사 밖에서 급한 목소리가 울렸다.

　“칼란독 경께서 보낸 급사急使입니다!”

　에반부르가 급히 밖으로 나갔다. 막사 앞에는 네 시간 남짓의 거리를 쉬지 않고 달려오느라 녹초가 된 병사가 숨을 헐떡대고 있었다. 급사는 허둥거리며 구겨진 서간을 내밀었다.

　“허억, 카, 칼란독 경께서 주둔지를 중심으로 수성하라는 명을, 내리셨, 허억, 습니다! 곧, 허억, 보, 복귀하실, 허억.”

　에반부르가 숨넘어갈 듯 헐떡거리는 병사에게서 시선을 떼고 서간을 펼쳤다.

　적의 전력에 합계되지 않은 마리포사 기사단.
　가까운 마리포사의 군사 거점. 유력지 르나베.
　완전 수비 대형으로 최고 단계 경계 유지할 것.

　에반부르는 등줄기의 솜털까지 곤두서는 소름에 어깨를 움찔했다. 사령부 막사로 달려 들어간 그가 재빠르게 지도를 훑었다.

'르나베?'

귀에 익지는 않은 이름이었으나 아무런 근거 없이 파사드가 이런 급사를 보내 알리지는 않았을 것이다.

'르나베.'

에반부르의 손끝이 그들이 주둔한 이샤스의 서부 핀사체 경계의 바로 옆 영지인 르나베 성에 멈추었다.

'서쪽.'

지금 남아 있던 대부분의 군사들은 북상하는 적들을 맞이하러 남쪽으로 나갔다. 주둔지에 남은 병력은 다 합쳐 봐야 일천여 명도 되지 않는 수였다.

그리고 그때, 또 다른 병사가 달려왔다.

"적, 적입니다!"

한 기사가 또 다른 급사를 전하기 위해 사령부 막사로 달려왔다. 이게 무슨 소린가. 에반부르가 지도에서 시선을 떼 막사로 달려 들어온 청년 병사를 돌아보았다.

"할드로프 경, 서쪽과 북쪽에서 확인되지 않은 기사단들이 엄청난 속도로 돌격해 오고 있다고⋯⋯!"

바깥이 소란스러워졌다. 적의 출현을 알리는 고함은 점점 커지고 뚜렷해졌다. 북소리가 울린다.

에반부르는 밖으로 달려 나갔다. 한밤의 사방이 노을진 듯 밝았다. 나이 든 기사의 지친 눈동자 위로 밤하늘을 할퀴는 주홍빛 궤적들이 별똥별처럼 쏟아지는 풍경이 맺혔다. 이윽고 솟구치기 시작한 검은 연기는 아지랑이처럼 밤하늘에 녹아들었다.

에반부르의 입술이 서서히 벌어졌다.

"……이 작자는 정말."

삼동三同[†]이었다.

머리는 저것이다.

끔찍한 밤의 시작이었다.

마음 졸이며 진영을 지키던 군사들은 혼란에 빠졌다. 검은 망토를 뒤집어쓴 적들은 서쪽 울타리를 뛰어 넘어와 무자비하게 검을 휘둘렀다. 피바람에 망토가 펄럭일 때마다 숨겨져 있던 푸른 갑옷이 언뜻언뜻 선득한 이채를 발했다.

어림잡아 들리는 말발굽 소리로만 그 수는 수백 여가 넘는다. 그 너머로부터는 그보다 많은 절망들이 질주해 오고 있었다.

서쪽 울타리에 근접한 병영 일대는 삽시간에 쑥대밭이 되었고, 대기 중이던 라르크의 군사들은 어마무지한 기동력을 자랑하며 밀려든 적들에게 속수무책으로 죽어 나갔다. 도망치기에 급급했던 이들도 달려오는 기사의 칼에 도려져 나갔다. 갑자기 벌어진 이해할 수 없는 상황에 아연한 이들만 넘쳐 났다.

르옌은 이 상황이 어찌 된 영문인지 가장 먼저 알아차린 사람이었다. 라르크의 진영을 침략한 기사들 사이로 느껴지는 익숙한 향취. 자신을 바라보는 그 향기는 어디에 있든 알 수 있는 것이기에.

막사에서 몇 걸음 벗어난 르옌은 비명과 고함이 난무하는 아수라장이 된 진영 한복판에 섰다. 불그스름한 눈동자가 제 발치로 떨어

삼동[†]　머리, 몸, 팔다리의 세 부분을 합한 것. 작중에서는 셋이 하나의 계획임을 비유한다.

진 불화살을 내려다보았다.

그녀를 발견하고 달려온 라르크의 한 이름 모를 병사가 그녀의 목전에서 느리게 고꾸라졌다. 엎어진 라르크 병사의 목덜미엔 자비 없는 창이 박혔다 뽑힌 자국이 났다. 분수처럼 솟구치는 핏물을 그녀는 피하지 않고 뒤집어썼다. 그럴 여념이 없었다.

스러진 이름 모를 병사의 후경後景으로, 그가 서 있었다. 피비린내 나는 어둠과 함께 사내가 다가온다.

"도망…… 치…….."

선혈을 토하며 거품을 물던 병사의 음성은 마지막 숨과 함께 앗겨 나갔다. 죽은 군사의 피투성이의 손이 그녀의 발등 위로 툭 떨어졌다. 르옌은 고개를 들었다. 적의 손에 쥐인 기다란 검은 창대가 가장 먼저 보였다.

익숙하게 아름다운 물건이었다. 그녀의 입가에 허망한 웃음이 떠올랐다. 곧이어 그녀를 마주 보고 서 있던 검은 기사가 무기를 쥔 팔을 높이 들어 올렸다. 그의 손아귀에서 완벽하게 아름다운 검은 창이 쩡하는 소리를 내며 맨바닥에 꽂혔다.

쩡! 검은 사자의 갑옷을 뒤집어쓰고 나타난 적의 기사가 얼굴을 가리던 망토를 끌어 내렸다. 언젠가 제가 가졌던 것과 닮은 푸른 눈동자가 그녀를 마주 보았다.

적이다.

비명이 멀어졌다.

죽여라.

고함도 멀어졌다.

"너를 구하러 왔다. 누님."

오직 그의 음성만이 선명했다.

적들이 텅 빈 주둔지를 침략해 왔다. 그 사실을 전해 듣고도 한참이나 에반부르는 꿈쩍도 하지 못했다.

분명 이 회전의 날짜와 장소를 정한 것은 파사드였다. 그런데 서쪽 영지에서 튀어나온 적들은 오래전부터 준비한 것처럼 일사불란하게 움직여 아군 주둔지의 뒤와 옆을 쳤다.

모르가나의 주둔지에서 그들이 서쪽 거점으로 연락을 넣는 데 최소 사흘가량이 걸렸을 것이다. 르나베에서 군사들을 준비시키는 시간, 그리고 라르크의 이샤스 주둔지까지 들이치는 시간까지 하면 다시 사흘.

'대체, 이 어찌 된.'

발로이드가 파사드로부터 회전지에 대한 통보를 듣기 전부터 움직였다는 가정이 가장 합리적이다. 하지만 날짜와 전장을 선택한 건 이쪽. 저들에게 미리 군사를 준비시켜 두라 명했다 해도, 다시 시기를 결정한 후 전략을 주고받는 데에는 시간이 필요한 법이다.

아무리 빠르게 라르크의 파수병들의 눈을 피해 기발을 주고받아도 아흐레는 더 필요한 일이었다. 이것을 가능하게 했다는 건 적들의 체계가 그들의 상상 이상으로 치밀하다는 것과 상통했다.

'서쪽의 원군이 시간을 맞출 수 있을지 어찌 알고……?'

심지어 모르가나에서는 내분까지 있었다고 했다. 내분이 있는 와중에 정규군을 둘로 나누고 먼 거리의 거점에 허를 찌를 매복을 요청하고…….

순간 에반부르의 등줄기로 소름이 돋아 올랐다.

이 모든 게 가능하기 위해서는 한 가지 가능성밖에 없었다. 직접 움직이는 것. 기발을 통하지 않고 그 즉시 결정을 내리고 실행할 수 있는 지휘자가 직접 움직인다면 기발들이 오가는 데에는 시간이 필요 없었다.

지금 남동쪽의 초원 지대에는 마리포사의 기사단장이라 불리는 여기사가 지휘하고 있다고 보고받았다. 남부를 지휘하는 것 역시 마리포사의 또 다른 기사라고 했다. 그리고 발로이드는 아직 목격되지 않았다.

'무시무시하구만그려…….'

한참을 굳어져 있던 에반부르의 표정이 비장해졌다. 그는 목 뒤로 두르고 있던 연둣빛 종달새가 수놓인 멘테를 천천히 끌어 내렸다. 탁자 위로 넓게 멘테를 펼친 그가 천천히 자리를 잡고 앉아 펜을 들었다.

얼마 후, 펜을 내려놓은 에반부르가 결연한 얼굴로 일어서 군사에게 명했다.

"출병 준비해라."

부상이 낫지 않았으나 어쩔 수 없었다. 남부로 내려가 있는 군사들이 회군을 하든, 회전지에 나가 있던 정규군이 복귀를 하든, 조금이라도 버텨 내야 하는 것이 그의 임무였다.

발로이드가 찾아올 테니.

이름 모를 군사의 피를 뒤집어쓴 르옌이 서늘하게 웃었다. 목소리는 처연했다.

"무엇으로부터 나를 구한다는 거냐."

"이 구역질 나는 이들이 누님의 혜안을 흐리게 했으니, 그를 구하는 것은 내 몫이지."

맹수처럼 날카로운 눈빛의 군마를 탄 발로이드의 목소리가 머리 위로 차분히 내려앉았다.

"……예우를 갖추어 모시지 못한 것."

발로이드가 피투성이 장갑을 낀 손을 그녀에게 내밀었다.

"또한 저들이 어떤 간계를 부려 또다시 누님을 속이는지 몰라 더 두고 볼 수 없어 이리 찾아온 것. 부디 미리 용서를 구하겠다. 누님의 노여움, 이 몸 기꺼이 감당할 테니."

가시밭길에 내던져진 아픔으로 정신을 차린 그녀는 두 걸음 물러섰다. 발로이드의 눈빛이 차가워졌다.

르옌은 주위를 돌아보았다. 하늘로 치솟는 검은 연기는 붉은 불길과 뒤섞여 괴괴하게 번진다. 저편에는 검은 망토의 기사들이 마구잡이로 검을 휘두르고 짓밟으며 그들을 막기 위해 달려오는 병사들을 베어 넘기고 있었다. 재가 되는 것은 라르크 군의 깃발이며, 라르크 군을 짓밟는 것은 모르가나 군의 말발굽이었다. 마리포사건 아니건 그녀에게는 같았다.

일백, 이백, 아니 반 천 명. 아니, 어쩌면 그보다 많다. 눈에 보이는 적의 기사들의 수만 해도 헤아릴 수 없음이니 이 전투는 라르크의 큰 손실을 야기할 것이 자명했다.

발로이드가 다시 한 걸음 르옌에게 다가섰다.

"시간은 그다지 많지 않다, 누님. 나는 이미 충분히 기다렸다."

르옌은 울렁거리는 속을 가까스로 내리눌렀다.

"너는 지금 그릇된 선택을 내게 강요하는구나."

"어리석게 굴지 마라, 누님. 누님에게 남은 건 나뿐이니까."

"……."

"전부 다 죽고, 효수되고, 우리의 영광은 추락했다. 하지만 이제 다시 되돌이킬 수 있어."

발로이드는 팔을 뻗어 검은 창을 쥐어 올렸다. 돌레한의 창, 그것은 한때 여왕이 국서에게 하사했던 리오낙과 함께 태어난 창이다. 창대에 선명하게 새겨진 라르칼리아의 문자와 창목에 감긴 피 먹은 나비 기가 축 늘어진 게 보였다.

"남은 건 너와 나, 그리고 우리가 꿈꿨던 이상뿐이지만 다시 시작할 수 있어. 봐라. 네가 나에게 새겨 준 신념을. 우리가 바라던 세상을 이루기 위해 나는 오래도록 누님을 기다렸다. 네가 증오로 노려봐야 하는 건 바로 네가 딛고 있는 이 땅에 사는 이들이다. 저들은 이미 한 번 우리를 배반한 놈들이야. 내가 아니라. 나는 변함없이 너의 기사로서 이 자리에 섰다."

─우리가 하나의 꿈을 꾼다는 건, 내게는 더할 나위 없는 축복이다.

그녀와 약조한 이상을 빼곡이 새긴 신념의 창은 아직 그의 손에 쥐어 있었다.

르옌은 넋을 잃고 그를 바라보았다. 올조르와 함께 감정의 편린 하나까지도 다 흘려보낸 그녀는 껍데기만 남은 기억을 등에 인 것만으로도 무거워 견딜 수가 없는데, 페이작은 여전히 그 시간에 잠겨 있었다.

"페이작."

가슴 속에 움튼 어떤 뜨거운 것이 서서히 융기했다.

"……이제 와 그때의 어린 이상을 들먹이는 건 부질없는 짓이야."

"부질없다니? 우리가 이리 다시 만난 것 또한 이루지 못한 것을 이루기 위함이다. 누님을 배반했던 라르크가 배반의 대가를 치르는 것은 당연하다."

"나는 라르크를 용서했다. 벨바롯트를 용서하고, 한센을 용서하고, 자르데사를 용서하고……. 나는 그들을 원망하고 증오한 적이 없어."

"……."

"그리고 나는 라르크에 충의를 다짐했었다. 너 또한 나와 마찬가지가 아니었나."

"하지만 네가 충의를 다짐한 그 라르크가 널 배반한 거다."

발로이드의 벽안이 섬뜩한 살의로 일렁거렸다.

"저놈들이 너를 어찌 이리 망쳤는지는 모르겠지만."

"네가 기억하는 내가 누군가에게 쉬이 망쳐질 만한 이더냐."

무어라 해야 하나. 어떤 말로도 그녀의 심정을 설명할 수 없었다. 르옌은 울분과 함께 솟아오르는 노기를 억누르고 어르듯 목소리를 가라앉혔다.

"페이작 돌레한 라르칼리아, 너와 난 전생에 이미 죽음에 관해 충분한 결론을 내렸다. 사트루가 귀레 라르크사. 우린 라르크를 위해 살았고, 그건 이백 년 전 끝났어야 할 우리의 끝이었다. 어리석게 굴……."

"……나의 라르크는 너였다!"

돌연 발로이드의 고함이 쩌렁쩌렁 울려 퍼졌다.

"나의 라르크는, 나의, 나의, 이 나의 라르크는, 오직 너 하나였다! 부당한 일에도 굴하지 않고 공정한 분노로 빚을 갚던, 감히 누구도 얕잡지 못한 네가 나의 라르크였다. 그리고 내가 충성했던 라르크를 저놈들이이이!"

저놈들이이이!

절규에 가까운 음성이 공허한 밤에 메아리쳤다.

그의 창끝이 활활 불타는 라르크의 둔영 저편을 가리켰다. 르옌은 초점 잃은 눈으로 발로이드의 떨리는 창끝이 가리키는 불타는 세상을 돌아보았다.

사랑했던 라르크는 그녀를 끌어내리고 라르칼리아를 멸망시켰다. 그러나 지금의 그녀는 온전한 그녀가 아니었다. 그녀는 스완이었으되 르옌이었다. 그때와 완벽하게 같을 수 없다는 것을 르옌은 이미 잘 알고 있었다. 그녀에게는 살아 있는 부모님이 있고 걱정스러운 어린 동생도 있었다.

르옌이 가까스로 힘주어 말했다.

"라르크는, 내가 아니다. 너는 잘못 생각하고 있다."

거칠게 내쉬어지던 발로이드의 숨소리가 뚝 끊어졌다. 그의 입술이 일그러진 비웃음을 토해 냈다.

"하하, 하하하. ……이런 언사를 용서해라. 내 영특하고 현명하던 누님이 왜 이리된 거지. 예전의 그 대단했던 나의 폐하는 어디 가고, 차림처럼 보잘것없는 말이나 떠드는 초라한 인간이 된 거냐. 저들이 네게 무슨 말을 속삭였기에?"

"너는 왜 그들의 배반의 죄를 이백 년이나 지난 지금, 죄 없는 이들에게 뒤집어씌우려 하나."

"우리를 죽인 라르크다."

"아니, 틀렸다. 우리가 태어나고 살았던 땅일 뿐, 후대의 라르크다. 그때 우리를 배반했던 자들은 누구도 없다. 전부 죽었어. 전부 사라지고 없음을 너도 잘 알 것이다. 게다가 넌 지금 라르크의 왕손이 누구의 핏줄인 줄은 알고, 벨바롯트가 어떤 결단을 감내한 것인 줄이나 알고……!"

순간 발로이드의 눈빛에 맹렬한 증오의 빛이 떠올랐다. 그것은 진득하게 깊어서 일견 슬픔처럼 보이기도 했다. 르옌은 목 졸린 듯한 기분을 느끼며 천천히 입술을 다물었다.

둔영을 태우는 불길에서 떨어져 나온 불티가 공기를 타고 흘러 그들의 주위를 떠돌았다.

"스완."

그의 목소리는 밑바닥까지 끌어내려졌다.

"……너는, 누님은 나를 이 지옥 같은 곳에 두고 떠났다."

르옌의 시선이 서서히 각을 낮추었다. 발로이드가 타고 있는 준마의 마갑 덮개에 수놓인 검은 사자가 그녀를 노려보았다.

그랬다. 저 지겨운 것과 싸우고 싸우다가 싸움 끝에 패배하고 배반당해 죽었다. 그는 홀로 남았을 것이다.

"그래, 나를 두고 어처구니가 없을 만큼 쉽게 죽어 버렸지. 유언의 말 한마디 없이 그리 죽어 버렸다. 너는 모르겠지만 나는 살아남아 누님의 사후 벌어진 모든 일들을 이 눈으로 똑똑히 목도했다."

음절 속에 차츰 울분과 살의가 엉켜 들어갔다.

"나는, 누님의 유해를 귀자로 성벽에 매달아 둔 저놈들의 배덕함과 누님의 영광스런 이름을 진창 바닥으로 끌어내리는 추잡함을 지켜보았다. 모르가나에 무릎 꿇은 패배자에게 위대한 새 왕조를 개창했다 지껄이는 이들이 벌이는 축제를 보았다. 누님의 치세에 그리도 여왕 폐하 만세를 부르짖던 라르크의 비천한 것들이 충성의 대상을 바꾸어 브류나크를 칭송하는 걸 들었다. 왕손이 누구인지 아느냐고? 벨바롯트가 누님과 나의 아이를 왕위에 앉혔을 때, 내 기분이 어땠는지 짐작이나 하나?"

"……."

"나는 페오그란의 목을 산 채로 뜯어내고 싶어 내 숨통을 조일 지경이었다."

"……."

"그것이 내 핏줄? 그래서? 제 친어미를 배반하고 죽인 자를 아비라 따르면서, 제 육친을 폭군이라 명명하면서 브뤼나크를 맹신해 나를 적대하던 그것이 저 라르크의 무수한 배반자들과 다를 것이 뭐냐. 그놈들이이이!"

르옌은 침묵했다. 여왕의 마지막, 그녀의 앞에서 무릎을 꿇고 울던 사내에게 담담히 건넸던 그 한마디가 눅진 바람 스며들 듯 귓가에 괴어들었다.

─……벨바롯트, 페이작에게 선처를 부탁하겠다. 그는, 그 아이는 부나방처럼 내 주위를 맴돈 죄뿐이다. 모든 죄는 내가 안고 갈 테니.

가슴이 와르르 무너져 내렸다.

저 혼자 업을 이고 사라지면 그것으로 되었다 여겼다. 살아남을 이의 마음 따위 헤아리지 않았다. 제 죽음을 지켜볼 이들 따윈 안중에도 없었다. 그녀가 보지 못할 미래를 살아갈 이들이 느낄 고통, 혹은 상실은 삶의 무게보다 가벼우리라. 내심 그리 여겼을는지도 모른다.

안고 간다. 감히 제가 모든 것을 안고 가겠다 말했다. 전부 다 내버리고 피안의 저편으로 도망친 주제에. 르옌이 피비린내 나는 손을 들어 얼굴을 가렸다. 그의 말 한마디 한마디가 끔찍해 목구멍 안에서 신음만 맴돌았다.

짓밟힌 라르크의 군사들은 한때 그들이 지켰던 자들이었다. 불타 버린 막사들은 한때 그들이 올려 지은 것들이었다.

사투르가 귀레 라르크. 모든 것은 라르크를 위하여.

그들의 믿음이었다. 그러나 혼자만의 믿음이었다.

하지만 르옌은 두 번째 삶의 의미를 올조르에서 되찾았다. 올조르가 무너지던 날, 정체되었던 시간은 움직였다.

무너진 올조르의 성터에 엎드려 오열했던 그날의 기억은 아직도 눈꺼풀 안에 선명하다. 제게 남은 것이 미친 미련과 고집뿐이라는 것을 깨달았던 날, 허망하기 짝이 없던 야망이 그녀를 비웃었다.

하얗게 질린 르옌을 반쯤 내리깐 눈동자로 내려다보던 발로이드가 그녀의 코앞에 멈춰 섰다.

"너는 나와 간다."

르옌이 어떤 반응을 보일 틈도 없었다. 거친 그의 손이 그녀의 허리를 낚아채 올렸다. 자비를 두지 않은 악력에 르옌은 실 끊어진 인형처럼 휘청였다.

"그리고 다시 한 번 함께 시작하는 거다."

강제적인 페이작의 힘에 넋을 잃은 르옌이 반쯤 끌려 올라갔을 때였다. 어디선가 악다구니에 가까운 고성이 울려 퍼졌다.

"내 누이를 내려놓지 못해에에!"

르옌의 눈이 크게 뜨였다. 온몸의 솜털이 곤두섰다.

라르크는 북부국이라 불리기도 한다.

추운 날이 더운 날보다 갑절은 많은 특성상 여름도 남부의 봄만큼이나 뜨뜻미지근한 날이 더 많았다. 그나마 남쪽에 위치한 갈라부아 인근이어야 사계절의 변화가 선명했다.

그리고 규젠 마을은 갈라부아 일대의 작은 숲속에 위치해 있었다. 그리 춥지 않아 곡식도 집짐승들도 기르기 좋았다. 나름의 축복을 받은 땅이라, 마을 주민들은 그리 믿었다.

그중, 오랫동안 규젠 마을에 발붙이고 살았던 말 장수의 집이라 불리는 데투아의 집에는 세 아이가 있었다. 책임감 있는 장남 에이반과 매사 침착한 장녀 르옌, 놀기 좋아하는 막내 시단, 그렇게 유명했다.

삼 남매는 꿈도 제각각이었다. 에이반은 마을을 지키는 자경단원이 되고 싶어 했고, 르옌은 탈 없이 사는 것이 좋은 삶이라 여겼으며, 막내인 시단은 가업을 크게 키워 호의호식하는 것이 목표라 떵떵거렸다.

성격도 천차만별인데 나이 차 또한 고만고만하다 보니 낯 붉히는 일도 종종 있었다. 그들 집안에서 다툼이 벌어지기라도 하는 날에는 가뜩이나 작고 낡은 이층집이 온통 타이르는 소리, 침묵, 고함 따위로 아수라장이 되곤 했다. 주로 사고를 일으키는 건 시단이었고 타이르는 것은 에이반이었으며 침묵하는 건 르옌이었다.

그날은 유독 후덥지근한 날이었다.

무수히 많은 별이 총총 떠오른 미지근한 밤. 데투아가의 앞마당은 매앰매앰 풀벌레 우는 소리로 가득했다. 불 켜진 창문과 현관 앞 호롱불 근처로 온갖 잡벌레들이 날아들었다. 그리고 말여물들이 층층이 쌓인 좁다란 마당 한편에는 물 양동이를 들고 벌받듯 꿇어앉은 소년과 그런 소년을 냉정하게 내려다보는 소녀가 있었다.

—가서 사과해.

—싫어.

막 열여섯의 성인이 된 누이의 눈빛이 여느 때보다도 서슬 퍼렇게 빛났다. 완강하게 저항하려던 시단은 결국 그녀의 눈치를 보며 억울함을 소리쳤다.

—걔가 먼저 잘못했단 말이야! 그러게 왜 사람 성질을 돋궈!

—지금 네가 내 성질을 돋구고 있는데, 똑같이 해 줄까?

르옌은 어린 동생도 봐주는 법이 없던 누이였다.

—네가 이번에 마르크를 죽일 뻔했어.

시단은 부은 시선을 내려뜨리며 다 터져 피딱지가 앉은 아랫입술을 당겨 물었다.

—안 죽었잖아!

—그러니 다행인 줄 알아. 네가 평소에 친구들이랑 무슨 짓을 하고 다니든 신경 안 써. 그렇지만 이번 일만큼은 그냥 안 넘겨. 마을에서 내쫓기고 싶어?

—그 병신 절름발이 편들지 마!

시단은 독이 올라 바락 거렸다. 상처투성이 짐승 새끼가 따로 없었다.

시단을 궁지로 몰아넣은 사건이 일어난 건 그날 해 저물녘 즈음이었다.

마을 친구와 크게 다투었다. 이웃이었던 마르크는 태어날 때부터 몸이 불편했기에 사지 멀쩡한 시단을 이길 수 없었다. 시작은 어린아이들의 몸싸움이었지만 시단과의 격렬하다면 격렬한 몸싸움에서 넘어져 돌부리에 머리가 터진 이웃집 소년은 결국 피를 철철 흘리며 실려 갔다. 워낙 작은 마을이었던지라, 소식은 금방 퍼졌다.

말괄이 제스의 막내아들이 편모의 슬하에 사는 절름발이 소년을 때리려 크게 다치게 했다는 이야기.

싸우면서 자라는 것이 어린아이라고는 하지만, 정도가 있는 법이다. 시단은 혼이 날 것을 예상해 더럭 겁을 먹고 다락에 숨어 있었다. 하지만 르옌이 그를 귀신같이 찾아내어 질질 끌고 나오는 바람에 이꼴이 되었다.

'내가 누구 때문에 그랬는데.'

고양이 앞의 쥐처럼 웅크리고 있던 시단이 다시 악을 질렀다.

—그놈이 지 멋대로 넘어져서 머리 박은 건데, 왜!

—가서 사과해.

—아줌마한테는 사과해도 그 병신한테는 안 해!

　시단의 속도 단단히 꼬였다.

　—맞아도 싼 놈이야!

　—왜 마르크가 너한테 맞아도 싼 놈인데? 네가 그렇게 잘났어?

　눈물이 그렁그렁 맺힌 시단은 합죽이처럼 입을 다물어 버렸다. 르옌은 한심하단 듯 비웃었다.

　—네가 내 동생이 아니고, 마르크가 내 동생이었으면 난 네 팔을 부러뜨려 버렸을 거다.

　르옌의 허풍 같은 말은 보통 허풍이 아니었다. 시단은 듣기만 해도 팔이 부러질 것 같은 위협을 느끼고 양동이를 후들후들 내려놓았다. 그러자 르옌의 눈빛이 즉각 흉흉해졌다. 잠깐의 자비도 없었다.

　결국 시단이 울먹이며 다시 양동이를 들어 올렸다.

　—사과하고 싶은 마음이 생길 때까지 그러고 있어.

　르옌은 매몰차게 뒤돌아 집 안으로 들어가 버렸다.

　'악마 같은 계집애! 그러니까 그리 욕을 먹고 다니지!'

　물이 넘쳐 시단의 머리 위로 줄줄 흘러내렸다. 하지만 언성조차 높이지 않은 누이가 혼내는 것이 큰소리로 화를 내는 아버지가 혼내는 것보다 무서워서, 시단은 꼼짝도 못하고 눈물만 뚝뚝 흘렸다.

　에이반이 소식을 듣고 달려온 것은 자정 무렵이었다. 이박삼일의 일정으로 자경단원 훈련을 받기 위해 인근 숲으로 들어가 야영을 하고 있었던 그가 보다 빨리 올 수는 없었을 것이다.

　아버지 제스는 인근 영주와의 거래가 성사되어 집을 비운 상황이었고, 어머니인 세닐라는 책임을 느끼고 이 시간까지도 마르크의 집에 폴트 부인과 함께 있었다. 지금 집을 책임지는 이는 르옌이었다.

자경단원들이 입는 재색 얇은 코트를 걸친 차림의 에이반이 급히
물었다.

―르엔, 어머니는?

―빨리 왔네. 어머니는 폴트 부인과 함께 있어.

―듣자마자 달려왔어. 마르크는 괜찮은 거야?

―생명에 지장 있는 건 아니라더라.

미뤄 두었던 빨래들을 개키던 르엔이 노곤한 기색으로 에이반을
돌아보았다. 그녀의 눈매가 이내 불만족스럽게 가늘어졌다. 에이반
의 뒤로 자그마한 머리칼이 삐죽삐죽 솟아 있었다.

―저 철딱서니 없는 놈은 왜 끌고 들어왔어?

에이반을 방패 삼아 서 있던 시단의 좁은 어깨가 움찔거렸다. 시
단은 에이반의 바지 자락을 슬그머니 쥐고 고개를 내밀어 르엔을 쏘
아보았다.

―사과하지 않을 거라면 나가.

―르엔, 잠깐 진정 좀 해. 지금 밖에 벌레가 너무 많아. 시단도 많
이 반성했을 거야.

에이반이 만류했다.

풀벌레가 기승을 부리는 시기인지라 확실히 시단의 팔이며 다리
그리고 온 얼굴이 모기와 개미, 벼룩 따위에 물려 울긋불긋했다. 르
엔은 잠깐 한쪽 눈썹을 찡그렸지만 매몰차기는 여전했다.

―반성을 했다면 행동으로 보여야겠지.

―나 그 자식한테 사과 안 해!

―워워, 시단, 조용히 하고 있어. 르엔, 일단 이 녀석은 내가 잘 타
일러 볼 테니까.

―자기가 저지른 일에 책임질 용기도 없어서 네 뒤에 숨어 있는

꼬락서니라니. 저것도 사내새끼라고.

르옌의 신랄하기 짝이 없는 비난에 에이반이 식은땀을 비질비질 흘렸다. 결국 시단은 눈물을 뚝뚝 떨어뜨리며 뛰쳐나갔다.

—나간다! 이 아무것도 모르는 멍청한 년아! 그러니 네가 그렇게 욕을 먹고 다니는 거야!

르옌은 뛰쳐나가는 시단의 뒷모습을 열없는 눈빛으로 흘길 뿐이었다. 언제나 그렇듯 고래 싸움에 새우 등 터진다고, 에이반이 난처한 얼굴로 르옌과 쾅 닫힌 문을 번갈아 바라보다 따라 나갔다.

르옌은 한데 개켜 둔 빨래들을 옷장 속에 차곡차곡 올려 넣었다. 얕은 한숨이 새어 나왔다. 세닐라는 밤이 늦었는데도 돌아오지 않고 있었다.

'가 봐야 하나.'

케케묵은 냄새가 나는 옷장을 한참을 바라보던 그녀가 얇은 외투를 걸쳤다. 밖으로 나서려는데 때마침 문이 열렸다. 잔뜩 피곤한 낯색을 한 세닐라였다.

르옌이 물었다.

—마르크는요?

—다행이야. 그래도 정신은 차렸더라. 시단은 어디 있니? 너희, 저녁은 먹었고?

연신 시단을 찾아 고개를 두리번거리는 세닐라의 모습에는 노여움은 한 가닥도 배어 있지 않았다. 그녀는 늘 저런 어미였다.

—마르크가 왜 그렇게 싸운 건지 말해요?

—……그게.

르옌은 시든 목련처럼 초췌한 세닐라의 얼굴을 바라보았다. 반나절 사이에 얼굴이 반쪽이 되어 있었다.

―애들이 멋모르고 떠든 말들 때문이지 왜 그러겠니. 잘 모르는 애들한테는 우리 집안이 조금 특이해 보일 수도 있는걸. 폴트 부인도 이번 일은 문제 삼지 않겠다고 했단다.

―…….

―너는 신경 쓰지 않아도 돼.

―제 얘기가 나왔나요?

세닐라가 느리게 고개를 저었지만 르옌은 그녀의 말 속에서 쉬이 긍정을 읽어 냈다.

―쉬고 계세요.

르옌은 집 밖으로 나갔다.

앵앵거리는 풀벌레 소리가 귀청을 따갑게 했다.

수북이 쌓인 마구간 창고의 건초 더미 뒤에 웅크린 시단이 무릎 사이로 얼굴을 파묻었다. 술래잡기를 할 때나 우울한 날이면 종종 이렇게 홀로 앉아 있곤 했다. 여름 벌레들에게 죄 뜯긴 온몸이 가렵고 아팠다. 울분을 참지 못하고 신경질적으로 발을 구르며 이를 갈고 있으니 에이반의 목소리가 들렸다.

―우리 막내 꼬맹이.

에이반은 잔뜩 골이 나 꿈쩍도 않는 시단의 옆자리에 나란히 앉았다.

―자, 형이 누나 막아 줄 테니까 같이 들어가자.

―싫어.

―오늘 형 방에 숨어 자면 돼.

―이기적이고 악랄한 계집애가 귀신처럼 알아채고 형도 괴롭힐 거야.

에이반이 반박하지 못하고 웃으며 시단의 양 볼을 주욱 잡아 당겼다.

—누나한테 그런 말버릇 하면 안 된다고 했어? 안 했어?

—아야!

—할 거야? 안 할 거야?

—아아허! 아하아고!

—안 할 거지?

보송보송한 양 볼을 꼬집힌 시단이 물기 어린 눈으로 고개를 끄덕였다. 그제야 손을 놓아준 에이반이 빙그레 웃으며 시단의 머리를 까치집처럼 헝클었다. 시단이 툴툴거렸다.

—내 잘못 아냐. 그런데 르옌은 나한테만 뭐라고 해.

—마르크가 크게 다쳤다며. 걱정돼서 그러는 거야. 누나한테도 사과하고 마르크한테도 사과하러 가자.

—그 새끼랑은 앞으로 상종도 안 할 거야.

—형한테 살짝 말해 봐. 마르크랑은 왜 싸웠어?

시단이 다시 꿀이라도 먹은 것처럼 입술을 앙 다물었다. 에이반은 채근하지 않고 넌짓 떠보듯 물었다.

—네가 아무 이유도 없이 친구를 그렇게 때렸을 리가 없잖아, 시단. 형이 널 아는데.

한참을 머뭇거리던 시단이 억울한 목소리를 끌어냈다.

—걔가…… 욕했단 말야.

—뭘 욕해?

—걔가 르옌이 마녀라고 욕했단 말이야. 나중에 우리 가족이랑 말들을 전부 다 잡아먹고 마을 사람들도 잡아먹을 거라고!

당황한 것은 에이반이었다. 평소의 온화함과 평정심도 찰나에 사라졌다.

—이런.

어렸을 때부터 르옌은 특출 났다. 이제는 그러지 않지만 여덟아홉 살 즈음에는 가족들도 이해할 수 없는 뜬소리도 잦았다. 그리고 무엇보다도 나이가 먹을수록 르옌은 비정상적으로 명석한 면을 보였다. 그래서 마음씨 넓은 이웃 어른들은 마을에서 천재가 났다며 르옌을 예뻐하는 편이었다. 때문에 에이반은 어린 아이들이 그리 생각할 줄은 전혀 예상하지 못했다.

—그래서 다툰 거야?

—나는 욕해도 되지만 딴 놈들이 그러는 거 가만 안 둬!

시단이 눈물을 뚝뚝 흘리며 억울하다는 듯 재차 소리쳤다.

—음…… 뭐라고 해야 하나. 그 애들은 르옌이 너무 똑똑하고 잘나서 부러워서 그렇게 말하는 거야.

—나는 누나가 그런 취급당하는 게 싫어서 그런 건데, 누나는 아무것도 모르면서! 피도 눈물도 없는 계집애! 내가 뭘 잘못했어!

시단은 흥분해 누구 하나 멱살을 잡으러 뛰쳐나갈 기세였다. 에이반이 커다란 손으로 시단의 머리를 꾹꾹 눌러 앉혔다.

—잘했어. 형제를 지키는 건 당연한 거야. 기특하네, 우리 막내. 데투아의 아들이라면 당연히 그래야지.

—그런데도 르옌 그 망할 누나는…….

—진정하고 형 이야기 들어 봐. 누나가 화내는 것도 당연해. 마르크가 많이 다쳤잖아. 괜찮다니 다행이지만 더 크게 다치기라도 했으면 시단 너도 곤란에 처했을 거야. 누나도 네 걱정을 하는 거야. 그리고 마르크 그 애가 얼마나 네가 부러우면 그랬겠어? 너는 다리도 멀쩡하고 훌륭한 부모님도 있고 똑똑한 누나도 있잖아. 네 누나가 다른 사람들한테 신기해 보이는 건 어쩔 수 없어. 우리 마을에 전에 없던 천재가 태어난 거잖아.

—……마르크, 그 병신 새끼가 그렇게 다 잘 알 수 있는 건 마녀뿐이랬어. 누나는 어떻게 그렇게 다 알아? 형처럼 열심히 공부하는 것도 아니잖아.

에이반이 허를 찔린 사람처럼 시단을 멍하니 바라보다가 작게 웃었다.

—우리 몰래 매일 밤마다 공부하는 걸지도 몰라. 그리고 네 누이가 마녀라면 산나물집 빈트가 그리 꽁무니가 닳게 따라다닐 리가 없잖아?

—그 형은 눈이 삐었잖아. 눈이 어디 붙어 있는 건지.

—하긴 그건 그렇다.

에이반이 맞장구치자 시단이 키득키득 웃었다.

—으이구, 이제 좀 기분이 나아? 벌레 물린 데 약 발라 줄게. 들어가자, 응?

에이반이 여세를 몰아 시단의 허리를 마구 간질였다. 시단이 자지러질 듯 낄낄 웃다가 퍼뜩 정신을 차리고 힘주어 소리쳤다.

—으히히힛, 으히, 우응, 어, 어쨌든 마르크 그 새끼는 맞아도 싸! 잘 알지도 못하면서 누구더러 마녀라고 지껄여! 난 잘못 없어!

에이반이 '그러게 말이야.' 하고 시단의 역성을 들어 주며 고개를 돌렸다.

건초 더미 뒤로 드리워졌던 그림자가 인기척조차 없이 멀어지고 있었다. 가만 그쪽을 바라보던 에이반의 입가에 자상한 미소가 떠올랐다.

—자, 시단. 일단 오늘은 형이 르옌한테 대신 혼날게. 누나한테도 험하게 말하고 나온 건 사과해야 해. 알겠지? 네 누나는 우리보다 많이 알고 있고 똑똑하니까 네가 착한 동생이라 그렇게 한 것도 이

해해 줄 거야.

─……칫.

─약속하는 거다?

시단이 에이반에게 등을 떠밀리다시피 집 마당에 들어섰을 때 이미 르옌은 외출복 차림으로 문 앞에 서 있었다. 누이의 바람 잘은 호수처럼 잠잠한 눈동자가 왠지 모르게 성난 듯 보여서, 시단은 고개를 푹 숙인 채로 내내 입술 안으로 곱씹고 있던 사과를 더듬거렸다.

─미, 미, 미…… 미안.

르옌은 빤히 시단의 울긋불긋한 얼굴을 내려다보다가 말없이 그의 목덜미를 잡아챈 후 에이반을 흘겼다.

─하여간 에이반. 물러 터져서는.

─너무 겁주지는 마. 혼날 짓을 하긴 했지만 그게……

─됐어. 에이반.

그녀는 에이반을 향해 코웃음 친 후 시단을 질질 끌고 나갔다.

─어, 어, 어디 가! 사과했잖아! 형, 혀어엉, 살려 줘!

에이반이 어깨를 으쓱하며 손을 흔들었다. 시단이 고함을 질렀다.

"형, 배신자! 배신자야!"

질질 끌려가는 시단의 뒤로 에이반의 한숨 섞인 웃음이 잠깐 뒤따르다 풀벌레 소리에 묻혀 사라졌다.

르옌이 시단을 데리고 간 곳은 폴트 부인 댁이었다.

끝까지 마르크에게 사과하지 않겠다고 박박 악을 쓰는 시단을 강제로 끌고 들어간 그녀는, 시단에게 사과를 강요하지 않았다. 다만 먼저 창백하게 앉은 폴트 부인과 마르크를 향해 꾸벅 허리를 숙인 게 전부였다.

시단은 친했던 친구의 초라한 몰골과 제 누이가 뻣뻣한 목을 숙여 대신 사과를 건네는 것을 지켜봐야 했다.

집으로 돌아가는 오솔길은 풀벌레 소리만 요란했다. 저 벌레들은 여름잠도 자지 않는 모양이었다. 벌레들에 물어 뜯겨 간지러운 팔뚝을 긁으며 시단은 앞서 걷는 누이의 뒤를 종종 쫓았다. 마을의 다른 조잘거리는 계집과는 다르게 르옌은 평소에도 말수가 적었지만, 그날만큼은 숨소리조차 들리지 않았던 것으로 기억했다.

유달리 멀게만 느껴지는 집, 오솔길 끝으로 호롱불을 든 어머니가 서성거리는 그림자가 비쳤다.

르옌이 걸음을 멈춘 것도 그 즈음이었다.

—시단.

—……왜?

—앞으로는 그러지 마.

시단은 어깨를 움츠렸다. 그녀가 무언가를 아는 걸까. 르옌은 늘 그들보다 많은 것을 알았으므로 그럴 수도 있겠다 생각했다.

—나는…….

—난 사람들이 뭐라 해도 신경 안 써. 그게 내가 앞으로 감당해야 할 시선이니까. 그런데 말 몇 마디 들릴 때마다 네가 이렇게 사고를 치면 누나는 계속 고개 숙여 사과하게 될 거야.

어째서 그렇게나 처연하게 들렸던가.

그녀는 역시 알고 있었던 모양이다. 정말 마녀라 속을 읽어 내는 건가 싶어 의심스러웠다. 그렇지만 조곤조곤 이어 가는 음성이 신기루마냥 아득해서, 시단은 그녀의 옷자락을 쥐고 끅끅거렸다. 르옌은 늘 나이답지 않게 어른스러워 마치 홀로 사는 사람 같았다.

—형이 그랬어, 나 잘했다고. 가족들을 지키는 거라고.

—누나는 네가 지켜 주지 않아도 괜찮아.

—…….

—누나는.

—내 누나야. 그리고 누나를 욕하는 건 나를 욕하는 거야. 용납 못 해. 싫어. 또 욕하면 또 때릴 거야.

시단은 자신의 속상함을 알아 주지 않는 그녀가 미워 르옌의 팔을 꼬집고 등을 때렸다.

—이 멍청이 누나, 멍청이!

르옌은 솜방망이 같은 주먹을 막지도 피하지도 않고 가만히 지켜보다 한마디 더했을 뿐이다.

—바보 같기는.

그날 밤, 시단의 몸 곳곳에 난 벌레 물린 자국에 약을 발라 준 것은 르옌이었다. 계속해서 우는 시단을 까꿍거리며 웃기는 것은 에이반의 몫이었다. 세닐라가 밤새 쪄 온 고구마를 나눠 먹으며 그들은 다시금 평온한 일상으로 되돌아왔다.

—든든하다니까, 내 동생. 그래야 자랑스러운 데투아지.

에이반이 자긍심 가득한 눈으로 시단의 머리를 헝클었다. 르옌은 설핏 웃었을 따름이다. 시단은 열흘이나 지나서야 마르크에게 사과를 건넸다.

그해 여름의 끝물, 에이반이 아이들을 모아 두고 한 명 한 명에게 르옌이 마녀가 아니라 그저 똑똑하게 태어난 것이라 설명을 해 주었다. 마을 아이들은 으레 그렇듯 다시 화목해졌고 사건은 마무리가 되었다.

그러나 풀벌레 소리 자욱하던 오솔길 위에서의 기억은 벌레에 물린 흉터처럼 시단의 가슴에 남았다.

그 시절의 그들은 전쟁이 일가를 산산조각 내리라고는 상상도 하지 못했다.

막사에 웅크린 채 겁에 질린 시단은 짓밟히는 라르크 군사들의 비명 소리를 들었다. 적이 이곳까지 들이쳤다는 것은 남부로 출병한 군사들이 패배했다는 것이다. 올라오는 적들이 만 육천에 이른다 했다. 그가 할 수 있는 추측과 상상은 그게 전부였다.

울리는 각적 소리와 다급한 북소리, 위협적인 말굽 소리에 심장이 맞춰 뛰었다.

부우우우.

둥둥둥둥.

시단은 두려웠다. 막사 밖으로 나간 르옌의 당부가 없었더라도 한 발자국도 움직이지 못했을 것이다. 죽음도 불사한 각오로 참전했다 생각했지만 막상 죽음의 공포 앞에 선 그는 한없이 작은 인간이었다.

—적들이 만만해 보이고, 숨죽이는 이들이 한심해 보이고, 네가 나서면 당장에라도 전쟁이 끝날 것 같고, 죽은 자를 위해 일어선다는 게 너를 괜찮은 사람인 것처럼 보이게 했을 테지.

제 대단한 누이는 이미 그것을 알고 경고했다.

—전쟁터의 공은 나라를 지킨 대가가 아니라 적을 죽인 대가니까. 그리고 적이 너를 노릴 때, 적도 너와 똑같이 생각할 거야.

분노가 죄 깎아먹힌 지금 그에게 남은 건 두려움뿐이었다. 반쯤 열린 휘장 틈새로 탄내와 뒤섞인 불쾌한 누린내가 흘러들었다.

'정신 차려야 해.'

시단은 가까스로 덜덜 떨리는 걸음을 옮겼다.

'르옌, 르옌.'

우선 르옌을 데리고 돌아와 숨어야 했다. 르옌은 지금 부상을 당한 채였다.

'누나.'

막 르옌을 찾아 밖으로 뛰어나가려던 시단은 자신에게 무기가 없다는 걸 깨닫고 황급히 막사를 뒤졌다. 그러다 침상 아래, 대충 놓인 푸른 단검을 쥐어 들었다. 검집의 화려하고 아름다운 무늬가 얼핏 장식용 검처럼 보이기도 했지만 당장은 가릴 계제가 아니었다.

발소리를 죽이고 바깥으로 나간 시단은, 막사 밖으로 두 걸음 내딛기도 전에 르옌을 발견했다. 그리고 그 앞에 선 새까만 망토를 두른 적의 기사도. 흉흉한 창을 쥔 기사는 훨씬 높은 위치를 점한 채 그녀를 내려다보고 있었다.

별빛, 달빛만으로도 선득하게 번쩍거리는 날 벼른 창이었다. 르옌은 얼어붙기라도 한 사람처럼 꼼짝도 않고 있었다.

보고 있는 것만으로 밤하늘을 등진 사내로부터 시꺼먼 피 냄새가 풍겨 오는 것 같았다. 위협적인 창끝에 눈이 붙어 버렸다. 어둠조차 잡아먹을 듯 괴괴하게 선 자태였다.

적의 기사가 타고 있는 말까지 무서웠다. 말 팔이의 자식은 말을 두려워하지 않는다. 그러나 시단은 지금 그저 말 눈깔을 바라보고 있는 것만으로도 두려워 고개를 들 수가 없었다. 혹여 제 존재를 들킬까봐.

그들과의 거리는 스무 걸음 남짓. 자신의 손에 쥐인 건 장식용이라 해도 우습지 않을 짧은 단검 하나뿐이었다.

시단이 뒤돌아 막사 안으로 도망쳤다. 어설프게 검을 쥔 손이 바들바들 떨렸다. 르옌의 이름을 소리쳐 부를 수도 없었다. 모르가나를 향해 불태웠던 적의도 정체 모를 기사를 보는 순간 구겨져 기억 저편에 처박혔다.

숨이 막혔다. 전선에 나와 많은 기사들을 보았지만, 시단은 존재만으로도 저리 살기등등한 자를 본 적이 없었다. 저 앞의 기사는 이를테면 지옥의 사자처럼 보였다.

'뭐…… 뭐 하는 거야, 지금 나.'

벌겋게 충혈된 눈으로 발끝만 내려다보던 시단이 후들거리는 발을 되돌려 다시 막사 밖으로 나갔다.

온몸에서 식은땀이 흘러내렸다. 맥박질 하는 소리가 현기증을 불러 일으켰다. 멀리선 여전히 탄내가 흘러들고 있었다. 누군가가 죽임당하는 소리도 들렸다. 앞뒤 좌우 어딘가로부터 말발굽 소리가 멈추지 않았다. 그 소리는 자꾸만 가까워지는 것처럼 들렸다.

'물리쳐야 해…… 저자를 물리쳐야…….'

검은 기사의 군마가 새까만 눈알을 제 쪽으로 향하는 순간, 시단은 저도 모르게 흠칫 물러섰다.

'도망쳐야 돼.'

무심코 뇌까린 시단은 막사의 휘장에 등을 부딪치곤 화들짝 놀라고갤 돌렸다. 그는 또다시 막사 안으로 되돌아가 가슴을 움켜쥐고 헐떡였다. 다리가 풀려 주저앉은 청년의 눈에서 눈물이 툭 떨어져 내렸다.

'이 미친 새끼야.'

연갈색 눈동자가 사시나무처럼 떨렸다.

'이 미친 새끼야. 이 모자란 새끼야.'

그는 자경단원이 되고 싶다 했던 에이반의 등을 보고 자랐다. 천재라 회자되는 르옌의 보호를 받고 자랐다. 그리 대단한 형제를 두어 자신도 대단한 줄 착각하면서. 아버지와 어머니의 지붕 아래서 말 팔이 집안의 막내로 귀애받아 자랐다. 그러나 그 때문인가. 저는 몸도 마음도 나약하기 짝이 없었다.

그에겐 에이반처럼 무언가를 지키겠다는 신념도 없었다. 집안을 위한다는 이념도 없었다. 르옌처럼 의연하지도 못하다. 가슴 때리는 분노로 뛰쳐나와 처음으로 사람을 죽였고, 운이 좋아 죽지 않고 살아남았다.

처음엔 제 출가에 지상 사명과도 같은 무게를 두었다. 형의 복수를 하는 것이야말로 동생의 의무라고 믿으며, 에이반을 죽인 모르가나의 적들을 죽이면 멍울진 가슴이 풀릴 줄 알았다.

그러나 결국 그가 고작 화풀이할 수 있었던 건 자신과 비슷하게 참전한 별것 아닌 군사들뿐이었다. 하여 이 전장에 있는 몇 개월간 기껏해야 고만고만하게 훈련받은 군사들과 검을 맞대 왔다. 라르크의 높은 기사들과는 눈조차 제대로 맞추지 못했던 어린 청년.

존재만으로도 공포스러운 적의 기사를 향한 두려움을 주체할 수가 없었다. 도저히 그에게 덤벼들 수 있을 것 같지가 않다.

다른 라르크의 기사들은 지금 무얼 하나. 이리 적들이 진영을 휩쓸며 쑥대밭을 만들고 있는데. 그들은 무얼 하고 있는 걸까. 아마 그들도 죽임을 당하고 있을는지도 모른다.

시단은 입술이 찢어지도록 짓씹었다.

'나는 뭐야.'

목구멍 안쪽으로 자기혐오 같은 비명이 울컥울컥 신물처럼 올라왔다.

"흐…… 허…… 흐윽……."

시단이 달달 떨리는 손을 들어 얼굴을 가렸다. 손가락 새로 한 번 터진 눈물은 멈출 줄 모르고 흘렀다.

'너는 지금 뭐 하는 거냐고. 지금 뭐 하는 거냐고. 시단 데투아. 너

지금 뭐 하는 거야.'

시단은 맨땅을 적시는 뜨거운 눈물을 노려보았다.

'르옌이 밖에 있잖아. 빌어먹을, 밖에 있잖아. 르옌이 저기 있잖아. 근데 너 지금 뭐 하는 거야.'

르옌은 그를 위해 이 위험한 곳까지 따라와 온갖 고초를 겪었는데, 그는 아무것도 하지 못하고 주저앉아 있을 따름이었다.

"흐…… 시, 시단 데투아, 정신…… 정신 차려. 너도 데투아의 남자, 남자잖아."

이리 막사에 숨어만 있을 게 아니라 너도 뭐라도 해야 하잖아.

그 순간 막사 저편으로부터 어마어마한 고함이 터져 나왔다.

"……한 배반자들과 다를 것이 뭐냐. 그놈들이이이!"

쩌렁쩌렁한 울림이었다. 고막이 요동치듯 떨려 귓속이 멍했다. 시단이 반사적으로 다시 막사 밖으로 내달렸다.

"너는 나와 간다."

스무 걸음 남짓의 거리, 검은 기사가 말 위에 앉은 채로 그대로 르옌을 낚아채 올리고 있었다. 제 목숨 값을 계산할 여력이 없었다. 그녀는 마지막 남은 형제였다.

—잘했어. 형제를 지키는 건 당연한 거야. 기특하네.

르옌은 이제 그가 지켜야 할 하나 남은 형제였다. 르옌마저 잃을 수 없었다. 시단이 뿌연 시야를 방패 삼아 무작정 달려가며 소리쳤다.

"내, 내 누이를 내려놔아아!"

시단은 에이반처럼 노력으로 많은 것을 성취하지도 못했다. 르옌처럼 타고난 재능이 많지도 않았다.

—기특하네, 우리 막내. 데투아의 아들이라면 당연히 그래야지.

겁에 질린 귓가로 사무치게 그리운 형의 목소리가 되감긴다.

—그가 각오하고 간 애국의 길을 더럽히지 마. 그의 선택을 존중해.

르옌이 저를 어르며 했던 말이 이제야 이해가 되었다. 그는 여전히 어린 데투아의 막내였지만, 한 가지만은 알았다. 아마 에이반은 그들을 지키다 전사함에 한 점의 후회도 하지 않았을 것이다.

—에이반을 동정하지 마라.

시단은 그들과 함께하는 자랑스러운 데투아이고 싶었다.

시단의 고함이 귓전을 때리는 순간 정신을 차린 르옌이 발로이드의 어깨를 온 힘을 다해 밀쳤다. 굴러 떨어져 꼴사납게 나동그라졌지만 고통을 추스를 새도 없었다.

"당장 들어가!"

"내 누이한테 손대지 마, 이 모르가나의 개자식아!"

시단은 무작정 발로이드를 향해 달려들었다. 엉거주춤 일어섰던 르옌이 황급히 시단의 옷자락을 끌어당기려 했지만 발로이드의 손이 더 빨랐다. 발로이드는 제게 닿지도 못할 검을 안간힘을 다해 휘두르는 시단의 팔뚝을 으스러뜨릴 듯이 움켜쥐었다.

"이이익! 꺼져! 꺼지란 말이야, 이 개자식아!"

시단이 포기하지 않고 반대쪽 손을 휘둘러 발로이드의 견고한 갑옷으로 둘러진 팔뚝을 후려쳤다. 그의 주먹이 빗맞은 듯 둔탁한 소리가 났다.

"르예에엔, 어서 도망가! 군사들 있는 데로 가라고!"

발로이드의 입가에 냉소가 번져 나갔다. 서슬 퍼런 벽안이 느릿이 움직여 시단이 휘두른 푸른 단검에 머물렀다. 숨통 옥죄는 침묵 속,

씨근덕거리는 숨소리만 자욱했다.

짙은 살기에 살갗이 아려 왔다.

르옌의 턱이 떨렸다. 젖먹이 적 용기까지 죄 끌어내어 이 자리에 선 시단을 갸륵하다 치하해 주기에는 몹시도 노여웠다. 저 하나 끌려가는 건 상관없었다. 그러나 시단은 안 된다. 제 한 몸 지킬 줄 모르는 놈이 패기만으로 달려온 것은 울화통이 터지는 일이었다.

"이리 와!"

르옌이 황급히 시단을 제 뒤로 끌어당겼다. 시단의 팔을 쥐고 있던 발로이드의 손은 예상 외로 쉬이 풀렸다. 르옌이 발로이드를 향해 시선을 고정시켰다.

"물러나라."

"누님을 모시기 위해 이곳까지 왔는데 그냥 물러날 것 같나."

"이 개자식이랑 뭘 떠들고 있는 거야, 빨리 도망치라고……! 저놈은 내가……!"

"입 닥치고 있어!"

"이러고 있을 때가 아니라고!"

바락대는 시단의 고집스러움에 르옌이 이를 악물었다. 그녀는 또다시 발로이드를 향해 달려들까 우려스런 마음에 시단에게서 단검을 빼앗아 쥐었다.

"지금 뭐 하는 짓이야! 너야말로 내가 시간 끌어 줄 테니까 어서 가라고! 라르크 군사들이 있는 곳으로 가란 말이야!"

말 위에 앉아 한쪽 눈썹을 살짝 치켜 올린 발로이드는 르옌과 시단의 얼굴을 번갈아 응시했다. 침착한 눈빛이 더욱 위협적이었다.

그때, 가볍게 땅을 두드리는 말발굽 소리가 울려 퍼졌다. 발로이드의 등 뒤로 또 다른 검은 망토의 기사가 다가와 섰다.

"중앙의 반발이 꽤 거셉니다. 정찰병의 보고에 따르면 예견하신 대로 회전지의 적군들 중 일부가 회군했다 합니다. 그리고 적의 동향을 살피던 카이제 경과 그 부사수가 피격당했는데 어찌할까요."

발로이드는 온통 불타고 있는 막사들을 한 번 훑었다.

"빈자리는 네 재량으로 대체하고, 나머지는 대기해라."

"……다음 계획으로는."

"아직이다."

발로이드는 굳어진 입술을 혀로 축이며 찬 미소를 지었다.

"……내게 더 중한 용건이 생겼거든."

마리포사의 기사는 르옌과 시단을 향해 흘깃 시선을 준 후, 그들을 지나쳐 저편으로 달려갔다. 말발굽 소리가 멀어지더니 저 멀리서 울리는 진동과 하나 되어 뒤섞였다.

창을 휘익 돌려 고쳐 쥔 발로이드가 가볍게 말에서 내렸다. 덜그럭거리는 갑옷의 이음쇠가 끼긱끼긱 울렸다.

"다시 한 번 말해 봐라."

"내, 내, 내 누이한테 손댄다면 용서하지 않……!"

"……누이?"

르옌이 다급히 시단의 앞을 가로막으며 소리쳤다.

"너는 아무 말도 하지 마!"

발로이드의 시선은 르옌의 어깨 너머에 머물 따름이었다.

"너, 이름이 뭐냐?"

발로이드는 시단과 자신의 사이를 가로막은 르옌의 불그스름하게 잠긴 눈동자를 내려다보며 서늘히 웃었다.

"그리 감싸도 소용없다, 누님. 내게도 눈이 있고 귀가 있으니까……."

"누가 네 누님이야!"

시단이 르옌을 밀치고 달려가려 했으나 르옌은 요지부동이었다. 오히려 시단을 뒤로 밀며 뒷걸음질해 발로이드와 거리를 벌렸다. 발로이드가 비웃음 비슷한 소리를 내며 중얼거렸다.

"그래, 누님에게 이따위 비천한 방해물이 붙어 있었군. 그래서였나."

르옌은 순간 돌풍처럼 이는 살기를 깨달았다. 푸른 귀기로 넘실거리는 그의 눈빛이, 벌레 보듯 시단에게서 떨어질 줄 몰랐다. 발로이드의 시선이 그녀에게서 떠난 순간 그녀는 알았다.

막을 수 없다. 막지 못한다. 그녀의 육감이 속삭였다.

그가 시단을…….

"하지 마라, 페이작."

죽일 거다.

확신이 뇌리를 점령하는 것과 거의 동시에 그녀의 귓불 언저리로 사나운 바람이 일었다. 그녀의 곁눈으로 기다란 창대가 쉬익 스쳐 지나며 흐린 잔상을 남겼다. 잇따라 살 꿰뚫리는 소리가 공기를 타고 그녀의 귓속을 뒤흔들었다.

으아아악! 비명이 울려 퍼졌다. 도살되는 짐승의 꺽꺽거림처럼 찢겨 나간 고함이었다.

그녀는 그대로 얼어붙었다. 무엇이 보일까 두려워 뒤도 돌아보지 못했다. 발로이드는 그대로 그녀를 지나쳐 걸었다. 르옌의 눈이 그를 좇아 움직였다.

그녀를 등진 발로이드의 어깨 너머 비스듬히 솟은 창대가 보였다. 그것은 이백여 년 전과도 다를 바 없이 몹시도 요요하고도 아름다웠다.

시단의 비명이 이어졌다.

"크…… 으아아! 누나, 르옌, 도망가! 도망가란 말이야! 이 명청한 년아! 도망가라고!"

눈에 익은 검은 창이 나동그라진 시단의 왼 어깨에 박혀 있었다. 내리쪼이는 별빛 아래 날카롭게 빛나던 창은 붉은 피를 왈칵왈칵 삼켰다.

발로이드는 그대로 악을 쓰는 청년에게 다가가 창대를 움켜쥐었다.

"말버릇이."

"으아아아아악!"

"좋지 않은데."

"이이이 개자식아아아! 으아아아!"

한참이나 얼빠진 사람처럼 서 있던 르옌이 쥐고 있던 단검을 발로이드의 뒷목에 겨누었다. 그녀의 검 끝이 달달 떨렸다. 발로이드가 잠깐 멈칫하더니 비아냥 어린 음색으로 말했다.

"……어찌하려고?"

"떨어져라, 그 아이에게서."

"왜?"

"……."

"왜?"

르옌의 숨 떨리는 침묵에 발로이드가 날카롭게 웃어 보였다.

"누님, 네게 의미 있는 형제는 나뿐이라는 걸 나는 아주 잘 알고 있다. 리아작도, 칼키투스도, 대너투르도, 크란도 아닌…… 이 더럽고 천한 것이 아닌……."

"그 아이에게서 떨어지라고 했다."

"……나 하나지. 처리할 건 처리하고 마저 이야기 나누지."

발로이드는 시단의 어깨를 꿰뚫은 창을 비틀어 돌렸다.

으아아악! 역한 피 냄새에 현기증이 일었다. 애써 검을 쥔 손에 힘을 주어 보지만 그뿐, 움직일 수가 없었다. 그녀를 비웃듯 발로이드가 크게 어깨를 휘둘러 그녀가 검을 쥔 팔을 쳐 냈다. 그녀의 손에 쥐어져 있던 단검이 챙그랑 소리를 내며 나뒹굴었다.

시단의 어깨에 박혀 있던 창을 뽑아낸 발로이드가 고개를 삐딱하게 기울였다. 몸을 둥글게 만 시단이 비명을 질렀다.

"으아아악!"

"고작 이 약해 빠진 것을 지키려고 내게 검을 겨눴나."

이어 발로이드는 몸을 돌려, 그녀가 떨어뜨린 푸른 단검을 주워 들었다. 한 팔로 질질 기어간 시단의 피투성이 손이 발로이드의 두껍고 차가운 군화 목을 움켰다.

"이 개자시이이익! 내 누이에게서 떨어져어! 으으으악! 도망, 도망가란 말이야! 누나! 도, 도망…… 흐아아악!"

쿵.

발로이드가 무거운 군화로 시단의 뒷머리를 짓밟았다. 마치 바위로 후려치는 듯한 소리였다. 돌부리에 부딪친 시단의 잇새로 갈라진 비명과 신음이 뒤섞여 울렸다.

발로이드는 다시 창을 고쳐 쥐었다. 시단을 겨냥한 것이었다.

"하지……!"

그 순간이었다. 천둥처럼 쩌렁쩌렁한 고함이 그녀의 절규를 잘랐다.

"횡포는 그쯤 하시오! 마리포사."

이히히힝! 다그닥 다그닥, 말발굽 소리가 땅을 울렸다. 라르크의 기사들이 적들을 뚫고 달려오고 있었다. 일곱여 기사들의 호위를 받으며 다가온 것은 에반부르였다.

그런 라르크 기사들을 마리포사의 기사들이 사나운 기세로 뒤따라오고 있다. 그 바람에 후미에서는 서로에게 살기를 쏘아 보내는 아비규환이 벌어지고 있었다.

어느 새 지척에 이른 에반부르가 교전을 벌이는 기사들을 뒤로하고 발로이드를 노려보았다. 이미 오는 길에 피를 본 듯, 갑옷과 무기에 피가 묻어 있었다.

"이거."

창백한 얼굴의 노기사를 올려다본 발로이드가 조롱했다.

"쥐새끼처럼 잘도 도망가더니. 더 숨어 있지 그러셨나."

"의전을 어기려 한 당신에게 비난받고 싶지 않소만."

발로이드가 문득 생각난 사람처럼 아아, 짧게 중얼거리더니 세워두었던 말로 다가갔다. 그러고는 군마의 말허리에 묶인 커다란 자루를 에반부르를 향해 내팽개쳤다.

"아, 그래. 잊을 뻔했군. 이 쥐새끼들은 돌려주지. 제법 입 무거운 녀석이었지."

"⋯⋯."

"너희가 그냥 도망갔을 리 없지 않나. 안 그래?"

역겨운 냄새가 훅 풍겼다. 목만 남은 세 개의 머리통이 자루에서 데굴데굴 굴러 나왔다. 에반부르는 구더기 들끓는 웬 사내들의 머리를 내려다보았다. 코가 잘려 있고 입술이 도려내져 있고 귀가 통째로 사라진 머리통들은 지독히 소름 끼쳤다.

"⋯⋯그만두시오, 마리포사."

"전쟁이라도 그만둬야 하나?"

"데투아 양에게 보이는 집착. 그만두시오."

발로이드가 정신이 팔린 사이 르옌은 비틀비틀 시단에게 달려갔다. 그러고는 시단을 지혈하기 위해 제 허리에 감겨 있던 붕대를 급히 풀었다. 시단의 부상은 멀리서 봐도 꽤 커 보여서, 에반부르의 얼굴이 암암한 빛으로 가라앉았다.

"그런 천한 이름으로 내 누님을 모욕하지 마라."

"정말, 그대는 몹쓸 자로군."

에반부르가 그대로 검을 내질러 발로이드의 머리 위로 내리쳤다. 그러나 발로이드는 가볍게 몸을 비껴 피한 후, 에반부르가 탄 말의 뒷다리에 창을 쑤셔 박았다. 이히히힝! 놀란 말이 날뛰며 에반부르가 굴러 떨어졌다. 쾅 소리가 나며 지면에 처박힌 에반부르가 재빠르게 일어섰다.

'크윽.'

아직 지난 번 입었던 어깻죽지의 부상이 낫지 않은 시점이었다.

"할드로프 경! 너 이 자식……!"

에반부르는 발로이드에게 달려들려는 호위 기사를 제재했다.

"나는 문제없으니 데투아 양과 병사를 안전한 곳으로 데리고 가게."

"하지만."

"어서. 데투아 남매 병사부터."

호위 기사는 이를 바득바득 갈며 발로이드를 노려보다가 마지못해 고개를 끄덕였다. 그러나 발로이드를 지나치지 못했다.

"누구 마음대로?"

발로이드는 그대로 창을 쳐올려 빠르게 그를 지나치려던 라르크 기사의 턱주가리를 뚫었다. 쿠웅. 순식간에 시체가 된 기사의 몸뚱이가 바닥으로 떨어졌다. 주인 잃은 말만 질주하여 그들 시야에서 사라졌다.

"이 자식이!"

그에 분노한 또 다른 기사가 기합을 넣으며 달려갔지만 그의 검도 빌로이드의 발끝에노 미지지 못하고 떨어졌다. 투구 안의 눈알에 푹 박힌 창을 홉떠 보던 발로이드가 홱 창을 끌어당겼다. 라르크 기사의 무릎이 무너져 내렸다.

발로이드는 딸려 나온 눈알을 그대로 발끝으로 짓밟아 뭉개며 미소 지었다.

"영웅 놀이를 하고 싶은 건 알겠다마는, 도망치는 게 신상에 이로울 텐데."

"무어라 지껄이든, 나는 그대를 사로잡을 거요."

에반부르가 검을 고쳐 쥐었다.

르옌이 있는 곳까지 이르는 내내 적들과 맞부딪친 터라 시간도 지체되었고 몸도 퍽 지친 기분이었다. 어림 추산한 적들의 수는 당장 그들과 엇비슷하거나 그보다 훨씬 많았고 라르크의 기사들은 차례차례 죽어 갔으며, 그나마 살아남아 뭉친 이들도 부상당한 이들이 다수였다.

얼마나 버틸 수 있을까. 주위로 몰려들기 시작한 마리포사의 기사들의 포위망이 현격히 좁아졌다. 발로이드의 등 뒤로도 막사를 뛰어넘어 온 검은 망토의 기사 둘이 나란히 섰다.

에반부르가 흔들림 없는 음성으로 결연히 말했다.

"……사람은 현실을 인정해야 할 때를 아는 법이요."

"옳은 말이다. 네게 그대로 돌려주지."

"마리포사, 데투아 양이 그대와 함께 가고 싶었더라면 애당초 지난 방문 때 우리와 함께 도망치지 않았을 게요!"

"너희가 내 누님에게 무언가 수작을 부렸겠지."

에반부르는 발로이드에게는 어떠한 말도 통하지 않으리라는 것을 깨달았다. 한참이나 기 싸움을 하듯 그를 노려보던 에반부르가 희끗한 턱수염 아래 굳게 다물려 있던 입술을 열었다.

"결투를 요청하겠소."

그에 놀란 것은 기사들뿐만이 아니었다. 시단의 지혈에 집중하고 있던 르옌도 퍼뜩 고개를 들어 에반부르를 올려다보았다.

"일대일의 대결이오. 내가 이기거든 물러가시오. 내가 지거든 목숨을 내놓겠소."

발로이드가 크게 웃음을 터뜨렸다.

"네가 늙어 사는 게 지겨워진 모양이군."

"그대를 사로잡고 싶소."

"시간을 끌고 싶겠지."

에반부르는 예리하게 정곡을 짚어내는 발로이드를 바라보며 낭패의 신음을 삼켰다. 하지만 발로이드는 아무래도 좋단 듯 비웃었다.

"그 보잘것없는 몸뚱이로 시간을 끌어 보겠다? 그런데 네 목숨은 내게 한 푼어치의 가치도 없는데 내가 응해야 하나?"

"겁이라도 먹으셨소?"

"이봐, 늙은이."

발로이드가 입꼬리를 끌어 올리며 들고 있던 푸른 단검을 가볍게 고쳐 쥐었다.

"네 스스로의 관록이 얼마나 대단타 여기는지는 모르겠지만."

눈 깜짝할 사이였다. 발로이드의 손 위에서 노닐던 단검이 눈 밖으로 사라졌다.

크억, 에반부르는 왼쪽 등 뒤의 대각에서 울리는 이명을 들었다.

"나는 너보다 더 오랫동안 전쟁터를 뒹굴고 다녔다."

에반부르의 등허리에서 식은땀이 배어 나왔다. 그의 등 뒤를 견고히 지키던 '무언가가' 무너졌다. 푸른 단검에 목울대가 꿰뚫린 호위 기사의 몸뚱이었다. 호위를 위해 대동한 라르크의 기사는 이제 겨우 넷뿐이었다. 그나마도 뒤따라온 적들을 견제하느라 여념이 없었다.

상황을 짧게 살핀 에반부르가 침착하게 말했다.

"……나 역시 전쟁터에 일생을 바친 바요."

"놀랍고 대단하여 감명이 깊다…… 그런 치하라도 바라나?"

발로이드는 무심히 답한 후 시단을 향해 고개를 돌렸다. 르옌은 시단의 지혈에 여념이 없었다. 발로이드는 잠자코 그런 그녀를 바라보았다. 한참이고 계속, 뜻을 알 수 없는 눈빛으로.

그때였다. 눈을 돌리고 있던 발로이드의 뒷덜미로 묵직한 살기가 날아들었다. 차가운 날붙이는 그에게 닿는 순간 '캬아앙!' 하는 쇳소리를 내며 반대편에서 솟구쳐 오른 날붙이에 튕겨 나갔다.

"주군."

미리 알아차린 호위 기사 중 한 명이 재빠르게 알아차려 막지 못했다면 조금 위험했을 순간이었다.

조금 거리를 벌린 발로이드가 뻣뻣한 뒷목을 어루만졌다. 주르륵 핏물이 흘러내렸다. 발로이드는 뒤돌아 제게 상처를 입힌 검의 주인을 바라보았다.

에반부르가 소리쳤다.

"결투를 요청한다 했소!"

발로이드가 낮게 웃으며 곁에 서 있던 기사의 검을 빼앗아 들었다.

"너희는 빠져 있어라."

뼛속까지 뒤흔드는 살기였다.

섬뜩하게 울부짖는 말 울음소리가 누렇게 빛나는 밤하늘을 메아리쳤다.

그때까지 시단에 정신이 팔려 있던 르옌이 퍼뜩 정신을 차리고 소리쳤다.

"할드로프 경! 그만두십시오!"

페이작은 불패의 신화를 이룩했던 라르크 제일 기사였다. 아무리 에반부르가 전장의 잔뼈가 굵은 이라 할지라도 그를 꺾을 수는 없었다.

"군사들을 더 불러오십시오. 그러지 마십시오, 할드로프 경! 피하십시오."

에반부르의 눈이 잠깐 르옌에게 머물렀다가 발로이드에게로 되돌았다. 그와 동시였다. 발로이드가 쥔 희번득한 검날이 순식간에 에반부르의 왼쪽 턱 아래로 달려들었다.

휘익. 바람이 일 정도의 빠른 검격이었다. 무거운 검도 장난감처럼 다루는 발로이드의 힘에 놀란 에반부르는 엉겁결에 사슬 장갑 낀 오른손으로 그의 검을 움켜쥐었다.

지이잉. 뼛속이 울렸다.

"잘 막았다."

발로이드가 조소했다.

눈썹을 치켜 올린 에반부르가 검 끝을 세우려는 찰나, 발로이드의 상체가 숙여지는가 싶더니 무거운 군화가 에반부르의 오른쪽 목덜미로 날아들었다. 터엉. 발로이드의 군화에 스친 견갑이 에반부르의 어깨를 짓이겼다. 목이 부러지는 불상사는 피할 수 있었지만, 쇠망치에 얻어맞는 것 같았다. 에반부르는 가까스로 나부라지지 않고 버텼다.

후위에서 달려드는 검은 망토의 기사들을 견제하며 사태를 불안하게 살피던 기사들이 놀라 소리쳤다.

"할드로프 경!"

"이 정도로는, 문제 없…… 네!"

에반부르가 온 힘을 다해 검을 비껴 올렸다. 발로이드는 그의 검격을 팔꿈치로 쳐올린 후 그대로 발로 에반부르의 가슴을 걷어찼다.

터엉 소리가 나며 에반부르의 몸이 균형을 잃고 뒤로 넘어졌다. 도저히 피할 수 없을 만큼 빠른 공격이었다. 저렇게 무거운 갑옷을 두르고 있으면서 어찌 이리 움직일 수 있나. 에반부르는 착잡하게 핏물 섞인 침을 닦아 냈다.

시단의 피가 멎지 않는 어깨를 짓누르면서도 르옌은 그들에게서 시선을 떼지 못했다.

'안 된다. 안 돼. 할드로프 경은 안 된다.'

널브러진 에반부르의 왼 얼굴 바로 옆에 검을 찍어 세운 발로이드가 그의 위로 올라탔다. 그러고는 주먹으로 에반부르의 안면을 가격했다. 한 대, 두 대, 세 대……. 그의 주먹이 솟아올랐다가 떨어질 때마다 바윗덩이가 떨어지는 것 같은 육중한 진동이 울렸다.

금세 피투성이가 되어 부어오르기 시작한 에반부르가 손을 뻗어 발로이드의 팔뚝을 탁 움켜쥐었다. 그러나 발로이드는 그대로 에반부르의 손을 꺾어 내동댕이친 후, 다시 한 번 그의 가슴팍을 후려쳤다. 허억, 갈비뼈를 으스러뜨리는 듯한 충격에 노기사의 숨소리가 잠깐 멈추었다.

침과 피에 엉킨 빠진 이들을 토해 내며 에반부르가 가까스로 상체를 옆으로 했다.

발로이드가 속삭이며 일어섰다.

"이게 바로 연륜의 차이라는 거다, 늙은이."

"허…… 허, 새파랗게, 허억, 젊은 낯짝으로."

완전 무장을 하고도 맨몸처럼 육탄전을 벌이는 발로이드는 괴물이었다. 부상자였다고는 하지만 에반부르는 본인의 상태가 아무리 좋았더라도 저자에 대지 못할 것을 직감했다. 오랫동안 싸움터를 전전하고 산 이들에게 자연히 따르는 서열의 본능이었다. 사로잡는 건 애초에 무리였다. 그가 할 수 있는 건 르옌을 빼앗기지 않고 파사드든 올베빈이든 누군가 돌아올 때까지 버티는 것뿐이다.

그러나 에반부르가 다시 일어나려는 순간, 발로이드가 그대로 그의 다리를 짓밟아 부러뜨렸다. 우드득 소리가 남과 동시에 두꺼운 갑옷으로 가려진 관절이 기괴하게 꺾였다.

"으으윽!"

마지막으로 발로이드는 묵직한 군화로 그대로 에반부르의 옆통수를 걷어찼다. 피가 튀어 올랐다. 에반부르의 늘어진 팔다리가 움찔거리며 허공에 얕게 들렸다 떨어졌다. 에반부르는 더 이상 움직이지 않았다.

숨죽여 지켜보던 라르크의 한 기사가 달려들었다.

"이 개자식이······!"

발로이드는 에반부르의 바로 옆에 박아 두었던 검을 뽑아 그대로 찔러 올렸다. 갑옷의 얇은 꺽쇠를 그대로 쑤시고 들어온 검격에 기사는 왈칵 피를 토하며 고꾸라졌다. 이러지도 저러지도 못한 채 절망적으로 상황을 지켜보며, 적들을 견제하기에 여념이 없던 나머지 라르크 기사들의 얼굴에 비탄과 절망이 뒤섞였다.

손을 털며 뒤돌아서는 발로이드의 중얼거림이 울렸다.

"여흥거리도 안 되는군. 내가 이끌었을 때의 라르크 기사들은 이보다는 더 나았는데 말이야."

그런데 그때, 우악스러운 손아귀가 발로이드의 목줄기를 잡아챘다. 그러고는 어마어마한 힘으로 그대로 발로이드의 뒤통수를 맨땅에 처박았다. 쿵 소리가 날 정도로 세게 바닥에 내쳐진 발로이드의 눈이 섬뜩하게 치켜뜨였다.

에반부르가 이가 다 빠져 핏물이 뚝뚝 떨어지는 입술에 힘을 준

채, 온 힘을 다해 발로이드의 목을 졸랐다.

"쿨럭, 커헉, 내, 한두 해 전투를 치른 것이, 쿨럭, 아니오. 쿨럭."

양팔의 근육이 떨릴 만큼 세게 힘 들어간 손은 발로이드의 목을 으스러뜨릴 듯했다. 목을 잡힌 발로이드가 이를 드러내며 그를 걷어 찼다. 그러나 에반부르는 왈칵 피를 토해 내면서도 죽기 살기로 발로이드에게 무게를 실었다.

"쿨럭, 아직, 쿨럭, 끝나지 않았, 소."

희번득하게 뜨인 노장의 눈빛.

발로이드의 표정은 노여움에서 차가움으로 서서히 가라앉았다.

르옌은 넋을 놓고 뒤엉킨 두 기사를 바라보았다. 에반부르를 막아야 한다. 그가 페이작을 죽이려 한다. 하지만 막으면? 페이작이 에반부르를 죽일 것이다. 시단을 죽일 것이다. 이 자리에 있는 모든 이들을 몰살할 거다.

차라리 제가 따라가 그를 설득했으면 이렇게 처참해지지 않았을 것이다. 필요하다면 그리해서라도 막아야 했다. 시단의 피가 어느 정도 멎었다는 것을 확인한 르옌이 비틀거리며 일어섰을 찰나였다.

"페……."

순식간에 치고 올라온 발로이드의 주먹이 에반부르의 양쪽 눈을 뭉개듯 올려쳤다. 크억! 멈칫한 에반부르의 손힘이 빠진 사이, 발로이드가 그대로 옆으로 몸을 비틀어 에반부르를 땅바닥에 처박았다. 쿵. 소리가 났다.

거칠게 숨을 몰아 내킨 발로이드가 으르렁거렸다.

"내 머리를, 땅에 처박은 게 가상하니 죽음만큼은 편히 해 주지."

짓이겨진 에반부르의 두 눈이 피투성이가 된 채 파르르 떨렸다.

발로이드가 거칠게 숨을 몰아쉬는 에반부르의 목젖에 검을 들이

밀었다. 그리고 거침없이 에반부르의 목을 잘라 내려는 순간이었다.

"……페이작."

제 턱 아래 들이 밀어진 한기에 발로이드의 움직임이 멎었다. 그의 목울대에 서슬 퍼런 칼날이 침만 삼켜도 베일 듯 바짝 들러붙어 있었다. 발로이드의 벽안이 느리게 내려가 덜덜 떨리는 칼날을 살폈다.

르옌의 등 뒤로 발로이드를 지키던 기사들이 달려들었으나 그가 제제했다.

"누님에게는 손대지 마라. 괜찮으니."

"페이작…… 가자. 가서 이야기를 나누자."

"듣던 중 반가운 이야기인데. 우선 이자들은 치워야겠지. 그 검도 치우고."

발로이드의 뒷목을 껴안듯 한 팔로 감아 당기고, 검을 더욱 바짝 가져다 댄 르옌이 으르렁거렸다.

"당장, 그만두지 않는다면……."

"어찌할 거냐? 누님."

르옌은 말문이 막힌 사람처럼 입술을 꾹 다물었다. 발로이드는 주위를 둘러보았다. 서로를 견제하느라 여념이 없는 마리포사 기사단원들과 라르크의 기사들이 보인다. 수는 몇 없었으나 걸리적거렸다.

"죽여, 전부."

에반부르와 발로이드의 엎치락뒤치락 하는 것을 관중하던 검은 망토의 기사들이 일제히 라르크의 기사들을 향해 달려들었다. 이어 챙, 챙, 몇 번의 검합 소리가 울렸다. 수가 더 우세한 것이 마리포사들이었으므로, 살육은 거의 일방적이었다.

귓등으로 흐르는 르옌의 노여운 숨결을 잠자코 음미하던 발로이드가 되물었다.

"이제 어찌할 거냐?"

"……."

"누님은 아까도 나를 죽이지 못했잖나."

발로이드가 선전포고했다.

"할 수 있으면 해 봐라."

검을 쥐고 있던 발로이드의 손이 에반부르의 목을 거침없이 베어 냈다. 살이 갈라지며 칼이 목젖의 뼈를 긁어 내려가는 소리가 소름 끼치게 울려 퍼졌다. 눈 깜짝할 사이였다.

컥컥. 핏물이 울컥울컥 솟구쳤다. 르옌은 얼어붙었다. 제 목에 따끔한 상처를 내고 멈춘 르옌의 검을 밀어내고 일어선 발로이드는 에반부르의 피가 묻은 검을 툭 털어 냈다. 에반부르의 벌어진 입술 사이로 피거품이 맺혔다.

발로이드가 그녀를 마주 보고 물었다.

"이제 어떻게 할 거냐, 누님. 배반자를 죽인 충실한 누님의 기사인 나를 벌할 건가?"

그때, 한 무리의 검붉게 물든 망토를 두른 기사들이 달려왔다. 선두에 서 있던 기사가 고저 없는 목소리로 보고했다.

"주군, 회전지에서 회군한 적 기사단이 지근에 달했다 합니다. 주둔지 안의 대부분의 병사들은 사살했습니다. 이제는 정말 움직이셔야 할 것 같습니다. 더 이곳에 있다가는 위험해지실 수 있습니다."

발로이드의 한쪽 눈썹이 꿈틀거렸다. 계산대로라면 회전지에서 회군한 이들이 도착할 시간은 새벽이나 되어야 했다. 예상보다 빨랐다.

"대기 중인 녀석들을 출병시켜라. 이쪽의 용무가 끝나지 않았으니 회군한 놈들의 길목, 막아. 곧 나도 가겠다."

"존명."

예닐곱 기의 검은 망토 기사들은 그대로 되돌아가 남동쪽의 방향으로 사라졌다.

"할드로프 경, 할드로프 경……."

그가 보고를 받는 사이 발로이드를 밀쳐 낸 르옌은 허겁지겁 손에 잡히는대로 천을 쥐어 그의 목을 눌렀다. 그러나 솟아오르는 피는 금세 천을 죄 적시고도 멈추지 않았다. 뜨겁고 축축하고 비리다.

르옌의 떨리는 손길에 게슴츠레 눈을 뜬 에반부르가 왈칵 피를 토해 내며 미미하게 웃었다. 그의 눈동자는 발로이드에게 향해 있었다. 마지막까지 겁먹은 기색 하나 없는, 되레 만족한 미소였다. 발로이드가 조소했다.

"그래 뭐, 혈기만큼은 제법이라 칭찬해 주지. 그 정도는 되어야 라르크의 기사라는 이름이 아깝지 않지."

에반부르의 입술이 열렸다. 피거품과 함께 끅끅대는 소리가, 신음이 섞였다. 르옌이 애원하듯 말했다.

"할드로프 경, 안됩니다. 말하지 마십시오. 안 돼. 정신을……."

"양……."

에반부르가 힘겹게 손을 들어 흔들었다. 아주 겨우 내는 소리였다.

"……데투아 양, 쿨럭, ……는가."

그녀의 전신이 절망으로 치떨렸다.

"입 닫으십시오. 말, 말하지 마. 할드로프 경, 가만히, 정신, 정신 잃으면 안 됩니다."

그녀의 벌겋게 충혈된 눈동자에 시뻘겋게 물든 노기사의 처참한 몰골이 꽉 찼다. 에반부르가 힘겹게 입술을 벌렸다 닫았다를 반복했다.

"……귀 ……쿨럭."

"가만히 있으……."

"쿨럭, 이리로……."

르옌이 발로이드를 노려보며 허리를 기울였다. 에반부르의 입술 사이로 울컥울컥 솟구치는 핏물이 뺨에 튀었다. 노기사의 꺼져 가는 음성이 잠잠히 귓바퀴로 괴어들었다.

"……만나 뵙게…… 되, 어, 영광이었소이다……."

위태롭던 소리도, 토해지던 피도, 헐떡이던 숨도.

멎었다.

에반부르의 풀린 갈색 동공 위로 도려내진 달이 흐리멍텅 드리워졌다.

르옌의 절망에 찬 눈동자가 달빛을 등지고 선 발로이드를 올려다보았다. 핏물 섞인 눈물이 뺨을 타고 흘러내렸다.

달 등진 엄폐 속에서도 페이작의 얼굴만 선명했다. 늘 그녀를 향하던 눈길, 그 향기가 음산한 바람에 실려 왔다.

비틀대며 일어선 르옌은 본능에 가까운 속도로 페이작을 향해 걸었다. 마리포사 기사단원들의 우악스러운 손길들이 그녀의 어깨를 움키고 그녀의 뒤 머리칼을 휘어잡았으나 머리칼이 뜯기는 고통에도 뒤도 돌아보지 않고 팔꿈치를 후려쳐 그들을 밀쳐 냈다.

발로이드는 그런 그녀를 바라보다가 느리게 몸을 돌렸다. 한 기사가 르옌을 그대로 뒤에서 덮쳐 넘어뜨렸다. 무게를 미처 피하지 못해 널브러져 짓깔린 르옌의 눈동자는 여전히 발로이드의 뒷모습에 박혀 있었다. 피로 물든 흰자위가 섬뜩하게 빛났다.

검을 내려뜨린 발로이드는 이어 시단을 향해 걸어갔다. 검은 기사를 따라 노기사의 죽음이 한 방울 한 방울 떨어져 내렸다.

"……네가."

짓눌려 몸부림치던 르옌의 피 터진 입술 사이로 쥐어짠 음성이 흘러나왔다.

"네가 나를 거슬러."

시단의 앞에 선 발로이드는 가까스로 숨만 붙은 청년을 내려다보았다. 늙은 기사를 상대할 때와는 다른, 갈기갈기 찢어 버리고 싶은 섬뜩한 욕망이 일었다. 걸림돌이다. 어린 청년을 향한 혐오감이 그의 뱃속을 갉아먹고 있었다.

발로이드는 그녀를 돌아보지 않고 말했다.

"……군대조차 없이 이 구역질 나는 라르크의 진영에서 간자 따위의 모욕적인 대우나 받는 누님을 구제하기 위함이다. 우국의 충정이니 그리 노여워 마라."

"네가……."

"이 나약한 것들을 지키려는 기치 하나로 우리의 일생 전부를 전장에서 내던지고, 결국 네게 남은 게 무엇이관데?"

르옌은 순간적으로 허리를 비틀어 꺾어 그녀를 짓누르고 있던 기사의 코에 옆통수를 들이받은 후, 그녀의 다리를 잡고 있던 다른 두 기사의 옆얼굴을 온 힘을 다해 걷어찼다. 그러고는 아주 잠깐의 틈을 놓치지 않고 달려가 발로이드의 몸을 그대로 밀어 넘어뜨렸다. 쿵 소리가 나며 그녀를 안듯이 받은 발로이드가 넘어졌다.

르옌이 발로이드의 턱을 움켜쥐며 바르르 떨리는 음성으로 읊조렸다.

"네가, 내 명을 거슬러어어!"

"누님, 나는 누님의 모든 노여움 감당할 각오로 왔다고 했다. 그리 화내도 소용없어."

발로이드의 짙푸른 눈동자는 어둠 속에서도 파랬다. 사해의 빛을 머금은 눈동자에는 언제나 그렇듯 많은 생사가 담겨 있었다. 그의 눈이 이토록 끔찍하게 느껴진 것은 처음이었다.

마리포사의 기사 둘이 바로 뒤따라와 르옌의 양팔을 끌어내어 강제로 발로이드에게서 떼어냈다.

"놓지 못……!"

르옌의 작은 몸이 기사들에게 끌려가듯 떨어져 나가자 발로이드는 느리게 흙을 털어 내며 일어섰다.

"귀하게 모셔라. 다치지 않게."

떨어뜨린 검 대신 검은 창을 고쳐 쥔 발로이드의 시선이 시단에 머물렀다. 르옌의 눈이 절망으로 흔들렸다.

죽일 거다. 죽일 거다.

페이작은 시단을 눈 하나 깜빡 않고 죽일 거다. 후험된 본능이 그녀를 뒤흔들었다.

"페이자아악!"

창대를 쥔 발로이드의 손에 힘이 들어가는 게 보였다. 제 팔을 붙잡은 기사들을 떨쳐 내려 안간힘 쓰던 르옌이 결국 악을 내질렀다.

"무고한 자들에게 화를 돌려, 어찌!"

"무고하다?"

검은 괴물처럼 선 발로이드가 그녀를 돌아보았다.

"누님은."

배반감에 찬 발로이드의 음성이 대기를 진동했다.

르옌의 피로 물든 눈동자가 발로이드에게 겨냥되었다.

검은 사자의 갑옷. 천적의 껍질을 쓰고 자신을 노려보는 그는 분명, 먼 과거 그녀가 전장에서 등을 맡겼던 이였다. 한때는 세상 누구보다도 서로를 맹신했던 관계였다.

그러나 이백 년의 간극은 그리도 두터웠다.

"……네가 무슨 짓을 당한 건지 잊었군."

뼈를 에던 죄의식도, 오랜 그리움도 일순간에 우그러졌다.

르옌의 눈동자에 서서히 경멸 어린 광기가 피어올랐다. 짙디짙던 믿음과 애정도 타오르기 시작한 노여움의 불씨를 꺼뜨릴 수는 없었다.

"멋대로 지껄이지 마라. 난 무엇도 잊지 않았다. 페이작, 나의 죽음은 나의 오만과 무지에서 기인된 것이다. 그것을 저들의 잘못으로 돌리지 마. 이백 년 전에도, 지금 이 순간도, 저들의 죄는 피를 두려워할 줄 모르는 여왕을 섬긴 것뿐이다. 나는 단 한순간도 나의 나라를 사랑하는 마음, 덜어 내지 않았다."

발로이드는 서늘한 르옌의 눈빛에 침묵하다가 실소했다.

"내가 바란 누님과의 조우는 이런 것이 아니었는데. 내가 얼마나 간절히 너를 바랐는데. 내가 얼마나 오랫동안 네가 돌아오길 원했는데."

"그조차 네 어리석은 선택이다. 더 돌이킬 수 없어지기 전에 그만둬라."

"그게 누님의…… 선택이라?"

르옌은 부릅뜬 눈으로 그를 마주 보았다.

뚜욱. 붉은 피 먹은 눈물이 또 한 방울 그녀의 뺨을 타고 흘러 내렸다.

발로이드가 순식간에 몸을 돌려 창을 치켜들었다.

"이게 나의 선택이다."

얼어붙은 르옌의 눈이 시단에게 향한 발로이드의 창끝에 머물렀다. 발밑 무너진 것 같은 절망감. 전에 없던 배반감. 마지막 희망의 불씨조자 꺼졌다.

그런데 갑자기 사방 요란한 발굽 소리가 대기를 뒤흔들기 시작했다.

막 창을 내리찍으려던 발로이드가 고개를 돌려 소란한 말발굽 소리로 뒤덮인 저편을 바라보았다. 라르크의 기사단이 주둔지로 되돌아온 것이다. 까마득 먼 곳으로부터 기사들의 함성이 울려 퍼졌다.

일순간 분위기가 반전되었다. 발굽 소리는 점점 커졌다.

다그닥 다그닥. 어디선가 새로운 각적이 울렸다.

상황을 파악한 한 마리포사의 기사가 나섰다.

"주군, 이제 정말 떠나셔야."

"……지체되었군."

중얼거린 발로이드가 다시 한 번 섬뜩한 눈으로 시단을 겨냥했다. 그의 손에 쥐인 창이 높게 들렸다.

"그만두지 못해……! 손대지 마, 손대지 말라고!"

족쇄처럼 그녀를 붙잡은 장골 기사들의 손아귀는 호락호락하지 않았다.

그리고 발로이드의 창이 떨어졌다. 매섭게 기울어, 날카로운 증오를 번뜩이며.

그때였다. 빠른 속도로 회전하는 무언가가 하얀 잔상을 그리며 날아들었다. 발로이드가 본능적으로 그에게 날아드는 적의를 알아차리고 창의 궤도를 돌려 올려쳤다. 새하얀 잔광이 발로이드의 창대에 어마어마한 속도로 부딪친 후 튕겨나갔다.

채애앵! 귀찢는 파공음이 검은 연기 자욱한 하늘을 울렸다. 발로이드의 창대가 지이잉 하고 떨었다.

'……'

바닥에 떨어진 하얀 나비 음각이 새겨진 속이 빈 검집은 피 웅덩이가 된 바닥 위를 몇 바퀴 구르다 회전을 멈추었다. 얼어붙었던 르옌의 고개가 힘겹게 저편으로 비껴 돌았다.

다 불타 버린 막사촌 저편으로부터, 붉은 늑대의 마갑 덮개를 뒤집어쓴 새까만 군마 하나가 수십, 수백의 발소리를 달고 질주해 오고 있었다.

맹렬하기까지 한 속도였다.

그리고 천둥처럼 그녀의 가슴을 뒤흔든 '그것'은 삽시간에 코앞까지 들이쳤다. 시체들과 마리포사의 기사단원들을 그대로 뛰어넘은 '그것'과 함께 새하얀 빛이 그녀의 눈앞을 스쳐 지났다. 그녀의 충혈된 눈동자 위로 하얀 바람이 일었다.

붉게 물든 세상 속에서, 그만은 참으로 하얗더라.

지체 없이 발로이드를 향해 내리쳐진 백의 검을 흑의 창이 막아 올렸다.

캬르르릉!

이백 년 전의 정신처럼 곧은 신임의 검과 하나뿐인 전우에게 내어 주었던 이상의 창이 서로를 할퀴는 소리가 하늘을 메아리쳤다.

파사드가 내려친 리오낙을 버티다 가까스로 흘려 낸 발로이드가 서늘한 벽안을 치켜떴다. 이히히힝! 거대한 몸체를 자랑하는 파사드의 군마 롯사가 침을 질질 흘리며 크게 앞발을 들어 흔들었다. 마리포사의 기사들은 맹렬히 들이친 적의 등장에 르옌을 내팽개치고 황급히 거리를 벌려 검을 고쳐 쥐었다.

비틀대며 주저앉은 르옌은 얕게 숨을 헐떡였다. 귓가가 뜨겁다. 천명처럼 끓는 숨소리, 크게 울부짖는 말울음으로 타들어 갈 듯했다. 낯설되 낯설지 않은 자가 어느새 그녀의 앞을 가로막고 있었다. 미처 가라앉지 못한 바람을 안고 내려앉는 붉은 멘테 안의 늑대가 부드럽게 너울 쳤다. 눈 깜빡할 사이에 닥친 상황이었음에도 그녀에게는 모든 것이 느리게만 보였다.

얼마나 먼 거리를 달려온 것인지 그녀로서는 알 수 없었다. 다만 마른 바람 새새에 얽힌 열기가 살갗으로 느껴졌다.

이윽고 파사드의 등 뒤로 수십 기의 기사들이 요란한 뿔 나팔 소리와 함께 달려오기 시작했다. 회전지에 파견되었던 라르크 군사들의 난입에 수세에 몰린 마리포사의 기사들이 하나둘 말에 올라 발로이드를 엄호하듯 에워쌌다.

한 마리포사의 기사가 난처한 음성으로 조언했다.

"주군, 어서 말에."

그러나 발로이드는 미동도 없었다.

발로이드의 시퍼런 안광을 맞받아치던 파사드의 새카만 흑안이 펼쳐진 살풍경을 훑었다. 오는 내리 완전히 잿더미가 된 막사들을 보았지만 이 근방만 유독 피로 뒤덮여 있었다. 이윽고 파사드의 눈은 피투성이로 도륙된 라르크의 기사들에게 향했다. 간신히 숨 붙은 이도 있었다. 이어 그의 눈은 발로이드의 발치에 쓰러져 경련하는 시단에게 향했다가, 마지막으로 참혹하게 누운 에반부르에서 멈추었다.

"……."

길게 눈을 떼서는 안 된다는 것을 알았음에도, 그의 고개가 크게 돌아 에반부르에게 향했다.

파사드의 입술이 굳어졌다. 노여움이 움튼 그의 시선은 이내 르옌에게로 옮겨졌다. 누구의 것인지 모를 피를 뒤집어쓴 그녀는 넋을 놓은 눈으로 그를 바라보고 있었다.

잇따라 도착한 기사들이 에반부르의 시신을 발견하고 노성을 터뜨렸다.

"할드로프 경!"

"네 놈들이이!"

에반부르는 거의 대부분의 기사들이 존경으로 따르는 위대한 라르크의 맹장이었다. 곳곳이 살기로 들어찼다. 모르가나, 이 개자식들아! 누군가의 울음 섞인 비명이 울렸다.

입술 안쪽을 깨물어 침묵하던 파사드가 발로이드에게로 시선을 옮기며 명했다.

"테레아드 경, 시신들을 수습해라. 부상자들도 함께 옮기도록."

"……존명."

믿을 수 없단 듯 에반부르의 시신을 내려다보던 테레아드가 황급히 기사 몇을 이끌고 대열을 이탈했다. 그들은 발로이드를 견제하고 마리포사 기사단원들을 주시하며 조심스레 시단까지 끌어내는 데 성공했다.

비로소 르옌의 숨통이 열리며 신음이 샜다. 비틀대며 몸을 일으키려던 그녀는 끝내 다리가 무너져 주저앉았다.

파사드를 노려보던 발로이드가 처음으로 입술을 뗐다.

"지쳐 보이는군, 브류나크."

파사드가 숨을 헐떡거리는 롯사의 고삐를 끌어 쥐었다. 회군한 기사들은 네 시간 이상이 걸릴 거리를 두 시간 만에 완주한 탓에 몹시 지쳐 있었다. 그 역시 마찬가지였다. 그러나 피로마저 사라질 만큼의 적의가 정신을 일깨웠다.

라르크의 기사들이 회군했다는 소식을 들은 나머지 마리포사의 기사단원들이 일제히 불탄 막사들을 뛰어넘어 결집하기 시작했다. 속속 곁으로 집결하는 기사들의 머릿수를 확인한 발로이드가 위협적인 말니를 드러낸 롯사로부터 두 걸음 물러서 그의 말에 올랐다. 기사 둘이 그것을 도왔다.

미처 가라앉지 않은 파사드의 숨결 새새에 짙디짙은 증오가 새겨져 있었다.

"……마리포사."

말 위에 오른 발로이드와 파사드가 나란히 마주 보았다.

"지금 내 용건은 너희가 아닌데 말이지."

발로이드는 창을 바로 쥔 후 주저앉은 르옌을 한 번 응시했다. 파사드가 롯사를 두 걸음 보채 그의 시야를 가로막아 섰다.

"적에게는, 특히나 네겐 라르크의 곡식 한 톨도 내주지 않는다."

파사드를 후위로 반원을 그리며 사열한 기사들이 꼭 같은 경멸과 증오의 눈빛을 해 보였다. 발로이드는 제게 겨눠진 파사드의 하얀 검날을 눈동자만 움직여 바라보았다.

시선은 파사드에게 둔 채, 발로이드가 불렀다.

"스완."

르옌의 시선이 발로이드에게 이르렀다. 파사드가 이를 악 물고 답했다.

"내가 말한 넘겨주지 않는다고 한 것들 중엔 르옌 데투아 역시 포함된다."

또 다른 검은 망토의 기사가 서쪽에서 달려왔다. 그 기사는 발로이드와 파사드의 등 뒤로 선 양측 기사들의 대치를 발견하고 잠깐 주춤하더니, 즉시 발로이드의 곁에 다가가 나직이 고했다.

"대기 중이던 이들은 순조롭게 남하했습니다."

파사드에게서 시선을 떼지 않고 있던 발로이드의 입가에 조롱의 미소가 어렸다.

"브류나크, 지금 남부 저지선을 지킨답시고 죄 빠져나간 너희 군사들이 위험할 텐데, 여기서 내 앞을 가로막고 있어도 괜찮나?"

"……."

"늘, 뒤를 조심해야지……. 하지만 너희를 이 자리에서 다 죽여 버리는 것도 나쁘지 않겠군."

'대기 중이었던……'

파사드의 표정이 서서히 굳어졌다.

"……조잡하게도 덫을 놨군."

남부 저지선의 후미를 친다는 계획을 드러낸 발로이드의 계략을 짐작하는 건 어렵지 않았다.

저 아래, 북상한 적을 막고 있는 라르크의 군대가 있다. 그런 그들의 등 뒤로 기동력으로 무장한 마리포사의 기사단이 남하해 달려가고 있다. 현재 교전 중인 라르크의 군 후방이 뚫릴 것이다. 자명한 사실이다.

광활한 이샤스의 주둔지를 삽시간에 불사르고, 남아 있던 기사와 병사들을 수 시간 새에 괴멸시켜 버린 것으로 미루어 보건대, 이 둔영을 난장판으로 만든 기사들 역시 못해도 일천여 기에 달할 것이다. 당장 파사드가 남부 저지선의 후미를 치려는 이들의 뒤를 쫓아도, 주둔지에 남은 침략자들이 또다시 그들의 뒤를 쫓을 것이다.

단순히 르옌 데투아 하나를 꾀어내 도망치려던 것이 아니었다.

'저놈은 대체 어디까지.'

"……라노 경, 우선 기사 일천을 떼어 남부 저지선으로 향하라. 나머지 군사들은."

극도의 긴장감으로 정지된 대치 상태 속에서, 발로이드의 서슬퍼런 안광이 파사드를 향해 올려 뭍어진 순간. 동시에 두 사령관의 명이 떨어졌다.

"이 자리에서 적들을 척결한다."

"죽여."

그들의 명령은 끔찍할 정도의 파급력을 몰고 왔다.

검은 망토를 뒤집어쓴 마리포사 기사단이 전면으로 뛰쳐 들어오는 것을 시작으로 약속이나 한 듯이 라르크의 기사들 또한 그들을 향해 돌진했다.

가장 선두에 있던 파사드의 검이 발로이드의 목을 향해 날아들었다. 그러나 그가 벤 것은 허공이었다. 발로이드는 말 머리를 비껴 돌려 그의 범위 밖으로 물러난 후였다.

다시 발로이드를 향해 돌진하려 했을 때, 그의 우측에 서 있던 검은 망토의 기사가 파사드를 막아섰다.

"비켜라."

노여움에 찬 파사드가 세게 검을 내리쳤다. 검은 망토의 기사는 크게 휘청하면서도 물러서지 않고 다시 자세를 바로잡았다. 또 다른 기사가 파사드의 앞을 가로막았다.

파사드의 새까만 눈동자가 맹렬한 살의를 발했다. 핏발 선 흑안이 발로이드의 여유로운 벽안과 마주쳤다.

태연한 얼굴로 파사드를 흘기던 발로이드는 이내 르옌에게로 시선을 돌렸다. 다리에 힘을 주어 비틀비틀 일어선 르옌이 그를 똑바로 마주 보았다.

발로이드가 담담히 말했다.

"지금 내게 화를 낸다 해도 괜찮다. 어차피 누님이 돌아올 곳은 내가 있는 곳뿐이다. 라르크의 비열하고 배덕한 자들은 언제고 또다시 누님을 이용하고 내버릴 테니까. 답지 않게 지체되어 일이 어지러워졌으니 유감스러울 뿐이다."

"……."

"누님. 너는 애국을 덜어 내지 않았다 했으나, 내 증오 또한 이백 년 전 그때의 깊이에서 한 치의 덜함도 없다. 누님을 내게서 앗아 간 브류나크를, 라르크를 증오한다. 우리의 추억이 새겨졌던 뮈아드로의 주춧돌 하나까지도 잘근잘근 부숴 버리고 싶을 만큼. 나를 막지 못할 것이다. 결국 라르크가 멸망하고 오갈 데 없는 삶만 남게 된다면."

"……."

"이곳이 누님이 있을 곳이 아니란 걸 인정할 테지."

난자된 이성이 비틀거렸다. 그러나 꼭 그만큼 더할 나위 없는 냉정이 그녀의 전신, 혈관 한 올 한 올 사이로 스며들기 시작했다.

페이작의 선택을 어리석다 비웃을지언정, 비극이라 소리칠지언정 비난하지는 않는다. 어쩌면 그의 분노 또한 타당할지 모른다. 타인의 증오를 가늠한다는 것은 사해의 깊이를 재어 보는 것과도 같다. 심해 속으로 침몰하고 침전되어 이윽고 바닥에 닿은 후에야 그것이 얼마나 깊은지 알게 되는 것이다.

페이작이 품은 증오의 바다, 그 밑바닥에 이르러 그녀는 해골이 되어 널브러진 제 시신을 목도했다. 피와 살은 닳고 닳아 남은 것이라고는 이루지 못한 미몽뿐인 껍데기.

'돌이킬 수 없다.'

가슴 무너지는 납득이었다.

까무룩 눈 감으면 꿈인가 싶을 만치 먼 옛날. 심중 깊이 자라난 신념은 그녀를 한 그루의 나무로 만들었다. 한 번 뿌리내리면 다시는 그 땅을 벗어나지 못하는 비천한 고목. 월계수 한 그루.

—나는 그리하여 라르칼리아리.

뿌리 뻗고 싶었던 욕망을 추위에 가로막힌 나무는, 따뜻한 남토를 바랐다. 아주 오래전부터 고두하고 있던 맹아가 싹튼 것이다. 그래서 굵은 가지를 드리워 보려 하였다. 먼 곳까지, 아주 먼 곳까지, 전 대륙을.

그러나 그것이 허황된 것이라는 걸 알았다. 모두의 길이 아닌 자신만의 길이라는 것도 깨달았다. 사랑했던 것들이 배반하여 알게 되었다.

그럼에도 그녀는 북부에 뿌리를 둔 최후까지 긍지 높은 라르칼리아였다.

르옌의 차디찬 음성이 난전 속을 뚜렷이 울려 퍼졌다.

"폐이작."

"누님, 이제 시작일 뿐이다. 누님을 걸고 맹세하건대."

비록 그녀는 지금 아무것도 아닌 말 팔이의 딸이라 하지만 그 사실 하나가 그녀라는 사람의 역사를 무너뜨릴 수는 없었다.

피비린내로 뒤덮인 전장의 한복판에서 창칼보다 매서운 발로이드의 음성이 이어졌다.

"⋯⋯라르크는 나의 적이다."

라르크를 적으로 규정한다. 이백 년의 맹세를 과거로 흘려보낸 남자의 결의였다.

귀청을 울리는 절망의 날붙이 소리들이 사방팔방으로 그녀를 찔러왔다. 하지만 그의 말 한마디만큼 아플까. 르옌은 피범벅 된 손을 올려 이마를 덮었다. 핏물이 그녀의 이마를 타고 내려와 눈가를 따라 주르륵 흘러내렸다. 벌건 세상 위로 다시 한 번 핏물이 덧씌워졌다.

르옌은 부릅뜬 눈꺼풀을 닫지 않았다. 그녀에게는 그를 마주 볼 의무가 있었다.

사트루가 귀레 라르크. 라르크를 위하여.

한때는 그러한 의기로 등을 맞대었으나, 지금의 발로이드는 이백 년 전의 자신이 낳은 괴물이었다.

"라르크는 배반의 대가를 치르게 될 거다."

그리고 한때는, 그녀 역시 괴물이었다.

그녀의 마호가니 목빛 눈동자가 전에 없는 붉은 노여움으로 타올랐다. 그녀의 피투성이 입술이 섬뜩하게 입꼬리를 올려 웃었다. 이백 년 전, 두 명으로 하나 되어 오롯했던 괴물들이 서로를 노려보았다.

이윽고 그녀의 입술이 열렸다.

"그렇다면 너는 나의 적이다."

가만 내리뜬 눈으로 그녀를 노려보던 발로이드가 주저 없이 몸을 돌렸다. 그의 손에 쥐여진 검고 뇌호한 그들의 이상이 그를 따라 몸을 돌렸다.

"퇴각! 전 기사단, 대기 지점에서 재집결한다!"

발로이드의 후미를 지키던 검은 망토의 기사가 즉시 말허리에 묶어 둔 퇴각의 징을 울렸다.

퇴각령이 떨어지자 라르크의 기사들과 맞붙어 싸우던 검은 망토의 기사들이 말 머리를 돌려 뿔뿔이 흩어지기 시작했다. 막 도망치려는 마리포사의 기사 하나를 말에서 고꾸라뜨린 파사드의 시선이 필연처럼 르옌에게로 향했다. 그녀는 멀어지는 발로이드의 뒷모습을 어림할 수 없는 뜨거운 시선으로 좇고 있었다.

곧이어 시신들의 수습을 위해 움직였던 테레어드가 돌아와 눈물 젖은 얼굴로 그를 보챘다.

"칼란독 경, 명을."

파사드는 리오낙에 묻은 피를 털어 내듯 검 끝을 내린 후 써느런 음성으로 명했다.

"어느 정도의 피해는 감수한다. 발로이드와 저들의 뒤를 잡아라.

사로잡지 못한다면 시체라도 좋다."

교전을 벌이던 수백 기의 라르크 기사들이 흩어진 검은 망토의 기사들을 쫓아 달리기 시작했다.

르옌은 죽은 고목처럼 미동 없었다. 적대감에 찬 기사들은 끊임없이 그녀를 스쳐 지났다. 제 시간만 그 순간에 못박인 듯 멈춘 것처럼 아득했다. 적들을 쫓아 달리는 하얗고 붉은 늑대들의 멀어지는 뒷모습을 망연히 바라보았다.

차마 볼 수 없어 눈을 감았다.

눈꺼풀 안으로 떠나 버린 전우의 등을 그렸다. 그녀의 몸이 서서히 허물어졌다. 짓눌려 있던 통증이 되살아나 전신이 찌르는 듯 아파 왔다. 그러나 지금 그녀를 좀먹는 건 떨어진 체력이 아닌, 스스로를 향해 달려드는 시꺼먼 자괴였다.

무너지듯 엎드린 그녀는 대지조차 삼키지 못해 웅덩이를 이룬 피바다를 돌아보았다. 시단이 있던 곳, 에반부르가 있던 곳, 다른 이름 모를 기사들이 있던 곳, 그리고 그 위에 널브러진 또 다른 시체들이 끊임없이 토해 내는 검붉은 핏물들. 그들 중에는 검은 망토를 두른 이들도 더럿 보였다. 푸른 견갑이 찢겨 나간 검은 망토 사이로 선명했다.

마리포사.

그 이름은 생소하나, 그들이 상징하는 나비란 한때의 자신이었다. 르옌의 입가에 참을 수 없는 자조가 배었다. 광소가 터질 듯했다.

세 치 혀로 누군가의 증오를 덜어 내려 한 것이 실수였다. 인간은 누구나 실수를 하고 그만큼의 대가를 치르기 마련이라던가. 그러나 이것이 제가 치러야 한 대가라면 제 실수는 얼마나 악랄했던 것인지.

가까운 곳 가리지 않고 울려 퍼지는 고함. 다 불타 버린 재 냄새 자욱한 폐허. 그 속에서 생각은 차츰 엷어졌다. 이내 그녀는 산 채로 죽은 듯한 기분 속으로 침몰했다. 깊숙한 무의식 저편으로 침전하려는 그녀의 정신을 끌어올린 것은 어둡고 어두워 마치 까마귀처럼 검은 기사의 그림자였다.

비스듬히 고개를 젖혀 그를 올려다본 르옌의 입가에 초라한 자조가 그려졌다.

—이만하면 되었습니다. 충분합니다.

핏물이 뚝뚝 턱을 타고 떨어졌다. 새까만 사내야. 벨비, 벨바롯트, 네가 비웃으러 왔는가 싶었다.

파사드는 말없이 그녀의 팔뚝을 잡아 일으켰다. 르옌은 그물 걸린 물고기처럼 딸려 일어나 세워졌다. 그녀가 비틀대며 균형을 잡자, 파사드는 그대로 몸을 돌려 피 웅덩이에 나뒹구는 제 검집을 주워 들었다. 악혈이 엉겨 붙어 흉한 꼴이었지만 그는 주저 없이 그것을 허리에 찼다.

르옌은 하염없이 파사드를 바라보았다.

'벨바롯트, 그대의 간언들이 생각나는 밤이다.'

파사드는 푸르르거리며 발을 구르는 롯사에게 걸어갔다.

'벨바롯트, 그대의 뒷모습이 생각나는 밤이다.'

돌이킬 수 없는 밤, 피 냄새가 눅눅히 번져 어지러운 밤이었다. 르옌은 간신히 목소리를 끌어내어 파사드를 멈춰 세웠다.

"……나는."

목이 멨지만 그녀는 멈추시 않았다.

"나는…… 나는 내가 저지른 일의 책임이 오롯이 내 사람들의 짐이 될 것을 모르지 않으면서도 악귀처럼 전쟁에 매달렸다. 그런 기사이며 여왕이었다. 가장 잔인한 방식으로 사람이 죽어 나가는 것도 눈 하나 깜빡 않고 볼 수 있었고, 내가 직접 그리 죽이기도 했다. 명망 높은 왕과 왕비의 머리를 잘라 군사들에게 내던져 차 놀게 하고, 어리다 할지라도 미래에 후환이 될지 모를 아이라면 갓난아이까지 다 죽였다. 그런 의미에서의 괴물이라면 기꺼이 손가락질받아도 좋은, 그런 왕이었다. 부정하지 않으마. 그때의 나는 내가 행하는 모든 것이 라르크를 위함이라 믿고 있었다."

그녀를 등진 채 멈춰 선 파사드는 미동하지 않았다. 르옌은 그의 표정조차 상상하지 못한 채 절박히 쏟아냈다.

"……나는 벨바롯트의 배반으로 인해 올조르의 목전에서 뮈아드로의 왕궁으로 향할 적, 먼 길 돌아가는 내내 창밖만 내다보았다. 한데 그때 내가 본 풍경은 내가 바라던 세상이 아니었다. 나를 사랑한다던 이들이 내 마차가 지나는 것만 보아도 겁을 먹어 숨죽이고 손가락질하고 비난하고 오열하는 그런 풍경이 널려 있었다. 내가 꿈꾸던 낙원 속에 웃고 있는 나의 백성을 단 한 명도 보지 못했다. 환궁하여 인사하니 내 배로 낳은 내 새끼들이 나를 알아보지 못했다. 겁에 질린 나의 가신들은 포승줄에 단단히 묶인 내 눈을 바라보지 못하고, 내 부군은 나라를 구한 죄인이 되어 내게 매달려 울었다."

—용서하소서.

용서받아야 할 사람은 자신이었다.

"……무언가 잘못되었다는 것을 알았다. 많이 늦은 깨달음이었으나, 그리 깨달았다. 나는 항변 없이 내 목을 내어놓았다. 내가 치러야 할 대가로 받아들여서."

등 뒤로부터 부는 바람에 아직 꺼지지 않은 불티가 하늘하늘 흩날렸다. 불티는 르옌에게 이르기도 전, 힘을 잃고 어둠 속에서 한 터럭의 재로 스러졌다.

끊길 듯 이어지는 고해를 경청하며 파사드는 제 발치에서 일렁이는 그림자를 내려다보았다.

"하여 인정했다. 순순히 대가를 치르겠다 하였다. 그리고 벨바롯트에게 마지막으로 청했다."

르옌의 눈이 느리게 감겼다. 마른 눈시울이 시렸다.

"……돌레한 경만큼은 살려 달라."

그리고 그 모든 것의 결과가, 오늘서 되돌아왔다.

"마지막까지 책임져야 했지만 그러지 못한 것이다."

파사드는 그녀의 말을 못들은 체 폐허가 된 주둔지를 말없이 돌아보았다. 그의 귓가로 차게 우는 목소리가 울렸다.

"브류나크."

"……."

"나는 라르칼리아다. 네가 뭐라 하더라도 나는 스완 세칼리드 라르칼리아의 업을 짊어지고 있어. 브류나크의 앞에 내 스스로가 라르칼리아임을 드러내는 것이 목 내놓는 짓과 다를 바 없다는 것을 모르지 않으나, 다시 내 목숨을 걸고 간구하겠다."

라르칼리아.

거북스러운 이름이 그의 신경을 돌렸다.

어느새 일어선 르옌은 그를 똑바로 바라보고 있었다. 살아남은 불티가 그들 사이를 흩날렸다. 파사드는 르옌을 바라보았다.

"나는."

르옌의 눈빛에 피어오르기 시작한 붉은 살기는 모르려야 모를 수 없는 것이었다.

"남부에서 나를 기다리는 저 괴물을 끝까지 책임져야 할 의무가 있는 사람이다. 내가 그 책임을 질 수 있게 도와줘."

한참 그녀를 바라보던 파사드가 등자를 딛고 말에 올랐다.

남동부 일대의 전투에서 얼마만큼의 사상자가 날지도 감히 추산할 수 없을 터였다. 회전지에서 벌어진 전투 또한 마무리되지 않은 채였다. 그리고 에반부르가 죽었다.

단순히 발로이드가 르옌에게 보이는 집착으로 인해 벌어진 이 사달은 오롯이 파사드 자신의 책임이었다.

"대기해라."

말 머리를 돌린 파사드가 명령했다.

붉은 늑대의 멘테는 펄럭펄럭 남쪽을 향해 달려갔다. 그럼에도 불구하고 그날의 승기는, 명백히 발로이드의 손에 쥐였다.

4장

4장

　올조르의 대승이 있은 지 수개월도 지나지 않아 라르크는 대패했다.

　약속되어 있던 회전에서 라르크 군은 어엿한 승리를 거머쥐었지만, 그러나 이샤스 남부 저지선에서 있었던 전투에서는 패배하였다. 후방을 기습당한 라르크 군을 돕기 위해 뒤늦게 달려갔던 기사들마저 주둔지를 쑥대밭으로 만들고 나타난 발로이드와 기사들에게 뒤를 잡힌 까닭이다.

　해가 저물녘 시작되어 해가 뜰 때까지 이어진 전투는 고작 하루 나절 동안 삼천여 명의 사상자를 냈다. 적들의 두 배에 이르는 손실이었다. 그리고 무엇보다 라르크 군사들을 가장 절망케 한 비보는 다수의 군수 물품과 보급품들이 밀집 보관되어 있던 이샤스 주둔지가 폐허가 되었다는 것과 에반부르 팔나고 할드로프의 부고였다.

　패배의 소식은 금세 이샤스 북쪽을 지키는 쌍둥이 절벽을 넘어 라르크 본토에 이르렀다. 올조르의 소식이 전해졌던 그때만큼이나 빠른 속도였다.

많은 이들이 술렁거렸다.

—졌다니?

—마리포사와의 회전에서 허를 찔려 무참히 당했다고?

—그러면 다시 판이 기울었군.

—올 겨울이 지나기 전에 끝이 나길 바랐는데. 벌써 이 년이 되어 가지 않나?

—어쩔 수 없지. 상대가 제국인 것을. 각하께서도 고전하실 만하지. 북서의 갈카마들이나 변방 왕국들과는 다르지 않나.

—하지만 브류나크 각하가 인솔한 전투 중 이제껏 이만한 사상자를 낸 전투가 있었나? 일이 어렵게 되겠어.

—그건 그렇군. 더 군사들을 차출하기도 어려울 텐데 말이야. 우리 사병들까지 강제 징집당하는 건 아닌가?

그리고 소식은 보름이 채 지나기도 전, 전서구의 발목에 달려 뮈아드로에까지 이르렀다.

—이제 폐하께서는 어찌하시려나?

많은 이들의 눈과 귀가 수도를 향해 기울어졌다.

❦

날씨는 겨울의 초입에 들어설 준비를 하며 하루하루 추워지고 있었다.

현재 라르크의 군대는 이샤스의 주둔지를 버리고 조금 더 남서쪽에 위치한 바위산 아래 험지에 새로운 터를 잡았다. 장기적으로 머물기 좋은 환경이 아니었던지라, 새 대책을 찾을 때까지만 지낼 임시 주둔지였다.

임시 주둔지는 부상자들의 신음과 오열과 광기 같은 비명이 난무했다.

바위산 바로 아래 세워진 허름한 사령부 막사. 급히 지어 올린 막사 안에서 타는 둥근 화로의 온기는 겨우 몸을 녹일 정도였다. 공기는 화로가 있으나 없으나 쌀쌀했다. 갑옷조차 벗지 못한 채로 파사드는 사상자와 남은 군량, 파괴된 군장비들에 관한 보고를 살피고 있었다. 꼬박 지난 이틀을 밤을 새웠다. 그런데도 잠이 오기는커녕 정신은 팽팽하기만 했다.

물론, 파사드 역시 요 며칠 많이 흐트러진 것은 사실이다. 남부의 햇살에 살짝 그을렸던 하얀 피부는 핏기 없이 창백했다. 며칠 새 살도 눈에 띄게 빠져 턱선은 더욱 날카로워졌다.

한참을 묵묵히 손괴된 것들을 재정리하고 어수선하게 섞인 보고서들을 지난 교전 전의 것과 교전 후에 들어온 보고서들로 나누고 나니 해가 저물어 있었다. 막사 입구 옆의 작은 나무 상자 위에는 언제 두고 간 건지 모를 차디찬 건식들이 놓여 있었다.

끼니를 걸렀음을 깨닫고 사령부 탁자를 짚고 일어서던 그의 몸이 앞으로 휘청했다. 와장창창. 위태롭게 서 있던 탁자의 왼쪽 다리가 그대로 으스러지며 탁자가 주저앉았다. 그 바람에 지도며 보고서며 겨우 다 정돈한 것들이 온데 뒤엉켜 엉망이 되었다.

균형을 잡고 선 파사드의 표정이 일그러졌다.

별안간의 부서지는 소리에 보초병이 슬그머니 얼굴을 들이밀고 물었다.

"최고사령관님! 무슨 일……."

"대체 왜 제대로 물품을 관리를……."

치밀어 오르는 노기를 감당하지 못하고 막 날카로워지려던 파사드는 가장자리가 그을린 책들 사이에 비쳐 나온 얇은 천을 발견하고 입술을 멈추었다.

순식간에 가슴이 뭉그러지는 듯했다. 그가 지친 손길로 흘러내린 머리칼을 쓸어 넘겼다.

"아니, 별일 아니다. 조금 있다 내가 나간 후 병사들을 불러 탁자를 내버려라."

"아…… 예!"

병사는 주눅 든 표정으로 물러갔다.

파사드는 다른 물건들을 죄 발로 걷어치운 후, 보드라운 천을 집어 들었다. 감촉만으로 가슴이 죄어 왔다. 짙은 초록색의 천 가운데 부리를 벌린 연둣빛 종달새가 축 늘어졌다. 천과 종달새 문양 위에는 급히 흘려 쓴 문자들이 빼곡했다.

교전이 끝난 후, 반쯤 타 버린 이샤스의 사령부 막사로 돌아왔을 때 파사드의 예비 갑옷 속에 감추어져 있던 것이었다.

늘 에반부르가 둘러매고 있던 할드로프가의 멘테였다. 파사드는 어깨에 힘이 들어가려는 것을 애써 풀며 천을 펼쳤다. 그는 몇 번이나 읽어 가슴 찢어지는 노장의 마지막을 다시금 회고했다.

칼란독 경,

부디 이것이 읽힐 일이 없기를 바라지만 낙관적이지 못한 상황에 민망함을 무릅쓰고 남깁니다. 회전지로 차출된 군을 제외한 나머지 군대는 지금 남부 저지선에 나가 있습니다. 멍청하게 화살을 맞은 이 몸뚱이 덕에 내 일신만 평안한고, 하였는데 게으름의 벌을 받게 되는 걸지도 모르겠소이다.

이곳으로 들이닥친 적들의 수는 미처 헤아리지 못했으나 전부 살인 기병들인 듯하니, 그것이 지금 내가 긴급한 와중 펜을 든 까닭입니다.

나는 모르가나의 주둔지에서 발로이드 페이작 마리포사를 만났을 때, 세상 둘도 없는 살인자의 기백을 느꼈습니다. 솔직한 심정으로 두려웠습니다. 아마 지금 발로이드는 데투아 양을 되찾으러 온 것이라 생각합니다. 정체를 알기 어려운 적의 사령관이 그녀를 원하고 있기에 칼란독 경께서는 그녀를 이용할 수 있으면 이용하시리라 하셨지요. 그렇다면 그녀를 빼앗겨서는 안 될 일입니다.

하지만 칼란독 경. 나는 조금은 다른 각오로 칼란독 경과 같은 결과를 원하고 있습니다. 라르칼리아가 어떤 말로를 맞았건 간에, 라르칼리아는 라르크의 기원이었습니다. 이 땅에서 태어나 이 땅의 것을 먹고 마시고 즐기며 살아온 우리가, 우리의 기원을 잊어선 아니 되겠지요.

나 에반부르 팔고 할드로프, 오랜 시간 전장에 섰던 자로서 도망치지 않을 것임을 맹세할 것입니다. 할 수 있다면, 내 목숨 바쳐서라도. 그것으로 브류나크를 향한 충성을 보이겠습니다.

무사히 이 전쟁이 끝난 후, 그때에도 이 늙은이를 기억하신다면 내 가문의 식솔들에게도 잘 지내길 바란다는 한마디 정도 남겨주시면 좋겠습니다.

마지막으로, 당신과 함께 싸울 수 있어 영광이었습니다. 공 브류나크.

위대한 라르크를 위하여. 사투르가 귀레 라르크.

어떤 마음으로 펜을 쥐었을까. 감히 그로서는 상상도 할 수 없었다. 그를 향한 존경심과 슬픔이 일시에 치고 올라왔다. 외면하듯 눈꺼풀을 내린 파사드가 천을 꽉 쥐어 내렸다.

막사의 휘장을 걷은 그가 보초에게 명했다.

"르옌 데투아를 데려와라."

사흘만의 조우였다.

무너진 탁자를 파사드를 마주 보고 선 르옌은, 얼굴부터 손등까지 죄 상처투성이였다. 대충 뒤로 묶어 내린 긴 적갈색 머리칼도 먼지 투성이였다. 깨끗한 꼴이라고 할 수는 없겠지만 그녀가 유독 지저분한 것은 아니었다. 나흘 전의 교전 이후로 라르크의 대부분의 병사들이 비슷했다. 그나마 르옌은 사지가 멀쩡히 달려 있으니 어찌 보면 참으로 나은 모습이라 해도 옳다.

파사드는 가만히 제 눈을 똑바로 바라보는 르옌을 응시했다. 마호가니 나무의 껍질처럼, 무기물처럼 벌겋기만 한 눈동자에서는 이 상황에 대한 분노, 슬픔, 번뇌 그 어느 것도 엿볼 수 없었다.

"답을 주려 부른 거라면 빨리 해 줬으면 좋겠는데. 바쁠 것 같아서."

그러려고 그녀를 부른 것이 아니었건만, 건조한 채근을 듣는 순간 참을 수 없는 노여움이 그를 휩쌌다. 왜 제게 이런 일이 닥쳤는가 싶었다.

부서진 탁자를 한 걸음 만에 건넌 파사드가 다짜고짜 르옌의 멱을 잡아 올렸다. 발뒤꿈치를 살짝 든 르옌은 놀란 기색도 없이 그를 바라볼 뿐이었다. 마치 그날 밤, 흐느끼듯 스스로를 털어 놓았던 것이 거짓인 것처럼.

이를 꽉 다물고 있던 파사드가 씹어뱉듯 말했다.

"네가 대체 뭐관데."

"……."

"왜 너 때문에 라르크가 위대한 기사를 잃어야 하나?"

한참 후에야 르옌이 담담히 답을 되돌렸다.

"그 말을 하려고 불렀나? 내가 이런 말도 안 되는 칭얼거림을 듣겠다 지난 사흘 쥐죽은 듯 처박혀 있어야 했던 건가."

그녀의 멱을 쥔 파사드의 손에 힘이 들어갔다.

오만한 말투는 이제 와 거슬릴 것도 없었다. 그녀는 이미 자신이 라르칼리아임을 몇 번이고 그에게 선언했다.

만일 그가 그녀를 처벌하려거든 저 말투가 아닌 스스로를 라르칼리아라 주장한 데에 대한 처형을 해야 했다. 다만, 그녀의 정체나 말투와는 별개로 파사드는 저 태연함에 당장이라도 목을 부러뜨려 버리고 싶었다.

온 인내를 다해 참았다.

"르옌 데투아."

그러나 르옌은 듣는 것만으로도 끔찍한 이름을 표정 없이 되돌려 주었다.

"스완 세칼리드 라르칼리아. 이백 년 전의 여자로 대접받길 바라는 마음은 추호도 없으나 확실히 짚고 넘어가야겠지."

눈싸움이라도 하듯 파사드를 직시하던 르옌은, 신랄히 그를 비웃은 바로 몇 초 전의 제 모습을 잊어버린 사람처럼 차분하게 말했다.

"속이 상한 것은 알겠다."

파사드는 혼란스러운 을 주체할 수가 없어 숨통이 턱턱 막힐 지경이었다. 왜 대체 이런 말도 안 되는 일이 벌어져, 이 여자는 제 앞에 나타나 왜, 왜, 왜 일을 이 지경으로 만드나. 이 여자는 왜 갑자기 나타나, 발로이드는 왜 이 미천한 계집에게……

르옌이 제 멱을 움켜쥔 파사드의 손을 감싸 쥐었다.

"그렇지만 시간이 중한 것은 너도 잘 알겠지."

맞는 말을 하는 것조차도 노여웠다. 그러나 마지막 한 자락의 이성이 그를 멈추었다.

'시간.'

지금은 해저물녘이었다. 발로이드가 재정비하여 언제 또다시 들 이닥칠지 모르는 와중, 물자마저 부족한 시간이었다.

파사드는 누군가 강제로 뜯어내는 모양새로 홱 르옌을 내팽개치 듯 놓았다. 르옌이 몇 걸음 휘청한 후 바로 섰다.

그녀를 등지고 선 파사드가 주먹을 꾸욱 움켜쥐었다. 의자 위에 올려둔 할드로프가의 멘테가 눈에 드는 순간, 그는 제게 인내라는 것을 준 누군가를 원망하지 않을 수 없었다.

에반부르가 어떤 마음가짐으로 떠났는지 알았기에 참아 보려 했 다. 그러나 저 여자의 태도가 지독하여 당장 검을 뽑아들고 싶은 심 정이었다. 아무 일도 아니었단 양 표백된 얼굴로 저를 바라보는 저 여자에게 어떤 가치가 있나.

라르칼리아. 그것이 그리도 중요했던가.

하나, 자문은 어리석은 일이었다. 스스로의 물음에 스스로조차 부 정할 수 없다.

르옌이 말했다.

"사람 한둘 죽어 나가는 건 전쟁터에서는 당연한 일이니까. 그리 고 조의는 전쟁이 끝난 후에 해. 먼저 말 꺼내기 어렵다면 내가 시작 하겠다. 나는 아직 다하지 못한 책임을 질 각오가 되어 있다. 네 편 에 서겠다."

파사드가 고개를 돌려 그녀를 응시했다. 르옌의 입가엔 미소처럼 보이는 것이 배어 있다. 소름이 돋았다.

'정녕 제정신인가?'

파사드는 도저히 저 여자를 이해할 수가 없었다.

전쟁터에서 사람이 죽는 것은 피할 수 없는 상실이었다. 하지만 며칠 전의 교전은 기저된 이유부터가 달랐다. 에반부르가 그리 무참하게 살해당한 것을 저 여자는 제 눈으로 목도했을 것이다. 그녀는 적들의 발굽 아래 짓밟히고 불타는 주둔지 한복판에서 모든 것을 지켜보았을 터였다.

파사드는 싸늘히 힐난했다.

"정녕 너는 인간이 맞나?"

르옌은 잠깐 말이 없었다. 되물었다.

"일야에 대패하여 거점마저 잃고 내쫓긴 마당에, 내가 인간인지 아닌지가 중하다 여긴다면 수뇌로서의 네 머리가 의심스럽지 않겠나."

르옌의 말이 백 번 진실이었다. 그러나 아무리 그녀의 말이 옳다 해도 그가 용인할 수 있는 것이 있고, 용인할 수 없는 것이 있었다. 르옌의 저러한 태도는 명백히 그의 경멸을 끌어올리는 종류의 것이었다.

하지만 그녀를 향한 목젖에 걸린 폭언을 쉬이 내뱉지 않는 건, 그리하는 것이 에반부르를 욕되게 하는 것처럼 느껴졌기 때문이다.

문득 파사드의 시선이 르옌의 허리에 걸린 단검에 걸렸다. 저 검은 언젠가 발로이드가 라르크의 주둔지 코앞에 박아 두고 갔던 물건이었다. 그가 시단 데투아 병사에게 주었으니, 그녀의 손에 들어간 것도 이상하지는 않았다.

한참 그것을 바라보던 파사드가 마른 입술을 뗐다. 조금 전과 달리 건조하기 그지없었다.

"너는 지난번에 발로이드와 함께 떠나지 않았다는 사실만으로 너를 믿어야 한다고 생각하나?"

르옌의 입술이 서서히 다물렸다. 인내에 지칠 즈음에야 고요한 음성이 되돌아왔다.

"나는 내 폐년을 다시 복권하고, 또 에반부르 팔다고 할드로프 경이 통솔하던 군에 속하겠다. 사실 꼭 그의 군이 아니라도 상관없지만 우선은."

제 물음을 죄 묵살한 대구에 파사드가 기가 막힌 얼굴을 했다.

지휘 체계의 정리와 군사 재배치가 필요한 시점인 것은 맞았다. 그러나 파사드는 에반부르를 따르던 귀한 목숨들을 저 이기적인 여자에게 떠맡길 생각이 하등 없었다.

발로이드와 척을 졌다고 한들, 그것이 완벽한 아군이라는 말은 아니었다. 라르칼리아라는 이름은 분명 브류나크에게는 그런 의미였다.

르옌은 마치 그의 생각을 읽기라도 한 듯 짧게 입가를 당겼다 놓았다.

"나를 믿지 못하겠다면, 브류나크."

그녀가 차고 있던 푸른 단검을 뽑았다.

스르릉, 검집을 벗어난 서슬 퍼런 날이 그들 사이를 가로막았다. 파사드는 그도 모르게 리오낙의 검 자루를 움켜쥐었다. 늘 의외, 불시, 돌발 같은 단어를 연상케 하는 여자에게는 모자람 없는 반응이었다.

르옌은 그의 반응에 잠깐 간격을 둔 후 검을 들어 올렸다.

"이따위 것으로 증명되리라 생각하진 않지만, 지금 내가 보일 수 있는 유일한 증명이다."

르옌은 한데 묶어 길게 늘어진 적갈색 머리칼을 한 움큼에 뭉쳐 쥐었다. 서걱, 푸른 나비가 조각된 칼날이 그녀의 머리칼을 그대로 도려냈다. 등허리까지 매달려 여성성을 증명하던 그녀의 머리칼은 스스로 검의 궤적을 따라 떨어져 내렸다.

툭, 투툭. 파사드는 말없이 그녀의 어깨 위로 쑥 짧아진 머리칼을 바라보았다. 여상한 군인들에게서는 볼 수 없는 가늘고 하얀 목덜미가 드러났다.

남부와 북부는 보통 다른 것이 많지만 그중에도 비슷한 문화가 있다. 여자의 머리카락이다. 일부 소수민족들을 제외한 이 시대의 대부분의 여자들에게 머리카락은 몹시 귀중한 것이었다.

북부는 머리카락이 짧은 여자를 괄시한다. 번잡하고 긴 머리카락을 잘 관리하는 여자가 가정을 잘 돌볼 수 있다는 테메르인 특유의 풍토가 남아 있는 탓이다.

남부는 그보다 심했다. 모르가나에서 단발이란 가난하여 머리카락을 잘라다 팔고, 그로도 모자라 몸을 판다는 매춘부와 동일시된다 알려져 있다.

때문에 이는 그녀가 스스로의 존엄성을 포기하는 것과도 같았다.

르옌은 끈으로 엉성히 묶인 잘려 나간 머리칼 뭉치를 파사드를 향해 내밀었다.

"시단에게는 내가 죽어 적들이 내 머리를 통째로 베어 가져갔다고 하면 된다. 이것을 내주고."

파사드는 주저 없이 잘려 버린 적갈색 머리카락을 내려다보았다. 지금 이것은 그녀가 데투아를 버리겠다는 증명, 그리고.

"내 너희에게 페이작을 잡아 주마."

발로이드를 적대하겠다는 증명이었다.

시선을 올린 파사드는 잠자코 르옌을 응시했다. 하등 그런 빛이 없음에도 그녀의 안에 도사린 어떤 것이, 바라지 않는 어떤 초상을 상기시켰다.

─여왕 폐하, 용서하소서.

우습게도 잠깐 그런 생각을 했다.

스완 세칼리드 라르칼리아, 브류나크 왕조의 초대왕이었던 벨바롯트 파사드의 여자였다. 아니, 그녀의 남자가 벨바롯트 파사드였다. 그에게 파사드라는 무거운 이름을 남긴 선조이기도 했다.

만일 그자라면 어찌 했겠나. 라르칼리아를 멸망시킨 브류나크로서 그는 저들을 어찌하였을까.

파사드의 이성은 이미 알고 있었다. 중간 이름을 몇 해 전 '페이작'으로 개명했던 발로이드 이세르스 마리포사. 바로 그 라르크의 공적公敵을 가장 쉬이 흔들 수 있는 패가 제 손에 있다.

한데 왜 이리 입술이 떨어지지 않는가. 그녀의 맹랑한 태도가 거슬려서? 저 스스로를 라르칼리아라 믿는 여자다. 어떤 태도를 바라나. 이 사달에 이르러도 그녀가 한 치의 죄스러움도 보이지 않는 것이 경멸스러워서? 엄밀히 따지면 발로이드의 르옌을 향한 집착을 간과한 것은 자신이었다.

침묵은 마땅한 답을 찾아주지 못했다.

"네가 사령관의 그릇이라면 신속한 판단력쯤은 기본으로 갖추고 있어야 하지 않나. 아니면 페이작을 잡아다 준다는 것으로는 네 마음을 움직일 수가 없는 건가? 모르가나를 멸망시켜 준다고 약조라도 해야 하나?"

노기를 가라앉힌 파사드는 간신히라 해도 이상하지 않을 만큼 힘겹게, 그러나 냉정하게 목소리를 끌어냈다.

"……네가."

"……."

"네가 아무리 과거, 전쟁터를 누비고 다닌 전쟁귀라 해도 시대가 변했다. 지형도, 지명도, 전략도, 무엇 하나 예전과 같은 것이 없다."

"그러면 가르쳐. 내가 어떤 인간인지 네 눈으로 직접 보며 믿어라. 말 몇 마디보다 네 눈으로 보는 것이 나을 테지."

"네 체력이 전장에서 쓸 만하다고 믿는 과신을 하고 있는 건 아니 겠지."

"감이 떨어진 건 인정하지만 지금 당장이라도 기사 서넛 정도는 때려눕힐 수 있는데, 재증명이 필요한가?"

한 마디 한 마디 말대꾸가 마치 준비라도 해 온 듯 빈틈이 없었다. 파사드가 경고조로 말했다.

"네가 라르칼리아라는 주장은 불문에 부칠 것이다."

"그래야지."

르옌이 덧붙였다.

"하지만 자칼린 엔도 체사의 입은 신경 써서 막는 게 좋을 거다. 그 녀석은 방정맞거든."

"체사 경은 사리 분별에 능하다."

"내가 아는 체사들은 전부 다 머리 어디 하나 이상했던 녀석들이 었던지라."

아무리 스스로를 이백 년 전의 고귀한 핏줄이라 주장한다 해도, 체사는 라르크의 유서 깊은 명문가였다. 그런 명가의 자제들을 싸그리 괴팍한 종자로 치부해 버리는 르옌의 태도에 잠깐 발끈했던 파사드가 곧 생각을 그만두었다.

몸을 돌린 파사드는 그의 개인 막사에서 가져온 소지품을 모아 둔 곳으로 걸어가, 낡은 주머니를 집어 들었다. 그러더니 그 안에서 헤지고 구겨진 무언가를 꺼내 그녀를 향해 내던졌다.

르옌의 눈이 바닥으로 떨어진 서간으로 잠깐 향했다가 그에게 되돌아갔다.

"……그것은 적의 최고사령관 마리포사가 볼트 평야 주둔군의 목하에 나타난 지 얼마 되지 않아, 첫 포로 협정의 이야기가 발족되었을 때 보내온 것이다."

르옌이 허리를 숙여 구겨진 서간을 집어 들었다.

"네가 진실로 라르크를 위해 검을 들 거라면, 한 치의 거짓 없이 그 의미를 소상히 해라."

구겨진 서간을 어루만지던 르옌의 눈에 서늘한 한기가 어렸다. 쓴 미소가 뒤따랐다.

이는 알레타르 달테라 불리는 회색 사원에서의 속삭임, 왕관의 무덤을 증인으로 둔 맹세였다. 페이작과 스완, 두 사람만의 밀어密語였다.

오래전의 여느 벽화가 눈앞에 드리워진 듯 선명히 떠올랐다. 주제 모르고 오만한 공작은 목이 꺾여 죽었다. 큰 벌새는 작은 벌새를 딛고 하염없이 월계수를 올려다본다. 남에서 부는 바람, 서쪽으로 부는 입김.

"……이는 개인적인 것인데."

"말하지 못 하겠다?"

"나를 물어뜯고 싶어 못 견디겠는 사람 같구나."

사실이었으므로 파사드는 구태여 정정하지 않았다. 르옌은 마른 입술을 혀끝으로 핥은 후, 차분히 말했다.

"……알레타르 달테의 벽화를 본 적 있겠지?"

"회색 사원의 알레타르 달테를 말하는 건가?"

"그래, 그곳."

파사드는 새삼 모골이 송연해졌다. 알레타르 달테는 몹시 은밀한 곳이었다. 회색 사원은 왕궁에 위치해 있지만, 왕궁을 드나드는 귀족들도 쉽게 안을 들여다볼 수는 없었다.

브류나크들은 비교적 자유로이 출입이 허가되지만, 그럼에도 불구하고 무덤지기들의 승낙이 필요한 곳이다. 특히나, 알레타르 달테의 무덤지기들은 누아단 교리의 기원지라 알려진 가니아 산의 사제들과 긴밀하여 왕조차도 함부로 할 수 없는 독자적인 규칙을 지니고 있기도 했다. 그런 그들은 외지인을 크게 반기지 않았다.

사정이 그러하니, 평민이라면 결코 들어갈 수 없는 곳이다.

"인간이 지어 올린 건물에 인간이 그려 넣은 그림이란 걸 알면서도 그곳에 이르면 신을 찾게 되지. 내 치세 이후 무엇이 덧그려졌는지는 모르겠다마는, 나는 어릴 적."

"……."

"이백여 년 전 나는 어릴 적 그곳을 자주 찾았다. 사람들이 쉬이 드나들지 않는 그곳은 꽤 좋은 안식처이자 쉼터였지. 페이작도 종종 나를 찾아 그곳으로 발걸음 했지."

"네 사설을 들고자 함이 아니다."

"성질이 의외로 불같은 데가 있구나. 알레타르 달테의 위대한 벽화 앞에서 나와 페이작은 여러 이야기를 나누었다. 암호문이라기에는 뭣하다마는, 비유적인 말이지. 오만한 공작은 기실 때를 잘못 타고난 영웅과 같다, 지금의 너희도 그리 배우나?"

파사드는 얕게 숨을 골랐다. 들으면 들을수록 제가 지금 제정신이 아닌 것같은 기분이었다.

"나 때에는 그러했다. 하지만 나와 페이작은 당시 라르크 남쪽에 거취를 두고 있던 일더스크 후작을 빗대었지. 그놈이 방자하게 굴다 아르도니스의 아들 나메인에게 목이 꺾여 죽었거든."

아르도니스 왕국. 오래전, 시친에 의해 멸망한 어떤 나라였다. 그리고 일더스크 후작이라는 이름은 파사드 역시 서책에서 두어 줄 본 기억이 있는 이름이었다.

당시 라르크의 한 변경 지역을 주름잡아 스스로 공국의 왕을 자처

할 만큼 수완이 좋았지만, 인접해 있던 나라와의 전쟁에서 패배하여 성 꼭대기에서 투신해 죽었다 했다. 아르도니스의 아들에 의해 죽었다는 기록은 본 바 없었다.

"그는 살해당한 게 아니다."

"그리 적으라 한 게 누구일 것 같으냐? 페이작 돌레한 라르칼리아가 아르도니스의 부마였다는 이야기는 듣지 못했나?"

파사드는 말을 잃고 말았다.

다시 한 번 구겨진 양피지를 흘긴 르옌이 설명을 이었다.

"주제넘은 자리를 노린 일더스크 후에 빗댄 거라면 아마, 너와 현왕을 겨냥한 걸 테지. 벽화에 그려진 벌새는 요란하기만 한 거짓이라. 너희가 거짓이라는 의미일 테고."

"거짓?"

르옌이 말을 멈추고 파사드를 바라보았다.. 무엇이 거짓이냐. 새까만 눈동자, 새까만 머리카락. 저것을 바라보고 있자니 페이작이 무엇을 말하고 싶었는지 짐작 가는 것이 하나 정도는 있었다. 하지만 르옌은 무시하고 설명했다.

"거짓의 대상까지는 잘 모르겠어. 그리고 바람 죽은 남쪽에서 불기 시작할 동풍은."

곱씹던 르옌이 희미하게 웃었다.

"평온의 도래라."

파사드의 표정이 일그러졌다. 르옌이 저를 두고 조롱을 하는 것이 아닌가 하는 데까지 생각이 미친 탓이다. 전쟁을 키우기 위해 찾아온 발로이드가 평온 따위를 논한다니.

르옌은 그에 따른 부연 설명을 시작했다.

"이백여 년 전, 너희가 기억할지는 모르겠으나 내가 재위할 적에는 남서쪽에 몹시 불편한 민족이 살고 있었다. 사시사철 남부국, 북부국을 가리지 않고 덤벼들어 적잖이 골머리를 앓게 했던 놈들이지. 시친이라 불리던 유목민들이었다. 유목왕이라는 녀석이 범상한 자가 아니었지. 이름은 지금 잘 기억나지 않는군. 엔두자였던가, 엔호자였던가……."

"엔호자 죄브."

르옌의 눈이 조금 커졌다.

파사드가 그를 시친의 마지막 족장이나, 유목왕 엔호자 정도가 아닌 완전한 이름을 알고 있다는 사실이 못내 의외였다. 시친의 역사에 대해서는 잘 알려져 있지 않다 알고 있었다.

르옌은 엔호자의 이름이 생각보다 유명했는가 생각하며 맞장구쳤다.

"그 이름이 맞다. 엔호자는 만만한 이가 아니었고 나는 시간 낭비를 피하기 위해 서쪽이 아닌 동쪽부터 정리를 했다. 서쪽의 민족들을 제치고 동부 소왕국들을 고꾸라뜨리는 건 몹시 손쉬운 일이었어. 동부 국가들은 금세 복속되었지. 그곳을 발로이드와 나는 평화가 시작되는 곳이라 불렀다. 그래서 종종 비유할 적 동부의 국가들을 빗대어 말하곤 했다. 내가 기억하는 게 아직 맞다면, 거짓 왕좌를 차지하고 앉은 오만방자한 너와 북부의 왕을 끌어낼 시간이 되었다. 우리에게 평온이 찾아올 것이다……. 뭐 이런 정도인데."

르옌이 얕은 한숨을 내쉬며 미간을 매만졌다.

파사드는 대답 대신 미간을 찡그렸다. 듣고자 한 것을 들었으나 속이 편치 않았다.

'알레타르 달테.'

그것을 왜 생각지 못했는가. 자문했던 그는 스스로 답을 내렸다. 발로이드가 알레타르 달테의 벽화에 대해 알지 못하는 것이 당연한 일이기 때문이다.

그러나 이 암호문이 진정 알레타르 달테의 벽화에 관한 거라면 어느 정도 납득이 갔다. 알레타르 달테의 벽화는 여러 가지의 설화들이 섞여 있는 북부 신화의 집합체다.

그것은 북부의 기원이라 믿어지는 콰트라 갈리아우를 비롯해 비네노, 세니사, 이예로의 고대 신화부터 시작해 무수히 존재하는 설화들과 깊은 연관이 있었다. 벽화와 천장화에 새겨진 짐승들에도 하나하나의 의미가 있다.

파사드는 다시 르옌으로부터 서신을 돌려받아 둘둘 말아 넣었다. 막사 밖에서 테레어드가 아뢨다.

"칼란독 경, 곧 소산식이 있을 듯합니다."

당연하게도 대화는 중단되었다. 막사 안의 분위기는 순식간에 음울히 가라앉았다. 파사드는 한참을 르옌을 노려보다 마지막으로 물었다.

"네 머리칼을 전하라는 건 네 동생에게 마지막 인사를 하지 않겠다는 건가?"

"그래."

파사드도 더 그녀의 사정에 개의치 않았다.

"마음대로 하도록. 네 동생과 아비는 표면적으로 유공 가문으로 포상되어 앞으로 네가 군에 남아 있는 한 우리의 감시하에 있게 될 거다."

"한마디."

"……?"

"한마디만 전해 줬으면 좋겠는데."

"말해라."

르옌이 그에게 다가가 마지막 뜻을 남겼다. 강렬히 귀에 박히는 말이었다. 파사드가 무어라 반응하기도 전에 르옌은 뒤돌아 막사 밖으로 향했다.

밖에서 대기 중이던 테레어드와 눈이 마주친 그녀는 아무렇지도 않게 파사드를 향해 말했다.

"그러면 곧 다시 뵙겠습니다, 최고사령관님."

다정하게까지 들리는 그녀의 마지막 인사에 파사드의 미간은 더욱 좁아졌다.

늦가을의 날씨는 소슬함과 울적함을 품고 있었다. 활공하는 몇 마리의 새가 그들의 머리 위를 날다 사라졌다. 약한 바람은 새들과 함께 서늘한 겨울의 입김을 안고 달렸다. 말간 구름들이 동서남북을 아울러 그물처럼 하늘을 덮는다.

해 저물녘이 되자 다 죽은 잡풀이 누르스름 깔린 평야의 한가운데, 반달형으로 우뚝 선 바위산의 건너편 공터에서 수십여 줄의 연기가 피어오르기 시작했다. 오늘은 라르크의 전사자들을 기리는 소산식을 시작한 날이었다.

북부인들은 소산을 가장 자유로운 해방이라 생각했다. 북쪽 지방으로 올라갈수록 소산에 대한 열망은 더 크다. 아주 간혹 외딴 곳에서 죽음을 앞두거나, 사후 제 몸뚱이를 태워 줄 자가 없다는 사실을 인지한 자들 중에는 죽기 전 산 채로 제 몸을 태우는 자도 있었다.

그리고 마지막 전투에서 한 손은 승리를, 다른 한 손은 패배를 쥐었던 라르크 군은 큰 사상자를 냈다. 부상자를 제외한 사망자만 구백여 명이었다. 그들은 지금 국경을 넘은 모르가나의 땅에 있는 네다, 당장의 제대로 된 진지도 차리지 못한 가쁜 상황이므로 시신을 수습해 돌려보내는 것은 애당초 무리였다.

때문에 오늘의 소산식은 몇몇의 요직 인사들을 제외한 모든 군사들에게 공평하게 치러질 것이었다. 애국을 실천하다 죽은 이들의 최후라기에는 초라했지만, 의미는 있었다. 살아남은 병사들이 그들에게 해 줄 수 있는 전부이기도 했다.

수십 개의 장작을 쌓아 올린 곳곳의 나뭇더미 위로 갑옷을 벗은 병사들의 시신이 눕혀졌다. 껍질처럼 쓰고 있던 갑옷을 벗기니 피부를 벗겨 낸 듯 초라해 보였다. 역청과 유황을 섞어 만든 기름이 나무 제단 곳곳에 뿌려졌다. 시신에 기름이 직접 닿지 않도록 조심스러움을 가하는 손들이 분주했다.

감독관의 명령에 병사들이 불을 붙였다. 연약하게 피어오르던 불길은 곧 화마가 되었다. 시체 삼킨 불길이 비명을 지르며 구역질 나는 냄새를 토해 냈다. 얼굴 언저리로 덮쳐 오는 불기운에 파사드는 마른 눈을 느리게 감았다 떴다.

살이며, 머리칼이며, 무엇 하나 남김없이 타오르는 사멸 소리에 귀가 기울어진다.

그에게는 저들의 비명과 절규를 들어 줄 의무가 있었다. 저들은 전쟁의 신념과 당위성에의 싸움이 아닌 몇 사람의 사감에 의해 피살당했고, 그것은 그 자체만으로도 불합리하고 불공평한 죽음이었다.

빽빽이 비좁고 초라한 라르크의 임시 주둔지에는 미처 잘라 내지 못한 죽음의 냄새가 가득했다. 밤이 되면 퀭한 얼굴의 군사들은 삼삼오오 모여 작은 모닥불 앞에 앉아 몸을 녹였고, 아침이 되면 꾸역

꾸역 훈련을 하러 가는 이들의 발소리뿐이었다.

그러나 부상병들을 수용하는 막사들만은 밤낮 새벽 가릴 것 없이 온종일 소란스러웠다. 어디로 고개를 돌려도 대개가 같은 풍경이었다. 비명을 지르거나 몸부림치는 이들. 재갈을 씹으며 신음하는 이들. 그들 사이를 바쁘게 뛰어다니는 군의관과 간호 병사들. 절단되어 누군가가 치워 주기를 기다리는 팔다리. 손가락, 손들은 막사 앞에 쌓여 있었다. 크게 다쳐 목숨이 위태로운 일부 병사들은 소규모 막사로 격리되었다.

시단 역시 작은 막사에서 치료를 받고 있었다. 온몸이 붕대와 낡은 천으로 칭칭 동여매인 그는 산 미라 꼴이었다. 전투가 끝나고 일주일이 지난 후에야 겨우 정신을 차린 그는 장애 판정을 받았다.

창에 들쑤셔진 어깨의 부상으로 인해, 왼팔을 잃었다. 단단한 부목에 고정된 왼팔은 확실하게 아무런 감각이 느껴지지 않았다. 군의관이 그에게 팔을 자르겠느냐 물었다. 시단은 격렬히 거부했다.

그리고 발로이드의 군화에 짓밟히며 바닥에 부딪친 왼 눈도 회복이 거의 불가능하다고 했다. 원근감은 사라지고, 땅이 그를 끌어 내리는지, 세상이 그를 내리누르는지 알 수 없는 괴괴한 무력감이 시단을 사로잡았다.

처음 외눈을 뜬 밤에는 비명과 신음으로 가득 찬 지옥에 떨어졌는가 했다. 그러나 전신의 통증이 그의 삶을 증명하고 있었다. 살았다. 안도했으나, 안도는 짧았다.

간호 병사의 도움을 받아 상체만 일으켜 앉은 시단은 무릎 위에 놓인 머리칼 뭉치를 바라보았다. 저를 따로 만나러 왔다는 기사가 건넨 것이 의미하는 바를 이해하기가 어려웠다. 긴 머리칼 뭉치. 자신과 보다 짙게 붉은기가 도는 적갈색의 머리칼. 어쩐지 눈에 익은 빛이었다.

"……는데…… 정신을 차렸다니…….."

그를 둘러싼 이들의 목소리가 커졌다가 작아졌다가를 반복했다.

"……병사는…… 거동에 무리가 없게 되면 바로…… 내 말 듣고 있나?"

목소리는 귓바퀴를 맴돌다 스러졌다.

'무슨 일이 벌어진 거지.'

시단은 마지막 기억을 떠올렸다.

어두운 한밤, 사방으로 막사를 집어삼키는 불길이 거세던 주둔지 한복판이었다. 그곳에서 마주친 새까만 기사. 검은 망토를 뒤집어쓴, 검은 갑옷의 그를 잊을 수가 없다. 어두운 하늘 아래 빛나던 것은 칼날처럼 퍼런 눈동자뿐이었다. 시단은 마지막까지 제게 향해 있던 그의 악의를 기억했다. 제게 날아들던 흉기와 발길질.

순간 온몸에 경련이 일었다. 발작하듯 몸을 떠는 그를 진정시키기 위해 군의관이 달려와 그의 귀에 대고 소리쳤다. 진정하지 않으면 다시 부상이 덧날 거란 협박이었다.

"아니야아아! 아니야아!"

경련이 곧 난동으로 이어지자 임무를 위해 시단을 찾아왔던 올베빈이 착잡한 얼굴로 두 걸음 물러났다. 시단이 비명처럼 쉰 고함을 내지르며 머리칼 뭉치를 올베빈을 향해 내던졌다.

"이거, 아니야아아!"

르옌의 잘려 나간 머리칼 뭉치가 올베빈의 발치에 떨어졌다. 올베빈은 불쾌한 기색을 내색하지 않고 그것을 주워 다시 시단의 무릎 위에 내려놓았다.

"부정해도 소용없다. 르옌 데투아는 전사자 명단에 이름이 올랐다."

"카바인 경. 지금 당장은 그쯤 하시는 게……."

"또다시 와 부고를 전할 만큼 여유롭지 않아 어쩔 수 없습니다, 볼레트 경."

"아니, 그리 부르실 것 없습니다. 그보다도 아무리 그래도 막 정신 차린 환자한테……."

"금방 끝낼 테니 일 보십시오."

퀭한 얼굴로 시단과 올베빈을 번갈아 보던 인상 좋은 군의관이 한숨을 내쉬며 다른 환자에게 달려갔다.

시단이 울부짖었다.

"……내 누나 어디 있어요. 저거 내 누나 아니에요! 아니라고! 르옌 어딨어!"

"시단 데투아 군사, 조의를 표한다. 유감이다."

"……거짓말."

제 힘으로 몸조차 일으키지 못하면서, 시단의 부정하는 기백만큼은 당장에라도 올베빈에게 달려들 기세였다. 그런 청년을 마주 보고선 올베빈의 마음도 참으로 불편했다. 솔직히 마음 같아서는 이 자리에 서 있고 싶지도 않았다. 그러나 그에게는 파사드로부터 직접 하달받은 임무가 남아 있었다.

"데투아 가문이 이전부터 라르크에 봉사하였음을 감안해 상부에서는 규정 이상의 자원 충성에 대해 합당한 보상을 내리기로 하였고. 귀 군사는 명예 전역과 더불어……."

"……."

"충분한 군공을 세운 일가의 아들로서……."

"거짓말하지 마아아아! 안 믿어! 안 믿는다고! 내 누나 내놔아아아!"

"……."

"거짓말하지 말라고오! 내 누나 데려와아!"

고꾸라지듯 허리를 구부린 시단이 끝내 흐느끼기 시작했다. 닥치는대로 움켜 쥔 머리칼이 달달 떨리는 그의 주먹 안에서 구겨졌다. 벌건 눈동자에서 닭똥 같은 눈물이 뚝뚝 떨어져 내렸다.

"거짓…… 말이잖아아!"

올베빈은 다른 부상병들을 한 번 눈으로 쭉 훑은 후 착잡하게 말했다.

"이제 가문을 이을 수 있는 데투아의 자식은 귀 병사 하나뿐이니, 형제와 전우들의 마음을 깊이 새기고 귀환하도록. 앞으로는 몸 상태를 호전시키고 귀가해 가문을 이끄는 것에 힘쓰는 일만 생각하길 바란다."

시단이 멀쩡한 오른팔을 뻗어 올베빈의 제복 자락을 잡으려 했다. 올베빈은 가볍게 그의 팔을 쳐 냈다.

"몹시 유감이지만 데투아 군사도 이곳에 여러 달 복무했다면 알겠지."

"내, 내, 내…… 내 눈으로 보기 전엔……."

"이미 시신 소산식은 나흘 전에 끝났다. 남은 것은 르옌 데투아가 죽으며 함께 잘려 나간 머리칼뿐이다. 병사가 믿건 믿지 않건 상관없다. 후일 나머지 유품을 정리해 인편에 돌려줄 것이다. 곧 명예 전역 관련 서면 작성이 있을 테니 체력을 아껴라."

시단이 미친 듯이 고개를 저었다. 빈 눈동자는 죽은 생선처럼 초점을 잃은 채였다. 아니야. 그럴 리가 없다. 분명 마지막 기억 속 르옌과 모르가나의 괴기사는 시단은 이해할 수 없는 이야기를 나누고 있었다. 내용은 하나도 이해하지 못했지만, 제대로 기억도 나지 않았지만 르옌을 죽이려 한 것이 아니었다.

그리고 설사 죽이려 했다 해도 그녀는 에이반이 자경단원이 되어 가족이 아닌 마을의 수호자를 자처했을 때부터 데투아를 지켜 온 기둥이었다. 그녀는 마을에서 가장 강한 사람이었고 가장 현명한 사람이었다. 그렇게 죽을 리가 없어.

눈물은 일그러진 얼굴을 죄 적시며 쉼 없이 턱 아래로 떨어졌다.

시단이 애걸하듯 흐느꼈다.

"어헉, 흑, 제발요. 허어형, 우리, 누나 어디, 숨겼어요. 어헝헝, 르예에에엔……. 우리 누나 데려와, 데려와요……. 어헝헝. 보게 해 줘…… 보게 해 줘……."

그러나 간절한 울음조차도 막사 안에서 생사를 넘나들고 있는 다른 부상병들의 신음과 비명 속에 섞여 사라졌다. 짠한 얼굴로 시단을 바라보던 올베빈이 마지막 한마디를 전했다. 그로써 시단은 완전히 무너져 내렸다.

"네 누이가 죽기 전에 당부했다더군."

'너는 돌아보지 마라.'

말을 마친 올베빈은 뒤도 돌아보지 않고 부상병 막사를 빠져나갔다.

그가 돌아간 후, 내리 넋 나간 사람처럼 눈물만 흘려 대던 시단은 끝내 다시 혼절했다. 그러나 다시 깨어난 후에도 세상은 그대로였다. 그에게 남은 것은 잘려 나간 머리칼뿐이었다.

❖⋅⋅❖

올베빈은 다음 임무를 수행하기 위해 방향을 잡았다. 하지만 여전히 속은 찜찜함을 떨치지 못한 채였다. 파사드로부터 명을 받아 따르기는 했지만 참 이상하지 않나. 르옌 데투아가 죽지 않았다는 건 지휘 기사들은 다 알고 있다. 올베빈도 알고 있다.

파사드의 결정에 그다지 의문 같은 걸 가진 적이 없지만 이번만큼은 고민해 보지 않을 수가 없었다. 여자의 요청이라 했다. 하지만 파사드가 구태여 산 사람의 죽음을 가장해서까지 그녀를 남길 이유가 있나? 그 여자도 처음에는 동생과 함께 떠나기 위해 왔다고 했다. 정말 이상하다.

대모르가나전은 초기의 계획과는 다르게 규모가 커지며 더 위험해지는 추세였다. 발로이드는 지난 이샤스 주둔지의 보급창을 모조리 불태웠고 남아 있던 화약들에 죄 오물을 끼얹었으며 여분의 군마들을 모조리 도살했다.

실질적으로 판단해 그들이 다른 원조 없이 버틸 수 있는 기간은 기껏해야 한 달이었다.

겁을 먹고 탈영을 시도하는 군사들도 하루에 서너 차례씩 잡혀 들어온다. 모르가나의 지리에 박식하지 못한 그들은 금세 포획되어 합당한 처벌을 받고 있다. 그만큼 라르크의 군사들은 겁을 먹었다. 솔직히 올베빈도 조금은 두려웠다.

잔뼈 굵은 지휘 기사들마저 겁먹게 하는 위험천만한 전쟁터다. 왜 그 여자는 제 가족에게 자신을 죽여 가면서까지 이곳에 남겠다 하는 걸까. 아무리 겁 없는 여자라도 제 목숨 위험해질 수 있다는 건 잘 알 것이다.

곰곰이 생각하던 올베빈의 입술 새로 긴 한숨이 새어 나왔다. 전쟁터에 있은 지 오래여서인가. 죽은 이를 대하는 것보다 산 자를 대하는 것이 더 어려웠다. 절박하게 부정하며 애걸하던 청년의 모습이 가슴에 맺힌 듯했다.

"나 참……."

얼마간 빽빽하게 밀집한 부상병 막사들을 지나치던 올베빈의 발이 몇 걸음 떼다 말고 멈추었다. 시단 데투아 병사가 있는 부상병 막사에서 얼마 떨어지지 않은 곳이었다. 낯설지 않은 여자가 가만 말뚝에 기대어 서서 그를 바라보고 있었다. 어깨에 겨우 닿는 짧은 머리칼이었다. 조금 전 그에게 불편한 임무를 수행하게 만든 원흉.

올베빈은 르옌의 시선을 가만히 받았다. 이제까지 그는 저 여자가 큰 문제가 되지 않는다면 아무래도 좋다는 입장이었다. 하지만 지금은 여러모로 그 역시 신경이 쓰였다.

조금 전에 만났던 시단 데투아도 이유였지만…… 자연스럽게 떠오르는 사람이 다른 한 사람이 까닭이다.

에반부르. 그는 그리 갈 사람이 아니었다. 시신을 보지 못했다면 믿지 못했을 것이다. 이런 일이 벌어질 거라 예상하지 못하고 에반부르를 이샤스 주둔지에 머물도록 권한 것이 자신이었다.

그때 에반부르의 부상을 이유 삼아 막지 않았더라면 상황이 달라졌을까.

겨우 숨 붙은 생존자에게 사건 경위를 전해듣기로, 에반부르가 르옌 데투아를 지키기 위해 발로이드에게 결투를 청했다고 했다. 워낙 젊은이들을 아꼈던 에반부르를 알았지만, 과연 그것 때문일 것 같지가 않다.

'……'

발로이드가 에반부르를 어찌 죽였는지, 그의 유해를 본 후로 한시도 잊지 못했다. 제 잘못인 것처럼 속이 아렸다. 어쩔 수 없는 일이었다고 자위해도 쉬이 떨쳐지지 않는 추회였다.

올베빈은 마지막 전투에서 마주쳤던 발로이드를 떠올렸다. 올베빈은 그때 남부 저지선을 지휘하고 있었다. 그의 지휘는 훌륭했다. 뱅센 경, 타라옛과 덴작도 함께 조력해 주었고 수비는 어렵지 않아

보였다.

깊은 새벽 마리포사 기사단이 그들의 후미로 들이쳐 군사들을 학살하기 전까지는 그랬다. 기동성이 떨어지는 군사 조합이었던 데에더해 방비 없이 후미를 습격당한 라르크 군은 마리포사의 칼날 아래낙엽처럼 죽어 나갔다.

뒤이어 회전지에서 되돌아온 군사들이 합류하긴 했지만 한 번 흐트러진 대열을 피해 없이 재정비하는 건 무리였다.

발로이드는 그 전투의 막바지에 모습을 드러냈다. 그리고 진정한학살은 그때부터가 시작이었다. 바람보다 빠르게 전장을 파고든 그자는 보는 것만으로도 소름이 끼치는 검은 창을 휘둘러 라르크 군을도륙했다.

올베빈은 무심결에 가까스로 꿰매어 붙인 제 왼 이마를 어루만졌다. 지난 교전 후 그에게 남은 건 이 자랑스럽지 못한 검상 하나와마리포사 기사단원 몇을 사로잡은 것뿐이다.

올베빈이 그녀쪽으로 방향을 틀어 다가갔다.

"네 동생이 뛰쳐나오기라도 한다면 발각될 거다. 뭐…… 그럴 만한 상태도 아니지만."

한참을 말이 없던 르옌이 건조하고 메마른 음성으로 답했다.

"고맙습니다."

"……차라리, 이제라도 동생과 함께 돌아가는 것이 낫지 않겠나?"

이유 모를 명령에 따라 한 애국 청년의 가슴을 찢어 놓고 하기엔늦은 감이 있는 말이었다. 르옌은 의미 모를 미소를 지으며 검은 연기가 뭉게뭉게 솟아오르는 하늘로 시선을 옮겼다.

"……북쪽 군마 대기소에 덴이라는 이름의 커다란 말이 하나 있습니다. 배 쪽에 연갈색 얼룩이 있는 고동색 갈기의 말입니다. 시단이 돌아갈 때, 그 아이를 함께 데려가게 해 주십시오. 덴이라고 이름을 부르면 알아듣고 울 터이니 찾기는 어렵지 않으실 겁니다."

올베빈은 괴이쩍은 여자를 잠자코 응시했다. 여자를 둘러쌌던 무성하던 소문의 잎사귀들은 모두 낙엽처럼 떨어지고, 남은 건 존재만으로도 외로운 공기를 두른 이뿐이다.

"아무리 생각해도 얼굴 한 번 보지 않고 죽었다 거짓을 이르는 건 남은 자에게 너무 잔혹하다 생각하는데 말이야. 애초에 네가 군에 든 이유가 동생 때문이라지 않았나."

르옌은 대답하지 않고 꾸벅 목례한 후 몸을 돌렸다. 올베빈이 그녀의 뒷덜미에 대고 다시 물었다.

"만일 이 전쟁이 끝나고 살아남아도 돌아가지 않을 셈인가?"

"이미 끝난 이야기입니다. 그에 관해서는 더는 드릴 말씀이 없습니다."

"네 동생은 정상적으로 살아가기 힘든 장애를 가지게 되었다."

막 떨어지던 그녀의 발이 제자리에 멈추었다.

시단의 몸 상태에 관해서는 그녀도 미리 들어 알고 있었다. 시단은 페이작으로 인해 눈을 잃었고 한 팔을 잃었다. 그러나 페이작의 손에서 살아남았다는 것 하나. 그것은 행운이다. 그래서 기쁘다. 살았으니 된 것이다.

르옌은 꿈속의 낙원처럼 평온하고 고요하던 데투아의 낡은 집을 떠올렸다. 고즈넉하고 정취 그윽한 어느 마을의 한 귀퉁이에 놓인 그녀의 도피처. 과거의 집이었다. 제스와 세닐라가 그곳에서 간절히 집안의 믹둥이를 기다리고 있을 것이다. 제가 안아 주지 못해도 그들이 대신 안아 줄 것이다. 그러니 시단은 괜찮을 것이다.

맥없이 입매를 당긴 르옌이 올베빈을 돌아보았다.

"말 팔이의 자식에게는 말을 탈 수 있는 두 다리와 고삐를 쥘 한 팔이면 충분합니다. 시단을 동정하지 마십시오."

올베빈의 입술이 일자로 다물렸다.

동생이 불구가 되었다는 이야기에 가슴 아픈 기색이라도 내비칠까 하였으나, 기우였다. 냉혹함이 도리어 말을 잊을 정도였다.

"……냉정하군."

약간의 경멸이 어린 힐난에도 르옌은 무덤덤히 대꾸했다.

"갸륵하지 않은 것은 아니나, 그들의 용기를 동정하지 말라는 것은 누아단 경전에도 있는 가르침입니다. 이 생에 짧지 않은 시간, 제 오라비로 살았던 에이반 데투아 또한 애국 충정으로 그리 떠나고 그리 죽었습니다. 시단 또한 저 하고 싶은 대로 이곳에 뛰쳐나와 신념의 대가로 부상을 입었습니다. 죽음조차 두려워하지 않는 신념을 지닌 자들이 대가로 맞부딪친 결과에 그를 동정해야 합니까. 비록 라르카드단에는 이를 수 없는 낮은 신분이나, 뼛속 깊이 새겨진 라르크의 정신을 이어받은 사내들입니다. 나는 내 형제가 자랑스럽습니다."

르옌은 올베빈을 등지고 멀어졌다.

올베빈은 자신보다 머리 하나 반은 더 작은 여자에게서 왠지 모를 기이한 감상을 느꼈다. 라르카드단. 유명한 이야기이긴 하지만 한낱 평민의 입에서 나오기엔 어울리지 않는 말이다.

올베빈은 한참이나 자리에 선 채 그녀의 뒷모습을 응시했다. 등허리를 꼿꼿이 펴고 걸어가는 뒷모습이 우미優美했다. 전쟁터에선 보기 힘든 것이 여자라 그리 느껴지는 건지도 모른다. 그가 눈을 질끈 감았다 다시 떴을 때, 르옌은 이미 점이 된 후였다.

그리고 이틀 후, 저녁 무렵이었다.

"시단 데투아 병사의 명예 전역 절차가 마무리되어, 조금 전 떠났다고 합니다."

파사드의 펜이 멈추었다.

데투아가의 막내아들이 전출되었다는 것은 그에게까지 올라올 필요가 없었던 보고였다. 하지만 테레어드는 그가 르엔 데투아를 몹시 신경 쓰고 있다는 걸 아는 몇 안 되는 측근이었다.

파사드는 자연스럽게 멈춰 버린 제 손을 내려다보았다. 저답지 않게 뮈아드로에 보낼 서신을 쓰던 와중이었다. 엘히엔에게도 늦었으나마 답신을 하는 것이 옳다 하는 사실보다도, 하고픈 말 나누지 못하고 잘려 나간 머리칼만 안고 돌아간 청년을 보며 무언가를 느낀 것도 같다.

그건 안타까움보다는 언젠가 제게도 닥칠지 모를 작고의 가능성을 계산한 데에서 비롯된 무의미한 행위였다.

고개를 끄덕인 파사드는 다시 펜을 움직여 서신을 마무리했다.

친애하는 라페로바한 영애, 엘히엔 데비.

이곳은 낙엽으로 온 평야가 붉게 물들어 가는 계절입니다. 가을의 서늘한 날씨가 곧 닥칠 뮈아드로의 겨울을 떠올리게 합니다. 영애에게 이 서신이 닿을 즈음이면 완연한 겨울이 될 터입니다. 심신 편안히 무탈한 겨울을 보내기를 바랍니다.

자위 공 브류나크, 파사드 칼란독 인印.

파사드는 잉크가 마르길 기다렸다가 작은 서신을 돌돌 말아 그 위에 밀랍을 따라 부었다. 그리고 능숙하게 브류나크의 압인을 찍었다. 자리에서 일어선 파사드가 조금 전 마무리한 서신과 더불어 미리 써 두었던 서신 두 통을 테레어드에게 건넸다.

"내일 새벽 뮈아드로로 올라가는 군사 중 하나에게 이 서신들을 맡겨 보내도록."

테레어드가 공손히 서신을 건네받았다. 파사드는 그를 지나쳐 나갔다. 테레어드가 따라가려 하자 냉정한 명령이 떨어졌다.

"따라오지 마라."

언제 또 다른 전투가 치러질지 모른다는 긴장감에 더해 미처 가시지 않은 슬픔과 두려움이 가득한 밤이다. 파사드는 테레어드를 비롯한 뒤따르려는 호위들을 전부 물린 후 동쪽의 막사촌으로 향했다. 르옌이 머무는 막사는 비교적 중앙에 있어 거리가 멀지 않았다.

파사드는 르옌의 막사 앞에 이르러 잠깐 걸음을 멈추었다가 목소리를 끌어냈다.

"들어가겠다."

그러나 대답은 돌아오지 않았다. 팔로 살짝 휘장을 들추어 안을 응시한 파사드의 눈빛에 허탈함이 어렸다. 막사 안은 텅 비어 있었다. 역시 괜한 걸음이었다. 병사들을 시켜 찾는 것도 모양새가 꽤 우습지 싶어 파사드는 그대로 몸을 돌려 사령부 막사로 향하려다가 생각을 바꾸었다.

그날 밤 파사드는 야밤을 틈타 몸을 불사르는 소산지에 이르렀다. 몇 날 며칠 밤낮을 검은 연기와 함께 불타는 전사자들의 시신은 역한 냄새를 풍겼다. 쌀쌀한 바람도 이 근처만은 열기로 후텁지근했다. 온 주둔지를 진동하는 냄새에 꽤 익숙해졌다 여겼는데 바로 옆에서 맡는 것은 여전히 속을 불편하게 했다.

길 좌우로는 장작더미와 교차시켜 쌓은 통나무, 그리고 장작들을 큰 원을 그려 쌓은 나무 제단이 있었다. 장담컨대 진지의 어디를 대 붙여도 이곳보다 죽음과 삶이 뒤섞인 곳이 없으리라. 부상자들의 신음이 난무하는 막사조차도 이곳에 비하면 몹시 생기로 충만한 셈이다.

파사드는 명운을 다해 불타는 삶과 죽음의 경계를 걸었다.

일정에는 없던 한밤의 방문. 호위조차 대동하지 않은 파사드의 등장에 천을 동여매 얼굴 반을 가리고 있던 병사들 몇이 하던 일을 그치고 달려와 예를 붙였다. 파사드는 말없이 그들에게 목례로 답한 후 지체하지 않고 걸음을 옮겼다.

에반부르의 시신은 조금 더 안쪽, 더 고요한 곳에 따로 안치되어 있었다. 부패를 최대한 막기 위해 방부 처리를 한 터라, 그의 시신은 여전히 사람의 형상이었다. 귀한 몰약沒藥[†]에 절어 누운 중년의 노기사는 추운 날씨 속에 추운 줄도 모르고 그리 누워 있었다.

파사드는 허름한 수의를 입은 시신을 말없이 바라보았다. 무구無垢하게 닦아 내었으나 시신의 안면과 가슴 등, 신체 곳곳에 남은 상처는 여전히 참혹했다. 함몰된 턱과 입가는 푹 꺼졌고, 그의 목에는 지난 처절했던 결투의 흔적이 남아 있었다. 그의 제단 앞에 서서 파사드는 느리게 턱 끝을 내렸다.

오는 새벽, 에반부르는 수도로 떠날 것이다.

비록 오명을 쓴 가문이라 하나 그는 오래도록 나라를 위해 싸워 온 할드로프가의 주인이었으며 북부의 기사였다. 그의 가문에서 장례를 치르는 것이 마땅했다. 파사드가 에반부르에게 라르카드단으

몰약[†]　몰약 나무의 껍질에 상처를 내어 흐르는 유액을 건조시켜 만든 약재. 작중에서는 시신을 방부 처리할 때 주로 사용한다.

로 이를 수 있는 영광을 내려 달라 테른도크에게 청할 생각이었다. 그러나 가능할지는 모를 일이다.

　노장의 내려앉은 입가가 웃는 듯하다. 사람을 안심시키는 웃음을 지을 줄 아는 자였다. 유달리 정이 많아 제 자식처럼 어린 군사들을 돌봐 주던 이였다. 요즘도 잠을 못자십니까. 식사는 제대로 하셔야 합니다. 칼란독 경께서 바로 서셔야 아랫것들이 편안합니다. 브류나크의 파사드조차 그에게는 아이 같은 취급을 당하곤 했다. 그리 부질없는 걱정들을 해 왔더라. 그런데 이제는 그로 인해 밤잠 못 이룰 이유가 하나 더 늘어 버렸으니, 그건 그것대로 서글픈 일이었다.

　—늙어 죽기 전에 전쟁이 끝나려는지.

　에반부르는 입버릇처럼 말하곤 했었다. 결국 늙어 생의 끝을 맞이하는 대신 적의 손에 살해당했지만, 늘 전쟁터를 전전했던 노장의 삶을 생각하면 두 가지에 차이가 있을까 싶었다.

　파사드는 몇 걸음 떨어지지 않은 곳에 놓인 화로를 향해 걸어가 품 안에 지니고 있던 종달새의 멘테를 꺼냈다. 내용이 내용인 탓에, 유품이라 함께 그들 일가에 돌려보낼 수도 없는 것이다. 파사드가 멘테를 불가로 가져갔다. 그러나 차마 쥔 주먹의 힘을 풀지 못하고 그는 한동안 그리 서 있었다.

　고요한 밤이었다.

　그러던 문득, 파사드가 인적을 알아차리고 에반부르의 멘테를 품에 돌려 넣었다. 숨죽인 소리가 들리고 있었다. 누가 있나.

　예리하게 주위를 둘러보는 그의 검은 눈동자에 비치는 것이라고는 멀찍이 분주하게 망을 보거나 다 타 버린 재들을 수거하는 이들의 모습뿐이었다.

　소리의 방향을 가늠하던 파사드가 에반부르의 제단에서 얼마 떨어지지 않은 나뭇더미로 시선을 옮겼다. 몇 걸음 다가가던 그의 걸음이 멈추었다. 그의 허리만큼 쌓인 나뭇더미 너머로 동그란 뒤통수가 보였다.

적갈색 머리칼. 아까 전 자신이 찾았던 여자였다. 네가 지금 이곳에서 무얼 하느냐 하는 물음, 애초에 전하려던 혈육에 대한 소식 같은 것은 모두 폐부에 머물렀다.

"흐, 흐으, 흐윽."

헛숨을 헐떡이는 소리에 가슴이 얼어붙었다.

귓가를 겨우 덮은 짤막해진 붉은 머리칼이 사시나무처럼 떨었다. 앞으로 꺾인 목, 스스로의 입을 틀어막은 팔뚝 새로 죽이지 못한 숨이 새어 나왔다. 돌연 그녀의 모든 것이 파사드에게 낯설게 느껴졌다.

우는 여자를 처음 보았던가. 그건 아니었다. 하지만 이 장작 따위가 무슨 대단한 엄폐라고, 나뭇더미를 등지고 웅크려 제멋대로 날뛰는 숨통을 짓이기나. 하지만 비웃기에는 여자의 울음은 아름다움으로 미화되지 않은 날것 그대로의 적나라함이었다.

파사드는 붙박인 발을 어쩌지 못하고 잠자코 바라보았다. 여자가 흘리는 소리에 제 가슴이 무거워져 꼼짝도 할 수가 없게 되었다.

고개를 비껴 돌린 파사드는 영구히 잠든 에반부르를 돌아보았다. 노장의 시신에서 고작 열 걸음 남짓 떨어진 마른 장작더미 뒤에 숨은 여자는 무엇 때문에.

"흐윽, 읏."

눈물이 떨어지는 소리가 나는 듯하다. 흐느낌으로 강을 이룰 듯하다. 르옌우 딸꾹질이라도 나는 마냥 어깨를 들썩이다가, 입을 틀어막았다가, 흙 묻은 손으로 눈물을 훔쳤다가, 줄기차게 새어 나는 비참한 울음에 분한 듯 신음했다.

그녀의 본모습을 알 수가 없었다. 제 동생의 목숨을 구하겠다 전쟁터에 뛰쳐나온 것이 진짜인지, 냉담하게 제 머리칼을 잘라 내던지던 모습이 진짜인지, 아니면 지금 저리 초라하게 울음 삭히는 것이 진짜인지.

파사드는 괜히 저까지 울컥해지는 심상을 최대한 억눌렀다. 뒤틀린 회색의 세상에 서 있는 듯했다.

자신이 배워 왔던 것들, 진실이라 믿었던 것들이 하나둘씩 깨어져 파편이 되어 길 위에 가시처럼 박혔다.

라르칼리아. 그건 가장 불역拂逆†한 파편이었다.

라르칼리아의 마지막 여왕은 전쟁에 미친 여자라 회자되었다. 그녀에 반하는 모든 것을 피로써 다스린 폭군이라. 사욕을 위해 수만 명의 백성들을 죽음으로 몰고 간 것은 물론이거니와 온 대륙을 피바다로 만들고도 만족하지 못한 괴물이라더라. 모든 역사가 그리 말하니 그에는 분명 진실이 다분하리라.

그래서 파사드는 르옌이 스스로가 라르칼리아라 주장했을 때, 올조르를 떠올리며 라르칼리아의 끔찍함을 상기할 수 있었다.

업적의 위대함과 놀라움을 떠나 이백 년 전, 그 어마무지한 갱도를 파내려 갔을 폭군은 화약도 화포도 없이 순도 높은 인력만을 무기로 삼았을 것이다. 수많은 이들이 그에 동원되어 그것이 무너져 내릴 때까지 파낼 요량이었을 터다.

아마도 그 시절 올조르가 무너졌다면, 그 밑에 깔려 죽을 수백 수천 노역꾼들의 목숨은 역사에 이름조차 남기지 못하고 혼이 되어 버렸을 것이다. 남는 것은 여왕의 승전뿐. 그리고 여왕은 피 위에 쌓은

불역† 마음에 거슬림.

승리로 또 다른 전쟁을 지속했으리라.

스완 세칼리드 라르칼리아. 라르칼리아의 마지막 적통이자 시왕의 아들이기도 했던 브류나크 왕조의 2대 왕 페오그란이 그리 말하기도 했다고 전해졌다.

—내 안에 흐르는 반절 라르칼리아가 내 일생 가장 커다란 수치였노라.

새 왕조의 왕마저 절망에 빠지게 할 만큼 그녀에 대한 평가는 악취 들끓는 바닥이었다. 누구도 라르칼리아를 옹호하지 못했고 누구도 라르칼리아의 여왕이 전쟁에 미친 여자라는 것을 부정하지 못했다.

하나.

"흑, 흐으, 흐으."

저런 나약한 흐느낌은, 그가 믿어 온 악랄한 폭군의 모습이 아니었다.

—그때의 나는 내가 행하는 모든 것이 라르크를 위함이라 믿고 있었다.

진심으로 한 말이라면 참으로 기가 막히다고 생각했다.

—나를 사랑한다던 이들이 내 마차가 지나는 것만 보아도 겁을 먹어 숨죽이고 손가락질하고 비난하고 오열하는 그런 풍경이 널려 있었다. 내가 꿈꾸던 낙원 속에 웃고 있는 나의 백성을 단 한 명도 보지 못했다. 환궁하여 인사하니 내 배로 낳은 내 새끼들이 나를 알아보지 못했다. 겁에 질린 나의 가신들은 포승줄에 단단히 묶인 내 눈을 바라보지 못하고, 내 부군은 나라를 구한 죄인이 되어 내게 매달려 울었다.

제 동정을 사기 위한 포장이라 생각했다.

—나는 남부에서 나를 기다리는 저 괴물을 끝까지 책임져야 할 의

무가 있는 사람이다. 내가 그 책임을 질 수 있게 도와줘.

여자가 했던 말 한 마디, 한 마디가 귓가를 맴돈다. 끈적한 송진 같이 여간 떨쳐지지 않는다.

사령관으로서는 스스로의 판단을 의심해선 안 되었다. 그러나 이 순간만큼은 하나의 사람으로서, 파사드는 자신이 틀렸는지도 모른다는 사실을 받아들였다.

역사가 남긴 몇 줄의 글귀로 모든 것을 간파해 낼 수는 없을 것이다. 자신은 현자가 아니었고, 세상은 분명히 한 사람의 눈으로 감당할 수 있는 것보다 복잡하게 얽혀 있으니까. 이미 파사드는 자라나며, 세상에는 보이는 것 이면의 것들이 많다는 것을 아프게 체득해 알았으므로.

르엔은 초라하게 웅크려 한참을 울었다. 그 울음소리가 잦아들수록, 파사드의 가슴도 잠잠해졌다.

고개를 젖힌 파사드의 시선이 검은 하늘에 닿았다. 총총 뜬 별빛이 눈 시렸다. 그러나 하늘의 별마저 시체 삼킨 연기에 가려져 이내 보이지 않아, 밤은 더욱 깊은 어둠으로 잠들었다.

모르가나와의 마지막 전투가 있은 지 스무 날이 지났다.

멍든 입술의 틈새로, 차가운 새벽의 입김이 새어 나왔다. 조금 이른 시기에 낙엽들이 떨어지기 시작한 숲길의 입구는 적적했다. 이리저리 휘어진 오솔길을 따라 걷는 일행은 죽어 가는 가을을 애도하듯 차분하기 그지없었다. 존재하는 소리라고는 작은 마을로 향하는 낡고 비뚠 표지판을 지나 오솔길 위 낙엽을 바그작 밟는 소리 따위가 전부였다.

다그닥 다그닥, 바스락 바스락.

인적 없는 텅 빈 숲이 받아 삼키는 소리는 그리도 적막했다.

일행은 총 네 명이었다. 말을 탄 세 명의 기사는 한 명의 청년의 앞뒤를 점한 채로 주위를 둘러보며 장애물을 피해 조심조심 말을 몰았다.

"이 방향이 맞습니까? 부트 경."

"맞을 거다. 길이 좀 엉망이지만."

규젠 마을의 주민을 마을까지 데려다주는 것을 임무로 받은 기사 분대장인 부트 경, 록탄은 후미를 흘겼다.

사람의 흔적이 닿아 길은 나 있었지만 이곳저곳이 부러진 나뭇가지며 돌부리며 패인 땅 등으로 들쭉날쭉했다. 이전에 규젠 마을 검문령에 한 번 찾아왔던 적이 있었는데도, 계절이 바뀌고 있어서인지 사뭇 달라 낯설었다.

록탄이 말끝을 흐렸다.

"아마도 곧……."

사실 스스로가 느끼기에도 크게 자신 있는 말투는 아니었다.

마을의 토박이가 동행하고 있는데 마을로 향하는 길을 확신하지 못해 헤맨다는 건 몹시도 괴괴한 일이었으나 사실이었다. 기사들이 일찌감치 시단 데투아라는 규젠 마을의 토박이에게 무관심으로 일관할 것을 굳게 다졌기 때문이다.

"마을의 표지판이 일정 거리마다 설치되어야 한다는 규정이 있지 않습니까?"

"이 작은 마을에는 크게 해당되지 않는 모양이시. 그래도 표지편을 아까 보았으니 이제 곧……."

갈라진 음성이 그들의 말허리를 자르고 끼어들었다.

"……저 혼자 갈 수 있습니다."

기사들의 표정이 노골적인 불쾌감으로 물들었다.

'또 시작이군.' 그리 힐난하는 기색이 역력했다. 서로 시선을 교환한 기사들이 이내 고개를 저었다.

"우리가 하달받은 임무는 군사를 무사히 집까지 호위하라는 것이었다."

"돌아가서…… 그렇게 보고를 하시면."

"임무 자체에 불만은 없지만 그것이 내 시간을 낭비해도 된다는 의미는 아니지."

반박의 여지도 없는 일침이었다.

시단의 안색이 질식할 듯 허옇게 질리는 것을 알았지만, 그들은 애써 무시했다. 사실 그를 두고 떠나면야 편하지만 그들은 이미 시단 데투아가 집으로 돌아가고 싶어 하지 않는다는 것을 알고 있었다.

처음부터 그를 불신한 건 아니었다. 그들도 처음엔 시단에 대해 호의적이었다. 데투아 가문이 군사들의 입에 오르내리기 시작한 것은 오래지 않았으나, 표면적으로 알려진 데투아가에 대한 이야기에 다소 비극적인 요소가 섞여 있음을 대부분 인정했기 때문이다.

에이반 데투아를 기억하던 이들이 시단과 에이반을, '데투아'에 대해 생각하게 된 계기는 그들의 또 다른 형제라는 여자의 등장에서였다.

데투아의 형제가 나타났을 때, 라르크 본토 국경인 절벽 기지 인근의 경계 보호 책무를 맡은 군사들 중에는 소문의 여자를 상세히 아는 이가 없었다. 상세히 알지 못했기에 과장되고 부풀려져 가려진 진상 또한 있었을 것이다.

어떤 재기 넘치는 여자가 불시에 열린 심사전의 주역이 되어 기사들을 제압하고 공가의 임시 페넌을 받았다. 이름은 르옌 데투아라. 당시 오래도록 최전방에 있던 병사들 중, 한시적으로 한솥밥을 먹었던 애국 청년 에이반 데투아를 떠올리는 것은 어렵지 않았다. 최근 높은 기사들에게 불려가 고초를 겪었다는 시단 데투아와 연결 짓는 것도 전혀 어색하지 않았다.

후일 흘러드는 소문에는 페넌을 빼앗겼다거나, 적국과 긴밀한 관련이 있는 여자라거나 하는 내용도 들렸으나 그들은 크게 신경 쓰지 않았다. 그 소문이 사실이라면 지금 그들은 명예 전역을 명받은 데투아 가문의 청년을 호위하는 것이 아니라 매국을 단죄하기 위한 사형대로 압송하고 있었을 테니 말이다.

물론 기이하게 상반된 소문들에 갈팡질팡 하는 이도 있었지만 시단의 몰골을 본 이들은 의혹마저 잊을 만큼 허망한 몰골에 혀를 차곤 했다.

그를 호위하는 세 기사 중 대장격인 록탄도 아닌 체하며 그를 딱하게 보는 이 중 하나였다.

하여 처음 그를 만났을 때, 그는 호의로 시단에게 말을 붙이기도 했다. 그러나 돌아오는 대답은 거의 없었고, 그나마도 대답이 돌아온다면 그것은 자기 학대에 가까운 흐느낌과 신음뿐이라. 그에게 말을 붙이지 않는 것이 가장 현명하다는 걸 깨달은 지 오래다.

"이쪽이 맞나? 데투아?"

"······."

역시나, 대답은 돌아오지 않았다. 록탄은 하는 수 없다는 듯 그들의 뒤를 따르는 외팔이 외눈박이 청년을 돌아보며 깊은 한숨을 내쉬었다.

시단은 그에게 시선조차 주지 않은 채로 사나운 짐승들에 짓밟힌

아담하고 아늑했던 숲길을 응시했다. 언뜻 모양새는, 그가 말을 모는 것인지, 말이 그를 싣고 가는 것인지 구분하기 어려울 정도였다.

침잠한 저녁 공기가 해 울음의 빛으로 번져 들었다.

제스는 묵묵히 마당의 장작을 치웠다. 오랫동안 방치되었던 장작 위로 별것 아닌 먼지며 잔 벌레들이 들끓고 있었다. 적당히 고만고만한 사람들이 모여 살던 칠십 호 남짓의 마을은 이제는 사람 냄새 거의 나지 않는 마을이 되었다.

마을 인구의 반이 얼마 전 있었다던 라르크 군사들의 불시 검열로 인해 끌려갔다고 했던가. 일부는 돌아오자마자 이주를 준비하고 있었고 이미 일부는 이주했다.

마을에 남은 것은 늙은 자라목 선생을 비롯해 이곳에 버리지 못할 것들이 많은 이들과 마땅히 이주할 곳을 찾지 못해 머무는 이들뿐이었다.

장작을 다시 바르게 정돈한 제스는 비뚤게 열린 싸리 울타리 문 너머의 마을 풍경을 응시했다. 거리는 휑하고 한산했다.

제스가 마을로 돌아왔을 때는, 모든 것이 끝난 상태였다. 세닐라의 병색이 짙어져 약을 구하기 위해 이웃 도시라기엔 조금 먼 갈도아를 방문하고 돌아온 그가 가장 먼저 발견한 건 엉망이 된 마을 진입로였다. 울타리는 말발굽에 짓밟힌 흔적이 역력했고 커다란 돌은 뿌리째 뽑혀 길 밖으로 내던져져 있었다.

마을 전체가 어수선한 것은 물론이거니와 데투아의 집 또한 일부 허물어지거나 누군가 뒤진 흔적이 보였다.

마을 사람이 전해 주기를, 라르크의 기사들이 르옌에 대해 물으며 반브류나크 세력에 대한 조사 감찰을 나왔다 했다. 그 때문인지 마을 사람들은 자라목 선생을 제외한 누구도 데투아의 집에 얼씬도 하지 않았다. 제스가 홀로 돌아온 후 펜도의 어린아이가 제 어미의 심부름으로 말라붙은 빵 바구니를 가져다준 것이 전부였다.

제스는 문 앞에 만들어 둔 돌무덤으로 다가가 앉았다. 작은 묘석 위로 놓인 마른 건초를 얼기설기 묶은 다발은 세닐라가 좋아하던 데투아의 꽃이다. 새록새록 떠오르는 희미한 기억에 제스가 보일 듯 말 듯 입가를 씰룩였다.

제스 데투아. 세닐라를 얻기 전의 그는 아무것도 아닌 청년이었다. 말을 타는 것 외에, 머리가 똑똑하다거나 집이 부유하다거나 무엇 하나 특출 난 것 없던, 아무것도 아닌 데투아. 가진 것이라고는 네 필의 말과 작은 마구간 하나, 초라한 집 한 채였다.

—세닐라, 이 새침데기야. 나한테 시집와라.

—…….

—지금은 이 꼴이지만 평생 행복하게 해 줄 테니까.

겨우살이가 자라난 나무 아래에서 청혼했다. 그러면 영원토록 행복할 거라는 속설이 있어서였다. 세닐라는 한참이나 그의 손에 쥐인 제법 예쁘장하게 얽힌 건초 다발을 바라보았다. 돌아온 대답은 '그래.'라거나 '싫어.'가 아닌 깔깔 웃는 단 웃음소리였다.

—여자 대하는 법이나 아는 사람이었어, 제스?

—그래.

—그런데 말이야, 제스. 데투아는 고집쟁이라는 소문이 자자하던데, 사실이야?

거절당한 걸까 싶은 두려움에 굳어진 제스의 손등 위로 세닐라의 손이 맞닿았다.

—그런데 제스, 나는 고집쟁이가 좋더라.

그렇게 두 사람은 처음으로 서로의 손을 잡았다. 그해의 겨울은 그리도 따뜻했다. 아니, 세닐라와 함께 가정을 이루고 아이들을 가진 후의 매해의 겨울은 항상 따뜻했다.

그러나 올해의 겨울은 온기 잃은 공기만이 떠돌 뿐이었다.

외로운 바람이 살갗 위로 스며들었다. 덥수룩하게 자란 수염 아래 쳐진 입꼬리가 느리게 떨렸다. 제스는 느릿느릿 눈꺼풀을 닫았다. 세닐라가 좋아하던 고집 덕에, 세 칸짜리 마구간 딸렸던 작은 움집에서 시작한 그들의 보금자리는 이제 값싼 팽나무로 만든 이층집이 되었고 마구간은 오십여 마리의 성마를 넉넉히 감당할 수 있을 만큼 커졌다.

……그 고집 탓에.

아담한 돌무덤 위 기대어 있는 겨우살이 화관. 이미 너무 늦어 버렸으나 그가 세닐라에게 해 줄 수 있는 유일한 것이었다.

전쟁의 여파는 어떤 형태로든 무고한 자들을 지옥으로 밀어 넣었다. 에이반이 그리 떠나고 시단마저 집을 나가고, 르옌마저 보냈다.

……그 고집 탓에.

제스의 눈시울에 벌겋게 핏줄이 올랐다. 그러지 말았어야 했다. 그러지 말았어야 했는데. 모자란 아버지는 수치로 날 세운 끔찍한 가시밭길 위에 주저앉았다.

세닐라는 먼저 가 버린 아이를 그리다가, 떠나 버린 아이들을 기다리다가, 끝내 슬픔을 이기지 못해 가장 의젓하던 아이를 따랐다. 르옌이 시단을 데리러 간 지도 넉 달을 훌쩍 넘겼다. 아마 둘째와 막내 또한 제 어미와 함께 있을지도 몰랐다.

하나라도, 하나라도 살렸어야 했는데.

감히 자식의 목숨을 수로 셈하는 자신이 경멸스러웠다. 얼굴을 감싸고 주저앉은 제스가 잘게 흐느꼈다. 누구보다 똑똑하고 현명했던 이성적인 둘째보다도 철없는 막내가 더 큰 마음의 짐이었던 것은 사실이지만, 어쩌면 딸아이의 목숨보다 대를 이어 줄 아들을 더 높게 두었던 것일지도 모른다.

"어찌……."

어찌 할 수 없는 추회였다.

아무리 제 딸이 대단하고 비범하다 한들 그런 무거운 족쇄를 채워 내보내도 될 아이가 아니었다. 어릴 적부터 의젓했다지만 한낱 말팔이의 딸일 뿐인 그 아이가 전쟁터로 달려 나가 겪었을 일들의 상상도는 한정되어 있었다. 삿된 욕심에 하나라도 더 살리고 싶어서, 용기 없이 주저앉은 자신을 대신해 무거운 짐을 얹은 제 딸아이를 보내던 날이 어땠나.

세닐라가 비명처럼 울부짖었다. 가슴을 쿵쿵 때리면서 울었다. 그래서 그는 차마 무너지는 이성을 어찌할 수 없어 도리어 소리를 치고 나가 버렸다.

세닐라가 옳았다. 때때로 어른보다 더 대단해 보이던 제 딸의 재기에 매달린 겁쟁이 아버지였다. 겁쟁이. 어리석은 아버지. 세닐라는 르옌이 나간 순간 그녀로부터 갈라져 나온 그녀와 제스의 알맹이들이 모두 사라졌음을 알았던 게 분명하다.

어머니의 육감이었을까. 그날 밤 세닐라가 깨달았던 것을 제스는 세닐라마저 잃은 후에야 깨달았다.

아이들이 뛰놀던 골목, 청년들이 목검을 들고 장난을 치던 거리, 기분 좋게 취한 이웃들이 고성을 부르며 춤을 추고 노래를 부르던 숲터. 지금은 눈을 씻고 찾아봐도 그때의 생기를 찾을 수 없어 더욱 가슴 허한 풍경. 그럼에도 허황된 미련에 유령이라도 돌아오길 바라는 마음을 죽이지 못했다.

울타리의 그늘 아래 주인 없는 돌무덤을 둔 마음 또한 세닐라의 달래지지 않을 그리움이 언젠가 달래질 그날이 오길 바라기 때문이다. 환희 웃으며 이 허름하고 남루한 집 울타리 안으로 뛰어 들어올 아이들을 그리던 그 짙디짙던 사랑이.

—발밑이 무너질 때까지 희망을 쫓아가는 게 인간이니까요.

제스는 붉은 눈가를 훔치며 무뚝뚝하게 일어났다.

어린 딸아이가 어디서 그런 말을 배워 제게 조언했는지조차 사실 알 도리가 없었으나 그는 아직 부서지지 않은 한 뼘의 굳은 땅을 달리고 있었다. 아마 영원히 한 뼘의 땅 위를 내달리게 되는지도 모른다.

혹시나, 혹시나 돌아온다면 그 아이들이 부모 없는 천애고아가 되어 쓰러지지 않도록 헛된 이정의 깃발을 쥐고 기다리고 있다. 그것이 남은 생애 그가 짊어질 사명이었다.

넋을 놓고 앉아 있던 제스는 슬슬 날이 저물어 간다는 것을 깨닫고 유령처럼 일어서 마구간으로 향했다.

세닐라의 병세를 고치기 위해 가지고 있던 성마 스물아홉 마리를 모조리 이웃 마을 상단에 헐값에 팔아넘긴 탓에 지금 마구간에 남은 거라곤 노마 데칼리아와 예닐곱 마리의 망아지들뿐이었다.

마구간 입구에서 푸르릉거리며 제스를 바라보는 까만 눈동자의 늙은 말이 가느다란 울음소리를 냈다.

데칼리아. 저것이 어린 말일 때 눈에 넣어도 아프지 않을 딸아이를 떨어뜨린 괘씸함으로 팔아 치워 버리려 했으나, 어쩌다 보니 지금껏 내버려 둔 데투아 가문의 가장 노쇠한 말이었다. 르옌의 말이다. 르옌의, 내 사랑스러운 딸의.

제스는 다시금 속으로부터 끓어 넘치는 뜨거운 어떤 감정을 삭이기 위해 고개를 저으며 데칼리아의 우리 문을 열었다.

"나가 있어라."

데칼리아는 그의 말을 알아듣기라도 한 듯 느리지만 우아한 걸음으로 타박타박 마구간을 나섰다. 데칼리아의 말발굽 소리가 멀어졌다.

쟁기를 들고 오물 냄새로 가득한 마구간 바닥의 건초들을 긁어 내던 제스는 간간히 떨리는 숨을 내쉬었다. 그러나 멈추지 않았다. 밤이 새도록 밤잠을 이루지 못한 아비의 쟁기가 부러질 때까지, 온몸이 부서져라 쟁기질을 했다. 빈 바닥을 습관처럼 긁어 내고, 이미 치운 것을 다시 옮기고, 여물통을 채워 주고, 또 채워 주고, 또 채워 주고……. 그리 미친 사람처럼 일하던 그는 이내 눈물 없는 흐느낌으로 건초 더미에 주저앉아 어깨를 들썩이다 잠에 들었다.

할짝. 할짝.

그를 깨운 것은 까끌거리는 데칼리아의 혀였다. 제 스스로 돌아온 것인지 마구간 구석에 웅크리고 잠든 제스의 목 언저리를 핥아 대는 데칼리아의 까칠한 혓바닥에 정신을 차린 제스는 무기력한 눈으로 주위를 둘러보았다.

반쯤 열린 마구간 문 안으로, 어스름한 새벽빛이 스며들고 있었다. 미명이라기엔 어두우나 어둠이라기에는 희미한 빛이 떠도는 그런 시간이었다.

그는 사방 어두운 마구간의 램프를 켜고 밖으로 나왔다.

뒤따라 나온 데칼리아가 이히힝 울며 그의 옷자락을 끌어당겼다. 인간과 오래 마음을 맞춰 온 말들은 영특했다. 왠지 모를 인력에 끌려 데칼리아를 따라 뒤뜰을 돌아 앞마당의 장작더미를 향해 걸어가던 제스의 걸음이 멈추었다.

이히힝.

데칼리아는 반복적으로 울타리 너머를 향해 울었다.

제스는 자신이 숨을 멈추고 있다는 것도 잊은 채 멍하니 마을 끝자락에서 다가오는 한 무리의 기사들을 발견했다. 현기증이 일어 격하게 숨을 내킨 후에야 자신이 숨 쉬는 것조차 잊었다는 걸 알았다. 몇몇 마을 주민이 난데없는 기사의 출현에 창밖으로 얼굴을 내밀고 있었다.

말발굽 소리가 귀에 들릴 만큼 가까워지고 나서야, 붉은 마갑덮개를 엎어 쓴 말 위로 앉은 건장한 기사 둘과 그 뒤를 따르는 세 인영이 보였다.

데칼리아가 깡총거리며 늠름한 군마들 사이에서도 유독 고상한 풍채로 걸어오는 덴을 응시했다.

가장 선두에 섰던 록탄이 말했다.

"이곳이냐?"

서른 걸음 남짓 떨어진 거리에서 시단이 겁에 질린 얼굴로 멈춰 섰다.

제스는 귀신이라도 본 듯한 얼굴로 넋을 놓고 그들을 응시하다가 신이 벗겨질 정도로 허겁지겁 달려 나갔다. 그러다 시단에 이르기 전, 멈춰 섰다.

기사들은 먼저 말에서 내려 팔이 불편한 시단을 도와 받쳐 주었다. 고개 숙인 아들의 더벅머리가 보였다. 꿈 더듬듯 하염없이 제 새끼를 바라보던 제스의 눈은 이내 시단이 아닌, 텅 빈 마을 저편을 향했다. 인기척 없는 고요한 오솔길의 입구로. 아래턱을 세게 끌어올려 가까스로 신음을 다문 제스의 목 매인 음성이 흘러나왔다.

"……이놈아."

겨우 시단을 향해 반걸음 다가간 제스는 끝내 비틀거리며 우뚝 서고 말았다. 미련을 버리지 못하고 시단이 걸어온 자취를 좇는 제스의 눈에서 절망이 넘쳐흘렀다. 시단은 고개조차 들지 못하고 무릎을 꿇었다.

"아…… 버지……."

"이놈아……."

제스의 굳은 입매가 턱에 닿을 듯 내려뜨려졌다. 시단이 맨땅에 머리를 쾅쾅 처박았다.

"아버지이이……!"

작은 흐느낌은 오열로 번졌다. 눈물과 콧물로 엉망이 된 청년의 꾀죄죄한 얼굴을 뒤덮었다.

핏발이 올라 다시 터진 눈의 상처 때문에 붕대가 피로 젖어 들었다. 놀란 기사들이 시단의 어깨를 붙잡아 세우려 했으나, 시단은 기사들조차도 어찌할 수 없을 만큼 거세게 몸을 고꾸라뜨렸다.

"잘못…… 잘못했어요…… 잘못, 내가 잘못……."

그런 그를 쓰린 눈으로 흘기던 록탄이 제스를 향해 최대한 공경 어린 투로 말했다.

"데투아 가문에 경의를 표합니다. 자식 셋 모두를 애국지사로 키워 낸 데투아 일가는 일 가구 일 병이라는 징병의 규율 이상으로 라르크를 위한 봉사를 자처하였고, 르옌 데투아의 전사에 합당한 보상과 독남 시단 데투아의 부상에 대해 조의를 표하기 위해……."

자식 셋 모두를 애국지사로 키워 냈다 한다. 용기 없는 아비 밑에서 어찌 그리 대단한 새끼들이 나왔을까. 억울하기까지 한 일이다.

"……제발로 달려 나간 청년들이오. 그리해 주었단 이야긴 들은 적 없고, 듣고 싶지도 않소."

"이는 위대한 북서부의 공작 각하께서 승인하신 안건으로 중부 상업 도시 락가드에 자리를 마련해 주겠다는 증서를 함께 동봉……."

"필요 없으니 가라 했소!"

제스의 핏발 선 눈이 록탄을 향해 똑바로 뜨였다.

뚜욱. 제스의 부릅뜨인 눈에서 굵은 눈물이 떨어져 내렸다. 그러나 록탄은 크게 동요하는 기색 없이 담담하게 마무리했다.

"……하셨습니다. 이상으로 데투아 병사의 호위 임무를 이 순간부로 마무리, 시단 데투아 병사의 명예 전역 길을 지키게 되어 영광이었습니다."

기사들은 그대로 자세를 바로 하고 말 머리를 돌려 타박타박 멀어지기 시작했다.

시단이 타고 돌아온 덴을 초점 흐린 눈으로 올려다보던 제스의 입가가 울음 참는 아이처럼 일그러졌다. 에이반과 르옌이 함께 키워 온 말 한 마리. 르옌이 타고 사라졌던 그 말을, 시단이 타고 돌아왔다.

제스는 장맛비처럼 흘러내리는 눈물을 팔뚝으로 덮어 훔쳐 낸 후 시단에게 다가갔다. 그리곤 무릎을 꿇은 제 아이의 눈높이로 앉아 목을 와락 끌어안았다.

—근데 데투아는 고집쟁이라는 소문이 자자하던걸.

제스가 아랫입술을 깨물며 숨을 들이켰다. 참으려 했으나, 끝끝내 터져 나오는 억눌린 흐느낌이 숨통을 들이쳤다.

—시단을 데려올게요.

아직도 그 마지막 날의 목소리가 귓가에 쟁하다. 그 무거운 짐을 딸아이의 어깨에 걸어 두고서, 억장처럼 쌓아 올린 희망으로 버틴 나날의 끝이었다.

고집스런 딸아이가 반만 지켜 낸 약속. 꾸짖을 수도 없었다.

꺽꺽거리며 우는 제스의 등을 떨리는 왼손으로 끌어 쥔 시단이 그의 목덜미에 얼굴을 파묻고 오열했다. 엉엉 꼴사납게 울려 퍼지는 두 남자의 울음소리에 이웃집 아가씨가 창밖으로 고개를 내밀었다가, 기사들을 발견하곤 화들짝 문을 닫았다.

타박타박.

덴이 울타리 가에 선 데칼리아를 향해 느릿이 걸어갔다. 어미 데칼리아는 전장의 냄새를 달고 되돌아온 제 어린 새끼의 갈기에 뺨을 비비며 울었다.

어허허헝.

……힘없이 높고 긴, 그런 울음이었다.

-3권에서 계속-

외전

어린 늑대
(El lobo pequeño)

외전. 어린 늑대

어린 시절, 일 년 내내 푸른빛이 깊은 수국은 허벅지까지 올라왔다. 정원을 가로지르는 징검다리처럼 놓인 돌길을 따라 걷는 것만으로도 향기는 금세 옷자락 새새에 뱄더라.

그 정원의 깊숙이 위치한 하얀 벽에는 어떤 여자가 기대 앉아 있었다. 영원한 초상 안에 갇힌, 살아 있는 것처럼 생생한 존재였다. 키 작은 그를 내려다보는 여자의 눈빛은 색 바랜 하늘빛이었다. 고아하게 앉아 만물을 내려다보는 눈으로 그의 머리 위 어딘가만 바라보는 여자는, 누구도 읽어 내지 못할 고대의 석비를 보는 것처럼 아름다웠다.

그는 그래서 수국의 정원이 싫었다.

왕이 검 끝을 기울였다. 넘겨 올린 머리칼과 까슬하게 자란 턱수염 탓에 조금 더 성숙해 보이기는 하지만 테른도크 란펠 브류나크, 그는 이제 스물한 살이 된 청년왕이었다.

테른도크가 천명했다.

"오늘부로 방계 브류나크의 유일한 후계, 파사드 칼란독 브류나크는 정식 기사로 임명되었다. 또한 칼란독 경은 어퀸 성의 새로운 주인임과 동시에 노테블룸의 웬터발트 후작이 되었다는 것을 선포하는 바이다. 이것으로 봉작과 서임식을 마무리한다."

엄숙하게 잠들어 있던 노르테 홀의 곳곳에서 갈채가 울려 퍼졌다. 테른도크의 날카로운 콧날 아래로 다부지게 다물렸던 입술과 날렵한 턱이 짧게 움직였다.

"일어서라."

노르테 홀을 당당히 울리는 그의 음성에는 거역하기 힘든 힘이 있었다. 무릎을 꿇고 있던 검은 머리칼의 소년이 몸을 바로 세웠다.

"나의 형제, 파사드 칼란독 브류나크, 귀공의 앞날에 축복이 있기를."

소년은 예식의 마지막 절차에 따라 테른도크의 반지 위로 입을 맞추었다.

"사투르가 귀레 라르크."

라르크를 위하여.

검은 머리의 소년 파사드 칼란독 브류나크는 그리하여 열네 살이 되던 해, 웬터발트의 후작이자 노테블룸의 어퀸 성의 주인인 브류나크가 되었다.

파사드는 현 라르크 왕조를 존속시키는 브류나크 왕가 방계 혈족의 장남이었다. 아주 어릴 적 죽은 여동생을 제하고는, 인정받은 형제라 해 봐야 사촌들밖에 없었던 그는 오래전부터 브류나크의 유일한 후계자로 받아들여졌다.

파사드에게 지워진 기대감은 극악했다. 어느 정도였느냐 하면 그는 태어날 때부터 세간의 주목을 받아 왕실과 공가 사이에 분란을 일으킨 불씨였다.

타계한 조부 제그라트는 고시대에 어떤 완고한 환상을 품고 있는 남자였다. 역사와 작문에도 조예가 깊어 책을 가까이한 만큼 낭만도 깊었다. 무엇보다 그는 라르크의 신왕조를 우상처럼 떠받들었는데, 신왕조를 개창한 초대왕 벨바롯트 파사드 브류나크에 관해서는 광적인 존경심을 보였다.

왕가와 공가에 같은 피가 흐른다는 사실이 자랑스러워서일 수도 있고, 스스로를 높이는 방법 중 하나였을지도 모른다. 으스대기를 좋아하고 과시하는 것을 좋아하기도 했던 이였으니 그러한 까닭에서 기인된 것일 터다.

조부 제그라트는 파사드가 태어난 날, 어린 핏덩이의 까만 머리칼과 까만 눈동자를 보고 감격하여 평생의 이름을 하사했다. 파사드. 그건 브류나크 왕조를 세운 라르크의 위대한 왕의 이름이었다. 드물게 밤처럼 새까만 흑안 흑발을 귀히 여기는 마음이라 여길 수도 있으나, 왕가를 개창한 자의 이름을 고스란히 따른다는 건 방계의 오만으로 간주되는 일이었다. 필연적으로 왕실과 공가 사이에는 반년에 걸친 다툼이 벌어졌다.

당시 재위 중이었던 파이투스 2세는 당연히 '파사드'의 이름을 반대했다. 고집스러웠던 조부 제그라트는 공가 내부의 일이라는 억지 명분을 내세워 파이투스 2세에게 항거했다. 많은 이들이 갓 태어난 파사드의 존재를 더욱 크게 의식하게 된 계기였다.

왕가와 공가의 설전은 온 세상이 '파사드'의 이름을 알게 한 후에야 그쳤다. 파이투스 2세와 제그라트가 합의를 내어놓은 것이다.

파사드가 두 살이 되던 해, 제그라트는 뮈아드로의 서부 라비타 강 유역에 소유하고 있던 장원을 모조리 왕실에 헌납하고, 브류나크가 지니고 있던 서부 윈번의 모든 행정권을 모조리 왕가에게 넘겼다.

당시의 윈번 지역은 공가 브류나크가 백여 년 전 케번자크 왕에게 하사받은 땅으로, 수도 뮈아드로로 향하는 서부의 길목을 차지한 요충지였다.

파이투스 2세는 윈번과 더불어 세가 커지던 남서부 줄레리의 영수들을 견제하고 있었으므로 기꺼이 받아들였다. 분명, 이름 하나와 바꾸기엔 작지 않은 대가였다.

당사자이되, 선택권을 거세당한 그의 입장만 난처했다. 모든 것이 이름 하나 때문이었다.

'파사드', 바란 적 없는 이름이었다.

봉작과 서임식을 마치고 한 달 후, 칼바람에 뺨이 떨어져 나갈 것 같은 추운 정오였다.

브류나크 공저의 대문이 열렸다. 브류나크의 장남이자 유일 후계자인 파사드의 지난 서임식을 축하한다는 명목의 작은 미네트룽겐 기념 주연이 있는 날이기 때문이다. 명목이야 파사드를 위한 것이라고 하지만 실상은 뮈아드로 인근의 귀족들과 교류를 갖는 취지의 모임에 불과했다. 아버지인 칼키스는 핑계를 만들어 귀족들을 모아 회동하는 것을 즐겨 했기 때문이다.

파사드는 집사인 할만을 따라 고즈넉한 복도를 가로질렀다.

할만은 파사드가 태어나기도 훨씬 전부터 브류나크를 모셔 온 남자로, 파사드가 태어나기 사오 년쯤 전에도 그는 브류나크의 부집사로 저택을 관리했다.

할만이 처음 브류나크에서 일을 배우기 시작했을 당시의 가주는 바예투스, 파사드의 백부였다고 한다. 파사드는 얼굴 한 번 본 적 없었으므로 그에 대해서는 잘 알지 못했다.

어찌 되었건 할만의 나이가 지금 얼추 마흔쯤 되었나? 지금 자신의 나이보다 더 어릴 때부터 브류나크를 위해 일했다고 볼 수 있다. 바예투스와 칼키스를 걸친 브류나크의 산 역사와 피를 모두 기억하는 자였다. 파사드가 저택 내에서 마음 터놓을 수 있는 유일한 아랫사람이기도 했다.

파사드는 성에 낀 창문 너머로 속속 도착하는 익숙한 인사들을 바라보았다.

"……늘의 주빈은 도련님이시니…… 시고……."

어젯밤 내리 내린 눈으로 세상이 멀겠다. 하얀 눈길 위로 난 마차 바퀴 자국이 갈래갈래 교차되어 있었다.

"듣고 계십니까?"

"응."

"그러니 평소보다 배는 조심하셔야 합니다."

"알겠어."

"음식은 웬만하면 입에 대지 마시고, 주위를 잘 살피시고, 불필요한 물음에는 답하지 않으셔야 하고……."

파사드는 늘 침묵과 평정을 유지하는 것이 미덕이라는 교육을 받아 왔다. 그러니 오늘 같은 날, 할만이 주의 시힝을 반복하지 않는 게 더 이상한 일이었다. 파사드가 얕은 한숨을 내쉬며 할만의 말허리를 잘랐다.

"알았다니까. 걱정할 것 없어, 할만."

할만은 끝까지 노파심을 숨기지 못하고 간언을 덧붙였다.

"예, 당연히 도련님이 잘 하실 걸 압니다. 하지만 최근은 몹시 민감한 시기입니다. 조금도 책잡히셔서는 안 됩니다. 지금처럼 중간에 말을 자르시는 것도 자칫 흠잡힐 수 있습니다. 물론 저는 아랫사람이니 괜찮습니다만."

최근의 민감한 사안이라면 단연 라르크의 남쪽 지방에서 벌어지는 불미스러운 일들을 논하는 것일 터다. 그 때문에 이번 미네트룽겐에 참석하지 못하는 가까운 가문들이 많다고 했다. 하지만 어른들의 일이라 파사드는 자세한 내막까지는 전해 듣지 못했다. 그저 남부에 불미스러운 일이 일어났다는 것 정도만 들어 알 뿐이다.

파사드는 수긍의 표시로 고개를 끄덕인 후, 잠자코 할만을 따라 응접실이 있는 아래층으로 내려갔다.

"그리고 주인어른께서 당부하시기를 반트의 인사들과 이야기를 나누실 때는 필히 말을 아끼라 하셨습니다."

"그래."

"하지만 미욱한 제 기억에 방문객 명단에 그 밖에 주의할 분들은 그다지 많지 않았으니 너무 염려는 않으셔도 될 겁니다. 다시 한 번 말씀드리지만 말을 많이 하지 마시고."

파사드가 피로한 기색으로 한숨을 삼켰다. 할만의 심정을 이해하지 못하는 건 아니었다.

반트와 팔란에 대해 설명을 하자면 꽤 오래전의 과거까지 거슬러 올라가야 한다.

약 이백삼십여 년 전, 가장 큰 영토 팽창을 이룩했던 여왕이 모든 일의 시작이다. 전쟁의 귀재였던 폭군은 거의 대부분의 북부를 통합했다. 당시 여왕이 복속시켰다 전해지는 크고 작은 왕국들만 해도 약 열한 개 국가였다. 굴종시킨 소수민족들까지 더하자면 꼽을 수도 없었다. 그러나 전쟁에 유능했던 데에 비해 내치에는 무능했던 여왕은 결국 나라를 위태롭게 한 죄목으로 왕위에서 쫓겨나 참수당했다.

그로 인해 북부의 절대 왕정은 무너졌다. 작금의 북부는 왕과 숄고라는 이름의 인정받은 대귀족들이 삼두정치에 가깝게 의견을 절충하여 이끌어 가는 시대 속에 있다. 여전히 절대왕정이 건재한 남부와 북부의 가장 큰 차이점이었다.

그리고 북부의 절대왕정이 무너질 당시 입을 모아 여왕의 폐위를 논했던 이들 중에는 라르칼리아라는 오래된 왕조의 업적을 잊지 않은 이들이 여럿 있었다. 신왕조 브류나크를 전적으로 지지하던 이들과 사소한 부분에서의 마찰은 불가피했다. 강력한 여왕의 패권하에 하나로 통합되었던 라르크의 정계는 여왕의 사후 두 개의 파벌로 나뉘어졌다.

중도 파의 반트당과 신왕조를 지지하던 팔란당. 공가 브류나크는 대대로 팔란이라 불리는 사상을 지닌 이들을 가까이하며 왕가를 지지해 왔다. 귀족들의 권리를 조금 더 인정해야 한다 주장하는, 한때의 중도파였던 반트들과는 부딪칠 수밖에 없는 일이다. 때로 그 마찰에는 피가 따르기도 했다더라.

"반트는 뱀 같은 자들입니다. 반드시 언행에 조심, 또 조심……."

할만의 정치색은 제 아비나, 자파인 후작만큼이나 뚜렷했다. 선대 브류나크 공작인 바예투스가 반트들과의 다툼 끝에 어찌 죽었는지 알기 때문일 터다. 이후, 지금의 브류나크 공작인 칼키스에게 작위가 돌아가게 된 과정 역시 바로 옆에서 지켜봐 온 사이니 그럴 만도 하다 싶었다.

파사드가 듣기로 조모인 머렛이 수도는 쳐다보지도 않게 된 이유 역시 바예투스가 세력과의 다툼에서 목숨을 잃은 것 때문이라 했다. 분명 심각한 문제였을 터다.

하지만 저 태어나기도 전에 벌어진 일이라, 어렴풋이 상황만 알 뿐인 파사드에게는 크게 와 닿지 않는 것도 사실이었다.

"저들이 불편한 말을 한다고 해도 절대 내색하지 마시고……."

"알았어. 할만, 너무 염려 마."

"늘 말을 아끼시고……."

지금도 충분히 말수가 없다 평해지는 소년에게는 지나친 감이 있다는 것을 알았지만 할만은 당부를 그치지 못했다.

어느새 미네트룽겐이 열리는 문 앞에 이른 두 사람이 서로 시선을 주고받았다. 할만이 다정히 파사드의 가슴팍에 걸린 브로치를 고쳐 매 준 후, 공손히 물러갔다.

문이 열렸다.

미네트룽겐이 열리는 공저의 응접실은 사실 응접실이라기보다는 공저에 딸린 홀이라 하면 적절했다. 회색 대리석 바닥, 은은한 광택이 흐르는 갈색 벽은 다양한 무늬로 금박을 씌운 것처럼 음각되어 있었다. 사방의 가장자리에는 오백 년 이상 묵은 떡갈나무로 만든 귀한 탁자와 수납장들이 늘어서 있었고, 보드랍게 윤이 나는 황갈색 털 카펫 위에는 북부 호랑이와 곰의 가죽을 꾸며 만든 귀한 소파들이 있었다. 그 주위로 사람들로 북적였다.

스무 명이 넘는 귀족들이 피워대는 연초 연기에 시야가 부옇다. 파사드는 침착하게 그에게 안부라거나 서임식이라거나 봉작이라거나, 혹은 최근 수도의 이야깃거리들이라거나 하는 것들을 건네는 이들을 격식 맞춰 맞이했다.

"이리 오거라."

아버지인 칼키스가 그를 불러들였다.

칼키스는 응접실 중앙 소파의 와인 테이블 옆에 서 있었다. 그는 혼자가 아니었는데, 퉁퉁한 몸집에 처진 눈꼬리와 덥수룩하게 기른 수염이 인상 깊은 남자와 대화를 나누고 있었다. 상대는 파사드도 익히 아는 먼 친척이었다.

칼키스는 곁눈으로 파사드를 한 번 바라본 후 잠깐 멈추었던 이야기를 계속했다.

"요즘 남부의 분위기가 좋지 않다던데. 그대도 요즘엔 자주 보이지 않던걸. 예의 그 일들 때문인가?"

"폐하의 눈을 피해 일약 번거로운 일들을 벌이는 이들이 있다는 이야기들이 들리기는 하지만 남부 영수들은 크게 문제 삼고 있지 않습니다."

"별일 없다니 다행이네 그래."

"별일 있겠습니까. 나이 든 배불뚝이가 영주 노릇을 하며 세월아 네월아 지내니 영지민들도 그럴 수밖에요. 그냥 요즘은 귀 닫고 눈 감고 그럭저럭 사람들이나 만나며 지내고 있지요. 이제 막내 딸아이도 슬슬 혼담이 오가기 시작해서."

"막내가 게르다였던가?"

"기억하시는군요. 에스란드 동부의 갈리거의 아들이 연배도 맞고 상황도 알맞을 듯해 지금 한창 오가느라 바쁘게 지냅니다."

"예이벨라가 예뻐 했었지."

칼키스누 잔 안의 독한 술을 한입에 털이 넣으며 중얼거렸다. 예이벨라는 재작년 병환이 들어 죽은 전 브류나크 공작 부인이었다.

파사드의 어머니였다.

망자의 이름은 무겁기 마련이라 칼키스와 이야기를 나누던 중년의 남성은 난처하게 웃으며 파사드에게로 화두를 돌렸다.

"칼란독, 인사가 늦었습니다. 아, 이제 웬터발트 후라 불러야 하는 거겠지요? 잘 지냈습니까?"

칼키스는 술잔을 기울이며 무심히 중얼거렸다.

"괜히 유난스레 굴 것 없네. 인사해라."

파사드가 다정히 웃으며 고개를 살짝 숙였다.

"어서오십시오, 투엘라르 후."

"유난이라니요. 웬터발트 후의 재기가 출중하다는 소문이 이미 남부까지 파다합니다. 기사적 소양도 특출 나다 들었습니다. 군이 제 앞이라 편히 말하시라는 의미가 아니라 진심으로 이런 좋은 자리에서까지 그런 겸양을 보이실 필요 있겠습니까."

웃음이 오갔다.

"겸양이 아닐세. 아무리 타고난 재능이 출중해도 갈고닦지 않으면 무용지물이지."

"쉬지 않고 노력하신다는 이야기도 들리던데요. 그 원포드 경이 칭찬을 할 정도라면 대단한 거지요."

"그자도 다 늙어가지 않던가."

"그래도 여전히 원포드 경을 따라갈 기사는 라르크에는 없지요."

투엘라르 후, 멘자크가 머쓱한 얼굴로 파사드를 위로했다.

"여전히 엄하십니다. 웬터발트 후, 괘념치 마십시오."

"괜찮습니다. 오랜만에 뵙습니다. 평소처럼 불러 주시면 더 좋겠습니다."

투엘라르 가문은 얼마 전 타계한 파사드의 어머니, 즉 예이벨라의 인척 가문으로 사촌지간이라고 했다. 뮈아드로나 인근에 영향력은 적지만 베인 성의 성주로서 남부에서의 그의 영향력은 작지 않았다.

또, 멘자크는 성정이 호탕하고 온화한 축에 속했는데 불의를 보면 참지 않기로도 유명했다. 파사드가 느끼기로 백성들을 생각하는 몇 없는 이들 중 한 명이었다. 노골적으로 추켜세우는 것 같은 농담도 좋아했다.

"아, 그나저나 갈수록 인물이 좋아지시는 것이 정말 점점 각하를 닮아 가십니다."

칼키스는 피식 웃으며 술잔을 비우고 채우고 비우고 채웠다. 최근 칼키스의 주량이 많이 늘었다는 사실을 알고 있던 파사드가 다소 우려의 눈빛을 했다. 칼키스에게서는 이미 예전과 같은 풍채도 찾을 수 없었다. 나이가 들면 다 그리 변한다고는 하지만 술에 취해 있는 걸 보이는 일이 잦아져 할만도 걱정이 부쩍 는 차였다.

"……원, 나이 대도 비슷한 것이 어찌 내 새끼는 저리 애티가 나는지."

멘자크는 두꺼운 선의 턱으로 등 뒤 얼마 떨어지지 않은 곳의 소파를 흘깃했다. 파사드는 그제서야 테이블 너머 소파에 쪼그리고 앉아 고개만 수그리고 있는 까치집 머리의 소년을 의식했다. 잔뜩 움츠린 어깨, 불안하게 데굴거리는 눈동자. 왜소해 보였다. 파사드가 기억하기로 저 존재감 없는 소년은 분명 투엘라르의 후계자였다.

"테예모, 인사 올리지 않고 무엇하느냐."

멘자크의 고함 같은 채근에 파드득 일어선 소년 테예모는 파사드를 향해 공손히 허리를 숙여 인사했다. 유리알처럼 반짝이는 갈색 눈동자가 흔하지 않고 아름다웠다. 테예모는 파사드와 눈이 마주치자 수줍은 고동빛 눈동자를 내리깔았다.

때마침 또 다른 귀인이 당도했다는 소식이 들렸다. 얼마 지나지 않아 얼굴이 길쭉하고 키가 크고, 잘생긴 젊은 남자가 응접실 안으로 들어오는 것을 발견한 파사드가 반색했다.

아직 찬바람에 몸이 녹지 않은 듯, 코끝이 발간 훤칠한 장신의 사내는 파사드와 눈이 마주치자 가볍게 미소 지어 눈인사한 후 곧장 칼키스에게 걸어갔다. 그가 모자를 벗자 유달리 눈에 띄는 부드러운 갈색 머리칼이 떨어졌다.

"드디어 귀한 몸께서 오셨구려. 어서 오시게, 체사 백."

"제가 너무 늦었습니까?"

"한밤에 오셨다 해도 환대했을 걸세."

"늘 감읍한 말씀을 하시니 어쩔 도리를 모르겠습니다."

시원스레 웃으며 곰의 가죽 목장식을 고쳐 매는 동작은 여유로웠다.

체사 백 루가크. 그는 명망 높은 체사 가문의 가주였다. 뮈아드로의 절세 미녀로 유명한 헬레느를 부인으로 두고 요즘 한창 뭇 어린 영애들의 관심을 독차지하는 카라제시를 장남으로 두었으며, 한창 개구쟁이 짓을 하느라 바쁘다 수도에 소문이 파다한 자칼린을 차남으로 둔 사내다.

카라제시는 파사드의 몇 없는 지기로 어렸을 때부터 친분이 도타웠다. 파사드가 느릿느릿 카라제시를 찾아 눈동자를 돌리는데, 누군가 불쑥 그의 어깨를 톡 때렸다.

"이거 누구신가. 어퀸 성의 새 주인, 웬터발트 후 아니야?"

언제 다가온 건지 부드러운 갈색 머리칼에 진한 녹안을 지닌 소년이 넉살 좋게 웃고 있었다. 옷자락 사이사이 한기가 미처 가시지 않은 채였다. 카라제시 란센 체사.

"뭘 그리 놀라? 웬터발트 후작 각하."

"놔아아. 놓으라고, 혀엉!"

어린 소년의 가르릉거리는 소리가 쑥 카라제시와 파사드의 사이를 치고 들어왔다.

파사드는 카라제시의 옆구리에 끼워진 둥그런 머리통을 내려다보았다. 작달막한 일고여덟쯤 된 작은 소년이 바동거리고 있었다. 혀어어엉. 우는 소리를 내는 게 불만이 쌓여도 단단히 쌓인 듯했다. 카라제시가 설명했다.

"이거이거, 또 장난을 치려고 하잖아. 이 자리가 어떤 자린데."

"으우아으! 놓으라니까아!"

"안 돼."

"놔아!"

"안 돼."

"놔아아아!"

"안 돼."

"우으으씨!"

"안 된다 했지."

카라제시가 자칼린의 정수리에 엄한 꿀밤을 놓으며 툴툴거렸다. 하지만 자칼린은 바동대기를 멈추지 않았다. 깡충깡충 뛰었다가 팔을 휘저었다가 난리도 아니었다.

'변함이 없네.'

파사드는 더 제멋대로가 된 것 같은 자칼린과 더 자칼린에게 냉정해진 카라제시를 바라보며 희미하게 웃었다.

"오랜만이다, 카라제시. 여전하구나."

"여전이 아니라 더 심각해졌어."

자칼린이 한참을 버둥거리다 포기한 깃처럼 꽁하게 웅일댔다.

"형니임, 혀어엉. 우리 형 좀 어떻게 해 봐아! 혀어어엉! 파사드 혀어엉!"

파사드는 팔을 허우적대는 조그만 소년의 정수리를 내려다보며 물었다.

"놔주지 그래? 크게 일으킬 만한 문제도 없을 텐데."

"왜 모르는 사람처럼 그러냐. 사막에 내던져 놔도 홍수를 일으킬 놈이야, 이건 재앙이라고."

"내가 뭐어얼! 카라제시, 놔!"

"싫다."

"놓으라고! 물어 버린다?"

"물어. 딱밤을 열 번은 더 먹여 줄 테니까."

"아오, 아우씨! 아윽! 형이 얼마 전에 썼던 편지 내가 다 외웠거든? 여기서 낭송해 버린다……!"

"무슨 소리야?"

"바함 철학 교재 여든일곱 번째 페이지에 숨겨 놨지?"

깜짝 놀란 카라제시가 자칼린의 목을 감고 있던 팔을 번쩍 들었다. 그의 얼굴은 순식간에 새빨갛게 물들었다. 그 틈을 놓치지 않고 냉큼 카라제시에게서 벗어난 자칼린이 조그만 양손으로 제 목을 문지르며 날름거렸다.

"베에, 형이 그러니까 숨바꼭질을 못하는 거야."

"너, 너, 너! 또!"

또 카라제시의 방을 뒤진 모양이었다.

한두 번의 일도 아니었던지라 파사드는 알아서 싸움이 그치기를 기다렸다.

"얼레리꼴레리! 연애한데요! 연애한데요!"

혀 짧은 소리를 내며 엉덩이를 빼고 놀리던 자칼린은 카라제시의 주먹이 꽉 쥐여지자 줄행랑을 쳤다. 넓긴 해도 어차피 실내라 도망 갈 곳도 별로 없다는 걸 모르지 않으니 소용없는 일이었다. 그러나 다행히 카라제시는 자칼린을 쫓아가거나 하지 않았다.

자칼린은 금세 저편으로 달려가 트레이를 들고 다니는 하녀들의 곁에 서서 알랑방귀를 뀌어 대기 시작했다. 카라제시가 근처 소파의 팔걸이에 엉덩이를 걸쳐 앉으며 지친 사람처럼 턱을 괴었다.

"저 녀석이 네 반만큼만 좀 얌전했으면 바람이 없겠다."

자칼린 엔도 체사가 장난꾸러기로 유명한 건 어제 오늘의 일이 아니었다. 파사드는 피식 웃으며 대수롭잖게 되물었다.

"연애?"

"연애 아니야. 그냥 더빈의 어떤 아가씨랑 편지로 좀 교류하게 된 것뿐인데."

"네가 시간을 내서 편지를 써 줄 정도라면 마음에 드나 보네."

"하지만 뭘 어쩌자는 건 아니고 그냥 알고만 지내는 거야. 더빈이 잖아, 겨우."

명문 체사 가문의 후계자라는 칭호의 무게는 결코 가볍지 않았다. 쉽게 마음 열어선 안 되고, 마음대로 사랑하는 사람을 택할 수도 없 었다. 그러나 카라제시는 퍽 잘 받아들이며 체사라는 족쇄에 순응해 살고 있었다.

문득 파사드는 카라제시의 장갑 낀 손등을 말끄러미 응시했다. 하 얀 면장갑 위에는 사슴 같아 보이는 문양이 금실로 수놓여 있었다. 체사의 황금 노루였다.

"그보다 이번에 노테블룸 일대를 하사받았다며? 어귄 성은 다녀 와 봤어?"

"아니, 아직."

"꽤 괜찮다더라. 발타르가 가 봤다고 그랬었거든."

"발타르면 윙거의 그?"

"응."

"아직도 연락을 주고받는 모양이지?"

"요즘 남부 일대에서 심상찮은 낌새가 보인다고 해서 좀 자제중이긴 해. 마지막으로 연락받은 게 작년 말이었으니까. 이 정도 인간 관리야, 뭐."

"체사 백께서 걱정하지 않을 만큼만 해."

"그래."

중립이라고는 하지만 엄밀히 팔란 세력에 더 가까운 체사의 카라제시가 반트당의 영식, 영양까지 가리지 않고 친분을 쌓는 것을 체사 백은 그다지 좋아하지 않는다고 들었다. 소속이 다르다고 해서 친분이 없어야 하는 것은 아니지만 카라제시의 경우에는 조금 지나친 감이 없잖아 있었다.

"근데 저 영식은 누구야?"

계속 너만 보는데. 뒷말을 속삭인 카라제시가 턱짓했다.

파사드는 카라제시가 가리킨 방향을 따라 고개를 돌렸다가, 까치집머리를 한 테예모와 눈을 마주쳤다. 테예모는 파사드와 아무렇지도 않게 이야기를 나누는 카라제시를 몹시 신기하단 눈으로 바라보고 있었다.

"투엘라르의 아들."

파사드가 툭 뱉었다. 그와 동시에 테예모의 몸이 화들짝 움츠러들었다.

"아, 이번에 투엘라르도 올라온 거구나."

사교성 좋은 카라제시가 테예모를 향해 반갑게 인사했다.

"안녕하세요."

카라제시는 자연스럽게 대화에 테예모를 끌어들였다. 파사드는 다소 귀찮은 눈빛으로 카라제시에게 눈짓했다. 하지만 기다란 눈매를 접어 웃는 저 잘생긴 청년은 전혀 파사드의 반응을 알아차리지 못한 모양이었다.

"아, 아, 안녕하세요."

"얘기는 많이 들었습니다. 투엘라르 후작 각하의…… 아, 죄송해요. 제가 견식이 짧아 이름을…….

"투엘라르의 아들 테예모 잔입니다."

파사드가 꾸벅 고개를 숙이는 테예모를 향해 한마디 했다.

"머리 들어."

"……예?"

"투엘라르의 아들은 그렇게 아무에게나 머리 숙이지 않는다 배우지 못했나."

다소 냉랭한 파사드의 훈화에 카라제시가 머쓱하게 웃으며 말을 받았다. 그러고는 테예모가 한 것보다 더 공손히 허리를 숙였다.

"체사의 아들 카라제시 란센입니다."

"잘 알고 있어요. 황금 노루는 유명하죠. 그런데 정말 소, 소문처럼 잘생기셨네요."

카라제시는 턱을 검지 끝으로 살짝 긁적이며 특유의 매력적인 미소를 지어 보였다. 테예모는 마치 반하기라도 한 듯이 양뺨을 붉히며 고개를 숙였다. 그러다 파사드의 말을 떠올리곤 바짝 뒷목을 세워 들었다.

파사드는 그런 테예모를 유심히 바라보았다. 멘자크와는 다르게 의기소침하기 짝이 없다. 투엘라르에 또 다른 사내아이가 있던가 잠깐 기억을 더듬던 파사드는 어느새 먼 곳까지 빠져나간 그들의 대화에 귀를 기울였다.

"롭카트산 차는 저희 저택에서도 간간이 구해 마시고 있는 것으로 압니다."

롭카트는 투엘라르 령의 명칭이다.

파사드는 카라제시 특유의 발 넓히기 작업이 시작된 것을 알아차리고 얕은 한숨을 내쉬었다.

"저는 안 사정을 잘 몰라 어머니께서 대신 하시기는 하는데…….정말 귀한 값을 한다고 하시더라고요. 저도 그렇게 느끼고 있고요. 롭카트는 제가 한 번도 가 본 적이 없어서 말이죠. 이야기해 줄 수 있으세요? 베인 성이 그렇게 아름답다던데."

카라제시는 자질구레한 이야기를 풀어가는 데에 꽤나 재주가 있었다. 파사드에게는 익숙지 않은 일이었다. 사실 그는 왜 저렇게까지 인맥을 쌓아야 할까 싶었다.

"예, 베, 베인 성은 아름답죠. 하지만 뮈아드로의 왕궁만은 못한걸요! 물론 베인은 베인 나름대로의 의미가 있는 건축물이지만…….."

"그래요? 어떤 의미가 있는데요?"

"건축에 대해 조예가 있으세요?"

테예모의 눈이 갑자기 반짝이자 카라제시가 진하게 웃으며 고개를 끄덕였다.

"당연하죠. 어릴 때 그래서 인근 가문의 성에 들를 때면 첫날은 꼭 성 안팎을 구경하는 것으로 시간을 보냈는걸요."

파사드는 자연스레 테예모와의 이야기에 빠져드는 카라제시를 바라보며 내심 툴툴거렸다.

'거짓말하긴.'

아마 카라제시가 건축에 조예가 있다면, 어떤 건물이 얼마만큼의 액수가 되고 어떤 성이 얼마만큼의 가치가 있는지 정도를 알아보는 눈썰미 정도일 것이다. 어쨌건 카라제시의 거짓말은 효과적으로 통했다. 테예모의 취미는 건축학에 있었던 것이다.

"우와, 저도, 저도요. 그래서 이번에 수도에 와서 왕궁에 들어갔을 때 아버지의 허락을 받고 근처를 조금 돌아다녔는데 정말 크고 아름답더라고요! 뭐아드로는 역사가 길어서라 해야 하나, 원시 양식······ 북부의 오래전 양식이라 해야 맞겠네요. 그런 양식의 조각이나 천장이 솔잎, 물결무늬로 이어져 있는 거라거나, 지붕은 눈을 떨어뜨리기 위해 둥글지만 내부 건물의 벽면은 빛을 모을 수 있게 설계된 것도 그렇고요. 그리고 왕궁에서 가장 높다던 그 담벼락도 보고 왔는데요. 정말 어마어마하게 웅장해 보이더라고요!"

예상치 못한 그의 열의에 카라제시가 살짝 혀를 내밀었다 넣으며 파사드를 향해 구원 요청을 보냈다. 그러나 파사드는 피식 웃으며 테예모의 열의에 불을 지르는 것으로 카라제시를 골렸다.

"왜, 재미있는 이야기인걸. 왕궁에서 가장 높은 담벼락이라면."

"라르칼리아 시대에는 거기에 매해 거대한 문양 기를 걸어 놓고 제를 올렸다는 설화가 있다는 걸 제가 들었······."

한창 신이 나 떠들던 테예모의 말이 멈추었다.

"아, 죄송해요."

"왜?"

"그······ 브류나크의 앞에서 제가 저도 모르게."

테예모는 걱정스러울 정도로 소심했다. 분명 라르칼리아라는 이름은 브류나크 앞에서 칭송받기 어려운 것이었지만, 역사상 손색했던 사실을 객관적으로 거론하는 것으로는 불쾌할 이유가 없었다.

하지만 파사드는 별말 않고 입술을 다물었다. 그리고 생각에 잠겼다.

하얀 왕궁의 하얀 담벼락. 그 위에 걸려 있었을 거대한 문양 기. 그 앞에서 배복했을 고시대의 사람들. 작금 대부분의 국가의 제사는 전부 알레타르 달테에서 이루어지고 있기에 생소하게 느껴졌다.

침체된 분위기를 다시 띄워 올린 건 카라제시였다.

"왕궁 말고 다른 데 인상 깊은 데는 없었어요?"

"아, 왕궁 말고요? 사실 귀자로 성벽 안으로 들어올 때 조금 많이 무서웠어요. 정말 웅대하고 넓고 길고 색감의 조화도 뛰어나고 적어도 보수 상태도 굉장히 좋아 보였고, 돌 자체도 크게 낡은 것이 없어 보이고, 멀리서 보면……."

"하하하…… 진짜 인상 깊으셨나 봐."

"좀 슬펐어요."

테예모의 뜻밖의 말 맺음에 카라제시는 물론이거니와 파사드도 흥미로운 표정을 해 보였다.

"귀자로 성벽이 해 저물 때는 붉어 보인다고 하잖아요. 하얀 자갈이랑 회색 조약돌들이 박혀 있어 노을빛을 머금어 그런다고 하는데……."

"그런데요?"

"……피가 말라붙은 자국들도 남아 있고, 어쩐지……."

조약돌 성벽이라고도 불리는 귀자로 성벽은 뮈아드로 전체를 둘러싸고 있는 거대한 돌 성벽이었다. 이백 자 남짓의 높이와 삼십 자의 두께를 지닌 그 성벽은 북부 왕궁이 존재한 이래로 역사를 함께해 왔다. 그만큼 얽힌 이야기들이 많기도 했다.

누군가가 대역죄를 짓고 참수당하면 귀자로 성벽에 걸리기도 했다. 수많은 북부의 악인들이 그런 마지막을 맞이했으므로 사실 쭉 이곳에서 살아온 파사드나 카라제시에게는 익숙한 일이었다. 조금 전 테예모가 멋대로 입에 담았다가 사과했던 '라르칼리아 왕조'의 마지막 여왕 역시 귀자로 성벽에 효수되었다는 고사도 남아 있었다.

카라제시가 대강 맞장구치며 화제를 전환했다.

"그럴 수도 있겠네요. 또 어디 가 보셨어요? 수도 말고 방문하셨던 곳 중에 가장 아름다웠던 곳은 어디에요?"

"동부 이예라 성이요. 예전에 우연히 한 번 가 봤는데 정말 온 도시가 고대 유적들이에요. 유적들 한가운데 서 있는 성은 말할 것도 없죠. 고시대 건축가 수와라카의 회심의 역작이라고 알려진 서른여섯 개의 보석들이 촘촘히 박힌 반원형 열주가! 정말, 해가 저물 때 햇빛이 기둥을 쓸고 지나가는데…… 전 아직도 잊을 수가 없어요."

"대단하다는 이야기만 들어보고 한 번도 가 보지 못해서."

"예, 정말 꼭 한번 가 보세요. 후회 않으실 거예요. 그런데 그것만큼 인상 깊었던 게 하나 있어요. 낮은 사각형의 건물들이 장원 전답을 가르는 경계마다 하나씩 초소처럼 서 있는데, 그 건물이 정말 특이해요. 흙으로 지어 올린 건데요. 양식이 라르크 양식이 아니라 고대 다른 민족들이 가져온 양식이라더라고요. 제 스승님께서 그러셨으니 맞을 거예요. 가장 비슷한 게 시친 문화라던가 그랬어요. 시친의 건축물들을 보면 그런 사각형의 낮은 건물들이 오밀조밀 모여 있대요. 더 재미있는 건 당시 각기 다른 성향의 부족들이 각 섬마다 자리 잡아서 섬끼리도 건축물들의 양식이 조금씩은 다르다고 해요. 나중에 꼭 가 보고 싶어요."

카라제시가 난처하게 웃었다. 저 남서부 쥬비상트 해협 너머의 군도국까지 언급될 줄이야. 아무래도 그가 테예모의 열성을 너무 쉽게 본 건 아닌가 싶었다.

확실히 테예모는 조금 지나친 감이 있었다. 가문의 후계자가 건축의 미학, 건물의 의미, 역사 따위에만 심혈을 기울이며 학구 한다는 건 지양해야 했다.

파사드는 테예모를 못마땅히 바라보던 멘자크의 심정을 조금은 이해했다. 파사드가 한마디 했다.

"너는 투엘라르잖아."

고개를 돌려 파사드를 바라보던 테예모는 금세 눈을 내리고 사과했다.

"죄, 죄송해요. 자꾸만 저도 모르게."

경각심을 조금 가지는 게 낫겠다는 의미로 조언을 해 준 거지만 테예모에게는 혼내는 것과 다름없게 느껴지는 것이 분명했다. 파사드는 조금 안타까운 기분으로 자리에서 일어섰다.

"어깨를 좀 펴도록 해. 투엘라르라면 조금 더 당당할 필요가 있어. 그런 데에 관심이 있어 똑똑한 게 사과할 일은 아니지. 다른 부분에도 소홀하지 않는다면 카라제시의 말대로 나쁘지 않은 취미라고 생각해. 내 말은 네 본분은 생각하고 그런 데에 몰두하라는 거야."

한결 다정해진 파사드의 음성에 테예모의 귀가 발갛게 물들었다. 테예모는 자리를 뜰 듯 일어선 파사드를 아쉬운 눈으로 흘긋거리다가 손가락을 꾸물거리며 개미만 한 목소리로 물었다.

"저, 그, 그, 그, 그, 그, 그렇게 생각하세요? 저어 그럼……."

"왜?"

"그, 그러면……."

"긴장하지 말고 말해."

"고, 공저에, 대, 대단한 게 있다는 이야기를 들은 적이 있어서 그런데요……. 제가 정말 과, 과, 관심이 많거든요. 한겨울에도 꽃을 피우는 정원이 있다고……."

파사드의 입술이 일자로 다물렸다. 없는 말은 아니었다. 일 년 내내 수국이 피었다 지는 온실은 공가 브류나크의 명물이었다. 그러나 파사드는 그다지 좋아하지 않는 곳이었다.

테예모가 무얼 바라는 건지 알아차리는 건 어렵지 않았다.

"무, 무, 무례가 아니라면 한번만 구경해 봐도……."

"그건 확실히 무례인 것 같네."

거절에 주저는 없었다. 테예모의 얼굴이 무안으로 물들었다. 무안을 당하고도 고개를 숙이는 테예모가 답답하면서도 불쌍해 파사드는 마음에도 없는 말을 해 주었다. 다음에 보자. 애써 웃으며 꾸벅 고개를 숙이는 테예모는 그것이 마지막이었다.

❖ ⋅ ❖

그 시절 라르크는 오랫동안 골칫거리라 할 만한 문제를 겪고 있었다. 약 팔십여 년 전 처음으로 벌어진 아우토노모의 난이라 불린 내란이 골칫거리의 시작이었다.

라르크의 위세가 차근차근 줄기 시작하고, 남부 제국은 매해 번영하니 몇몇 남쪽 지역의 땅이 독립을 주장하여 궐기하기 시작한 것이다.

가장 처음 아우티만에서 시작된 봉기는 실패하였으나, 그들 잔당이 꾸준히 남아 모사하여 봉기의 규모가 거대해졌다. 그들의 독립 운동은 모사르, 베르트, 라인, 에스란드까지 번져 나갔다.

그 결과 라르크는 두 개의 소규모 독립 도시를 인정하게 되었다. 두 곳 모두 라르크의 주요 도시의 입김이 닿기 어려운 남단의 땅으로 베르트, 라인이었다. 에스란드 역시 강력하게 도시의 독립을 요구하였으나, 베르트와 라인이 얻을 것을 얻고 빠져나간 궐기 무리는 이전과 같은 힘이 없었으므로, 쉽게 진압당했다.

그것이 파사드가 태어나기 삼십여 년쯤 전의 일이다.

그런데 최근에는 남부 변경을 중심으로 또다시 자국 독립을 외치는 반란 세력이 결집하고 있다는 소문이 돌기 시작했다. 그들의 중심이라 알려진 건 한때 독립에 실패했던 에스란드였다.

에스란드는 이백여 년 전, 그들에게 합병되었던 무수히 많은 남부 지방 중 하나였다. 거꾸로 오르는 폭포라는 기묘한 관광 명소를 가지고, 발열하는 별돌이라는 독특한 광물이 매립된 산을 끼고 있는 그 지역은, 군사적으로 특별한 이점이 없는 곳이다. 하지만 남부의 중심지에 위치해 있어 남부 귀족들은 꽤나 골머리를 앓고 있었다.

라르크 남부 일대에 번져 나가는 암암한 그림자의 소곤거림은 북부의 왕 테른도크의 귀에까지 들어갔고, 군사들은 자연스럽게 브류나크를 중심으로 결집했다.

언제나처럼 칼키스가 앞장서서 검을 들어 올렸다. 카바인 가문과 윈포드 가문도 함께였다.

그로부터 석 달 후, 에스란드는 북부 영주들의 칼날 아래 스스로의 기치를 꺾었다. 에스란드를 지원했던 배후도 속속 밝혀졌다. 엘더스, 크로켄트, 그리고 투엘라르. 수도의 귀족들과 에스란드의 긴밀한 관계가 드러나며 라르크는 다시 한 번 들썩였다.

포획당했던 에스란드의 수괴는 자결을 했고, 투엘라르 가문을 비롯해 에스란드 봉기와 연루되었다 알려진 가문들은 숙청당했다.

반역은 즉참이라.

그들은 증거가 드러나는 족족 약식 군사재판을 받아 처형되었다. 그들의 목은 모두 라르크의 법에 따라 귀자로 성벽 아래 보란 듯이

내걸렸다. 투엘라르의 가주 멘자크의 목을 벤 건 칼키스였다.

'……'

지난 밤, 내리 내린 눈으로 온 세상이 하얗게 얼어붙었다. 입김마저 코끝을 얼리는 혹한의 계절.

발이 얼어 떨어져 나갈 것 같다. 손끝이 시려워 쥔 주먹을 펴지지도 못했다. 지독한 한파에 시달리는 수도는 고요하기만 했다. 파사드는 속칭 조약돌 성벽이라 불리는 귀자로 성벽 아래 서서 그들의 잘려 나간 목을 올려다보았다.

높은 하늘에 닿을 듯 까마득한 높이, 일정한 간격을 두고 줄지어 효수된 머리들은 장식처럼 걸려 있었다. 구더기마저 얼어 눌은 허연 눈가루가 낀 머리들을 올려다보고 있으려니, 속이 느글거렸다.

소식을 듣고 수도로 찾아온 카라제시는 그들의 죽음에 의심 없는 한마디만 남겼을 뿐이다.

—투엘라르 일가가 그럴 줄은 몰랐네. 꽤 괜찮은 사람들처럼 보였는데 말이야.

이윽고 파사드의 까만 눈동자는 흩어진 입김 저편, 나이에 맞지 않게 높은 공기를 맞고 있는 작은 머리에 머물렀다. 한결같은 까치집 머리를 한 테예모의 얼굴이 혈색 없이 푸르렀다.

—귀자로 성벽은 좀 슬펐어요.

아마 테예모는 제 미래를 예견했는지도 모른다.

공저로 돌아가 방 창가에 선 파사드는 칼키스를 찾아드는 귀족들의 마차를 내려다보았다.

눈에 익은 가문들이 대부분이었다. 창가에서 시선을 뗀 파사드는 벽난로 근처로 다가갔다. 벽난로 안 장작이 메케하게 타는 냄새가 역했다. 귀자로 성벽 아래에서 맡았던 그런 구역질 나는 냄새가 떠올랐다. 코가 떨어져 나갈 것 같다. 파사드는 이내 힘없이 웅크리고 앉았다.

동정할 필요도 없었다. 역겨웠다.

❖ ⋅ ❖

라르크는 여느 때와 다름없는 추운 봄을 맞이했다. 지난 달 어퀸성에 다녀온 파사드는 이제 열다섯이었다.

에스란드 봉기 이후, 일 년 사이에도 많은 일이 있었다.

아버지 칼키스가 한 번 쓰러졌다. 국가의 경사로 테른도크의 왕비 미네사가 첫 왕자를 낳았다. 봉기 이후 남아 있던 반역 세력의 잔당 대부분이 숙청되어 무리는 뿔뿔이 흩어졌다. 할드로프 가문이 그에 휘말려 구설수에 시달렸다.

수백여 명의 백성들이 동사했다. 외세인 갈카마 부족들이 점차 세를 늘려 브류나크의 본토인 로크란드에 접경했다. 조모가 머물고 있는 볼레트가의 차남 기브란트가 서품을 받자마자 가문을 등지고 출가했다. 그리고 바로 지난 주에는 라페로바한가의 엘히엔 데비의 네 해째 생일 연회가 있었다.

빠르게 지나가는 시간 속에서 파사드는 조바심이 났다. 그 사이 키가 반 뼘이나 더 커졌고, 한 달에 두세 번 새로 그를 위한 옷을 맞추기 위해 제단사가 드나들었고, 어린 시절 쓰던 검도 이제 가벼워져 성인용 검을 잡아도 된다는 허락을 받았지만 모자랐다. 그는 뮈아드로로 되돌아온 후에도 검술과 독서로 스스로의 소양을 계발하는 데 온 힘을 다했다.

그렇게 눈코 뜰 새 없는 바쁜 시간을 보냈다.

눈송이가 살랑살랑 떨어지는 붉은 놀이 걸린 저녁이었다. 겨우 내내 내린 눈이 발목까지 쌓인 눈부신 풍경을 헤치고 카라제시가 방문했다. 때마침 파사드는 오전 내 검을 휘두른 탓에 오른팔이 마비된 것처럼 아파, 방에 박혀 책을 읽고 있던 중이었다.

"칼란독."

쌓인 눈을 털어 내며 들어온 카라제시의 머리칼 위로 옅은 물기가 남아 있었다.

파사드가 온화하게 웃으며 그를 마주 보았다. 카라제시의 녹색 눈동자는 시간이 갈수록 더 짙어지는 듯했다. 자칼린보다 훨씬 진한 그의 녹빛 눈동자엔 귀족적인 품위가 고스란히 녹아 있었다.

카라제시는 잘 정돈된 파사드의 방을 한 번 쭉 훑으며 들어오더니, 파사드에게 서책 한 권을 건넸다. 반질반질한 가죽 표지의 두꺼운 책에서는 새 책 냄새가 풍겼다.

"밖에서 불렀는데 못 들다니 얼마나 집중하고 있던 거야? 또 책이야?"

"오랜만이다. 생각보다 빨리 도착했네."

읽고 있던 책을 덮어 닫은 파사드가 일어서서 그를 맞았다.

파사드 역시 쑥쑥 자랐지만 카라제시의 성장은 그보다 빨랐다. 턱에 수염 자국이 듬성듬성한 카라제시는 점점 더 남자다운 선을 갖춘 청년으로 변모하고 있었다.

"눈이 아직 얼지 않아서 다행이었지."

진녹색 눈동자의 청년은 왕실의 수려한 제복마저 빛을 잃을 만큼 훤칠했다. 북부 영애들 사이에서 카라제시에 대한 이야기가 끊일 줄 모른다. 나이가 먹을수록 조금씩 더 능청스러워지는 그의 배려에 수도의 아가씨란 아가씨들은 죄 그에게 홀렸다더라는 소문도 있었다.

뭐, 파사드에게는 관심 없는 종류의 소문이다. 파사드는 가장 먼저 카라제시가 건넨 서책의 겉면을 빤히 살폈다. 나비 문양이 가장 먼저 눈에 띄었다.

　"어떻게…… 벌써 구한 거야? 석 달 정도 걸릴 거라더니."

　"내가 발이 좀 넓은 것도 아니고 이 정도야 어려운 일도 아니지. 그나저나, 너 요즘 이런 책에 자꾸 관심 둔다? 학자도 아니고 라르칼리아에 대해 너무 깊게 파고들면 각하께서도 별로 좋아하지 않으실 것 같은데. 얼마 전에 할드로프가에서 난리 난 것 때문에 아직도 마음이 불편한데 너까지 요즘 걱정되게 왜 그러냐?"

　"그냥 보는 거야."

　카라제시가 공수해 준 서책은 최근 파사드가 관심을 두기 시작한 전 시대의 전서였다.

　마지막 폭군이었던 여왕 스완이 남겼다던 일곱 권의 전서 중 하나다. 여왕의 우수였던 변절자 돌레한 경이 모르가나로 망명하며 죄 끌어안고 도망친 탓에 책의 원본은 전부 모르가나에 있어 다른 책들은 찾을 수 없었다.

　이걸 구한 것도 몹시 대단한 일이었다.

　"굳이 전쟁사에 대한 서책을 찾는 거라면 다른 책들도 많은데 꼭……."

　카라제시가 보기에 파사드는 최근 조금 이상했다. 파사드는 어릴 적부터 아버지의 심기를 거스를 만한 일이라고는 아주 사소한 것이라도 하지 않았었는데.

　"그보다 꿀 술이라도 한잔하고 갈래?"

　파사드가 퍼뜩 생각난 사람처럼 물었다. 카라제시는 정중하게 거절했다.

　"그건 다음으로 하자. 지금 잠깐 들른 거라. 해 지기 전에 라페로바한 사저에도 들러야 해."

"라페로바한에는 왜?"

"자칼린이 엘히엔한테 푹 빠졌어. 한동안 얌전하다 싶더니만 이제 매일 라페로바한 사택에 졸졸졸 쫓아가서 어찌나 물고 빨고 대는지. 엘히엔이 귀엽긴 하다만 좀 지나치단 말이야. 어째 그 녀석은 중간이 없어, 중간이. 재상 저에서 사건을 일으켜서 책잡힐까 봐 마음을 놓을 수가 없어."

엘히엔은 이제 막 네 살이 된 라페로바한 가문의 늦둥이 딸이었다. 현직 재상 라페로바한은 뒤늦게 얻은 딸을 몹시도 아꼈다.

라페로바한의 사저와 브류나크 공저가 그다지 멀지 않은 탓에 파사드 역시 간간이 엘히엔을 만날 기회가 있었는데 엘히엔은 낯가림이 전혀 없고 애교가 많아 어디서나 사랑받을 법한 소녀였다. 반트와 관련된 이들이라면 치를 떠는 할만조차도 엘히엔을 보고서는 사르르 녹아 '아가씨, 아가씨' 거리니 말 다했지.

"지난주에는 뭐라 했는지 알아? 동생을 낳으라고, 동생 낳으라고 저택 식솔 다 있는 곳에서 아주 막무가내로……."

말을 잇던 카라제시는 곧 제 얼굴에 침 뱉기라는 것을 깨닫고 고개를 젓는 것으로 화두를 돌렸다.

"뭐, 말해 봐야 뭐하겠냐. 내 속만 터지지. 그래도 요즘은 바깥에 돌아다니면서 사고 치는 일은 별로 없으니까."

"바로 가려고?"

"응, 내일 새벽에 아버지랑 브리옴으로 내려가."

"브리옴? 자주 가네."

"어쩔 수 없지."

브리옴은 할드로프가의 땅이었다.

할드로프 가문은 지난 에스란드 잔당 숙청 이후에 불명예스러운 일에 휘말렸다. 그 후로 할드로프 백작 에반부르가 열 살 남짓의 어린 막내아들에게 영지를 승계하고 떠나 버려 비상시국에 걸렸다. 할드로프가의 사정을 딱하게 여긴 체사 백 루가크는 그 때문에 최근에 브리옴을 많이 신경 쓰고 있다 했다.

"오랫만에 만나서 인사만 하는 건 아쉽지만 다음에 보자. 그리고 다음부터는 이런 곤란한 부탁하지 마. 어려운 건 아닌데 뒷맛이 영 안 좋단 말이야."

파사드는 멀리 나가지 않고 그를 배웅했다.

창밖으로 카라제시가 탄 마차가 떠나는 것을 확인하고 벽난로 앞에 돌아와 앉은 파사드는 낯선 서책의 겉면을 손끝으로 만져 보았다. 기분이 이상했다.

『전쟁의 실효와 지침 24개 장』
스완 세칼리드 라르칼리아 저.

확실히 그는 최근 카라제시가 우려할 만큼 고서적들을 탐독하는 데에 빠져 있었다. 대부분이 전서와 관련된 것들이고 그중에는 다른 사람의 시선을 의식하게 하는 책들도 여러 권 있었다. 대표적으로 라르칼리아에 관련된 것이 그런 것이다.

라르칼리아.

브류나크의 전 왕조로서 라르크를 처음 세운 이들의 역사였다.

꾸준히 일어나는 브류나크를 향한 봉기들에 대해 생각하던 그는 독립국이 된 베르트와 라인의 역사를 쫓았다. 그러자 학구는 베르트와 라인을 통합했던 라르칼리아에 이르렀다.

라르칼리아의 역사와 기원에 대한 것에 이르러 그는 다시 한 번 라르크의 건국 설화인 쾨트라 갈리아우와 누아드가의 이야기를 읽었고, 철 왕좌, 독 왕좌, 재 왕좌라 알려진 삼 왕좌의 설화와 더불어 라르칼리아의 대미를 장식했던 몰락한 폭군에 대해 떠올리게 되었다.

마지막 라르칼리아의 치세에 무너져 가던 라르크의 내치에 대해 관심을 가지게 된 것도 마찬가지다. 관심의 영역이 점점 넓어져 끝내는 마지막 라르칼리아, 스완 세칼리드 라르칼리아가 행했던 전쟁에 이르렀다.

당시는 어땠는지 모르겠지만 지금의 여권은 그다지 높지 않다. 지금 시대의 사람인 파사드에게 있어서는 여자가 어찌 수만 군사를 이끌고 대륙의 전 북부를 통일했는지에 대한 의문이 가장 컸다. 그러나 현존하는 모든 서적에 기록된 여왕에 대한 평가는 편협했다. 뛰어난 천재였으나 오만하고 교활한, 전쟁에 미친 전쟁귀라는 한결같은 평가는 그다지 와 닿지 않았다. 해서 파사드는 날것 그대로의 여왕 본인이 작성했다 하는 고서에 관심을 두기 시작했다.

첫 책은『통치론−스완 세칼리드 라르칼리아 저』이었다. 뜻밖에도 파사드는 그 책의 어느 예상치 못한 구절에 매료되었다.

창과 방패, 그 둘만 지니면 세상 불가능할 것이 없다. 그리고 나는 이미 나를 돕는 창과 방패를 얻었다.

'창…… 방패라.'

학자들은 그것을 사람에 비유한 것이라 말했다.

여왕의 기사라 불렸던 라르크의 제일의 기사에게 여왕이 한 자루의 검은 창을 하사했다는 기록이 있었다. 여왕 사후 변절자가 된 기사 페이작 돌레한 라르칼리아가 남부로 도망치는 바람에, 지금 그 창은 남부 어딘가에 있다고 들었다.

실제로 여왕은 그를 자신의 수족처럼 휘둘렀으니 페이작 돌레한이 그녀의 창일는지 모른다. 그렇다면 방패는 무엇이었을까. 아니면 누구일까.

그것이 카라제시에게까지 부탁해 다른 전서들을 구해 오게 된 까닭이었다. 그러나 마땅히 납득할 만한 방패에 대한 기록은 없었다.

호기심은 풀리지 않았으나, 파사드는 두 권의 고문으로 적힌 난해한 책들을 관통하는 집필자의 역사를 짐작하게 되었다. 하여 스스로 결론지었다.

폭군이 그리하여 폭군인 것이겠지만, 여왕은 자신의 승리를 위한 수단과 방법을 가리지 않았다. 자비를 미덕 삼지 않는 이였다. 아군의 목숨에조차 값의 크기를 매겼으며, 필요하다면 자국 군의 죽음조차도 서슴지 않았다. 그녀의 군사 운용은 합리적이고 효율적으로 보인다고는 하지만 무도하다.

'그 여자가……'

파사드는 어릴 적 그를 내려다보던 초상화 속 여자와 책을 끼워 맞추며 꿋꿋이 책장을 넘겼다.

❖ ❖

짙은 황갈빛 달이 뜬 밤이었다. 또다시 추운 가을이 찾아왔다. 소슬한 바람이 창을 두드렸다.

나선형 소용돌이무늬가 조각되어 둘러진 작은 창이 흔들리는 소리에 파사드는 독서를 멈추고 고개를 돌렸다. 끼니를 걸렀다는 것을 상기한 그는 책장 넘기는 일을 멈추고 정성스럽게 책갈피를 끼워 서

재로 향했다.

칼키스의 큰 서재에서 조금 더 안쪽 깊숙한 곳으로 들어가면 파사드가 관심을 가지고 따로 구한 도서들이 촘촘히 꽂힌 구간이 나왔다.

수십, 수백 권의 책들이 늘어선 서재를 지나쳐 그만의 작은 책들이 꽂힌 공간에 이른 파사드는 들고 있던 책을 안쪽 깊숙한 곳에 거꾸로 끼워 넣었다. 라르칼리아의 것은 아니지만 이 역시 라르칼리아 왕조의 비사들이 담긴 금서 중 한 권이었던지라 어쩔 수 없었다. 깊숙이 감출 수밖에.

파사드는 꼼꼼하게 거꾸로 끼운 책 앞에 다른 낡은 책을 기대 세워 엄폐한 후, 칼키스의 서재로 걸어 나왔다. 죽 늘어진 책장 사이를 가로지르는 걸음이 가벼웠다.

그러던 파사드의 눈에 어수선하게 흘러내린 서신들과 서류들이 널려 있는 게 보였다. 대부분 칼키스에게 온 서간들로 브루나크가로 날아온 초청장들, 왕실의 공문, 브루나크령의 전보 문서들이었다.

칼키스는 본디 정리 정돈을 잘하는 성정이었으나, 최근 술에 취해 업무를 볼 때가 많아 뒷정리는 죄 할만이 도맡고 있었다. 어쩐지 아직 할만이 청소를 하러 오지 않은 모양이었다.

기이한 일이었다. 파사드는 생전 관심 없던 공문서들로 다가갔다. 노테블룸에 위치한 어귄 성의 주인이 된 이후로 파사드 역시 개인적으로 저런 공문을 처리할 일이 왕왕 있어 얼추 알아볼 수 있는 것들이 많았다. 한 장 한 장을 정리하며 훑던 파사드는 무심코 바닥에 떨어진 양피지 위로 시선을 옮겼다.

파사드의 까만 눈동자가 멈추었다. 부러 구긴 듯 구깃거리는 양피지 위로 선명한 십자 문양이 그려져 있었다. 눈에 익었다. 파사드는 곧 떠올려 낼 수 있었다. 그동안 잊고 있었던, 불명예스러운 투엘라르의 것이 꼭 저런 모양이었다.

작위 공. 브류나크께 아룁니다.

최근 에스란드의 난에 있어 참담한 상황에 이르렀습니다. 염치 불구하고 이리 서신을 남깁니다. 삼 년 전쯤, 에스란드의 한 젊은 귀족이 베인 성에 찾아와 탄가라와 퀘멘의 폭압으로부터 그들을 구제해 주길 바란다는 공문을 전했습니다. 공께서도 아시다시피 에스란드는 땅이 별돌 채집의 문제로 인해 늘 주위 영지의 위협을 받고 있었습니다. 성벽도 낮은 편입니다. 나는 에스란드의 영지민들이 고통받는다는 것을 잘 알아, 그들로부터 일정 대가를 받고 그들을 돕기로 결의했습니다. 그것이 약 이 년 반 정도 된 이야기입니다.

우리가 그들을 돕기 시작하자, 퀘멘과 탄가라 땅의 수탈은 더욱 (……중략……) 하여 투엘라르는 그들의 태도를 투엘라르를 향한 도전이라 간주, 일 년 전 투엘라르는 에스란드와 협약을 맺음으로써 향후의 관계를 조망했습니다.

또한 그들에게 군사 지원은 물론이거니와 스스로 자립할 수 있는 자위대 양성에 필요한 모든 군수 물자를 지원하기로 하였고 (……중략……) 현재 처음 투엘라르를 방문했던 에스란드의 귀족을 투엘라르 성에 가두어 증인 세우려 하였으나 스스로 목숨을 끊었습니다. 이 수년 전부터 계획된 모략의 진상이 어디까지 드러날 수 있을지 모르겠습니다. 사태는 이미 걷잡을 수 없어졌고 폐하께서는 진노하셨으니 무엇이 모두를 위한 마지막인지 또한 잘 알고 있습니다. (……중략……) 다만 공께 내 모자란 아들의 목숨만은 보존해 이 억울한 가문을 존속하게 해 주십사 청하고 싶습니다.

불시에 벌어진 이 상황을 어찌 타파해야 할지 짐작키 어려워 현명한 공께 조언을 구합니다.

멘자크 올더 투엘라르,

관대한 브류나크의 앞에 엎드려 절합니다.

속 메슥거리는 밤이었다.

◈ • ◈

파사드는 브류나크로 태어나 북부 늑대로서의 응당 갖춰야 할 몸가짐과 상식을 강요받으며 자라 왔다.

공가 브류나크는 왕실을 위해 가장 큰 희생을 감수해야 하는 가문이다. 그 희생은 중도를 지키는 것이다. 만인지상에 본보기가 되는 귀족이어야 하되, 왕실보다 뛰어나서는 안 된다. 그들은 왕실의 곁가지로서 국왕의 가장 강력한 입김이 닿는 뮈아드로에서는 이름조차 드러낼 수 없었다. 그것이 브류나크 공작이 아닌 작위 공이라 불리는 내막이다.

물론, 그 대가로 왕실은 공정하고 평화로운 치세를 이어야 하는 의무가 있었다. 파사드는 그리 배웠고 그리 믿었다.

에스란드 사건에 연루되었던 이들이 죽은 지 해를 넘겼다. 그럼에도 파사드는 마치 바로 어제 귀자로 성벽에 걸린 그들의 시체를 보고 온 것처럼 역겨운 기분에 사로잡혔다.

칼키스의 침실로 찾아간 파사드는 구겨진 양피지를 술병 널브러진 칼키스의 탁자에 내려놓았다. 칼키스는 지난 번 크게 몸 상태가 악화되어 쓰러진 후로도 술을 손에서 떼지 않았다.

"그들이 무고했다는 것을 각하께서도 잘 알고 계셨습니까?"

간간이 흔들리는 등불과 촛불에 의지한 어둔 침실, 탁자를 사이에 두고 파사드와 칼키스의 눈빛이 예사롭지 않게 부딪쳤다. 칼키스는 새까만 제 아들의 눈동자를 말끄러미 응시하다가 얕은 한숨을 내쉬었다. 그의 짙은 갈색 눈동자가 파사드가 던지듯 내려놓은 투엘라르의 서간으로 향했다.

"누가 멋대로 서고를 뒤지라 했더냐?"

부정하지 않는 그를 바라보는 파사드의 입술이 가늘게 벌어졌다. 마른 신음이 흘러나왔다.

멘자크를 처형한 것이 바로 칼키스가 아니었나. 때문에 파사드는 단 한 순간도 그들의 유죄를 의심한 적이 없었다. 드러난 증거였고 공정한 판결이었다.

"……각하, 납득이 가지 않습니다."

"세류를 거스르기 불가능한 때였다."

벌겋게 변한 얼굴을 손바닥으로 문지른 칼키스가 허하게 웃어 보였다. 등골 송연하게 올라오는 소름에 파사드가 무의식적으로 움찔했다.

"칼란독, 너도 이제 스스로 판단할 나이가 되었다면 말해 보려무나. 너도 네 조모가 그리 믿듯 내가 이 자리를 기뻐한다 믿느냐?"

예상치 못한 물음에 파사드가 가까스로 반문했다.

"무슨 말씀이신지……."

"이미 나이가 찼으니 이해할 것이다. 돌아가신 내 형님의 시절에 브류나크는 이미 충분한 불충을 저질렀다."

바로 직전의 선대 작위 공이었던 바예투스는 반트와 뜻이 닮았던 동부 영수 윈로스와의 다툼에서 시작된 사건으로 인해 목숨을 잃었다.

윈로스의 아들 데미엔이 공가의 인척이었던 볼레트 가문에서 시집온 차하리를 살해한 것이 발단이었다.

왕실은 동부 영수인 윈로스의 영향력이 필요하였으므로, 크게 처벌하지 않고 넘어갔다. 그러자 당시 브류나크 공작이었던 바예투스가 정의를 관철하기 위해 나섰다.

덕분에 윈로스의 아들 데미엔은 완전 추방을 당하는 결과를 얻었다. 그러나 바예투스는 왕가와의 교전조차 불사할 듯 강경했던 그 태도가 빌미가 되어 칼키스에게 작위를 계승한 후, 처형을 받아들였다.

그로 인해 조모인 머렛은 바예투스를 죽인 왕실이 있는 뮈아드로를 철천지 원수처럼 저주했다. '북부에서 귀족간의 항쟁은 용납해야 하는 것'이라 주장했으나, 왕실은 '브류나크의 의무를 저버렸으므로 처벌은 불가피하다'고만 답했을 뿐이었다.

바예투스가 죽을 당시 아무것도 하지 않았던 칼키스가 바예투스의 자리를 이어받았다는 이유로 칼키스와의 연도 끊었다.

"형님이 가문과 어머니의 분노를 잠재우기 위해 군을 일으켜 거병했던 건 우리의 의무를 저버린 행위였다. 그래, 네 백부가 행한 일은 결코 일어나선 안 될 일이었다. 브류나크의 이름으로 왕실의 판결에 항거해 군사를 일으킨다니. 또, 파사드 너는 너를 위해 네 조부가 왕실을 거역해 가며 주장을 관철하셨던 걸 기억하고 있느냐?"

파사드. 이름에 대한 힐난이었다. 파사드는 말문이 막혔다.

"너는 잊어선 안 될 일이지."

술기운에 벌겋게 충혈된 눈으로 응시하던 칼키스는 또다시 술잔을 채웠다. 파사드가 막으려 했으나 칼키스가 거칠게 쳐 냈다. 놀란 파사드가 주춤 물러났다.

"폐하께서는 브류나크와 팔란의 반기를 네 백부의 목숨 값으로 용서하셨다고는 하지만 막강했던 네 백부의 군대를 기억하는 이들이 아직 많다."

"외람되지만 지금 하시는 말씀이 에스란드와 무슨 상관인지 영문을 모르겠습니다."

"브류나크라는 이름으로 우리는 왕실을 섬기고, 대대로 숄고가 되어 당을 아울러야 한다. 맞는 말이지. 그러나 왕실과 팔란이 반목하게 되면, 두 가지를 저울에 두고 선택해야 할 때가 온다면 우리는 주저 없이 왕실에 무릎 꿇어야 한다. 왕실은 북부의 유일한 태양이며 달, 우리는 그 빛을 실망시키지 않아야 하는 의무가 있다."

"처형당한 영주들은 우리와 마찬가지로 폐하를 따르는 이들이었습니다. 반목이 아니란 게……."

돌연 칼키스가 휘청이듯 탁자를 짚고 자리에서 일어섰다.

"……너는 아직 왕성에 드나들 일이 적어 모를 터이나, 언젠가 내 모든 일을 물려받고 나면 이해하게 될 거다. 네가 섬기는 이에 대해 알게 되겠지. 지금 폐하께서는……."

파사드를 노려보는 그의 목에 돌연 핏줄이 돋았다가 꺼졌다.

"어찌 되었건…… 그들이 억울하지 않다는 것은 아니다. 그러나 무고하다는 것도 아니다. 그러한 불미스러운 사건에 언급될 만치 빌미를 남긴 것이야말로 그들의 죄다."

"……하지만 그들은 왕실에 위해를 끼치려 하지 않았다는 걸 각하께서는 분명 알고 계셨습니다. 아무리 그들이 실수를 했다고 해도 그런 것조차 포용할 수 있어야 한다 누차 가르치신 것이 각하 아니셨습니까. 숄고는 당원들을 편안히 하고 그들의 뜻에 귀 기울이는 것을 미덕삼아야 한다 하셨습니다. 그리고 각하께서는 폐하께 진상을 고할 수 있는 몇 없는 분이십니다. 적어도 서신의 진위 여부라도 밝힐 수 있도록 그들을 위해 힘을……."

"칼란독."

칼키스의 굳어졌던 얼굴에 일편의 서글픔이 스쳤다.

"단순히 서신 하나로 무고함을 증명할 수는 없는 일이다. 줄줄이 자결을 하고, 줄줄이 거짓을 읊어 대는 이들 속에 있는 무고한 결백을 깨끗하게 걸러 낼 수는 없다. 실제로 그들이 에스란드와 연루된 것은 명백했고, 날조된 에스란드와의 협약 서문이 남아 있었고, 그들의 땅에서 난 것들이 에스란드 영지민들의 무기가 되고 군량미가 되었다."

"……의도의 참작은 전혀 있을 수 없는 말이라는 겁니까?"

"넓은 그림을 보거라. 테른도크 폐하의 명 한마디에 팔란의 당원들이 줄줄이 죽어 나갔다. 선왕 폐하와는 달리 현 폐하께서는 감정적으로 움직이시는 분이 아니니. 그리 많은 수의 팔란 당원들이 내쳐질 때 벌어질 일을 아셨겠지. 알고도 그리하셨다는 건 폐하께서 팔란을 경계하고 계신다는 의미로 해석될 여지가 있는 거다."

파사드는 작게 입술을 벌렸다. 긴 침묵이 이어진 끝에 칼키스의 술에 절은 입술이 열렸다.

"아들아."

"……."

"투엘라르와 엘더스, 그리고 크로켄트과 위뵈크, 타스. 그들은 모두 우리와 함께했던 이들이었다."

오명을 쓰고 역사 속으로 사라졌던 가문의 이름들이 현실에 되살아났다. 모두 다, 에스란드 난의 주동자로 알려져 칼키스의 칼날 아래 죽어야 했던 이들이었다. 그리고 소름 끼치게도 그들 중 삼분지 이가 팔란과 뜻을 함께한 이들이었다.

"나는 그들을 잊지 않겠다."

휘황한 달빛을 떠마시듯, 누르스름한 술을 담은 잔을 창가로 뻗어 올린 칼키스가 단박에 잔을 비우며 중얼거렸다.

"그러니 너도 그들을 잊지 마라."

그러나 그로부터 일 년 후, 브류나크와 라페로바한의 정략이 공포되었다.

❖┄┄❖

파사드는 약혼을 축하하기 위해 모인 인파들 한가운데에 섰다.

귀한 여름의 야외 정원은 온 북부의 유력한 귀족들이 다 모인 건 아닐까 싶을 만큼 화려한 성장을 갖춘 이들로 북적거렸다. 따사로운 여름날의 햇살이 융단처럼 잔디 위로 깔려 있다. 귀에 단 음악들이 끊임없이 두둥실 떠다녔다.

눈만 마주쳐도 으르렁대던 귀족들이 사이좋게 마주 보며 웃고 있었다. 가식인지 진심인지는 모르겠지만, 분명한 것은 저들 중에는 역사적으로 커다란 의미를 지닌 두 가문의 결합 사건의 일부가 되고 싶어 하는 낭만에 젖은 이기주의자들도 있다는 사실이다.

그에게 건네 오는 축하사를 흘려들으며 파사드는 느리게 눈을 감았다 떴다. 보이는 것은 그대로였다.

입술이 힘없이 다물렸다. 이날에 이르고도 그는 여전히 납득하지 못했다. 제 삶이 부친의 결정에 의해 완벽하게 정해졌기 때문이 아니었다. 약혼 상대가 그보다 열한 살이나 어린아이라는 것도 문제가 아니었다.

다만, 하나부터 열까지 말이 되지 않았다.

아주 오래전의 일도 아니었다. 바로 재작년 에스란드 봉기를 부추기고 줄줄이 팔란 당의 귀족들을 엮어 몰락시킨 이들이 이 연회장에 있는 이들의 절반이었다. 팔란의 귀족들은 매달 보름의 저녁마다 칼키스의 집무실에 옹기종기 모여 술을 마시며 억울한 이들의 넋을 기리리라 이를 갈고는 했다.

온몸이 석고 속에 갇힌 듯 갑갑했다. 손 하나 까딱할 수 없었다. 그를 둘러싼 이들의 웃음소리가 절정에 이르렀을 때, 파사드는 견디지 못하고 도망치듯 몸을 돌렸다. 하지만 출구에 이르기 전 낯익은 이에게 발목 잡혔다.

"웬터발트 후, 어딜 가십니까?"

커다란 아비 칼키스보다도 머리 반 개는 더 클 만큼 건장한 남자가 희끗한 수염을 어루만지며 그를 내려다보고 있었다. 두꺼운 눈썹이 매섭다. 서늘한 인상이 늘상 추운 북부의 바람처럼 차가웠다.

수도 인근의 영지 로엠에 위치한 인데거 성의 주인으로 유명한 자파인 후였다. 파사드는 그를 만나 본 기억이 손에 꼽을 만큼 적었지만, 자파인 후는 한 번 보면 쉬이 잊히지 않는 부류의 사내였다. 눈빛만큼이나 차고 중후한 음성이 경고했다.

"무슨 생각인지 모르는 바 아니나, 자리를 떠나시는 건 좋지 않은 생각입니다."

"조언이십니까? 명령이십니까?"

"조언으로 충분하다면 조언일 것이고, 조언으로 부족하다면 명령이지요. 오늘이 끝날 때까지 웬터발트 후께서는 이 자리를 책임질 의무가 있는 분입니다."

자파인 후는 냉혹한 눈빛으로 좌우에 눈짓해 보였다. 그의 시선을 따라 고개를 돌린 파사드는 제게로 몰린 이목들을 발견하고 어깨에 힘을 뺐다.

모두가 그를 바라보고 있었다. 위대한 북부의 평화가 찾아올 것이다. 이로써 북부는 하나 될 것이다. 그리 떠드는 지혜로운 그네들의 목소리들이 의미 없이 귓전을 떠돌았다.

멀찍이 유모에게 안겨 있던 엘히엔이 출입구 근처에 외따로 선 그를 발견하고 아장아장한 걸음으로 달려왔다.

"파사드!"

요정처럼 푸른 드레스와 그 위에 얇은 코트를 한 겹 덧대어 입은 아주 자그마한 아이였다. 겹겹이 걸친 드레스를 한참 부풀려 입고도 엘히엔은 아주 작았다.

자파인 후가 조용히 자리를 피했다. 그런 그를 뒤따라가고 싶은 충동을 느끼며 파사드는 반사적으로 시선을 내렸다.

"파사드으!"

어느새 코앞까지 뒤뚱대며 달려온 엘히엔이 호박빛 눈을 반짝이며 자그마한 고사리 손을 뻗어 올렸다. 애교가 많고 감정 표현이 확실하며 늘상 방싯거리는 다섯 살배기 아이를 싫어할 수 있는 이는 없을 것이다. 아주 비뚤어진 사람이 아니라면.

분명 파사드는 오늘에 이르기 전까지 엘히엔에게 그 어떤 사적인 불호감도 없었다. 외려 모두의 사랑을 받는 순수한 저 아이가 후일에도 북부의 눈처럼 고결하게 자라 주기를 바랐다.

미로를 마주한 듯했다. 파사드는 미아처럼 주위를 돌아보았다. 많은 이들이 그와 엘히엔의 다정한 관계를 기대하는 눈빛을 건네어 왔다. 은연중의 강압과 더불어 내밀하게 배인 그들의 바람을 느끼지 못할 리가 없다. 기대라는 것은 파사드에게는 아주 익숙한 것이었다.

"파사드, 으응?"

방긋방긋 웃는 아이의 뺨에 해사한 햇빛이 반짝였다.

"……오랜만이야. 엘히엔."

파사드의 갈 곳 잃은 손이 엘히엔의 자그마한 정수리 위로 얹혔다. 아이의 머리통이 손바닥에 꽉 찼다. 인형처럼 어여쁘게 긴 눈매가 기분 좋은 듯 가늘어졌다.

"헤에, 오라버니."

귀에 단 웃음소리에 발끝으로 피가 쓸려 나가는 듯했다.

그들을 멀찌감치 서서 지켜보던 재상 라페로바한, 길로하임이 넉살 좋은 미소를 지으며 다가왔다.

길로하임은 파사드와 좁은 간격을 두고 마주 섰다. 엘히엔이 고개를 젖혀 얄상하게 왜소한 제 아비와 굳은 채 꿈쩍도 않는 파사드를 번갈아 보았다.

길로하임은 파사드에게 친근한 체 말을 붙여 왔다.

"웬터발트 후."

저를 올려다보던 엘히엔과 눈을 마주친 파사드는 얇은 껍질 덮은 웃음을 그치지 않기 위해 애썼다. 그러나 웃음은 자꾸만 무너지듯 일그러졌다. 길로하임은 긴 입술을 당겨 웃으며 당부하듯 말했다.

"내 딸아이, 앞으로도 잘 부탁드리리다."

파사드는 아무 대답도 하지 못했다. 무고한 엘히엔에게서 무고한 테예모의 얼굴이 보였다.

끔찍했다.

어퀸은 뮈아드로의 서쪽에 위치한 비교적 풍족한 땅이다. 또 브류나크 본래의 영토인 로크란드와 그다지 멀지 않은 곳에 있다는 점에서 파사드에게는 만족스러운 곳이기도 했다. 명목상의 작위 기사 서임과 함께 수여받은 이 땅은 브류나크의 것이되 오롯이 그의 것이기도 했다.

어퀸의 성은 몹시 낡아 있었다.

뾰족하게 솟은 탑, 성채 곳곳에 걸린 둥근 가시나무 창의 깃발들, 삼분된 잎사귀가 그려진 깃발이 나부끼는 모습이 퍽 고풍스럽다.

그러나 그런 것보다도 이곳이 가장 마음에 드는 이유는 이곳의 누구도 그에게 머리 아픈 일을 가져오는 법이 없다는 것이다. 계속해서 수도로 되돌아오라는 칼키스의 명령을 갖가지 이유로 보류한 파사드는 그곳에서 십육 세의 가을을 맞이했다.

바람은 찼지만 가을 햇살은 제법 따가웠다. 파사드는 오전 일정으로 기사들과 합동 훈련을 마치고 난 후, 오후에는 영지 관련 문서들을 훑고 있었다.

그의 하루는 다른 생각을 할 겨를도 없이 숙면 시간, 식사, 훈련, 독서, 공부, 심지어 크고 작은 생리 현상을 해결하는 데까지 빽빽하게 정해져 있었다.

그런데 오늘은 예상치 못하게 일정이 조금 어그러졌다. 어퀸 성의 젊은 집사가 그의 방문을 두드리며 보고했다.

"볼레트의 부인께서 곧 도착하신다 합니다."

어퀸의 성문 안으로 볼레트 가문의 상징인 수공작의 무늬가 선명했다. 얕게 쌓인 눈을 치워 내던 하인들은 하던 일을 멈추고 그들을 맞이했다. 파사드 역시 어퀸의 성문 앞으로 마중 나왔다. 마차는 파사드와 열 걸음 남짓 떨어진 곳에서 멈추었다.

마차의 문이 열렸다. 마차 안에 고고하게 턱을 치켜든 채 앉아 있던 일흔을 바라보는 나이 든 노년의 여성이 머잖은 곳에 서 있는 파사드를 흘겼다. 고집스러워 보이는 갈색의 눈동자가 매섭고, 흰 머리가 섞인 회색 머리칼이 반듯하게 넘겨져 몹시 깐깐해 보였다.

파사드가 다가가 손을 내밀었다.

"어서오십시오, 할머님."

머렛은 우아하게 그의 에스코트를 받아 마차에서 내렸다. 그녀는 한때 브류나크 공작 부인이라 불렸으며, 지금은 볼레트로 되돌아가 노년을 홀로 보내고 있는 조모였다. 그녀는 거의 삼 년 만의 재회에도 반가운 기색 하나 없었다.

머렛은 파사드의 어깨 너머로 눈동자를 옮겼다. 젊었을 적보다 한층 표독스러워진 눈빛이 낡고 고풍스러운 어퀸의 성을 쭈욱 훑었다.

머렛은 한참 후에야 파사드의 인사를 받았다.

"그래. 오랜만이구나, 칼란독."

응접실 탁자 위의 차와 다과는 한 치의 모자람 없이 예정대로 준비되어 있었다.

파사드는 머렛에게 상석을 양보했다. 머렛은 윤택한 광이 흐르는 남색의 푹신한 소파에 정자세로 앉아 낡은 지팡이를 무릎 위에 가지런히 올렸다. 그러고는 사슴 가죽을 기워 만든 소파의 팔걸이를 어루만지며 응접실을 찬찬히 살폈다.

강건한 한때의 공작 부인의 눈빛이 엿보였지만, 육체적으로 그녀는 몹시도 쇠약해 보였다. 삼 년 전보다 훨씬 마르고 훨씬 앙상해져 있었다.

응접실에 앉은 그녀는 파사드의 취향이라고는 생각하기 어려운 꽃무늬가 새겨진 꽃병과 벽의 타일, 남국 장인의 손길이 느껴지는 카펫까지 꼼꼼히 살핀 후 한마디 툭 뱉었다.

"정 붙이려거든 네 집 안부터 장식해야 하는 법이다."

파사드는 소매를 살짝 걷어 그녀의 잔에 차를 따랐다. 쪼로로, 물 흐르는 소리가 적적히 울렸다.

"이곳에 오래 머물지 않을 겁니다. 장식은 시간이 모자라 미처 신경 쓰지 못했습니다. 누추한 곳에 모셔서 죄송합니다. 할머님, 먼 길 오시느라 고생하셨습니다."

파사드는 자신의 잔에도 차를 따라 낸 후 자세를 바로 앉았다.

"칼키스가 네 문제로 내게 연통을 넣었더구나. 네가 태어날 적에 제그라트를 말려야 한다 연통을 넣은 이래로 처음이니 거의 십육 년만이지."

"……."

"하지만 염려 마라. 그 녀석이 무엇을 부탁했든, 무엇을 바라든 나와는 관계없는 일이니까."

파사드가 태어나기도 전부터 머렛과 칼키스의 모자관계는 좋지 않았다. 파사드는 힘없이 웃어 보였다.

"……허면, 조모께서는 어쩐 일로 이곳까지."

"다 늙었으니 얌전히 성에 처박혀 있어야 한단 말이냐?"

"그런 의도로 드린 말이 아니라는 걸 당신께서 가장 잘 알지 않으십니까. 요즘 볼레트가도 번잡하다 들었습니다."

볼레트 가문의 차남인 기브란트가 의원이 되겠다 집을 나섰고, 그로 인해 장남인 벨라옌이 몹시 노여워했다는 소식은 수도 사교계에도 퍼져 있었다.

예의를 다 갖춘 말에도 머렛은 비웃기만 할 뿐이었다.

"……쓸모없는 자질구레한 안부 따위를 빙자하는 걸 보니, 제법 수도 귀족들이랑 어울린 티를 내는구나. 그 녀석들도 말 참 안 듣는 녀석들이다만, 벨라옌이나 기브란트나 똑같은 종이야. 신경 쓸 것 없다. 어느 가문인들 이만한 수치 하나 없겠느냐."

머렛은 수도의 귀족들과 왕실을 노골적으로 혐오하는 사람이었다. 처음부터 그런 것은 아니었다. 처음부터 그녀가 브류나크를 등진 것은 아니었듯이.

머렛은 그녀가 가장 사랑했던 장남 바예투스의 죽음을 왕실과 제그라트 그리고 칼키스의 탓이라 믿었다. 어쩌면 사실일지도 모른다.

선대 작위 공이었던 바예투스는 분명 윈로스를 처단한다는 명목으로 왕실의 반대에도 불구하고 거병했으므로 무죄라 할 수는 없었다. 그러나 정의를 관철하기 위한 선택이었다. 그리고 그가 직접 군사를 일으킬 수밖에 없던 상황을 만든 것은 윈로스를 옹호했던 왕실이기도 했다.

후일 파이투스 2세로부터 함부로 거병했으니 죽음으로 죄를 씻으라는 명이 내려왔을 때 바예투스는 명예롭게 형을 받았다 한다. 바예투스가 자진에 가까운 사형으로 목숨을 잃을 당시, 제그라트와 칼키스는 왕실을 막지도, 바예투스를 말리지도 않았다 한다.

그런 여러 복잡한 사정을 들추어 볼 때, 파사드는 머렛의 분노에도 어느 정도의 타당성은 있다 여겼다. 남편과 자식마저 스스로 끊어 낸 머렛에게 브류나크에 대한 애정은 실오라기만큼도 없었다.

칼키스가 작위를 이은 후, 머렛은 단 한 번도 수도에 발 디디지 않았다 한다. 심지어 조부인 제그라트가 죽었을 때조차도 마찬가지였다.

그녀가 상대를 해 주는 브류나크는 오직 파사드가 전부였다. 모처럼 마주하는 머렛의 얼굴에 파사드는 어린 시절을 떠올렸다.

아주 어릴 적, 파사드는 뮈아드로의 서쪽에 위치한 브류나크령, 로크란드에서 수확기를 지내곤 했다. 그 무렵이 브류나크가 지닌 장원이 가장 바쁠 시기이기 때문이다.

늘 번잡했다. 모두가 바빠 홀로 남겨질 때면 파사드는 그때까지만 해도 로크란드의 성에 남아 있던 머렛이 뜨개질을 하거나 책을 읽으며 시간을 보내는 방으로 찾아가곤 했다. 그녀는 보통 벽난로 앞에 앉아 있었다.

파사드가 가만히 서서 그녀를 바라보고 있으면 머렛은 금세 알아차리고 손을 흔들었다.

—와 보려무나.

머렛은 뜨다 만 옷들을 파사드의 몸에 대어 보거나 하는 것으로 무뚝뚝하게 반가움을 표하는 사람이었다.

머렛이 들고 있던 것을 내려놓는 건 일종의 신호였다. 파사드는 머렛의 무릎 위에 올라앉았고, 그녀는 파사드의 새까만 머리칼을 어루만지며 노래를 불러 주곤 했다. 내 손주, 내 딱한 손주. 그런 이상한 흥얼거림이었다.

그 시절 그녀의 손은 지금보다 부드러웠고 매끄러웠다.

물끄러미 그녀의 주름진 손등을 응시하던 파사드가 머렛의 건조한 물음에 퍼뜩 정신을 차렸다.

"이곳에서는 살아지더냐."

"……잘 지내고 있습니다."

"네게는 그다지 축하할 만한 일은 아닌 것 같으니 축하한다는 그런 인사치레는 관두마. 반트와 혼인하게 되었다지."

왠지 모르게 죄인 된 기분에 파사드의 고개가 절로 수그러들었다.

"내가 얼마나 반트의 놈들을 증오하는지 너도 잘 알고 있을 터다."

"이는 폐하께서 원하신 화합의……."

"그놈들은 일생 우리의 적이었다."

"……."

"윈로스를 생각하면 아직도 속이 뒤집힌다. 화합이라는 고결한 말을 가져다 대지 마라. 윈로스의 피가 내 동생 차하리에게 무슨 짓을 했는지, 그게 얼마나 끔찍한 시신이었는지 너는 보지 못해 모를 것이다. 너와 반트의 어린 계집아이의 혼인이 첫 화합이라 여기느냐? 어림없는 소리다. 어림없는 소리지. 그놈들이 있고 우리가 있는 한, 끝없을 굴레다. 칼키스 그놈은 예나 지금이나 멀리 볼 줄 몰라 제가 무얼 해야 하는지도 모르는 눈 뜬 장님 같은 놈이지."

"할머님, 말씀이 과하신 듯합니다."

"그래도 자식이라 편드는 게냐? 하나 칼란독, 부모를 저버리는 것보다 자식을 저버리는 것이 더 어려운 법이다. 그놈을 낳은 게 나다. 그런 나도 그놈의 무도함에는 치가 떨리고 기가 질려. 칼키스 그 옳고 그름도 분별할 머리가 없는 놈이 주위에서 떠받들어 주는 권력에 취해 어찌 이런 말도 안 되는 짓을 벌였단 말이냐. 어찌 반트의 앞잡이와 피를 섞을 생각을 해, 하기를!"

머렛이 벌컥 고함쳤다. 파사드는 깜짝 놀라 손을 그러쥐었다.

라르크의 동쪽 땅을 지배했던 윈로스, 그리고 유서 깊고 긍지 높은 볼레트. 그들의 악연은 반트와 팔란의 악연처럼 거대해진 지 오래였다. 그리고 머렛에게는 여전히 사랑하는 사람을 둘이나 잃게 된 개인적인 비극이었다.

한참이나 노여움을 드러내며 지팡이를 들어 바닥을 쿵쿵 치던 머렛은 곧 스스로 진정했다. 그녀는 말없이 고개만 조아리는 파사드를 향해 딱한 눈빛을 보냈다. 그녀가 불현 손을 뻗어 파사드의 굳어진 손등을 감싸 쥐었다.

"들자 하니 이제 막 걸어 다니기 시작한 핏덩이라지."

"……엘히엔은 좋은 아이입니다. 할머님, 너무 걱정하지 않으셔도……."

"네 업이라면 네 업일 테지만 나는 여전히 네가 무슨 죄를 지어 그런 운명을 타고난 건지 모르겠다. 바예투스가 살아 있었더라면 너 또한 조금 더 일신 평안히 살았을 터다."

"……할머님, 아버지를 좋아하지 않으시는 건 이미 잘 압니다. 하지만 그렇게 말씀하시는 건."

"나의 첫 아이는 누구보다 브류나크에 걸맞는 아이였다. 매일 아침 일어나 브류나크를 위한 서약을 읊은 후 수련을 하고, 매일 밤이면 왕성이 있는 방향으로 무릎을 꿇고 기도를 올리던 아이였다. 가장 아끼던 아이였다. 부모가 자식에 품는 사랑이 둘이면 둘, 셋이면 셋, 넷이면 넷, 차등 없이 같다 말하지만 어디 실제로 그러하더냐. 온 진심을 다해 말하건대 내 가장 아끼던 아들이었다. 가장 자랑스러운 자식이었다. 내 가장 사랑한 자식이었다."

머렛은 파사드의 굳은살이 배긴 손을 살짝 힘주어 쥐었다 폈다. 파사드의 가슴이 덩달아 싸해졌다. 머렛이 아픈 손가락을 씹듯 말하는 백부를 떠올릴 때면 파사드 역시 왕왕 숙연해지곤 했다.

"너는 네 아비에게 박정한 나를 지나치다 여길지 모르지. 하나 칼란독…… 나는 아직도 꿈에서 바예투스를 본다. 내 어찌 잊겠느냐."

"……."

"바예투스는 진정한 명예를 알고 있는 아이였다. 그런데 그런 아이가 온몸 바쳐 지킨 정의가 결국 그 아이를 죽음으로 내몰았다. 그 아이가 존경한 왕이 죽음을 종용하였고, 네 조부와 네 아비가 침묵으로 그 아이의 등을 떠밀었지. 응당 우리가 이르렀어야 할 라르카드단에도 이르지 못했다. 나는 종종 꿈에 나타나 멀거니 나를 바라보는 늙지 않는 내 새끼가 내 새끼가 아니길 바란다. 얼마나 울화가 쌓일까. 얼마나 억울할까. 낙원의 강도 건너지 못하고 그리 혼만 남아 영원을 떠돌 그 아이가. 다시는 만나지 못할 그 아이가."

"……."

"나는 너무나도 그립다, 아가."

머렛의 힘없이 흩어지는 울먹임이 가슴에 눅진히 젖어들었다.

"제 친형을 그리 보낸 칼키스의 속이라고 좋을까 싶다마는, 나는 내가 잃어버린 나의 아이가 너무나도 그리워 견딜 수가 없다. 이미 이십 년이나 지났는데도 나는 잊지 못했다. 잊지 않을 것이다. 나는 네게 그리 무거운 짐을 지운 제그라트도 싫고, 제 형의 죽음에 기다렸단 듯 작위를 꿰찬 네 아비도 싫다. 내 아끼는 핏줄의 껍질을 산 채로 벗겨 죽여 결국 내 아들까지 죽게 만든 반트의 놈들이라면 늙은 것, 젊은 것, 어린 것, 계집, 가리지 않고 싫다. 각자에게 주어진 일들을 잊어버리고 저 하고픈 대로 날조해 비틀어 버리는 이들이 싫다."

머렛의 촉촉이 젖은 눈동자에 파사드는 말없이 손수건을 꺼내어 건넸다. 그녀는 손수건을 쥐는 대신 파사드의 손을 더욱 세게 움켜쥐었다.

허리 숙인 늙은 조모의 이마가 손등에 닿았다. 파사드는 떨리는 머렛의 가냘픈 몸을 지탱하기 위해 팔에 힘을 주었다.

"저도 할머님의 마음을 상하게 하는 혼인은 바라지 않았습니다."

"너도 싫다고 말했느냐?"

"폐하께서는 이를 브류나크의 영광이라 하셨고, 저는…… 브류나크로서 받아들였습니다."

"브류나크의 영광?"

"……."

"공가는 왕가의 곁가지 같은 존재다. 이름이 같으니 이름을 드높이려는 일은 꿈도 꾸지 말라 했다. 공가를 위한다는 명목의 모든 명예로운 행동은 결국 어리석은 죄악이 된다. 마음껏 재주를 보일 수도 없다. 조금만 눈에 띄면 우리는 스스로를 견제하지 못한 죄로 내동댕이쳐진다. 쥘 수도 없는 영광을 위해 네가 왜 반트 따위와 혼인을 해야 한단 말이냐? 무얼 위해? 왜 귀한 브류나크의 장손인 네가? 제그라트, 그가 그 귀한 위스번의 땅덩이를 왕가에 팔아 치워 얻은 귀한 이름을 지닌 네가 왜 그들의 꼭두각시 노릇을 해야 하느냐? 언제부터 브류나크가 브류나크를 지키는 이들이 되었다 하더냐? 언제부터 브류나크가 왕실의 손짓에 울고 웃는 그런 가문이 되었느냐.”

파사드는 조금 혼란스러웠다.

“할머님, 잘 아시지 않습니까. 공가는 왕가가 실현코자 하는 평화를 위해…….”

“이 위선된 정지停止를 어찌 평화라 읊느냐. 야망 넘치는 현왕이 단순히 이런 가면극에 만족할 것 같더냐. 지금의 왕이 언젠가 큰 사고를 치리라는 데에 이 목이라도 걸라면 걸 수 있음이니라.”

“할머님, 심려를 끼쳐드린 데에 저 또한 마음이 좋지 않습니다. 하지만…….”

“나는 라페로바한 그 승냥이 가문의 계집을 거두는 것이 걱정스러워 견딜 수가 없다.”

파사드는 점차 격정적으로 적들을 헐뜯는 머렛에게 다소 단호하게 말했다.

“엘히엔은 사랑스러운 아이입니다.”

“이 할미가 늙어 장님 된 줄 아느냐.”

파사드는 순간 말문이 막혀 조모의 갈색 눈동자를 마주 보았다.

“어린 것은 자란다. 모르던 것을 배우게 되고 어찌 돌변할지 모르는 게다. 라페로바한이 어찌 가르쳤는지, 무어라 지껄였는지……."

파사드의 얼굴로 앙상한 손가락을 뻗어 매만지는 머렛의 눈빛이 흐려졌다. 그녀답지 않은 나약한 동정의 눈빛이라, 파사드는 피하지 않고 그녀의 손끝에 제 뺨을 기댔다.

머렛이 서글프게 말했다.

"그래, 네 속이라고 편할까. 관두자꾸나. 그 핏덩이를 반려 삼아 씹어 죽일 반트의 들개들을 일평생 경계해야 할 네 처지가 딱하다. 내 이미 이리 늙어 더 네 힘이 되어 줄 수 없음이 미련이다."

"그런 말 마십시오."

"나 또한 네게 떳떳하지 못하니 무얼 더 책하겠느냐. 내가 네게 실수를 했다. 제그라트의 욕심이라도 꺾었어야 했거늘. 네 이름을 그리 둔 것이 늘 추회였다. 다른 뜻을 펼치고 싶어도 너는 선인의 그늘에서 벗어나기 힘들 테지."

"조부께서는 저와 가문의 영광을 바라는 마음에 그러신 것일 터입니다."

"그게 어찌 너를 위함이냐? 그 소름 끼치는 정원의 그림 한 점 치워 버릴 용기도 없는 나약한 북부의 남자가 제 손으로는 쥐지 못할 영광을 네게 걸어 생떼를 부리는 짓이."

파사드는 머렛을 어찌 위로해야 할지 몰랐다. 파사드 역시 라페로바한과의 약혼으로 인해 많이 혼란했지만 지금은 그의 혼란보다는 머렛의 슬픔이 더 컸다.

머렛이 힘없이 덧붙였다.

"칼란독, 평화는 그리 억지로 기워 붙이는 것이 아니란다."

"……."

"내가 혼인한 브류나크, 내가 낳은 브류나크들은 모두 하나같이 비뚤어진 사명에 빠져 있었다. 바예투스가 제 마지막을 그리 선택한 것 역시 비뚤어진 사명에서 벗어나지 못했음이라. 나는 비뚤어진 사명 때문에 브류나크들이 스스로를 잃어버리는 것을 일생 보아 왔다. 바예투스는 당을 위해 목숨을 내놓아 죽었고, 제그라트는 일생을 시왕만을 좇다 죽었다. 칼키스는 왕실의 개 노릇을 자처하고 있지. 그리고 너는 차기 브류나크가 될 게다. 그리되기 위해 태어났으니 그리되어야겠지. 하나, 나는 너 또한 그런 브류나크가 될까 두렵다."

"그런 브류나크가 무엇입니까."

"브류나크의 의무가 무엇인지 잊은 자들이다."

파사드는 마음을 가다듬고 간신히 답했다.

"브류나크의 의무는 아버지도, 조부께서도 늘 가슴에 새기고 계셨던 것입니다."

머렛의 눈빛이 깊다랗게 가라앉았다. 파사드는 그녀의 눈을 마주 보고 있는 것만으로도 유사 속에 발을 디디는 듯한 느낌을 떨칠 수 없었다.

머렛은 스러질 듯한 미소를 지으며 파사드의 이마에 살포시 키스했다.

"……그래, 아가. 놀랄 것 없다. 언젠간 네가 스스로 깨치기를 바란다. 브류나크가 유구한 역사의 자랑스러운 가문임을 잊지 마라. 마지막으로 당부하마. 네가 누구인지 잊지 마라. 브류나크는 분명 자랑스러운 이름이다. 그러나 가문의 이름만이 네 삶의 전부는 아니다. 나는 네가 늘 행복한 선택을 하길 바란다. 세상에 널리고 널린 비극에 시달려 일생을 고통 속에 사는 이들처럼 추회 속에 살지 않길 바란다. 그리 살다 죽기에는 아까운 세상이야."

일생을 고통 속에 산 조모의 역설적인 충고는 그녀이기 때문에 더욱 묵직했다.

"……이제 가 봐야겠구나."

돌연 머렛이 지팡이를 탁 소리가 나게 짚으며 힘겹게 몸을 일으켰다. 파사드가 벌떡 일어나 그녀를 부축했다.

"조모님."

"시간이 많지 않은 듯하니."

방문만큼이나 갑작스러운 말이었다. 며칠 머물 거라 여겼던 파사드가 의아함을 떨치지 못하고 되물었다.

"로크란드로 가실 겁니까? 아니면 볼레트령으로 가시려는 겁니까? 제가 직접 영지까지 배웅을……."

"……아니. 네 그 작은 아가씨를 한 번 만나 보러 갈 생각이란다. 아무리 라페로바한이라도 내 손주의 배필이라 하니 죽기 전에 한 번쯤은 봐야겠지."

"할머님은 수도로는……."

파사드의 눈가가 서서히 붉어졌다. 그녀는 바예투스가 죽은 후로 단 한 번도 뮈아드로로 걸음한 적이 없는 심지 굳은 조모였다.

머렛이 빙그레 웃으며 파사드의 머리칼을 느릿느릿 쓰다듬었다.

"더 늙기 전에 마지막으로 내 아들을 죽인 이들을 눈에 새겨 저승길에서 곱씹을 게다."

머렛은 가만히 파사드의 이마를 어루만졌다. 그녀의 손끝에서 엷은 솔 내음이 풍겼다. 그리고 그녀는 마차의 문이 닫히기 직전 마지막으로 당부했다.

"네가 누구인지 잊지 마라, 사랑하는 내 손주야."

머렛은 그대로 어퀸의 성을 떠났다.

파사드는 한참이나 멍하니 그녀를 태우고 떠나는 볼레트의 마차를 바라보아야 했다.

그리고 보름 후, 회색 망토를 걸친 기수가 메마른 바람을 뚫고 달려왔다. 기수가 가져온 것은 칼키스의 서신도, 수도의 소식도 아니었다.

먼 여정을 홀로 떠난 머렛의 부고였다. 강인한 의지로 근 이십 년간 뮈아드로의 문턱도 밟지 않았던 그녀의 죽음은, 그녀가 그리도 싫어했던 수도에서였다.

❖⋯❖

머렛은 유서 깊은 볼레트 가문의 장녀였으며, 브류나크의 전 공작부인이었으므로 왕실에서는 그녀의 죽음을 애도하여 낙원의 의식을 거행하겠다 선언했다. 칼키스는 몹시 기뻐하였다.

뒤늦게 소식을 전해 들은 파사드는 장례가 시작된 지 사흘째 되는 날 새벽, 브류나크 공저에 도착했다.

죽음의 한기가 팽배한 장례의 홀.

라페로바한 가문의 어린 아가씨를 만난 이튿날 새벽 영면에 들었다는 머렛은 평온한 얼굴로 누워 있었다. 이들이 조의를 표하고 간 후, 관 주위에는 은화와 금화들이 이리저리 널렸다.

바닥을 나뒹구는 차가운 동전을 딛고 선 파사드는 눈 감은 조모의 얼굴을 내려다보았다.

—누아드가, 뮌 잔리사스 귀레 라르카드단야.

누아드가여, 낙원으로 인도하소서. 테른도크가 알레타르 달테의 사원에서 그리 제문을 읊어 주었다 했다. 몹시도 영광스러운 죽음이라며 보내 오는 찬사들에 귀가 아리다.

파사드는 스무날 즈음 전, 어귄 성을 찾아와 제 손을 잡았던 머렛의 온기를 떠올려 보았다. 헤어지기 전 스스로의 죽음을 입에 담던 그녀는 자신의 끝이 얼마 남지 않았다는 걸 알았던 건지도 모른다.

그녀의 뺨에 손을 대니, 살짝 벌어진 찬 입술 안쪽으로 반짝이는 금화가 한 닢 비쳤다. 누아드가의 뱃삯이라.

문득 그런 생각을 했다. 그녀가 가장 사랑했던 백부 바예투스는 라르카드단에 이르지 못했음인데, 조모는 홀로 낙원으로 떠남을 기뻐하시려는가. 사랑하는 이 없는 그곳이 그녀에게는 낙원인가.

파사드는 멀찍이 그를 바라보는 이들의 시선을 등진 채, 조용히 그녀의 입술에 손을 뻗었다. 입술 안에 감춰진 마른 금화의 감촉이 몸서리쳐질 만큼 차가웠다. 파사드는 차가운 삯을 손바닥 안에 감추었다.

누군가가 표하는 조의가 화살처럼 가슴에 박혔다.

"낙원으로 돌아가신 것을 축하드립니다."

"좋은 일이지."

"영광된 곳으로 가셨다 들었습니다. 브류나크의 공적을 생각하면 당연한 일이지요. 물론 그뿐 아니더라도 부인께서는 생전부터 훌륭한 분이셨지요."

좋은 곳으로 가셨으니.

차갑게 둥근 것을 쥔 가슴이 가시라도 난 듯 아프다.

"내 마음도 더 좋을 수가 없네. 폐하의 관대함에 감읍할 따름이지."

제 자식이 저지른 죄악을 모른 채, 칼키스는 신실로 세 모친이 낙원으로 귀환하였음을 믿었다. 파사드는 고개를 들어 칼키스를 바라보았다. 늘 사람들에 둘러싸여 있곤 하던 칼키스의 주변은 축제처럼 북적댔다. 장례 한복판의 축제라. 칼키스는 원래부터 그런 사람이었다. 그러나 파사드는 달달 떨리는 칼키스의 손을 잊지는 못했다.

아무도 없는 밤, 파사드는 허물어지다시피 관에 기대어 있는 칼키스를 응시했다. 그의 얼굴은 온통 눈물범벅이었다. 그에게 그다지 진한 애정을 표하지 않았던 머렛을 향한 칼키스의 눈물은 조금은 서글펐다.

찬바람이 위잉 부는 오후, 그들은 차가운 북부의 냉기를 밀어낼 불길 속에 조모의 관을 밀어 넣었다. 일 년의 반 이상이 춥거나 혹한인 북부인들에게 있어 화장은 몹시도 숭고한 마지막 예식이었다.

일생을 추운 곳에서 불가를 떠나지 못하고 살다가, 종래에는 불길 그 자체 속으로 삭아 사라지는 건 영광스런 일이었다.

타오르는 죽음의 냄새가 음침하게 그들의 코끝을 주회했다. 훌훌 솟아오르는 불씨를 응시하며 파사드는 다시는 잡지 못할 조모의 손길을 떠나보냈다.

장례가 끝이 나자마자 칼키스는 어느 순간 한 번도 어미를 가진 적 없는 이처럼 매정해졌다. 칼키스는 머렛의 사후 처리에 관련된 모든 것을 보좌에게 떠맡긴 후 장례 당시에 브류나크를 찾아왔던 귀족들과 그렇지 않은 귀족들을 나누고, 특별한 이유가 있는 이들과 없는 이들을 나누고, 이유 없이 찾아오지 않은 이들 중 관계가 좋지 않은 자들과 어울리는 자들의 명부를 만드는 데 열중했다.

여느 때와 다름없이 평화로운 집무실에서.

가슴에 커다란 균열이 인 듯 허한 바람이 들었다. 머렛의 장례가 마무리된 지 보름, 그는 인정했다. 파사드의 이름을 가여워해 주는 마지막 사람이 이승을 떠났다. 그는 고독을 피하기 위해 생전 걸음

하지 않던 공저의 은밀한 정원에 발 디뎠다.

진한 꽃향기가 옷자락에 배었다. 따스한 온실 안으로 들어선 그는 정원의 깊숙한 곳에 위치한 하얀 의자에 앉았다. 파사드의 까만 눈동자는 희멀건 담장에 걸린 초상화에 맺혔다. 이미 빛이 많이 바랬지만, 불그스름한 머리칼의 여자가 우아하게 웃는 낯으로 그에게 푸른 눈동자를 향하고 있었다.

저 빛은 꺼질 줄을 모르는가 보다. 사각형의 초상에 갇힌 저 여자의 눈빛은 영원토록 꺼지지 않을 터였다.

저와 함께 나이를 먹은 한 폭의 역사. 조금 나이가 먹고 나서야 이상하다는 걸 알게 된 괴이한 그림 한 점. 역성 혁명의 주체가 되었던 브류나크의 깊숙한 정원에 숭고히 모셔진 저 그림은 아직까지 살아 숨 쉬는 브류나크의 역사이자 기원과도 같은 존재였다. 머렛이 했던 말들이 생각났다. 현시대 비뚤어질 대로 비뚤어져 버린 브류나크의 사명. 무엇일까.

용기를 내어 초상화의 목전에 다가선 파사드는 이미 외워 버린 라르칼리아의 문자를 다시 한 번 눈에 담았다.

숄 라시나, 노야반트잔.

불현듯 지난날 후회와 함께 떠나보냈던 이들의 얼굴이 떠올랐다. 초상화로 기억하는 조부의 얼굴도 떠올랐다. 그의 어미도, 투엘라르의 멘자크도, 테예모도. 당연스럽게도 마지막은 머렛이었다.

가슴이 타들어 가는 슬픔에 파사드는 고개를 기울여 발끝을 내려다보았다. 세상에 존재하는 어떤 말로도 제 먹먹하이 디길 것 같은 심정을 대변할 수는 없었다.

한참을 고개 숙이고 있던 그가 마른 눈동자를 들어 올렸다.

"한동안 라르크를 떠나겠습니다."
머렛의 분골이 브류나크의 땅인 로크란드의 납골당에 안치되었다
는 소식이 들어온 날 오후였다.
집무실에 앉아 위문 방문을 온 손님을 맞이하고 있던 칼키스는 무
례하게 찾아온 파사드에게 화를 내는 대신 정중히 손님을 밖으로 안
내한 뒤 돌아왔다.
"앉거라."
칼키스는 한동안 아무 말도 않았다.
"무슨 말이냐?"
"바깥세상을 배우고 올까 합니다."
죄 거짓. 결심은 바닥부터 꼭대기까지 온통 충동으로 쌓아 올린
것이었다. 하지만 그는 스스로의 거짓말에 한 점의 죄의식도 느끼지
못했다.
"다녀오겠습니다."
파사드가 사춘기라도 맞은 것처럼 엇나가기 시작했다는 건 칼키
스도 익히 감지하고 있었다. 칼키스가 노여운 눈빛을 쏘아붙였다.
"약혼식 이후에는 시골 영지로 도망치더니, 장례가 끝나니 라르크
밖으로 나가겠다고 하는구나. 성혼이 있은 후에는 아예 대륙 너머로
도망치겠다 하지 그러느냐?"
"다녀오겠습니다."
파사드는 꿋꿋했다. 한참이나 파사드를 노려보던 칼키스는 이내 긴
한숨을 내쉬었다. 겉보기엔 차분하고 침착한 듯했지만 파사드는 제
조부처럼 외곬의 옹고집인 구석이 있었다. 아비는 알 수 있는 법이다.

"……어디를 둘러보고 올 예정이냐?"

"아직 정하지 못했습니다."

"가문의 지원은 받지 못할 것이다."

"상관없습니다."

"네 위치가 그리 호락호락한 위치가 아님은 너 또한 잘 알 것이다."

"잊지 않고 있습니다."

칼키스는 더 반대하지 않았다.

"약조는 받아야겠다."

"브류나크임을 잊은 것이 아닙니다. 오래지 않아 돌아오겠습니다, 할머님의 명예를 걸고."

자리에서 일어선 칼키스는 허리춤에 차고 있던 하얀 검을 내밀었다.

"그렇다면 가져가라."

리오낙. 이백여 년 전 여왕 스완이 브류나크 왕조의 제 1대 왕 벨바롯트에게 하사했다던 브류나크의 가보였다.

파사드는 말없이 검을 건네받았다. 손바닥 안에 뱀처럼 매끈하게 감기는 감촉이 거북스러웠다. 차가웠다. 수국의 정원에 앉은 초상화의 피사체가 그리 만들었다는 묵직한 검. 이는 시왕이 버리지 않고 그들에게 물려준 브류나크의 무게였다.

파사드는 칼키스를 뒤로한 채 돌아나갔다. 적막하게 벌어진 복도를 걸었다. 걸음이 점점 느려지다 멈추었다.

일정한 간격으로 난 복도의 창을 돌아보았다. 창 너머 눈 덮인 공저의 전경을 눈에 담았다. 허리에 걸린 무게가 낯설다. 그는 문득 이 무게가, 푸른 향기의 무게인가 하였다.

BLACK LABEL CLUB 028
마리포사 2

1판 1쇄 발행 2016년 9월 26일
1판 3쇄 발행 2018년 7월 20일

지은이 신여리
펴낸이 신현호
편집부장 예숙영
편집 김수민
편집디자인 한방울
영업·관리 김민원 이주형 조인희
물류 이순우 최준혁 박찬수

펴낸곳 ㈜디앤씨미디어
출판등록 2002년 5월 1일 제117-90-51792호
주소 서울시 구로구 디지털로 26길 111 JnK디지털타워 503호
대표전화 (02)333-2513 팩스 (02)333-2514
전자우편 dncbooks@naver.com
디앤씨북스 블로그 http://blog.naver.com/dncbooks

ISBN 979-11-264-3649-1 (04810)
        979-11-264-3647-7 (SET)